31,8,

Eva Klingler
Weißgold

Weihnachten 2009 von
Alex + Doreen

Zu diesem Buch

Die Karlsruher Ahnenforscherin Maren Mainhardt wohnt vorübergehend bei der Fotografin Nadia – und stößt dort auf die Fotografie einer blutbespritzten Leiche.

Von Maren zur Rede gestellt, beichtet Nadia ihr von dem Toten, die sie Jahre zuvor im Schlosspark Schwetzingen per Zufall entdeckte, fotografierte – und dann aus Angst vor negativer Publicity nicht der Polizei meldete.

Warum wurde das Opfer dort nie gefunden? Und warum wurde der Mann nie als vermisst gemeldet?

Maren beginnt zu recherchieren. Doch ihre Freunde von der Polizei nehmen sie nicht ernst, und auch Nadia will von dem Fall nichts mehr wissen. Unterstützung findet Maren ausgerechnet beim Bruder ihres Ex-Freundes Melchior, dem interessanten Oliver, der allerdings seine ganz eigenen Ziele verfolgt ...

Dann zieht Maren eine Verbindung zu einem Auftrag, den sie vor Jahren ablehnte, und begibt sich auf die Spur eines verschwundenen jungen Mannes polnischer Herkunft.

Ihre Spurensuche führt sie ins Reich des »weißen Goldes«, ins Schwetzinger Spargelmilieu – und zu dem profitgierigen Spargelbaron Goll.

Wollte er eine unstandesgemäße Verbindung seiner Tochter mit allen Mitteln verhindern? Gab es einst einen Streit unter den Erntehelfern, der tödlich endete? Oder hatte die Tat doch einen fremdenfeindlichen Hintergrund?

Als Maren endlich den entscheidenden Hinweis entdeckt, scheint alles zu spät: Sie sitzt bereits in der Falle, in den Fängen eines Mörders, der keine Skrupel hat, erneut zuzuschlagen ...

Die Autorin

Eva Klingler, geboren 1955, ist Journalistin und Autorin. Sie arbeitete als Redakteurin beim SWR und für verschiedene Tageszeitungen und veröffentlichte bisher zahlreiche Romane und Kurzgeschichten. In der Maren-Mainhardt-Reihe sind im G.Braun Buchverlag die Bände »Erbsünde«, »Blutrache«, »Kreuzwege« und »Blaublut« erschienen.

Eva Klingler

WEISSGOLD

Ein badischer Krimi

Gewidmet meinem langjährigen Freund und Leser
Dr. Marduk Buscher in Baden-Baden

G. Braun Buchverlag

Prolog

Eine Entschuldigung für mein Verhalten damals?
Die kann ich nicht wirklich geben. Höchstens eine Erklärung. Es war seinerzeit nicht gerade die glücklichste Phase in meinem Leben gewesen, und wahrscheinlich hatte ich deshalb die junge Frau so abblitzen lassen, als sie mich um Hilfe in ihrem kleinen persönlichen Liebesdrama gebeten hatte.

Ich hatte meine eigenen Liebesdramen zu bewältigen. Die Ratschläge, die ich ihr gab, hätte ich lieber selbst beherzigen sollen. Kämpfte ich doch damals mit den Erinnerungen an Rüdiger, seine Tochter, die kleine Isobal, und vor allem gegen den Wunsch, bei ihm anzurufen, um ihn umzustimmen. Ein sinnloses Unterfangen, selbst in Gedanken. Diese Erkenntnis hatte mich unfreundlicher gemacht, als es sonst meine Art war.

Ein Fehler, den ich fünf Jahre später bereuen sollte. Und doch führte er dazu, dass ein Mörder, der sich schon sicher gefühlt hatte, aufgeschreckt wurde aus seiner trügerischen Ruhe.

Es ist wie mit den Staubflusen, die man unter die Vitrine kehrt, oder dem Aschenbecher, den man mit schlechtem Gewissen hinter einem Stapel Bücher verbirgt, wenn Besuch kommt: Dinge verschwinden nicht einfach. Sie haben die Tendenz, im ganz unpassenden Moment wieder aufzutauchen. So verhält es sich auch mit Mord. Manchmal. Diesmal …

Die Tat steht auf gegen den Frevler. Meist, wenn er es nicht mehr erwartet.

****

Zurück zum Frühjahr 2004, als eine zarte, leise, aber auf ihre Weise doch bestimmte Frauenstimme telefonisch um ein Gespräch bat. Ein berufliches Gespräch, erklärte sie. So vermutete ich eine genealogische Anfrage, denn schließlich bin ich Ahnenforscherin.

Ich hörte bereits am Telefon, dass es sich um eine junge Frau handeln muss-

te, und seltsamerweise hatte ich ein Bild von ihr vor Augen, das sich bei der ersten Begegnung sofort bewahrheitete.

Ich traf das Mädchen – ich muss sie so unpersönlich benennen, denn sie verriet mir so gut wie nichts über sich – auf ihren Wunsch im Café Palaver, *einem stark alternativ angehauchten Ort am Lidellplatz, der als einer der wenigen Plätze von Karlsruhe etwas Altstädtisch-Studentisches ausstrahlt.*

Sie saß alleine an einem Tisch, wirkte verloren und sah so aus wie ihre Stimme klang. Sie war mittelgroß und so schlank, dass sie beinahe mager war. Mit ihrer elfenbeinfarbenen Haut, den schwarzen Augen und dem lackschwarzen glatten Haar hob sie sich zwar von der Masse ab, doch sie wirkte nicht exotisch. Nase und Mund waren ebenfalls das, was der Engländer ›delicate‹ nennen würde und wofür es kein deutsches Wort gibt. Vergeistigt und zart, aber nicht zu unterschätzen, dachte ich.

Obwohl sie es war, die das Treffen herbeigeführt hatte, verhielt sie sich kühl, ja beinahe abweisend. Sie war eine dieser Frauen, mit denen man sich besser nicht anlegte, da unter dem Mantel der Zartfühlenden meistens ein erstaunlich harter Panzer lauerte. Oft kombiniert mit einer scharfen Zunge.

Das Mädchen saß vor einem Mineralwasser, das noch unberührt war. Wahrscheinlich hatte sie Angst, sie würde davon zunehmen.

»Frau Mainhardt, ich hatte eigentlich angenommen, Sie sähen ganz anders aus«, eröffnete sie das Gespräch auf eine ziemlich direkte Weise. »Eine Bekannte hat Sie mal erwähnt. Dass Sie Ahnenforschung betreiben. Vor allem für Frauen. Und dass Sie gut sind. Deshalb dachte ich, ich kann mit Ihnen reden.«

Ich blickte gespielt bescheiden in meinen fair gehandelten Kaffee.

»So, wie sie von Ihnen gesprochen hat, dachte ich allerdings, Sie sind noch jung.«

»Nun«, ich räusperte mich, »ich bin zwar nicht mehr zwanzig, aber auch noch keine achtzig. Ich würde mich durchaus noch als jugendlich bezeichnen.«

»Da Sie nicht mehr jung sind«, fuhr sie mit der Unverfrorenheit derer fort, die lebenslänglich auf dem Ticket ›Ich-bin-so-zart‹ reisen und damit glänzend durchkommen, »verstehen Sie mein Problem vielleicht nicht mehr. Meine Mutter begreift auch nichts. Nicht meine Schwester und mein Vater erst recht nicht. Manchmal hatte ich Angst um ihn.«

»Um Ihren Herrn Vater?«, erkundigte ich mich vorsichtig.

»Nein, um ihn. *Marek. Und jetzt ist er fort. Sie haben ihn alle gehasst.*

Vor allem meine Mutter und meine Schwester. Die leben nur für Geld und Erfolg! Das bedeutet alles für sie.«

Ich nickte so neutral wie möglich. Auch ich liebe Geld und Erfolg. Eine unerfüllte Liebe.

»Worum«, erkundigte ich mich vorsichtig, »geht es nun konkret?«

Sie fing nicht gleich an zu erzählen, musterte mich stattdessen noch einmal mit einem langen, prüfenden Blick aus ihren schwarzen Augen, die nichts Samtiges, Weiches hatten, sondern wie eine glatte polierte Fläche waren.

Dann schilderte sie ihr Problem.

Ihr Freund war verschwunden. Sie wollte ihn wiederfinden. Um jeden Preis. Er sei etwas Besonderes. Ein Künstler. Ihre Seelen befänden sich im Gleichklang. Und sie müsste wissen, ob ich derartige Fälle auch übernähme. Ohne meine Antwort abzuwarten, sprach sie weiter.

Es handele sich um einen Ausländer.

»Was für ein Ausländer?«, fragte ich.

Sie musste jetzt wieder lange nachdenken und mich prüfend mustern, bevor sie sich zu einer Antwort entschließen konnte. Zicke, dachte ich.

»Ein Osteuropäer«, kam es schließlich halblaut.

Und dann, als sei das etwas Peinliches: »Ein Pole.« Hier suchte sie trotzig in meinem Gesicht nach einer Reaktion. Sie würde keine finden. Was hatte sie denn gedacht? Dass ich mich bekreuzigte und ausrief: »Mein Gott, ein deutsches Mädel und ein Pole?«

War mir doch egal, woher ihr Liebhaber kam. Schlechte Laune keimte in mir auf.

Man sei so gut wie verlobt gewesen, fuhr sie fort, der Marek und sie.

Habe sich – auch da musste sie lange prüfen, ob sie mir vertrauen konnte – in Heidelberg kennen gelernt. Genaueres wollte sie nicht preisgeben.

»Ich bin nicht ganz ... ohne Geld. Wir sind in ... der Landwirtschaft, aber das muss Sie jetzt noch nicht interessieren. Irgendetwas stimmt nicht mit seinem Verschwinden. Er hätte das nie getan«, fuhr sie fort. »Und er hätte niemals seine Gitarre zurückgelassen.«

»Er ist also einfach so verschwunden? Ohne eine Erklärung?«

»Wenn man das so nennen will. Er hat mir einen Brief geschrieben, der aber erst ein paar Tage, nachdem er nicht mehr nach Hause gekommen ist, mit der Post zugestellt wurde. Ich hatte so sehr auf diese Nachricht gewartet. Auf eine Erklärung. Ich konnte es nicht begreifen. Wissen Sie, wie das ist? Einen ganzen Tag lang heulen?«

Ja, dachte ich. Ich weiß es.

Erstaunlicherweise klang das bei ihr jedoch alles ganz sachlich. Sie sprach von ihrem Kummer im Stil einer Nacherzählung.

»Sein Deutsch war ganz gut. Ich habe den Brief nicht mehr, aber ich gebe das jetzt trotzdem in meinen Worten wieder.«

»Warum haben Sie den Brief nicht mehr?«

»Ich habe ihn weggeworfen.«

Ich nickte und fühlte mich bestätigt. Hass und Wut waren jetzt in ihren schwarzen Augen. Ich war überzeugt, dass dieses Mädchen eine gnadenlose Feindin sein konnte. Ein eigenartiges Gefühl beschlich mich.

Leise, aber immer noch bestimmt sprach sie weiter.

»Er müsse sich das alles überlegen. Er sei ein freiheitsliebender Mensch. Ein Künstler. Es fiele ihm schwer, sich jetzt schon festlegen zu lassen. Dabei war er gar nicht mehr so jung. Er hatte«, hier errötete sie wenig altersgemäß, denn sie musste schon Anfang zwanzig sein, »schon einiges an Erfahrung.«

»Na ja, wenn er doch einen derartig … eindeutigen Brief geschrieben hat …«

»Der Brief war irgendwie eigenartig. Nicht seine Sprache. Nicht seine Worte. Ich verstehe etwas von Sprachen.«

Das kam wieder scharf zwischen ihren dünnen Lippen hervor.

»Aber das war bestimmt nicht seine Art. Einfach so zu verschwinden. Er hätte doch persönlich mit mir gesprochen! Ich will einfach wissen, wo er ist, und ihn noch mal fragen, was geschehen ist.«

»Wie lange ist denn das alles her?«

»Ende April habe ich ihn das letzte Mal gesehen. Also vor zwei Wochen.«

»Sie wissen es bestimmt genauer«, mahnte ich aus Erfahrung. Der Tag, an dem man verlassen wird, brennt sich lebenslang ins Gedächtnis ein. Wenn die Beziehung etwas wert war. Zumindest meine Meinung.

»Wenn Sie unbedingt wollen. Am 23. April. Morgens. Ich hatte ihm zum Tag des Buches einen polnischen Gedichtband im Original in einem Antiquariat in Heidelberg gekauft.«

Kein Wunder, dass er abgehauen ist, dachte ich. Vielleicht hätte der junge Mann sich ein etwas praktischeres Geschenk gewünscht. Nicht jeder steht auf polnische Lyrik. Nicht mal jeder Pole, vermutlich. Und sie ist auch sonst nicht gerade eine einfache Persönlichkeit, darauf wette ich.

»Er war gut gelaunt. Hatte etwas vor. Wollte mir nicht sagen, worum es ging. Eine Überraschung. Ich weiß aber jetzt, was es war.«

»Und was? Ist etwas Besonderes vorgefallen?« Nicht, dass es mich interessiert hätte!

Sie machte eine spöttisch-abwehrende Bewegung in meine Richtung, ohne mich wirklich anzusehen. So als habe sie mich beim Spitzeln ertappt. Irgendwie fühlte ich mich in ihrer Gegenwart unsicher. Ich konnte nicht erklären warum, aber ich mochte diese junge Frau nicht besonders.

»Nein, nein. Horchen Sie mich nicht aus! Etwas Lächerliches eigentlich. Deshalb ist er nicht gegangen. Bestimmt nicht. Ich erzähle Ihnen erst mehr, wenn Sie sagen, dass Sie ihn für mich suchen.«

Das alles gefiel mir gar nicht.

»Ich bin keine Privatdetektivin«, sagte ich kühler, als ich es vielleicht beabsichtigt hatte. »Und ich sammele keine entsprungenen Männer ein. Wenn ich das könnte, hätte ich bei mir selbst genug zu tun. Ich gebe Ihnen den guten Rat: Lenken Sie sich mit etwas ab und vergessen Sie den Mann. So wie er wahrscheinlich Sie vergessen hat oder wird. Solche Dinge passieren.«

Sie sah mich böse an. Ihr Mund bildete jetzt wieder diesen schmalen Strich und ihre Augen waren kleiner geworden.

»Sie wissen nicht, was wir für eine Art von Beziehung hatten. Das war etwas Besonderes. Jetzt, da er nicht mehr bei mir ist, das ist für mich wie das – Ende der Welt.«

»Meine liebe …«, ich kannte keinerlei Namen, musste es deshalb dabei belassen, »das denkt jeder von seiner Beziehung. Auch wenn es Ihnen schwer fällt: Ich fürchte, Ihr polnischer Verehrer hat kalte Füße bekommen. Vielleicht weil er zu Hause noch eine kleine Freundin sitzen hatte. Ich bin, wie gesagt, keine Privatdetektivin, aber im Laufe meiner Tätigkeit als Ahnenforscherin habe ich manchmal Einblicke gewonnen. Und das kommt eben leider sehr oft vor. Schätzen Sie sich glücklich, dass Sie es noch rechtzeitig gemerkt haben.«

»Sie haben keine Ahnung. Ohne ihn«, sagte sie und stand auf, »will ich nicht sein. Nicht atmen. Nicht einschlafen und nicht aufwachen. Ohne ihn macht alles keinen Sinn. Es ist draußen Frühjahr, aber für mich fühlt es sich an wie Winter. So kalt ist mir. Ohne ihn will ich nicht leben.«

»Sie sind so ziemlich die tausendste Frau, die das in meinem Leben zu mir gesagt hat, und komischerweise leben sie alle noch. Die meisten haben heute einen Stall voll Kinder und wüssten kaum noch, wie der Name desjenigen lautet, ohne den sie damals nicht leben konnten. Reißen Sie sich zusammen. Was haben Sie von einem Mann, den Sie von mir oder durch die Polizei suchen lassen müssen?«

»Das alles mag auf Sie zutreffen. Vielleicht sind Sie nicht so sensibel. Fühlen nicht so tief!«, versetzte sie. Dadurch wurde sie mir nicht unbedingt sympathischer, und mein erster Eindruck bestätigte sich. Leute, die sich selbst sensibel nennen und so furchtbar tief fühlen, sind mir immer suspekt, weil sie meistens nur dann tief fühlen, wenn es um sie selbst geht.

»Ich werde seinen Namen nie vergessen.« Die junge Frau stand auf. »Sie tun so, als liefe ich den Männern hinterher. Das habe ich nicht nötig. Ich hatte schon die Möglichkeit zu heiraten. Und sogar Chefin zu werden. In einem Restaurant. Kein Lokal. Ein gutes Restaurant. Da hätte ich …«, sie schluckte, »etwas zu sagen. Und ich wäre erfolgreich. Wie alle von uns. Aber das will ich nicht. Ich werde ihn nicht ersetzen. Einfach ersetzen.«

»Wie Sie meinen.«

»Sie sind …«, ich sah, dass sie Tränen unterdrückte und nach einem Ausdruck suchte, »nicht mein Niveau«, stieß sie schließlich hervor.

Ich nahm das gelassen hin. Aber eine Frage beschäftigte mich noch.

»Was hätten Sie getan, wenn sie herausgefunden hätten, dass er sie betrügt, ihr Freund Marek?«

Sie musste keinen Moment nachdenken. Stand auf.

»Ich hätte ihn umgebracht.«

1. Kapitel

Fünf Jahre später. Februar 2009

Ich hatte wirklich mal wieder alles falsch gemacht.

Meine Wohnung in der Karlsruher Südstadt hatte ich mit Triumph in den Augen gekündigt: Endlich frei von dem an meiner Tür baumelnden *Hausordnung*!-Schild, bei dem ich mich immer gefragt hatte, was mit Ordnung gemeint war. Hausordnung moralisch? Oder nur putztechnisch? Der auf dem Schild fröhlich eingezeichnete Besen sprach für letzteres, deshalb war ich lustlos einmal im Monat die Treppenstufen mit seinem Ebenbild heruntergeklappert.

Frei von dem Gefühl, das Loch am Spion meiner Vermieterin, die wie eine examinierte Concierge im Erdgeschoss lauerte und alles beobachtete, würde täglich größer. Vor allem beäugte sie jede Lebensäußerung meines kleinen Hundes Nessie mit scheelem Misstrauen und pflegte ostentativ mit einem feuchten Tuch hinter ihm herzuwischen.

Bekanntlich bin ich eine Freundin von Multikulti. Und vielleicht würde mir der zarte Knoblauchgeruch, der aus der türkischen Küche von Akzoys unter mir drang, der alltägliche Duft von Pizza, der von Sanzinis schräg neben mir hinüberwehte und jener von eingelegtem Kohl, mit dem meine rumänischen Nachbarn ihre nahrhaften Gerichte zubereiteten, fehlen.

Letztere hatten mich sogar einmal eingeladen, zu ihrem Gottesdienst mitzukommen, in die Lutherkirche, eine wunderbare, beinahe orientalisch wirkende Kirche in der Karlsruher Oststadt. Nachdem ich zwei Stunden unverständliche Liturgie über mich hatte ergehen lassen, fand ich mich neben einem orthodoxen Mönch wieder, mit dem ich mir weitgehend sprachlos Krautwickel und Fischstäbchen teilte. Und das um drei Uhr nachmittags, wo sogar kulinarische Freigeister wie ich eher an Kaffee und Kuchen denken.

Mein geplanter Umzug hatte einen überwiegend beruflichen Aspekt. Ich bin bekanntlich Ahnenforscherin, und meine Kunden aus den sogenannten besseren Kreisen konnte ich kaum in meine Wohnung einladen. Meist musste ich ein kompliziertes Netz von Erklärungen stricken, um zu begründen, warum man sich zum Erstgespräch in einem Café traf und nicht in meinem elegant und solide eingerichteten Ahnenforscherbüro irgendwo in Karlsruher 1B-Lage.

Doch eine Freifrau von Dreiwitz-Gnüchenow will nun mal leider nicht im Hausflur über verschrammte Dreirädchen stolpern, und sie will auch nicht der Nachbarin unter mir ausweichen, die – eine bekennende Satanistin – sie bleich, dürr und schwarzgekleidet angrinst, wobei sie ein silbernes Kügelchen in der Zunge blitzen lässt.

Zwar liebe ich das Bunte und Unbürgerliche, aber solche Szenen kommen bei zahlender Kundschaft bedauerlicherweise nicht gut an. Misstrauen sie aber meinem Ambiente, so misstrauen sie am Ende auch der Ahnentafel, die ich ihnen mit bescheidenem Lächeln zusammen mit der Rechnung überreiche. Und leider kann ich von all den nahrhaften Gerüchen alleine nicht leben.

Optimistisch begann ich also nach einer neuen Wohnung zu suchen.

Ich hatte dann dieses wunderbare Appartement in der Sophienstraße in begehrter Karlsruher Wohngegend in Aussicht. Die Tinte der Unterschrift des Vermieters auf dem Mietvertrag hatte ich schon beinahe riechen können, nur dass nämlicher Vertrag nach der mündlichen Zusage nicht kam.

Bis mir der Vermieter schließlich verlegen und hastig mitteilte: »Ich habe mich nun doch für einen jungen Arzt vom Klinikum entschieden. Verstehen Sie, das sind gute Kontakte, sagt meine Frau. Wenn mal was ist. Und er hat ein festes Einkommen. Sie sind ja nur freiberuflich. Das macht meiner Frau Kopfschmerzen. Ich persönlich hätte Sie ja vielleicht genommen. Wollte immer schon mal meiner Familiengeschichte nachspüren. Da käme bestimmt einiges Spannendes heraus, wie?«

»Oh, gewiss, Herr Schmidt«, hatte ich sehr höflich gesagt, »bei *dem* Namen.«

Und so ist es in Karlsruhe und wahrscheinlich überall anders auch: Die Vermieter wollen Verdienstbescheinigungen sehen. Schufa-Auskünfte einholen. Bankauszüge studieren.

Sie misstrauen dir eigenartigerweise genau von dem Moment an, in dem sie sich für dich entschieden haben. Vorher bist du ein Bewerber, ein Interessent und wirst höflich behandelt – danach wirst du zum potentiellen Mietnomaden.

So gelang es mir einfach nicht, eine Wohnung zu finden, die einen Hauch besser war als die, in der ich momentan lebte.

Meine Vermieterin hatte mir meine triumphierende Kündigung nicht verziehen und konnte meinen Auszug offenbar nicht abwarten: »Noch ein Monat, dann sind Sie ja draußen, Frau Mainhardt. Und dann wird mal gründlich geputzt und renoviert!«

Eigentlich lehne ich Grundbesitz in Privathand aus politischen und weltanschaulichen Gründen ab, aber ich sah keine Möglichkeit mehr, innerhalb der nächsten zehn Jahre auf legale Weise an eine Mietwohnung zu kommen. Aus dem Hausbesetzeralter bin ich raus, zumal Karlsruhe keine Stadt ist, in der leere Mietskasernen auf Leute warten, die die Stadtwerke anzapfen und auf Obstkisten sitzen.

Meine Bankberaterin, Frau Landshut, zuckte merklich zusammen, als ich ihr mitteilte, ich hätte nunmehr aus der Not heraus beschlossen, eine kleine Wohnung zu kaufen.

»Haben Sie in letzter Zeit einmal einen genaueren Blick auf Ihr Konto geworfen?«, fragte sie dann so taktvoll wie irgend möglich. Professionelle Freundlichkeit selbst gegenüber dem größten Pleitegeier lernen die in speziellen Kursen. Frau Landshut setzte ein unnatürliches Dauerlächeln auf und stellte das Telefon auf ihre Vorzimmerdame um.

»Ja, das habe ich. Aber meine Schwester gibt mir etwas Geld. Und ich löse meine Fonds auf, sollten die sich durch die Bankenpleiten nicht sowieso von selbst aufgelöst haben. Den Rest leihe ich mir dann von Ihnen. Okay?«

Frau Landshut füllte den Kreditantrag mit einem Gesicht aus, als habe sie mehrere frühreife Zitronen ausgelutscht. »Sie haben kein festes Einkommen, Frau Mainhardt. Der Chef fragt nach Sicherheiten.«

»Nichts ist sicher im Leben«, meinte ich achselzuckend. »Das muss man feinstofflich sehen. Esoterisch.«

Sie starrte mich an. Ich lächelte milde.

Ich hatte gelernt, dass es immer gut ankam, wenn man sagte: »Das muss man feinstofflich sehen.« Kein Mensch auf Erden weiß, was der Satz bedeutet, aber er hört sich an, als habe man mindestens zehn Semester Buddhismus studiert und befinde sich bereits auf einer höheren Bewusstseinsebene.

»Sagen Sie das dem Chef«, seufzte Frau Landshut immer noch taktvoll lächelnd. »Wir leben im Zeitalter der Finanzkrise.«

»Das ist nichts Neues für mich. Ich lebe schon seit vielen Jahren mit einer ganz privaten Finanzkrise. Man kann sie überstehen. Oder aussitzen. Oder einfach abwarten, bis man tot ist.«

»So etwas dürfen Sie nicht sagen. Nicht mal denken!«, erwiderte Frau Landshut streng, so als seien ihre Kunden grundsätzlich unsterblich.

Ich bekam schließlich meinen Kredit, weil meine armen alten Eltern für mich bürgten. Peinlich in meinem Alter. Ich sah ihnen und meiner Schwester regelrecht an, was sie dachten: Warum ist sie auch nicht verheiratet so wie alle anderen und hat zu Hause einen Mann, der mit warmer Stimme spricht: »Einen Kredit? Aber Schatz, hättest du doch was gesagt. Wieviel brauchst du? Da, kauf dir eine schöne kleine Wohnung.«

Ja, warum eigentlich nicht? Vermutlich hört sich der Gedanke an solch einen Allroundversorger für manche verlockend an. Für mich nicht. Mich würde die Abhängigkeit schrecken.

Solch ein Mann war eben nicht nur da, wenn es um einen Kredit ging, sondern *immer*. Auch am Sonntagmorgen, wenn der Single, in ein riesiges Kissen eingebettet, in Ruhe die BUNTE lesen will, mit einer Lupe die Falten von Iris Berben studiert und dabei bis elf Uhr von einem spät eintreffenden Lebensglück träumt. Solch ein Mann ist auch montagmorgens da, wenn man am Vorabend spät ins Bett gekommen ist und aussieht wie eine gerade geborgene Wasserleiche. Und mittwochs, wenn man sich die Haare in jenem herrlichen Kastanienbraun färbt, das Männer für echt halten und mit dem man keine Frau täuscht und nach dessen Auftragen man das Badezimmer so gut wie renovieren muss.

Ich weiß nicht, was besser ist: Kontrolle und Geborgenheit? Freiheit und manchmal einsam sein? Vermutlich bin ich längst sicher im Betreuten Wohnen untergebracht, bis ich es herausgefunden habe.

Jetzt hatte ich meinen Kredit und konnte dafür keine Wohnung finden, die es wert war, gekauft zu werden. Entweder handelte es sich um Zellen, in denen man keinen Goldhamster, geschweige denn einen lebhaften kleinen Hund wie den meinen einsperren wollte, oder sie sahen zwar nach außen hin einigermaßen ordentlich aus, hatten aber riesige Hauskosten oder Renovierungsstaus, die jedem Normalverdiener den Angstschweiß auf die bleiche Stirn trieben.

Drei Worte brannten sich mir mit der Zeit ein: Fassade, Dach und Heizung. Vielleicht noch Fenster. Die Wohnung kann ein Traum sein, aber wenn diese Sachen nicht stimmen, kannst du das Objekt vergessen.

Die Makler selbst waren übrigens gar nicht so übel, wie man immer sagt.

Vom negativen Image ihres Berufsstandes gebrandmarkt, wollten sie weder Betrüger sein noch so wirken. Sie verzogen schmerzlich das Gesicht, wenn ich sie um 10 000 Euro herunterhandeln wollte, und malten düstere Bilder vom Elend des Verkäufers, der nur überleben könne, wenn ich seine Immobilie kaufte. »Er legt sowieso drauf, Frau Mainhardt, und wie! Unter uns... der Mann *muss* verkaufen.«

Irgendwann rückten aber die Handwerker in meiner Wohnung in der Südstadt an, und ich musste raus aus meiner Bleibe. Ein eindeutig therapierelevantes Erlebnis. Schnell alles packen, bei Freunden und Eltern zwischenlagern und telefonieren, wer dich und den Hund vorübergehend aufnimmt. Eine Skala von Ausreden ertragen und anhören.

Hund: Tierheim? Du: Frauenhaus? Ins Hotel? Aber mit dem Hund? Und von welchem Geld?

Schließlich endeten Nessie und ich bei einer Bekannten meiner rumänischen Freundin Raika.

Die Freundin hieß Nadia Rixinger und wohnte in der Nebeniusstraße in der Südstadt, also nicht weit von meinem bisherigen Zuhause, wenn auch im etwas feineren Teil unseres Viertels. Ihr Hausgang war frei von bunten Gerüchen und Geräuschen, es war ruhig, sauber, und die Hausordnung wurde von einer Firma erledigt.

»Nadia stammt ursprünglich aus Frankfurt«, berichtete Raika. »Ich kenne sie über einen Cousin, der in ihrer Nachbarwohnung gewohnt hat. Sie kam immer erst morgens heim, aus ihrer Kneipe, und die haben dann manchmal zusammen gefrühstückt. Und dann treffe ich sie doch eines Tages hier im Weiherfeld an der Alb, als ich mit Ana spazieren ging. Nach einigen Umwegen war sie in Karlsruhe gelandet. Sie bewohnte damals da in der Nähe ganz alleine ein kleines Haus mit verwunschenem Garten. Etwas zurückgesetzt von der Straße, ein reines Paradies. Der alte, verwirrte Mann, dem es gehörte, hatte in der unteren Wohnung gewohnt und war ins Krankenhaus gekommen. Zwei Jahre hat sie da gelebt und einiges auf eigene Kosten renoviert, den Garten verschönert, und dann kam, was ja für unsereins immer kommt: Der Alte hatte die Unverfrorenheit zu sterben und bald darauf wollten die

Erben das Haus verkaufen. Nadia musste raus, und ich habe ihr geholfen, die Wohnung in der Nebeniusstraße zu finden. War nicht leicht. Du weiß ja – Karlsruhe und Wohnungen!«

Oh, wie gut ich das wusste.

»Sie ist Bedienung?«

»Mitnichten. Zumindest nicht mehr. Als Studentin und einige Zeit danach hat sie mal in einer Bar gearbeitet. Sie hat Gebrauchsgrafik studiert, aber ihre große Leidenschaft ist das Fotografieren. Schon in dem fiesen Abschleppschuppen, in dem sie gearbeitet hat, hat sie oft die Gestalten an der Theke porträtiert. Ihr Thema hieß »Nacht-Macht-Männer«. Das ist ein Titel, was? Den nummeriert sie für die Ausstellungen durch. Ist ihr Markenzeichen geworden, und dafür ist sie mehrfach ausgezeichnet worden. Doch mit solchen Aufnahmen kann man vielleicht Preise gewinnen, aber kein Geld verdienen.«

»Ja?«, fragte ich erfreut. Hörte sich nach einer Leidensgenossin an. Genial aber arm.

»Aber sie hat für sich eine Nische gefunden. Jetzt fotografiert sie Blumen. Und Bäume. Stimmungsvolle Gräser. Grünes Zeug. Für Glückwunschkarten auf gehobenem Niveau. Seit Neuestem auch für E-Cards.«

E-Cards! Das sind die Dinger, die man heutzutage anstelle von den guten alten Papierkärtchen kriegt. Statt des Postboten, der sich an deinem Geburtstag unter der Last der Karten biegt, meldet sich der Computer und spuckt von romantischer Musik untermalte Bilder aus, bei denen rote Luftballons, kleine Hunde, Schneeflocken oder Clowns auf Schaukeln über ein Kitschbild trudeln. Dazu irgendwo der Name des schnellen Absenders. Unverbindlich. Kostenlos verschickt, genauso schnell wieder gelöscht.

»Und davon kann man existieren?« Ich werde nie aufhören zu staunen, womit andere Leute mehr Geld verdienen als ich.

»Anscheinend. Es geht ihr nicht schlecht. Die Karten sind nicht so billige Dinger, wie du sie immer kaufst. In den Läden, in denen alles einen Euro kostet.«

»Bitte Raika! Wichtig ist, dass die Karte von Herzen kommt und warm ums Herz macht.«

»Bei deinen Karten ist man schon froh, dass der Kugelschreiber keine Löcher reingestanzt hat, so dünn sind die. Ihre sind ganz anders. Edel,

Leinenoptik, mit Goldaufdruck. Teuer. Designerkarten. Sind schon toll, ihre Fotos. Gestochen scharf. Und irgendwie so plastisch, dass man die Blumen fast riechen kann. Rosen. Tulpen. Aber auch so exotische Blüten, die man nicht so oft sieht. Und sie kombiniert sie immer irgendwie anders. Mir hat sie mal ein Foto von einer Kaffeepflanze geschickt mit einem Feld voll Getreide. Das war eine Einladung zu Kaffee und Kuchen. Das Mehl, verstehst du? Für den Kuchen.«

»Hört sich an, als bräuchte man Abitur, um Frau Rixingers Kartengrüße verstehen zu können.«

»Jedenfalls hat sie schon etliche Preise für ihre Fotografien gewonnen. Ob ihr zwei klarkommt, weiß ich nicht – sie ist eine ziemlich geradlinige Person. Tough!«

Was sollte das jetzt wieder heißen? Warum sollte ich mit ihr *nicht* klarkommen? Was war ich in den Augen meiner Freundinnen? Eine entsprungene Diakonisse? Oder wie ein Vorschulkind contra erwachsene Erfolgsfrau?

Aber ehrlich gesagt: Tough bin ich wirklich nicht. Jemand, der zum fünfhundertsten Mal an Weihnachten heult, wenn Sissi ausgestrahlt wird, ist nicht tough. Vor allem, weil ich mich bei der Szene, in der Kaiser Franz Josef bei dem alles entscheidenden Ball mit dem Blumenbukett auf Sissi zugeht und nicht auf die fassungslos mit leeren Händen dastehende Schwester, immer mit der Loserin Nene identifiziere. Was mich aber tröstet, ist, dass die später noch zur Freigeistin avanciert und nach Preußen gezogen ist, wo die Luft moderner war als im Alpenraum des 19. Jahrhunderts. Ein Mann ist eben nicht alles im Leben, auch wenn er zufällig Kaiser ist.

Raika fuhr fort, mir ihre großzügige Bekannte zu beschreiben, die tatsächlich bereit war, einen Tramp wie mich aufzunehmen.

»Ihre Fotos sind schon mehrfach ausgestellt worden. Die Präsentation im ZKM damals mit den Kerlen in der Bar hat viel Aufsehen erregt. Und in der Deutschen Bank hat sie eine Serie mit Männern im Biergarten gezeigt. In München. Trostlose Gestalten. Du kennst den Maler Hopper?«

»Der mit den einsamen Leuten in den einsamen Bars?«, fragte ich. Raika nickte.

»Solche Motive hält sie als Fotos fest. Die niedlichen Blumenkarten sorgen fürs tägliche Brot und die Ausstellungen samt Verkauf für die Extras in ihrem Leben. Und Extras hat Nadia genug. Da kannst du von ihr lernen. Die kauft jedenfalls keine Slips bei Real im Zehnerpack wie du.«

»Vielleicht sieht auch jemand ihre Slips. Nessie ist es egal, was Frauchen anhat, wenn Frauchen nichts anhat.«

»Blöd. Dessous kauft man für sich und nicht für andere. Der Kartenverlag sitzt bei Baden-Baden. Erst hatte sie ihr Atelier und ihr Gewächshaus noch in München gehabt, aber dann wurde ihr die Pendelei zuviel, sie zog nach Karlsruhe, den Rest kennst du. Seither treffen wir uns ab und zu.«

»Ich denke, sie ist aus Frankfurt.«

»Denk doch sauber, Maren. Erst Frankfurt, dann München, dann Karlsruhe. Hier fühlt sie sich so wohl, dass sie nicht mehr weg will.«

Ich hatte überhaupt keine Lust, bei dieser Wunderfrau einzuziehen. Sie hörte sich an wie jemand, dem ich lieber aus dem Weg ging.

»Sie ist jedenfalls recht gut im Geschäft. Bei der Hochschule für Gestaltung hat sie so etwas wie einen Honorarvertrag, als künstlerische Beraterin für Grafikkunst. Ihr Gewächshaus hat sie jetzt auch zur Hand. Auf dem Balkon ihrer Wohnung. Da ist ausreichend Platz für ...«

»Wieso ihr Gewächshaus? Ich möchte nicht in einem Gewächshaus leben. Das ist sogar mir zu warm. Ich bin doch keine Schlange und auch kein Reptil.«

»Unsinn. Du kriegst ein Gästezimmer. Alles sehr elegant. Nadia ist höchst wählerisch mit ihrem Ambiente. Dieses kleine Gewächshaus braucht sie für die Blumen und Pflanzen, die sie fotografiert. Sie lichtet besonders gerne halb Verblühtes ab. Eignet sich für Trauerkarten. Außerdem Rosen und Schleierkraut für die Hochzeiten, Narzissen für Ostern und Olivenzweige fürs Ewige. Kakteen für witzige Karten. Da kann sie seltene Sorten züchten, kann sie alles arrangieren wie sie will. Muss nicht alles kaufen und macht sich so unabhängig vom Blumenhandel, sagt sie. Endlich eine Frau, die Marx verstanden hat. Selbst über Produktionsmittel verfügen. Ich sag doch, eine toughe Frau.«

»Stopp!« Ich sah Schreckliches auf mich zukommen. »Also, eine von diesen supervielseitigen perfekten Frauen, mit denen ich etwa so harmonisch zusammenlebe wie mit einem Skorpion, der wegen Aggressivität in therapeutischer Behandlung ist.«

»Witzig! Nadia ist kein Wunderwesen. Sie hat ihre Macken. Manchmal merkt man schon noch, dass sie früher in Frankfurt in einer Bar gearbeitet hat. Kann ziemlich direkt sein. Meinen neuen Freund würde ich ihr nicht unbedingt gleich vorstellen. Nur als Beispiel.«

Ich sagte jetzt nichts mehr dazu. Ich hatte keinen neuen und auch keinen alten Freund. Gereift hatte ich mich von dem Gedanken abgewandt, die Welt unbedingt als paarweises Vergnügen sehen zu müssen.

Stattdessen hatte ich versucht, mein Berufsleben aufzupeppen: Hatte Fortbildungskurse besucht, meinen Internetauftritt, ohne den man heute in gewissen Kreisen gar nicht wahrgenommen wird, perfektioniert und etliche neue Kunden gewonnen, indem ich Anzeigen in der Südpfalz geschaltet hatte sowie mich auf das Aufspüren deutsch-elsässischer Familienbäume spezialisiert hatte.

Aber diese Nadia? Ich wollte nicht bei jemandem wohnen, der Trauerkartenmotive arrangiert. Wer will schon dran erinnert werden, dass die ganze Sache hier auf Erden Anfang und Ende hat und dass wir den Anfang schon eine ganze Weile hinter uns haben?

Und die Empfehlung, dass Nadia im ZKM tätig war, verpuffte bei mir. Ich fühle mich nicht wohl dort. Unser Karlsruher Zentrum für Kunst und Medientechnologie, angeblich so bedeutend wie das Centre Pompidou in Paris, zieht diesen Typ Mensch an, der mich einschüchtert: Schwarzgekleidet mit Blazer und Flatterhose. Ernster Gesichtsausdruck. Hochdeutsch und politisch korrekt formulierend. Sloterdijk persönlich kennend. Hornbrille. Ein Lebenslauf, der aus Stationen bei Kunstprofessoren, die kein Mensch kennt, besteht.

»Sie hat eine große Wohnung. Lebt alleine. Das heißt nicht, dass sie alleine *ist*, aber Männer trifft sie am liebsten nur stundenweise. Vielleicht noch ein Relikt aus ihrer Zeit in der Bar. Und sie mixt supergute Cocktails. Also, das würde doch ganz gut passen.«

Matthias, mein biederer Freund aus der Zunft der Versicherungsvertreter, war sofort gegen Nadia.

»Eine Frau, die in dem Alter noch solo lebt, obwohl sie angeblich gut aussieht. Und das freiwillig. Mit der stimmt was nicht.«

Danke, Matthias. Und was war mit mir? Wie sah ich aus? Wie die Tante von Godzilla?

Er wiegte bedenklich den Kopf. »Das gefällt mir nicht, Maren. Auch wieder eine, die nicht ordentlich ihre acht Stunden arbeitet. Und bestimmt keine Lebensversicherung hat.«

Wenn Matthias einer Person misstraut, ergreife ich fast reflexhaft ihre Partei.

»Matthias! Nadia Rixinger ist Fotografin, aber nicht nur so eine, die Passfotos macht, sondern eine echte Künstlerin. Mit Studio. Und mit Vernissagen und Ausstellungen. Sogar in London in irgendeinem Museum für moderne Medienkunst hängt ein Foto von ihr. Männer in Bars. Fremde im Vertrauten. Und bei uns im ZKM gab es eine aufwändige Installation mit den Kneipenaufnahmen aus ihrer Frankfurter Zeit. So mit animierter Überblendtechnik. Die Cocktails haben sich virtuell immer neu gefüllt. Ihre Spezialität sind eben frustrierte Kerle in Kneipen und an anderen öffentlichen Orten, wo's was zu trinken gibt. Sag was dagegen! Zumindest ein angenehmer Arbeitsplatz.«

Matthias überging die Bars.

»So etwas fotografiert kein normaler Mensch«, sagte er. »Depressive Leute am Tresen. Das ist abartig. Das will keiner sehen. Ich liebe schöne Landschaftsbilder. Die Berge. Mal ein See. Der Sonnenaufgang über Rüppurr. Gut, vielleicht auch einmal rotgefärbte Blätter im Herbst. So was schaut man doch gerne an. Das entspannt.«

Gut, dass Nadia nicht wusste, was für spießige Freunde ich hatte.

»So etwas nenne ich gute Kunst. Tiere sind auch noch in Ordnung. Schöne Tiere!«, ergänzte Matthias hochzufrieden mit sich selbst. Nessie öffnete ein Auge.

Ich dachte an Nadias Worte bei unserem ersten Treffen vor ein paar Tagen. Sie hatte mir Espresso serviert und Konfekt in Form von Rosenblüten. Daneben eine Schale Datteln.

»Warum die Bars?«, hatte ich sie auch gefragt. »Was reizt dich daran?«

»Weil eine Bar ein gesellschaftlicher Ausnahmeort ist. Dort geht scheinbar alles. Ist alles erlaubt. Du und der Tresen, der Mann dahinter. Man erzählt sich Dinge, die man sonst verschweigt. Jeder ist Geschäftsführer, keiner ein Loser. Die glitzernden Flaschen, die Spiegel. Die Leute einzeln sitzend neben dir. Dunkel. Nüsschen. Cocktails. Frauen«, erklärte sie mir eher knapp und gab mir beinahe abwesend einen Schlüssel für ihre Wohnung. »Maren, bleib solange du willst. Seit der letzte Mann endgültig wieder draußen ist, habe ich Platz. Und du weißt ja hoffentlich besser als der, dass man beim Arbeiten Ruhe braucht. Hier!«

»Danke!«

Ich bewunderte dabei ein Foto mit zwei Avocados im Gang. Nahaufnahme. Eine ganze Frucht und eine aufgeschnittene. Bei genauer Betrachtung hatte ich das Gefühl, die Früchte seien verschiedene weibliche Formen. Brüste oder die Rundungen von Pos. Obwohl man nichts weiter darauf sah als die ineinander geblendeten Formen eines eher unscheinbaren Gemüses, waren die Schemen in Nadias Interpretation hocherotisch. Das Ganze natürlich in matten Sepiafarben. Ein Künstler, der was auf sich hält, scheut normalerweise Knallfarben wie der Teufel das Weihwasser. Auch in der Fotografie. Von wegen bunte Berge, Matthias!

Ich ging weiter. Betrachtete die anderen Aufnahmen.

»Interessant, wie du die Welt siehst, Nadia. Manchmal ein wenig morbide, oder? Die Farben. Die müden Gesichter. Und hier auf dem Bild, diese halbverblühte Rose. Schreckt dich der Verfall nicht, Nadia?«

»Es ist nichts aufzuhalten, Maren. Keine Entwicklung. Kein Verlust. Kein Abschied. Wir verfallen jeden Tag. Sind alle die Leichen von morgen. Bei einer Rose geht es nur schneller«, hatte sie knapp erwidert. Zwar hatte sie Recht, aber ich mochte dem Gedanken nicht näher treten. Andere offenbar auch nicht. Ihr letzter fester Freund hatte sich seit längerem verabschiedet. Danach hatte sie eine längere zumindest beruflich fruchtbare erotische Beziehung zu einem Kunstmanager gepflegt, doch nachdem sie erfolgreich geworden war und er sie endgültig als Dauerexponat im ZKM und anderen modernen Museen platziert hatte, war er auf ihren Erfolg eifersüchtig geworden.

»Männer in der zweiten Reihe entschließen sich meistens dazu, das Theaterstück ganz zu verlassen anstatt zu warten, ob vorne etwas frei wird«, erklärte sie mir nonchalant. Es habe häufig Streit gegeben, und sie war schließlich alleine in der Vierzimmerwohnung geblieben.

Nadia war diszipliniert, geradlinig, ziemlich offen in ihren starken Gefühlen, und dabei mit ihrem herben Gesicht und den tiefliegenden dunklen Augen auf ihre Weise eine attraktive Frau. Etwa vierzig. Oder mehr oder weniger. Gute Figur, langes dunkelblondes Haar und drei Kleiderschränke voll geschmackvoller Klamotten. Bei der Barbiepuppenparade vor Heidi Klums Schreibtisch wäre sie zwar sicher durchgefallen – *»Ich habe leider kein Foto für dich!«* – aber ein Hingucker war sie zweifellos. Und kein Kind von Traurigkeit. Sie hatte immer ausreichend Champagner und luxuriöse Esswaren im Haus: »Von Verehrern. Für Verehrer. Warum nicht?« So konnten wir die ersten Abende miteinander überstehen. Manchmal merkte man ihr die Vergangenheit noch an. Im Unterschied zu mir, die ich auf Absätzen, die höher sind als zwei Zentimeter, schwanke, als sei ich betrunken, lief sie wie selbstverständlich mit hohen Schuhen in ihrer Küche hin und her. Klackklack. Nessie begegnete sie mit konsequenter Strenge, wodurch die sich sofort in Nadias Sklavin verwandelte und auf »Aus« sogar ihre Plastikkatze fallen ließ, was sie bei mir nie tat, sondern sie im Gegenteil provokativ weit wegtrug. Hoffentlich hatte ich nicht einen masochistischen Hund großgezogen.

Waren wir Freundinnen? Ich weiß es nicht. Respektvolle Nähe traf es eher.

Nadia hatte durchaus Humor und Esprit, aber wenig Wärme, und sie konnte gnadenlos sein, wenn es um ihre Kunst ging.

So schienen mir die von einem Verehrer überreichten Fresien im Wohnzimmer verblüht, und deshalb warf ich sie eines Tages in den Müll. Sie wurde nicht wütend, sondern eiskalt, was schlimmer war. »Maren, auch wenn es dir schwer fällt, das zu sehen: Alles kann ein Motiv sein. Auch diese sterbenden Fresien waren auf ihre Art schön.«

»Tut mir leid.«

»Ich hätte sie für eine vorbestellte Trauerkarte gebraucht. Konntest du nicht wissen. Jetzt gehe ich eben in den Oberwald und suche nach einem toten Baum.«

»Sorry, wirklich.«

»Verziehen. Kommst du mit?«

»Nein, ich habe noch zu tun, danke!«

Sie pflegte, so hatte sie mir berichtet, auf Motivsuche tief durchs Unterholz zu streifen. Das war nicht meine Sache. Ich werde gerne für unkonventionell und chaotisch gehalten, aber ich lebe diese Eigenschaften am liebsten in der Zivilisation aus. Für die Wildnis bin ich nicht gemacht. Ich liebe Wege, die an Cafés beginnen und bei einem schönen Kiosk enden.

Ich entschuldigte mich und beschloss stattdessen, mit doppelter Kraft nach einer neuen Wohnung für mich und meinen Hund zu suchen. Auf Dauer hatte ich keine Lust, armen Blumen beim Krepieren zuzusehen.

Gewöhnt, alleine zu wohnen, verlebte ich trotzdem anregende Abende mit ihr. Wir unterhielten uns nächtelang: Über Männer, keine Männer, Kinder und keine Kinder, über Kripokommissarin Elfie, die zu ihrem ungeduldigen Missbehagen noch immer nicht schwanger war, über ihre Kollegin Karina Ix, die sich leider selten sehen ließ, über Marie von Lingenberg, die programmgemäß schwanger war und zwar gleich passenderweise mit dynastisch gut verwertbaren Zwillingen.

Nadia erzählte, sie habe von klein auf etwas Besonderes sein wollen. »In manchen steckt das, in manchen nicht. Mittelmaß zu sein, der Gedanke war für mich immer unerträglich! Zu sterben, ohne einen Eindruck auf die Welt gemacht zu haben.« Ich sagte vorsichtigerweise nichts dazu. Mittelmaß oder nicht. Das ist etwas sehr Persönliches.

Raika hatte mir gesagt, dass Nadias Leidenschaft für ihre Fotos aus dem Milieu des Zwielichtigen auch daher rühre, dass sie mehrmals bei Schauspielschulen abgelehnt worden sei. Ursprünglich war es ihr dringlichster Wunsch gewesen, zur Bühne zu gehen. Das hatte nicht funktioniert, aber es kann im Leben ja auch nicht alles funktionieren, und wir haben schließlich alle unsere unerfüllten Träume!

»Wenn ich jetzt in den Bars sehe, wie die Blicke der Gäste an mir kleben, während ich sie fotografiere«, meinte sie nachdenklich, »denke ich, der Wunsch berühmt zu sein, beachtet zu werden, steckt in jedem, sogar in diesen miesen Figuren. Sie stehen am Tresen vor ihrem Getränk und freuen sich, dass sich jemand die Mühe macht, ihre rattenhaften Züge festzuhalten. Das gilt weltweit. Eigentlich dürften sie, wenn sie nicht gerade prominent sind oder Massenmörder, sogar die Veröffentlichung ihres Bildes in einer Ausstellung verweigern, aber das macht kaum einer.«

»Magst du diesen Job in den Bars?«

»Mögen? Du siehst in die absoluten Tiefen der menschlichen Existenz. Ich sitze meistens ganz vorne, am Tresen. Die Männer, meist sind es Männer, sehe ich von der Seite, die Mienen des Barkeepers kann ich genau studieren, wenn sie ihre Stories erzählen. Der Ausdruck der Kerle wechselt dabei von Stolz zu Trotz über zur Angst, dass sie zu viel preisgeben.«

»Sicher manchmal interessant zu beobachten.«

»Ja. Wie ein kleiner Angestellter mit einem oder zwei Cocktails plötzlich zum wichtigsten Mann der Firma wird, ist schon bizarr. Aber ich muss aufpassen. Wenn sie zu betrunken sind, bringt es nichts mehr. Den Übergang von nüchtern zu heiter, den muss ich erwischen. Später werden sie aggressiv oder dumpf. Viel mehr als zehn Minuten habe ich oft nicht. Dann muss ich nur wie ein Automat reagieren. Knipsen. Das Besondere am Gast schnell erfassen. Das dicke Goldkettchen, dazu schlechte Zähne. Die teure Uhr und die schäbigen Schuhe dazu. Die dicke Brille. Das schüttere Haar. Die Armseligkeit seines Triumphs, dass ihm jemand zuhört. Hässliche Hände. Der miese Versuch, den Alterungsprozess zu unterbrechen.«

»Und das bringst du alles mit deiner Kamera zustande?«

»Man muss schnell sein. Bevor sich die Stimmung verändert, bevor der erste Eindruck, den man selbst hat, verblasst. Und nichts mehr retuschieren. Nichts stellen. Das könnte ich gar nicht. Das wäre wie Lügen für mich.«

Ich erzählte ihr dann von *meinen* Träumen. Berufliche. Ein Buch schreiben über meine bizarrsten Ahnenforschungen und Aufträge. »Natürlich anonym«, betonte ich. »Ich bin diskret.«

Und über die privaten Träume. Das Wort Melchior mochte dabei mehr als einmal gefallen sein. Etwas, wofür sie wenig Verständnis hatte.

»Vergiss das Ganze. Streiche es. Vergessen können ist sowieso eine der wichtigsten Fähigkeiten, besonders für Frauen, die bekanntlich an erlittenen Kümmernissen gerne klammern wie an einer Felswand. Vergessen können wie dein kleiner Hund da. Sich schütteln und weitermachen. Hoffen und Harren macht Frauen bekanntlich zu Narren.«

»Leicht gesagt.«

Nadia nahm sich eine ihrer geliebten getrockneten Datteln. Verschrumpelte Dinger, die wenig appetitlich aussahen. Alterungsprozesse schienen sie zu reizen, aber natürlich nicht bei sich selbst, wie die vielen Cremetiegelchen in ihrem Bad bewiesen.

Ich fand kaum Platz für meine geliebte Penatencreme und meine Arganölflasche. Ich schwöre auf Arganöl für die Haut. Millionen bildschöner Algerierinnen können nicht seit Jahrtausenden irren.

Nadia lachte.

»Nachdem ich mit sechzehn Jahren drei Tage und drei Nächte wegen eines Kerls namens Georg durchgeheult hatte, wusste ich, dass ich das bestimmt nicht mehr wollte. Der Sinn unseres Lebens ist es definitiv nicht, wegen eines Mannes unglücklich zu sein. Er ist es nicht einmal, wegen eines Mannes *glücklich* zu sein. Er ist es im Idealfall, mit uns selbst glücklich zu sein, und wenn das auch nicht klappt, dann einfach jeden Tag so gut wie möglich genussvoll hinter uns zu bringen. Das geht am besten mit einer Sache, die deine Leidenschaft hervorruft. Die kann dich nicht betrügen und nicht weglaufen. Wenn du Leidenschaft ausstrahlst, ziehst du sowieso jede Menge Einfallslose an wie Motten das Licht. Und habe immer eine Saite Lachs, ein paar Weinbergschnecken, guten Champagner und die neue Vogue im Haus. Damit hältst du es ganz gut auch mit dir selbst aus.«

Es stimmte, dass sie Menschen anzog. Es riefen dauernd Leute an. Meist Männer. Nadia erklärte kühl, sie habe selbstverständlich Affären. »Das gehört dazu. Ich habe kein Keuschheitsgelübde abgelegt. Und es gibt keinen, dem ich treu sein müsste.«

Eine Affäre nach der anderen habe sie, nur sehr gelegentlich zwei gleichzeitig. Manche, die ihr beruflich nutzten: »Das machen die Männer seit Jahrtausenden.« Manche gefielen ihr sexuell, bei anderen wollte sie einfach nur wissen, wie sie ohne Kleider aussahen. »Natürlich frage ich manchmal, ob ich sie fotografieren darf. Die ganz Jungen stimmen gleich zu und die ganz Alten auch. Problematisch sind nur die dazwischen.«

Eine Erfahrung, die ich bestätigen konnte.

Ich zähmte mein Chaos in Haushalt und Alltag, sie dafür ihren Hang zum Perfektionismus, und so lief mit uns alles ganz gut.

Bis sie an einem Sonntagmorgen ins Europabad zum Schwimmen ging, ich alleine in der Wohnung blieb und wieder ein Mord seine hässliche Hand nach mir ausstreckte.

2. Kapitel

Wie immer begann es ganz harmlos und zufällig. Mit Kopfschmerzen. Es war Ende Januar, eiskalt draußen, und das mögen meine zarten Ohren nicht. Sie leiten die Kälte ins Innere weiter, und ich bekomme Kopfweh.

Da hilft nur eine baldige Tablette, und da ich mich quasi im Exil befand, stöberte ich in meinem Kosmetikköfferchen nach intensivem Suchen zwar endlich den lange vermissten auberginefarbenen Lippenstift sowie fünf Euro auf, aber keine Tabletten. Der Lippenstift hatte sich übrigens von seiner Kappe befreit und das gesamte Innere meines Köfferchens in ein topmodisches Aubergine getaucht. Beim Saubermachen zerriss der Geldschein in drei handliche lila Teile.

Jetzt hatte ich noch stärkere Kopfschmerzen. Es hämmerte wie auf einer Großbaustelle.

Man macht das eigentlich nicht: Man stöbert nicht in anderer Leute Sachen herum, wenn sie nicht da sind und man selbst dort den Status des Gastes einnimmt. Andererseits brauchte ich jetzt wirklich eine Kopfschmerztablette und fand keine an den üblichen Orten wie im Badezimmer oder in der Küchenschublade. Zu dem Hämmern gesellte sich jetzt noch Übelkeit. Das ließ mich den Anstand des Gastes vergessen. Ich ging in Nadias Arbeitszimmer und öffnete die oberste Schublade ihrer Weichholzkommode, aus der ich sie einmal eine Packung Taschentücher hatte herausnehmen sehen. Könnte also rein theoretisch auch die Vorratshaltung für Aspirin sein.

Ich fand kein Aspirin, dafür alte Ansichtskarten von Venedig und von München, einen abgelaufenen Führerschein (sie hatte sich kaum verändert, beneidenswert), eine Reihe Fotos von Burgen und Schlössern, von Ruinen, aber auch Szenen aus Theaterstücken, zwei oder drei Blumenstudien, Kritiken von Ausstellungen im März 2004, einen ganzen Packen Zeitungsausschnitte, die mit einem Gummi zusammengehalten waren.

Eigentlich suchte ich Aspirin, doch jetzt war meine natürliche Neugier geweckt. Eine Ahnenforscherin und eine Schublade voller Fotos und Dokumente verbindet eine tiefe, manchmal illegale Leidenschaft miteinander.

Ich sah, dass sie auch von 2004 waren, allerdings vom April und Mai. Darunter lag ein unscheinbarer Umschlag mit Fotos, die lose darin lagen, so dass einige herausfielen, als ich ihn zur Seite schob.

Es waren keine Fotos in Schwarzweiß oder Sepia, wie Nadia sie heute gerne machte, sondern Studien in ganz grellen Farben, fast wie in altem Technicolor. Interessante Motive. Die grellen Farben wirkten nicht heiter, sondern grotesk. Sie passten irgendwie nicht in unser Leben. Sie wirkten auf eine nicht näher definierbare Weise bedrohlich.

Von Rissen durchzogene Hauswände, an denen Efeu hochkletterte, und davor ein alter Mann. Fensterrahmen, von denen der Putz abblätterte, dahinter sich spiegelnd ein Junge. Ihrem Motiv Männer war sie also meist treu geblieben. Ein Stück Salamiwurst, das sich an den Enden rollte, ein Metzger, der es genüsslich betrachtete. Unglaublich. Könnte ich fotografieren, so würde ich persönlich schönere Sachen ins Visier nehmen. Es mussten ja nicht gleich Matthias' nette Bergwelten sein.

»Der Verfall«, murmelte ich. »Es ist die Vergänglichkeit der Dinge und der Menschen, die sie interessiert. Für ihre Grußkarten vielleicht doch schwer verkäuflich, aber ansonsten sehr künstlerisch.« Nessie, die mir gefolgt war, gab durch eine Art Piepslaut kund, dass sie nicht am Verfall, sondern an ihrem Mittagessen interessiert sei.

»Gleich«, murmelte ich. Blätterte die Bilder durch. Besonders interessant fand ich die Darstellung eines Männerschuhs neben einer schwarzgelben Banane, die ziemlich hässlich aussah. Es war ein länglicher Schuh, vielleicht aus der Elviszeit, und in ihm steckte ein unsportlicher Männerfuß mit weißen Socken, die sich nach unten ringelten. Irgendwie erinnerte er mich ans Theater. An ein kleines Vororttheater, das sich keine neuen Schuhe mehr leisten kann.

Ich verfüge leider über wenig visuelles Talent. Schon gar nicht zum Fotografieren. Die Leute, die von mir zum Ansehen meiner Werke gezwungen werden, fangen meistens nach drei Bildern zu gähnen an.

Doch Nadia besaß offenbar das magische Auge. Das musste der Kurpark in Baden-Baden sein. Ich erkannte die Fassade des *Brenner's*, die sich filigran andeutete, aber ganz nach vorne geholt hatte sie zwei Balkone. Auf dem einen stand ein ziemlich feist wirkender Araber, der eine Zigarre rauchte. Wie das Licht durch die Blätter brach und sich in der Oos widerspiegelte. Und da, wie der Hutrand des alten Herrn im Café seine Torte exakt in zwei Hälften tauchte, eine sonnige und eine schattige. Natürlich waren sie auch vom Verfall bedroht, der Kuchen und der Mann. Eine Wespe, die irgendwie vergrößert wirkte, saß auf der Torte. Man glaubte, das Mahlen ihres Kiefers zu hören. Wenn Wespen überhaupt Kiefer besaßen. Eine Wespe zu fotografieren, stellte ich mir sehr schwer vor. Ich persönlich würde nicht lange genug in ihrer unmittelbaren Nähe bleiben, um auf den Auslöser zu drücken.

Hier der Karlsruher Marktplatz … hatte sie beim Knipsen flach auf dem Boden gelegen? Nur Beine und die Blumenkübel auf dem täglichen Blumenmarkt. Eine Birne war unter einen Wagen gerollt, ein Marktverkäufer bückte sich missmutig nach ihr und verlor dabei sein verkaufsförderndes Lächeln. Dann eine Bar. Eine Frau, deren Brille grausam blitzte, und ein Mann mit zigeunerhaft glatt nach hinten gekämmtem lackschwarzem Haar saßen an der Theke. Vor sich Cognac. Wie Fotos so deutlich die Banalität unseres Lebens ausdrücken konnten.

Ein weiterer kleiner Umschlag. Mit ganz dünner Bleistiftschrift stand »23.4.2004« darauf. Die Schrift war so verblasst, als sei sie schon einmal ausradiert worden. Ich lugte hinein.

Wieder ein Foto mit viel Grün. Büsche. Blätter. Gras.

Das war aber nicht Baden-Baden, so wie es aussah. Etwas wilder, mehr Büsche, mehr Unterholz. Eine kleine Stechpalme, etwas weich gezeichnet und verschwommen im Hintergrund. Ein schmaler Weg nur angedeutet. Sonne, die tief ins Blätterwerk eindrang. Eine schöne Szenerie.

Ich kniff die Augen zusammen. Wunderbar, wie sie das Efeu erfasst hatte, die unterschiedlichen Grüntöne, das warme Braun der Erde. Der Weg und die Bäume schienen zu einer Natureinheit zu verschwimmen.

Vielleicht hätte ich den Volkshochschulkurs »Besser sehen, toll zeichnen können« von Marlis Moser-Streich doch nicht nach einer Stunde schon aufgeben sollen. Zwischen dem Efeu lugten weiße Blüten hervor, die sie mit dem Zoom etwas näher herangeholt hatte. Weiß ist sehr schwer zu malen, hatte ich bei Moser-Streich erfahren. Geht nur durch gezieltes Weglassen. Auch bei Fotos, soviel hatte mir Nadia gnädigerweise mitgeteilt, sei Weiß eine problematische Farbe, da sie polarisiere. Den Grund dafür hatte sie mir nicht mitgeteilt.

Auf dem Bild schien es Frühjahr zu sein. Die weißen Blüten sahen wie eine Art Maiglöckchen oder Maikraut aus.

Sie waren aber nicht alle weiß. Erst sah ich es nur bei einer, dann bei mehreren. Sie hatten rote, unregelmäßige Tupfer. Tropfenförmig. Eigenartig. Ich kannte solche Blumen nicht. Es sah merkwürdig aus. Wie umgekehrte Fliegenpilze. Beinahe unheimlich.

Ich griff nach der kleinen ausklappbaren Lupe, die ich immer bei mir habe. Typisch Ahnenforscherin. Keine nützlichen Tabletten zur Hand, aber eine Lupe in der Tasche!

Die Sprengsel auf den weißen Blättern lösten sich unter dem Blick der Lupe in verschiedene Farbschichten auf, dunkelrot und mehr ins Bräunliche schimmernd. Was waren das für Blumen?

Doch dann stutzte ich. Am linken Bildrand, fast ganz versteckt unter den weißen Blüten, da lag etwas Eigenartiges … etwas Fremdes. Ich kniff die Augen zusammen und hielt die Lupe in verschiedenen Positionen vor das Bild, bis die Konturen deutlicher wurden und ich mir sicher war. Das war eine Hand. Ziemlich lange Fingernägel. Eine Frauenhand also? Nein, die Nägel waren zu naturbelassen für die einer Frau. Wahrscheinlich also doch eine Männerhand, denn sie war ziemlich kräftig. Halbgeöffnet. Zwischen ihren Fingern schimmerte ebenfalls etwas von roter Farbe wie auf den Blättern. Eine solche leblose Hand alleine sieht merkwürdig aus. Gespenstisch. Ihre Finger schienen zu verzweifelt gekrümmten Klauen verkrampft.

Ich sah in den kleinen Umschlag. Da war noch ein zweites Foto. Ich holte es heraus. Meine Augen glitten darüber. Wie als ahnte ich, was mich erwartete, konzentrierte ich mich zuerst auf die Hand. Da war sie wieder, doch diesmal war sie nicht am Bildrand abgeschnitten … Den Arm hoch, der unter den Blättern – oder waren es deren Schatten – verborgen lag. Zum Körper. Zu einer zweiten Hand, die sich um eine Stelle an der Brust krampfte. Zwischen den Fingern etwas von der roten Flüssigkeit. Weiter. Zum Gesicht, das auf einem Bett von brauner Erde lag. Kräftige Züge. Ein auffallender Schnauzbart wie eine Robbe. Offenstehende Augen in einem eigenartigen Blau. Darunter kranke Schatten. Die Augen starr. Der Mund offen. Sehr deutlich. Das ganze Bild erinnerte mich an Museumsbesuche am Sonntagmorgen. Die alten Holländer hatten auch manchmal so lebensecht gemalt, dass man den Eindruck hatte, diese Herren mit den gefältelten Kragen würden gleich aus ihren holzgeschnitzten Bilderrahmen heraus zu sprechen beginnen. Ich sah das erste Bild wieder an. Diese Blüten. Sie schienen zu leben. Doch die Gestalt auf dem zweiten Bild da war tot.

Hätte ich die roten Punkte und Spritzer auf dem Blütenbild nicht gesehen, so wäre mir der Anblick der Hand zunächst vielleicht ganz entgangen. Ich hätte das Foto kopfschüttelnd zurückgelegt und vergessen. Und damit das ganze grässliche Szenario, das sich auf der zweiten Aufnahme entfaltete.

Seltsam, dass mich die Hand auf dem ersten Bild fast mehr abstieß als der zweifellos tote Mann auf dem zweiten.

Ich erinnerte mich an die Hand meiner Großmutter, als diese im Sterben lag. Sie hatte eine ganz ähnliche Geste mit ihren Fingern gemacht. Sie krallenartig noch einmal geschlossen und geöffnet. Als habe sie sich mit den letzten Schlägen ihres Herzens bewegt. Manchmal hatten wir geglaubt, sie sei bereits tot. Bis sich dann ihrer Brust ein mühsames lautes Schnarchen entrang.

Mein Blick wanderte zurück zu den weiß-roten Blüten auf dem ersten Bild.

Diese Flecken waren Blut, das war eindeutig. Wie ein roter Regen musste das Blut über die weißen Blätter getropft sein. Herausgekommen war dieses Blut aus der reglosen Gestalt da auf der Erde, welche das zweite Foto so schonungslos zeigte. Halb verborgen von Buschwerk zwar, aber doch deutlich.

Ich hatte leider in den letzten Jahren genug Blut gesehen, wo es nicht hingehörte, und ich war mir sicher: Bei dem Mann im Gebüsch konnte es keinen Zweifel geben. Da lag ein Toter in seinem Blut. Diese Bilder waren nicht nur bizarr. Sie strahlten selbst als Fotos noch etwas Gewalttätiges aus. Die Erinnerung an einschlägige Filme kam in mir hoch. An Irre, die ihre Morde dokumentieren. Hatte Nadia einen Menschen umgebracht und dann für ihre Serie »Männer« fotografiert? Warum auch immer. Vielleicht war sie verrückt. Hatte noch einen Toten für ihre Bildersammlung gebraucht. Verrückte wirken bekanntlich oft ganz normal. Sie verbergen ihren Fanatismus unter der Maske von Normalität und Disziplin.

Mit weichen Knien ließ ich mich auf die Couch in ihrem Zimmer fallen, die beiden Bilder noch immer in meiner Hand. Registrierte Einzelheiten wie einen Kaffeefleck auf dem Boden. Nessie war mir gefolgt und betrachtete mich argwöhnisch.

Wie um die Realität des zweiten Fotos zu verdrängen, hielt ich die Lupe noch dichter an die entstellten Blütenblätter auf dem ersten Bild. Sie schienen sich leicht im Wind zu bewegen. Erst dadurch merkte ich, dass ich zitterte. Das Blut sah aus wie geronnen. Es hatten sich Braunanteile unter das Rot gemischt.

Ich ließ das Bild und meine Lupe sinken. Und mich dann wieder zurück aufs Sofa.

Es war also wieder geschehen!

Was auch immer passiert sein mochte: Nadia hatte einen Mord fotografiert. Muss nicht sein, denk auch an andere Möglichkeiten, Maren. Der Mann könnte sich auch geschnitten haben. Gestürzt sein …

Wieso liegt einer so da, wie er daliegt? Gestolpert? Unwahrscheinlich. Inmitten einer grünen Idylle. Woher dann das viele Blut? Die eigenartige Starre, die in dieser Hand und in der ganzen Gestalt lag. Mir wurde schlecht. Elend. Und kalt. Es war die Kälte der Ernüchterung, dass meine Ruhe in dieser Wohnung zerstört war.

Wie kam Nadia an solche Aufnahmen, und gab es noch andere Bilder, die weitere Details von dem Toten zeigten? Mit Herzklopfen und wachsendem schlechtem Gewissen suchte ich noch einmal vorsichtig in der Schublade herum: Nichts. Kein anderes, kein vergleichbares Bild.

Nervös versuchte ich mich zu erinnern. Hatte sie als Polizeifotografin gearbeitet? Für die Leichenbeschauer am Gerichtsmedizinischen Institut? Davon hatte Raika niemals etwas erwähnt, aber das musste sie ja auch nicht. Warum aber sollte Nadia das unschöne Foto eines Toten aufbewahren? Im Zeitalter digitalisierter Fotoarchive?

Vielleicht war ihr diese Tätigkeit peinlich gewesen? Ein morbider Job, über den man nicht gerne sprach. Doch Nadia war keine, die das Peinliche scheute. Sie war immer offen gewesen, auch bei Dingen, die weniger ehrbar gewesen waren. »Mein Gott, ich habe in einer Bar gearbeitet. Wenn ich mich zickig angestellt hätte, wäre ich bald geflogen. Ein guter Kunde war eben ein guter Kunde. Muss ich mehr sagen? Die meisten waren übrigens ganz nett. Aber dann gab es ein Problem …«

»Welches?«, hatte ich gefragt.

Kühl und mit einem Schulterzucken hatte sie geantwortet: »Ich wurde zu alt. Ältere Frauen, die ihnen Getränke servieren, haben sie selbst genug zu Hause. Junge Mädchen sind gefragt.«

Nach einer Pause: »Ein nachwachsender Rohstoff.« Nachdenklich hatte sie an ihrem geliebten Caipi genippt. Ich hatte nicht weiter gefragt. Jugendsünden.

Ich drehte das zweite Foto um. Wie auf dem Umschlag hatte sie ganz fein auf der Rückseite notiert: »23.4.2004«

Darunter ein paar kaum noch leserliche, fast wie ausradiert aussehende Worte. Wieder kam meine Lupe zum Einsatz.

Es ist eine sehr starke Lupe. Ahnenforscher brauchen sie manchmal, um in Kirchenbüchern ausradierte oder durchgestrichene oder übermalte Einträge lesen zu können. Es gibt nämlich mehr Leute als man denkt, die in ihren Stammbäumen nach Herzenslust redigieren. Da wird die verdächtige Oma, die Sara hieß, schon mal zur Clara, und vor den schlichten Landarzt Johann Würz wird ein Dr. gemogelt.

Ganz undeutlich las ich: »Unschönes Ende im Grünen«.

Ich verstaute die Bilder dort, wo ich sie gefunden hatte. Fast mechanisch brachte ich alles in Ordnung. Verbarg meine Lupe. Doch ich fühlte im gleichen Moment, dass ich eine greifbare Erinnerung an das, was ich gesehen hatte, brauchte.

Die Zeit würde nicht reichen, irgendwo eine Kopie wenigstens des zweiten, aussagekräftigeren Fotos anzufertigen. Außerdem war Sonntag. Es war totenstill in der Wohnung.

Auf Zehenspitzen, wie ein Dieb, ging ich in mein Gästezimmer und holte ganz unten aus meinem Koffer jene lächerliche billige Digitalkamera heraus, die ich vor Nadia bisher versteckt gehalten hatte. Ihr gegenüber hatte ich behauptet, eigentlich so gut wie niemals zu fotografieren, weil es mir zu peinlich war, mit solch einem Brigitte-Abo-Werbegeschenk gesehen zu werden. Ich öffnete die Schublade wieder, holte die Bilder heraus. Ging ganz nahe an das Foto mit dem Mann im Gras heran und machte ein Bild davon. Mit schlechtem Gewissen. Nur ein einziges. Das Klicken der Kamera klang so laut in meinem Ohr, als hätte ich einen Gewehrschuss abgefeuert.

Dann verstaute ich die grauenhaften Aufnahmen wieder sorgfältig, so wie ich sie gefunden hatte. Jahrelange Erfahrung im – erlaubten – Durchsuchen anderer Leute alter Schubladen halfen mir dabei.

Müde ließ ich mich wieder neben meinem Hund auf meinem Gästesofa nieder. Mürrisch rückte Nessie zur Seite.

Ein Toter. Von ihr fotografiert. Den Gedanken an die Polizei hatte ich vorhin schon verworfen, aber noch einmal ging ich im Stillen ihre

Berufsbiographie durch, soweit ich sie kannte. So bunt sie auch war, sie hatte niemals etwas von einer Tätigkeit in offiziellen Diensten erwähnt.

War das Foto nur ein schlechter Scherz? Hatte sie sich einfach eine Szene ausgedacht? Und jemanden so drapiert, als sei er ermordet worden? Irgendwer hatte sich einen makabren Spaß machen wollen. Mit Freunden oder Ehefrau. Und sie hatte die Inszenierung festgehalten. Unwahrscheinlich. Und es entsprach nicht ihren künstlerischen Leitlinien.

»Gestellte Fotos mag ich nicht. Meine Blumen und Blüten sind nicht gestellt. Die sind einfach nur da und haben keinen anderen Zweck als schön zu sein. Nein, keine Fantasie, mir was Künstliches auszudenken, Schätzchen«, hatte sie erst vor kurzem noch eindringlich gesagt. »Ich würde ganz gerne die Wahrheit zeigen, wenn ich darf. Deshalb bin ich Fotografin geworden und nicht Malerin. Außerdem reichen die Schrecken unseres alltäglichen Lebens vollkommen aus. Sogar, wenn man sich nur auf die männliche Hälfte der Menschheit konzentriert. So viele Filme gibt es nicht, um die alle aufzunehmen.«

Ich schleppte mich in die Küche und setzte mich auf einen der Barhocker, die sie dort nebeneinander stehen hatte. Trank an dem Tresen einen Schluck kalten Kaffee. Mein Kopfweh war verschwunden. Und ich beschloss, Nadia niemals auf diese Fotos anzusprechen. Ich war schließlich Gast bei ihr. Wenn sie diese unschöne Darstellung eines Toten aufbewahrte, so war das ihre Sache.

Für mich stand fest: Ich würde davon ausgehen, dass Nadia keine Mörderin war. Gut, ich würde meine Zimmertür in Zukunft nachts vielleicht unauffällig abschließen, aber *niemals* ein Wort von dem Foto. Ich würde schweigen wie ein Grab!

****

Niemals ist ein kurzer Zeitraum, und Gräber können sich öffnen.

Eine Woche war vergangen.

Inzwischen hatte ich mit einem Gefühl, als tue ich etwas Verbotenes, das Bild zusammen mit anderen von meiner Speicherkarte beim dm-Markt ausgedruckt. Vergrößert. Diese nicht besonders gute Replik von der Aufnahme befand sich nun in meinem Besitz und sorgte dafür, dass mir die Sache keine Ruhe ließ.

Im April 2004. *Unschönes Ende im Grünen*. Ich versuchte, die Fakten zu sortieren.

Wo konnte Nadia diese Bilder aufgenommen haben? Vermutlich hier in der Gegend. Bei ihren Studien. Vielleicht aber auch noch im Frankfurter Raum. Oder in München, wo sie zeitweilig gelebt hatte? Nein. Seit 2003 war sie hier und hatte mehrfach betont: »Ich fühle mich wohl bei euch. Hier gibt es besseres Wetter, besseren Wein, besseres Essen und die Männer lassen sich auch nicht übel an. Und meine Motive finde ich hier ebenso gut wie woanders.«

Eine Fernreisende war sie nicht. Das hatte sie biographisch begründet.

»Mein Vater hatte eigentlich Schriftsteller werden wollen. Bekanntlich kann man davon nicht leben. Also war er bei einem Verlag als Autor von Reiseführern beschäftigt. Freiberuflich. Er musste trotzdem immer ums Überleben kämpfen. Hat mich schon früh als seine kleine Fotografin überallhin mitgenommen. Hotels. Flugplätze. Immer unter Druck. Zeitdruck. Bis er am Ende war und die Familie pleite. Dankeschön. Vom Reisen habe ich eigentlich genug. Jetzt suche ich für eine Weile im Badischen nach versteckten Schönheiten.«

Ich versuchte, die Puzzlesteine zusammenzusetzen und ärgerte mich über mich selbst, dass ich das Foto nicht einfach vergessen konnte.

Noch am gleichen Abend rief ich von meinem Handy aus einen entfernten, aber nützlichen Bekannten an. Ich war allein in der Wohnung.

Erwin Schlutz ist ein verschrobener Archivar, der beim Südwestrundfunk im Zeitungsarchiv tätig ist. Er gehört zu den Menschen, die spät ins Berufsleben treten, um von da an auf die Rente hinzudösen. »Aktiv warten«, nannte er diesen Zustand gutmütig.

Kennengelernt hatte ich ihn bei einer Archivarstagung, und ich hatte ihn schon manches Mal brauchen können, wenn es um knifflige Ahnenforschungsfragen ging. Eigentlich telefonieren wir nur und unterhalten uns. Er weiß einiges von mir, doch leibhaftig gesehen haben wir uns vor Jahren das letzte Mal. Ich zweifelte aber nicht daran, dass er noch aussah wie immer und auch noch genauso träge war. Natürlich war er zu Hause.

»Schlutz!«, meldete er sich widerwillig.

Im Hintergrund hörte ich klassische Musik. Erwin baute selbst Stereoanlagen. Es war sein einziges raumfüllendes Hobby. Mit Hilfe dieser ausgeklügelten Anlagen hörte er sich seine geliebten Opern an, für deren Genuss er früher das Haus, ja sogar die Stadt hatte verlassen müssen.

»Erwin, könntest du bitte bei euch im Archiv, das heißt in der Pressedatenbank, eine Suche für mich starten?«

Es war seit Jahren jeder Zeitungsschnipsel erfasst und alles digitalisiert im Printmedien-Archiv des Senders. Eine solche Anfrage war also keine große Sache mehr, und ich wusste, dass Schlutz sowieso nicht unter Überarbeitung litt. Normalerweise mussten Anfragen von außerhalb des Senders allerdings genehmigt und bezahlt werden. Doch Schlutz' bescheidenes Privatleben bestand im Gewähren von Ausnahmen für Leute wie mich.

»Und nach was suchst du diesmal?« Ich hörte, wie die Musik widerstrebend leiser gedreht wurde.

»Ob es zu einem bestimmten Datum ein offiziell gewordenes Kapitalverbrechen in Süddeutschland, nein, besser wäre in ganz Deutschland, gab. Ende April 2004. Um den 23.4. oder den 24.4. herum. Männliches Opfer. Beziehe bitte auch die Selbstmorde mit ein. Die werden ja gelegentlich in den Zeitungen auch kurz gemeldet. Fundort der Leiche wäre … Großraum Mannheim. Kann auch erweitertes Süddeutschland sein.«

Das war ein Trick. Großraum Mannheim bezog automatisch auch Karlsruhe mit ein, ohne dass ich den Ort nennen musste. Ein unnötiges Manöver übrigens, denn Schlutz interessierte sich sowieso überhaupt nicht für die Welt da draußen.

Und es wäre ihm viel zu viel Mühe, mich bei der Polizei zu melden oder etwa eigene Erkundigungen einzuziehen.

Schlutz war zwar träge, aber deshalb nicht dumm.

»Maren, warum machst du dir immer diesen Stress mit diesen ungelösten Kriminalfällen? Ist doch nur unnötiger Zeitaufwand. Kann ich nicht nachvollziehen. Wenn ich morgens vor meiner Bürotür eine Leiche fände, würde ich den Hausmeister rufen, sie entfernen lassen und dann ganz in Ruhe weitermachen. Keine Mehrarbeit, bitte. Also, wann brauchst du es?«

»Irgendwann. Lass dir Zeit. Bald. Bis morgen. Und, Erwin - danke!«

»Kriegst es morgen. Und jetzt lass mir meinen Mozart. Die Entführung aus dem Serail. Mozart war frisch in seine Constanze verliebt, als er das kleine Singspiel schrieb. Das klingt aus jedem Ton. Hör mal …« Die Musik wurde lauter.

Eigenartig. Schlutz war meines Wissens und seinen eigenen Andeutungen nach selbst nie verliebt gewesen. Weder in Mann noch Frau. Er hatte auch keine Biographie als Pelzfetischist oder Spanner hinter sich. Er war einfach nur sexlos glücklich. Und es schien ihm nichts zu fehlen. Mozarts früheres Glück erfüllte ihn ganz und gar. Vielleicht war das gar nicht so schlecht. Mozart konnte ihn zumindest nicht mehr enttäuschen. Mozart veränderte sich nicht mehr. So wie sich Melchior verändert hatte.

****

»Vergiss es«, lautete die lakonische Antwort meines trägen Informanten am anderen Tag. »Habe alle Suchbegriffe, alle Verknüpfungen in unserem Pressearchiv durchforstet, aber habe nichts Passendes finden können. Keine Männerleiche. Nur eine in Karlsruhe, später im Hochsommer. Ich glaube, dazu muss ich dir nichts sagen.«

Die Anspielung saß. Erinnerungen kamen hoch. Maulbronn. Ein Toter auf der Zoobrücke. Erinnerungen, die ich gerne verdrängen wollte.

»Aber im April: Nichts. Auch kein Selbstmord. Rund um das Datum jedenfalls nicht.

Am 27. ist ein Obdachloser in München in die Ewigkeit gegangen. Wurde erschlagen nachts in der Nähe vom Bahnhof gefunden.

Und in einem fränkischen Weindorf bei Würzburg hat sich im Juni ein junges Mädel verabschiedet. Wohl vergiftet. In Mannheim ein weiblicher Doppelselbstmord im August. Leider. Zwei männliche Selbstmorde im September, die in den Zeitungen gemeldet wurden, weil sie besonders tragisch erschienen: Ein Jugendlicher aus Sulzfeld ist von einer Brücke bei Bretten gesprungen. Und ein Familienvater in Frankfurt. Hat sich in der Garage vergast. Also, vergiss es und such dir einen anderen Mord.« Er gähnte und wartete meinen Dank nicht ab, als er erleichtert auflegte.

Also nichts. Nur eine Täuschung. Gestellte Bilder. Ich sollte erleichtert sein. Die Fotos hatten mich erschreckt und Nadia in ein beunruhigendes Zwielicht getaucht.

Doch ich konnte sie trotzdem nicht vergessen. Immer, wenn ich Nadia in den nächsten Tagen bei ihren alltäglichen Verrichtungen sah, musste ich an die Aufnahmen in ihrer Schublade denken.

Sogar der Anblick der Phalanx ihrer Fotoapparate, die auf einem Bord im Arbeitszimmer nebeneinander standen, schien mir wie ein Mahnmal.

Ich ertappte mich dabei, wie ich die Rede öfters als üblich auf das Thema Fotografieren und Motivsuche brachte, manchmal sogar lose mit Gedanken an die Endlichkeit des Lebens verknüpfte – sie antwortete mit der ihr eigenen Begeisterung für ihre eigene Sache, doch letztlich blieb sie immer höflich und nichtssagend.

Mittlerweile ging meine frustrierende Wohnungssuche weiter.

Mit Hilfe der Bank erlaubte ich mir virtuelle Ausflüge in die Welt derjenigen, die sich einfach so ein paar Wohnungen kaufen, und stöberte in dem segensreichen Portal »Immobilienscout24.de« herum.

In dem Preissegment, in dem ich unterwegs war, gab es allerdings nicht sehr viel Auswahl.

Mein unerfahrenes Auge fiel auf eine Wohnung, die sich verlockend anhörte: 1,5 Zimmer, mit Balkon, Innenstadt, Tiefgarage, renoviert mit Balkon und Laminat: 39 000 Euro.

Ein Schnäppchen. Ich rief die Maklerin an. Bat um ganz dringenden Rückruf. Rückwirkend gesehen muss die ihr Glück kaum geglaubt haben, dass sich jemand auf die Anzeige meldete. Aber in der Immobilienbranche steht jeden Tag ein Dummer auf.

So wie in fast allen Branchen, außer meiner. Kommt bei den Stammbäumen nicht mindestens ein Adeliger oder ein Professor heraus, wollen die Leute nicht den vollen Preis zahlen. »Also, dass der Ferdinand mit dreiundvierzig vom Rad gefallen und dabei gestorben ist, das wussten wir auch so schon, Fräulein Mainhardt. Haben Sie nicht was Neues, was Interessantes?« Damit meinten die Leute meistens a) Adel oder b) Geld. Am besten beides. Fand ich absolut nichts, tröstete ich sie damit, dass alle Deutschen von Karl dem Großen abstammten. War die Kundschaft blauäugig, gab ich ihnen als zusätzliches Schmankerl noch mit auf den Weg, dass alle Blauäugigen weltweit miteinander verwandt seien (hatte ich in der FAZ gelesen, und die musste es wissen). Das schließt dann Prinz Charles und Ernst August von Hannover mit ein.

Das waren meine trüben Gedanken, als ich durch das Klirren des Wohnungsschlüssels an der Tür einmal mehr daran erinnert wurde, dass ich nicht mehr allein lebte.

Nadia kam heim und setzte sich erschöpft. Wir lebten schon fast wie ein Ehepaar.

»Ach, Nadia, ich habe einen Besichtigungstermin vereinbart und hoffe, ich muss dich nicht mehr allzu lange belästigen«, sagte ich und bot ihr einen Tee an. Englischen Tee, importiert von einer Freundin, deren Tochter in London lebte. Dieser Tee schmeckte nach geblümtem Hotelzimmer, rutschigen, zu dünnen Bettdecken, einem Kamin, rotbraunen Ledersesseln, nach in spitzem Ton gerufenem »Oh, how lovely my dear«, nach bitterer Marmelade und höflichen Gesprächen mit alten Gentlemen, die sich noch an den Burenkrieg erinnern.

»Nein, nein, ich habe schon drei Tassen. Sonst kann ich schon wieder nicht schlafen. Hab sowieso meine Probleme mit dem Mann im Mond.« Sie seufzte, schleuderte ihre Pumps von den Füßen und ließ sich in eine Sofaecke fallen.

Ich betrachtete sie, und gegen meinen Willen bemerkte ich: »Vielleicht bedrückt dich etwas. Etwas aus deiner Vergangenheit.«

Sie fuhr herum und musterte mich scharf. »Wie meinst du das?«

Jetzt konnte ich nicht mehr zurück.

»Manche Dinge verfolgen einen. Dinge, die man verdrängt hat. Dinge, die man vergessen will.«

Nadia richtete sich auf. Ihr schmales Gesicht wurde aufmerksam.

»Was willst du damit sagen, Maren?«

Jetzt klang das *Maren* streng. Ihre Stimme war kalt und schneidend geworden. Wieder wurde mir schlagartig klar, dass Nadia eigentlich eine Fremde für mich war. Ich trank einen kleinen, vorsichtigen Schluck. Doch nun konnte ich nicht mehr zurück!

»Ich schwöre, ich habe nicht spioniert, Nadia. Würde ich nie tun. Schließlich bin ich dein Gast. Doch ich hatte dieses furchtbare Kopfweh und konnte in meinen Sachen keine Tablette finden. Dann habe ich gedacht, in einer deiner Schubladen im Büro ist vielleicht ein Aspirin …«

Wenn sie erschrak, zeigte sie es nicht.

Einmal atmete sie scharf ein, dann hatte sie sich wieder unter Kontrolle. Musterte mich ernst. Nicht böse. Und ohne schlechtes Gewissen. Nur abwartend.

»Na ja, was soll ich große Worte machen«, sagte ich, die ich sonst immer ganz gerne große Worte machte und hörte mich drauflos plappern: »Ich habe Bilder gefunden. Fotos. Sie fielen heraus, aus einem

Umschlag. Die Bilder haben mir gefallen, so wie mir alle deine Werke gefallen, Nadia, und deshalb habe ich genauer hingesehen. Du hast da eine seltsame Szene aufgenommen. Mit Blut. Blumen mit Blut. Und dann der Mann auf dem einen Bild. Ich meine, ich habe leider in den letzten Jahren einige Leichen gesehen, deshalb war ich mir gleich sicher, dass der Mann tot ist. Und dann das Blut, das zwischen seinen Fingern herausquoll. So etwas knipst man doch nicht versehentlich. Die Blüten mit dem Blut sind gestochen scharf. Du musst das Blut nicht nur gesehen, sondern seine Farbe und Beschaffenheit genau im Visier gehabt haben. Ich kann mir einfach nicht vorstellen, dass man so ein Bild inszeniert. Nadia, was hat es mit diesem Mann auf sich? Wieso warst du bei seinem Tod … anwesend?«

Etwas atemlos, so als müsse ich selbst eine Erklärung für den Toten abgeben, hielt ich inne. Was für eine idiotische Frage.

Nadias Gesicht veränderte sich in Sekunden. Ihre Gelassenheit löste sich vor meinen Augen auf, wie wenn ein Spiegel zerbricht. War es Verzweiflung oder Wut? Ihre Augen, sonst kühl und überlegen, sprühten plötzlich Funken.

»Warum?«, fauchte sie wie eine angegriffene Katze. »Warum musstest du ausgerechnet jetzt Kopfweh haben? Hast du keine eigenen Tabletten? Ich habe jahrelang gebraucht, um dieses entsetzliche Bild zu vergessen. Ich, ja, ich dumme Gans, warum habe ich diese … Dinger nicht einfach weggeworfen wie andere Bilder, die nichts geworden sind! Oder, die man nicht mehr braucht. Ich hätte es wissen müssen. Blöde Gefühlsduselei. Wie konnte *mir* so etwas passieren? Mir!«

Tränen traten in ihre Augen. Ein für mich vollkommen verblüffender Anblick, sie war sonst so kalt, so beherrscht. Innerhalb einer Minute war sie eine vollkommen andere Person geworden.

»Jahrelang. Jahrelang quält mich dieser Anblick. Selbst, wenn ich sie nicht sehe, weiß ich, dass sie da sind. Es ist, als schlage sein Herz durch das Holz dieser Schublade hindurch. Zahllose Male wollte ich die Bilder schon vernichten. Aber jetzt reicht es. Ich lasse mir von einem unbekannten Toten, der sein Blut nicht bei sich behalten kann, nicht mein Leben zerstören. Jetzt muss er eben noch mal sterben. Und zwar endgültig.«

Sie sprang auf, schneller und behänder, als es sogar Nessie vermochte, die ihr nur mühsam auf den Fersen blieb. Rannte in ihr Arbeitszimmer. Ich hörte, wie die Schublade aufgerissen wurde, wie Sachen zu Boden fielen, dumpfes Poltern, sie kam zurück wie eine Furie, den kleinen Umschlag in der Hand, und dann sah ich, wie sie in ihrer Tasche wühlte.

Ich stand da, konnte mich nicht rühren und dachte nur: Jetzt wird sie mich töten.

Nadia Rixinger hatte uns alle getäuscht und war eine Mörderin, und sie würde mich jetzt erschießen. Und dann ein Bild von mir als Leiche machen. Sie war verrückt. Durchgeknallt. Ich würde hier und heute sterben. In einer Wohnung in der Nebeniusstraße in Karlsruhe. Wenigstens blieb ich dadurch in der Südstadt. Ein kaltes Kichern stieg in mir auf. Blieb stecken. Reichte nur noch zu einem Krächzen.

»Wir können doch reden. Nadia, was soll das?«

Mein Herz begann schmerzend zu ziehen. Mir wurde schlecht. Ich hatte Angst, ich müsste brechen.

Nessie haschte vergnügt bellend nach Nadias Füßen in Nylonstrümpfen. Die hatte jetzt in ihrer Raserei etwas aus ihrer Handtasche gefischt, rannte ins Badezimmer, den Umschlag in der Hand.

Anstatt mich umzubringen, stellte sie sich vor das Waschbecken, zückte ihr Feuerzeug, und ich sah mit einer erleichterten Hilflosigkeit, wie sie das Kuvert mit den Fotos anzündete. Wie sich das Papier an den Enden ringelte, die verkohlten Stücke abfielen und hässliche Spuren in ihrem Waschbecken hinterließen. Mit einer energischen, endgültig wirkenden Geste drehte sie den Hahn auf. Klares Wasser floss.

Sekunden später gab es keine Fotos mehr.

Sie sank schluchzend auf den Badewannenrand. Es war fast schlimmer, die sonst so souveräne Nadia in dieser Lage zu sehen, als zu wissen, dass die Bilder verloren waren. Hilflos stand ich da.

Es ist ja heutzutage Mode, auch Frauen, die man am liebsten bei einem Hexenprozess als Angeklagte sehen würde, ständig zu küssen und zu umarmen. Ich jedoch tue mich ausgesprochen schwer mit körperlichen Zuneigungen gegenüber anderen Frauen. Ungeschickt versuchte ich, Nadia in den Arm zu nehmen. Sie wand sich frei, worüber ich insgeheim froh war.

»Nadia, bitte entschuldige.« Ich hustete, da das Bad noch voller Rauch war. Nessie hatte sich bereits wieder ins Wohnzimmer zurückgezogen, ein Fragezeichen in den Augen.

»Ich hätte natürlich nicht in deinen Sachen kramen sollen, aber ich dachte mir nichts dabei. Was waren das für Aufnahmen, Nadia?«

Sie schleppte sich zurück ins Wohnzimmer, schenkte sich ein großes Glas Wein ein. Dabei verschüttete sie mindestens die Hälfte.

»Warum hast du diese Bilder aufgenommen?«

Sie lehnte sich zurück. Es schien, als kehre ihre Beherrschung langsam zurück. Ihr Kajalstift war verwischt, sie versuchte mit dem sorgfältig lackierten Zeigefinger, den Schaden zu beheben. Dunkle Schatten entstanden unter ihren Augen und ließen sie älter wirken.

»Man könnte ganz locker sagen, eine Studie. Ja, Studie.« Sie atmete schwer. Schien langsam zu sich zu kommen. »Ich muss ja nicht nur Röschen aufnehmen und Kerle beim Saufen fotografieren, nicht wahr?«

Bitter lachte sie auf.

Ich sah sie an, setzte mich neben sie. Schwieg. Wartete. Wartete.

Wartete, bis ich es nicht mehr aushielt.

»Was soll das? Bitte, Nadia. Ich hatte vorhin Angst, du könntest dir oder mir etwas antun.«

»Was? Wieso? Dir?« Sie lachte wieder. Schenkte sich noch ein Glas ein. Dann hob sie nur die Schultern. Atmete ruhiger. Schien langsam zu sich zu kommen.

»Maren, was in meiner Schublade ist, geht dich zwar streng genommen nichts an, aber es tut mir leid, dass ich derart ausgerastet bin. Eigentlich ziemlich unprofessionell, was? Bei anderen würde ich es verachten. Und das Bild, vor allem das mit den Blüten, war nicht schlecht, vom künstlerischen Standpunkt aus gesehen. Dumm, es zu zerstören.«

Sie schüttelte den Kopf.

»Es gibt nämlich kein Negativ. Noch mit einer guten alten Kodak Spiegelreflex aufgenommen. Der Film und die Negative – alles längst entsorgt. Ich habe nicht einmal mehr die Kamera. Verkauft.«

»Was ist das mit diesem Mann? Ist da etwas passiert? In Notwehr? Hat er dich belästigt? Nadia, ich kenne Leute bei der Polizei. Man kann dir helfen. Vielleicht zwei Jährchen. Auf Bewährung.«

Nadia lachte wieder.

»Na, danke, dass du schon das Strafmaß bemessen hast, Maren. Ich weiß sehr gut, dass du Leute von der Polizei kennst. Maren, diese Fotos sollte niemand sehen. Mit der Sache selbst habe ich nichts zu tun. Ich kenne den Mann nicht. Habe ihn nie zuvor gesehen.«

Das würde ich auch sagen, dachte ich.

»Du glaubst mir nicht?«

»Ich würde gerne, aber du musst einem Mann ins Gesicht geschaut haben, der kurz zuvor gewaltsam ums Leben gekommen ist. Er muss furchtbar geblutet haben.«

Ein erschöpftes Schweigen hatte sich zwischen uns ausgebreitet. Nessie blickte verunsichert von einem zum anderen.

Schweigend stand sie auf, ging ins Bad, ich hörte Wasser rauschen. Nach kurzer Zeit kehrte sie zurück.

Sie hatte ihre Schuhe nicht wieder angezogen und lief noch immer strümpfig, wie man hier im Badischen sagt, auf Nylonstrümpfen. Etwas, das ich niemals tun würde. Ich hasse Nylonstrümpfe, doch Nadia trug fast immer Röcke und Kleider. Schmal geschnittene Strickjacken, darunter tiefe Ausschnitte, schmale Röcke, unter denen sich ihre Pobacken ganz schwach abzeichneten. Und eben diese hohen Schuhe. Sie sah sexy aus. Eine Frau zum Hinterhergucken. Immer. Die sah sogar in ihren Joggingsachen schick aus. Etwas, das mir nicht vergönnt war. Vor allem, weil sie Designersportkleidung trug und ich noch immer mit nostalgischen Gefühlen an der Turnhose meiner Schulzeit hing, anstatt meine EC-Karte zur Sportabteilung bei Karstadt auszuführen und endlich ein angesagtes Fitnessensemble zu erstehen. Immer, wenn ich meine blaue Hose ausrangieren wollte, stand meine Mutter wie ein virtuelles Gewissen neben mir und sprach: »Die tut's doch noch!«

Nessie saß neben mir auf dem Sofa, aufrecht und aufmerksam, und verfolgte jede Bewegung mit ihrem schlauen dunkelbraunen Hundeblick.

»Hier ...« Nadia zeigte mir in der hohlen Hand die letzten Ascheereste, drapierte sie in einem Häufchen auf dem Tisch. Nessie streckte den Kopf vor, schnupperte und sah mich dann böse an.

»Das war's also. Ich habe die Fotos jetzt endlich zerstört, obwohl sie wirklich einzigartig schön waren. Hast du diese Blumen gesehen? Und nicht mal ein Negativ – es war das Einzige seiner Art.«

Lachte trocken auf. »Vielleicht war das jahrelang überfällig. Die Sache kann damit nicht ungeschehen gemacht werden, aber wenigstens ich ... ich bin draußen. Ich kann im Moment wirklich keinen Skandal und keine Aufregungen gebrauchen.«

»Die Bilder sind nicht mehr da, aber der Tote bleibt tot«, sagte ich. »Bitte, Nadia, sag mir, was du damals gesehen hast.«

»Bleibt mir eine Wahl? Sonst wirst du mich lebenslänglich misstrauisch von der Seite ansehen und immer überlegen, ob ich nicht doch die bin, die Männer umlegt. Natürlich erzähle ich dir, was es mit den verdammten Aufnahmen auf sich hatte.«

Ich dachte zurück an die toten Finger, die so wahrhaftig in ihrem verzweifelten, wahrscheinlich letzten Krümmen gewesen waren, dass es wehgetan hatte, sie zu sehen. Typisch, Maren Mainhardt. Ich ziehe aus meiner Wohnung aus zu einer scheinbar harmlosen Frau und lande bei jemandem, der Fotos von Ermordeten archiviert.

»Zuerst, Nadia: *Wo* hast du diese Aufnahmen gemacht?«

Sie zögerte noch einen Moment, so als überlege sie, ob sie mir vertrauen könne. »In Schwetzingen. Im Schlosspark. Sie nennen ihn allerdings dort Schlossgarten.«

Der schmale Weg. Das frische Grün. Frühling im Schlossgarten. Ja, tatsächlich. Ich war schon dort gewesen. Es ist wunderschön in diesem Park. Und normalerweise friedlich und entspannend.

Ich schauderte. Sie hatte die Stimmung in dieser Anlage so verdammt gut getroffen. Und den Anachronismus dieses Todes inmitten der lauschigen heiteren Idylle.

»Wie … ich meine, wie ist das passiert? Kamst du zufällig da vorbei?«

Sie zuckte die Schultern. War jetzt wieder ihr altes kühles Selbst.

»Ich gehe niemals zufällig irgendwohin. Das kann ich mir normalerweise nicht leisten. Obwohl in meinem Beruf fünf Jahre eine lange Zeit sind, weiß ich es noch ganz genau. Es waren die ersten Monate, die ich in Karlsruhe und damit im Badischen war, wie ihr so gerne sagt… Damals war ich andauernd unterwegs. Aufträge sammeln, ausführen, Kontakte knüpfen. Aber meine Serie ›Nacht-Macht-Männer‹ habe ich trotzdem immer im Auge behalten. Kurz darauf hatte ich die große Ausstellung in der Deutschen Bank. Die mir, bescheiden gesagt, den Durchbruch beschert hat.«

Raika hatte davon erzählt. Ich erinnerte mich. Sie sprach also die Wahrheit.

»Ich war im Schlossgarten und habe für eine anstehende Trauerkarte diesen Tempel fotografiert. Es war der Wunsch des Auftraggebers, eine Ruine, die nicht allzu deprimierend aussieht, auf dem Bild zu haben. In gepflegter Umgebung. So kam ich auf das Ding in Schwetzingen.«

»Schwetzingen? Ruine?«

»Nun, eine falsche Ruine.« Sie lächelte flüchtig. »Ich habe diesen hübschen Park nicht in Mordabsichten aufgesucht. Tatsächlich ging ich damals öfter dorthin. Ein Eldorado für Fotografen, die Natur haben wollen, aber nicht dauernd im Wald unterwegs sein können. Ich vermag nicht alle Pflanzen und alle Büsche selbst zu züchten. Sie haben herrliche Nischen und wunderbare Arrangements dort. In dem sogenannten Großen See spiegeln sich die Bäume einmalig schön. Der Schwetzinger Schlossgarten ist für Hochzeitsgratulationskarten wunderbar – und für Beileidsbezeugungen ebenso. Grüne Harmonie ist ereignisübergreifend.«

Es klang unbefangen. Ich schämte mich jetzt, dass ich kurz Angst vor ihr gehabt hatte. Nein, Nadia war keine Mörderin. Dafür war sie viel zu sehr mit ihren eigenen Dingen beschäftigt. Und zu beherrscht. Sie hätte ihre Karriere nicht durch so etwas gefährdet, nur um den eigenen Verfall hinter Gefängnistüren zu verfolgen. Und in Bruchsal mixen sie ganz miese Caipirinhas. Sie würde mir eine glaubhafte Erklärung für das Foto geben.

»Also eine Ruine?«, wiederholte ich, um irgendwie Zeit zu gewinnen. Zeit zum Nachdenken.

Und ich wusste, dass Nadia gerne über ihre Motive sprach.

»Ein Kuriosum. Eine Ruine, die als solche geplant wurde. Irgendwann um 1780 herum von Kurfürst Carl Theodor bei seinem Architekten Nicolas de Pigage in Auftrag gegeben. Der hat sowieso das ganze Ensemble so gestaltet, wie wir es heute kennen. Die Ruine ist auf der anderen Seite des so genannten Moscheeweihers. Die Moschee wurde allerdings etwas später gebaut. Das Bauwerk … warte, ich zeige es dir. Ich habe mich eingearbeitet, wie du siehst.«

Sie stand auf, ging in ihr Arbeitszimmer, ich hörte wie eine Schublade aufgezogen wurde, sie suchte und kramte wohl eine Weile und kehrte dann mit einem weichgezeichneten Foto zurück.

Die übliche Begeisterung für die Sache lag wieder in ihren Augen. »Hier. Das verwinkelte, scheinbar verfallene Ding soll ein römisches Turmgrab darstellen. So wie man sie gerne im ersten Jahrhundert nach Christus baute. Dieser sogenannte Merkurtempel steht auf einem künstlich geschaffenen Felsenmeer. Man kann ihn von einer Seite betreten. Um die Illusion perfekt zu machen, hat man bröckelnden Tuffstein genommen und die obligatorischen Sandsteinreliefs absichtlich ruiniert. Also, das passte wirklich perfekt zu einer positiven Trauerkarte. Schau das Mauerwerk. Und dahinter das Grün. Die Risse. Risse in der Illusion. Der vom ewigen Leben. Aber das Grün symbolisiert, dass es weiter geht.«

Sie betrachtete ihr Bild mit Glanz und Stolz in den Augen. »Gelungen, finde ich.«

Manche Leute können wirklich über Massengräber stolpern und reden immer noch glücklich von ihrer Aufgabe.

»War jemand bei dir, als du damals in dem Park warst?«

»Nein, ich war alleine. Ich hatte etliche Termine in Mannheim, und auf dem Rückweg habe ich angehalten, bin in den Park gegangen und habe die Aufnahme gemacht. Der Zeitpunkt war ideal. Es herrschte schon diese herrlich friedliche Abendstimmung.«

Sie strich sich das Haar aus der Stirn. »Du weißt, dass ich nach meiner Frankfurter Zeit einige Zeit in München verbracht habe. Hat mir gut gefallen. Von dort aus kommst du normalerweise nicht nach Schwetzingen, obwohl München und Schwetzingen durchaus etwas gemeinsam haben, wie du ja weißt.« In solchen Lagen bemühte ich mich stets um ein gebildetes Nicken und ein leises Murmeln. In Wahrheit musste ich alles immer wieder nachlesen. Deutsche Kleinstaaterei ist für uns Ahnenforscher etwas Furchtbares. Heute wälzt du etwa noch bayerische Akten, morgen sind sie schon pfälzisch. Nadia musterte mich mit freundlichem Spott.

»Leider musste ich mich für ein paar Aufträge mit Geschichte befassen. Ein Fach, dem ich in der Schule gerne ausgewichen bin. Zahllose Entschuldigungszettel meiner armen Mutter sprechen dafür, aber nun ja …«

Oh, ich wusste sehr gut, wovon sie sprach. Damals war die Vergangenheit für uns uninteressant gewesen. Unser Leben schien nur aus Zukunft zu bestehen. Heute verdiene ich mein Geld mit der Spurensuche rückwärts. Habe meist sogar Spaß dran. Gelegentlich ist es heilsam, sich klarzumachen, dass alles schon mal da war.

»Du wirst das besser wissen. Ich bin keine Historikerin. Ich sag es mal mit meinen Worten: Euer Carl Theodor, ein gebildeter Typ, protzte ganz gerne mit seinem Hof in Mannheim und Schwetzingen. Ließ diese sogenannten Zirkelbauten errichten und baute das Theater. Mitte achtzehntes Jahrhundert. Das ist alles so heiter, so hell. Ein Ort zum

Amüsieren. Zum Flanieren. Plaudern. Flirten. Promenieren und Kokettieren. Ich finde, ein wenig von den schwirrenden Stimmen von damals liegt heute noch in der Luft über Schwetzingen.«

Sie schwieg eine Weile. Ich war froh, dass sie sich scheinbar beruhigt hatte und ließ sie reden. »Aber die mussten bekanntlich auch damals schon ihrem Job hinterher ziehen. Königliche Pendler sozusagen. Als die Wittelsbacher in Bayern ausgestorben waren, protzte er halt in München munter weiter und ließ unter anderem den Englischen Garten anlegen. Für München gut, für die Kurpfälzer ziemlich dramatisch, weil das dortige Kulturleben versandete. Und soweit ich weiß, endeten da auch Mozarts langgehegte Träume von einer Festanstellung am Mannheimer Hof. Die beiden Gärten tragen aber die gleiche Handschrift. In München ging es mir gut und deshalb fühle ich mich, fühlte ich mich, in Schwetzingen heimisch. Seither war ich nicht mehr dort. Konnte nicht mehr hingehen.«

»Man kann gegen den Adel sagen, was man will«, gab ich zu, »aber wir verdanken ihnen tatsächlich zumindest gepflegte Grünflächen in bester Innenstadtlage. Und ich ein paar gute Aufträge.« Allmählich wich das Zittern einer matten Müdigkeit in meinen Gliedern.

»Eben.« Nadia schenkte sich ein Glas Fachinger ein. Ein Getränk, das eigentlich nicht zu ihr passte. Es gibt Frauen, die werden schon als Fachingertypen geboren. Meine Tante Hilde ist so eine. Fachinger und Graubrot mit Quark. Nadia war eine genetisch angelegte Champagnerfrau.

»Vielleicht ruft sie einfach diese Erinnerungen an München in mir wach, aber ich habe diese Anlage wirklich bewundert. Manchmal schien sie mir fast zu prachtvoll für das nette Örtchen drum herum. Auf jeden Fall eine spannende Mischung von wilder und gezähmter Natur. Fürs Flanieren vorne alles hübsch geordnet, und für die darauf folgenden Intimitäten ab ins wildere Unterholz. Mir hat immer gefallen, dass es nicht einfach nur ein langweiliger Park ist. Konnte immer gute Motive dort finden. Seine Schöpfer haben das ganz geschickt gemacht, dass überall eine Überraschung wartet. Das Badhaus, die Moschee, da ein Brunnen, dort Kaskaden und Kanäle. Kam mir immer vor wie ein Freizeitpark des 18. Jahrhunderts. Die Kleinstaaterei hatte auch etwas für sich. Die Provinz lebte und hatte was zu bieten. Seinerzeit kamen Leute wie Voltaire und Hölderlin nach Schwetzingen. Die Zeiten scheinen mir heute vorbei. Meine Künstlerkollegen rümpfen schon die Nase, dass ich in Karlsruhe und nicht in Berlin lebe.«

So interessant das alles war, aber lenkte sie jetzt nicht ein wenig vom Thema ab? Wir saßen hier, um über das ziemlich hässliche Abbild eines Mannes, der meines Erachtens ermordet worden war, zu sprechen. Ich wollte eine Erklärung. Nadia erriet meine Gedanken.

»Du findest, ich lenke von den Bildern ab, nicht wahr? Mach ich auch. Oder versuche es. Die Sache hat mich damals wirklich betroffen gemacht, und da habe ich aus Selbstschutz versucht, innerlich damit abzuschließen. Vielleicht ist mir das Ganze auch peinlich. Aber gut. Reden wir weiter drüber. Es war schon etwas spät geworden an dem Tag. Ich habe viele Aufnahmen gemacht, bin abgelegene Wege gelaufen und habe jenseits von meinem Auftrag versucht, für mich die Stimmung einzufangen. Weniger die der Bauwerke als die der Natur. Für meine Karten, aber auch für mich. Die Wege, die Laubengänge, die dichten Efeulandschaften, den Geruch von Erde und Gras, von Wasser und von altem Gestein. Es war ruhig. Kein Mensch unterwegs. Da war so eine nette kleine Bank, mit einem sitzenden Engelchen. Ich bin kurz danach links in einen stillen Weg abgebogen, genau weiß ich es nicht mehr, wie weit ich gegangen bin, vielleicht ein paar Meter, und dann waren da plötzlich diese weißen Blüten. Wie Sterne in dem frischen Grün. Es sah hübsch aus. Doch dann machte mich etwas stutzig …« Sie hielt inne. Genau so, dachte ich, ist es mir auch gegangen.

»Dieses Weiß mit diesen unregelmäßigen Sprengseln von Rot sah eigenartig aus. Ich habe meine Kamera genommen und habe geknipst. Und dann sah ich, dass da dieser Mann lag. Halb verborgen auf den allerersten Blick zwischen dem Gras und dem Efeu. Sichtlich tot. Mit Blut um ihn herum. Meine Güte. Ich bin Fotografin. Verdiene sogar mein Geld damit. Und einen so frischen Toten wie ihn …«, sie lächelte, und der Hauch von Schuldbewusstsein trat wieder in ihre Augen, »sehe ich nicht jeden Tag. Ich war aufgeregt und abgestoßen zugleich. Ich …«, fast schien es ihr peinlich, diese Schwäche zuzugeben, »ich konnte ihm erst nicht ins Gesicht knipsen. Ich hatte Angst, er würde aufstehen und ›Buh!‹ rufen. Kannst du dir so was denken? Ich sollte mir doch wünschen, er lebte noch, und trotzdem hatte ich Angst davor.«

»Sehr sehr gut«, versicherte ich ihr aus eigener Erfahrung.

»Ich hatte Scheu vor seinem Gesicht. Dennoch habe ich diese Aufnahme gemacht. Ich habe versucht, mich auf die blutbefleckten Blumen zu konzentrieren. So etwas hatte ich noch nie gesehen, noch nie aufgenommen. Es hat mich fasziniert. Ich habe noch einmal abgedrückt, und dann bin ich gegangen. Ganz leise. Und mit zittrigen Knien, das muss ich zugeben. Ich glaube, ich habe mich geradezu an meiner Kamera festgehalten in meinem Schock. Ohne sie weiß ich nicht, was ich getan hätte. Verstehst du?«

»Nein. Oder doch. Du warst in einer Art Schreckstarre und hast das gemacht, was du am besten kannst. Ohne lange nachzudenken, hast du drauflos geknipst. Um die Emotionen in Schach zu halten.«

Ich dachte zurück an den Tag und die Stunde, als ich die ermordete Frau Löber in der Nuitsstraße gefunden hatte. Der Anblick einer Leiche ist so irreal, dass man zunächst in einem Ausnahmezustand verharrt. Manche lachen im ersten Moment sogar. Ich erinnerte mich, dass ich damals gähnen musste. Und dann kichern. Es war mir peinlich gewesen, sah es doch beinahe aus, als langweile oder amüsiere mich eine Leiche.

»So ist das wohl, wenn man um die Ecke kommt, und da liegt ein Mensch. Ein Toter. Der rapide Verfall in seiner reinsten Form. Eben noch ein Mensch, jetzt ein Körper, auf dem die Ameisen ungehindert herumkrabbeln. Er konnte sich ja nicht mehr wehren. Sie waren sogar in seiner Nase.« Sie dachte nach. »Ich habe ihn aufgenommen, rasch, hastig, mit schlechtem Gewissen. Wenn einer die Reise schon gemacht hat, die wir noch vor uns haben, fühlt man so etwas wie Respekt. Ich denke oft an den Tod.«

Das wusste ich. Ihre Fotos zeugten davon.

»War er schon lange … verstorben?«

»Das weiß ich nicht. Das kann ich nicht sagen. So genau habe ich trotz allem nicht hingesehen, Maren. Und ich möchte es auch nicht wissen. Ich habe im Laufe meines Lebens, vor allem in meiner Frankfurter Zeit, gelernt, meine Gefühle zur Seite zu schieben und einfach nur zu funktionieren. Oder wie meinst du, kommst du sonst damit klar, einem Mann zuzuhören, der dir gerade erzählt, wie er auf dieser Dienstreise seine Frau jeden Abend mit einer anderen betrügt? Spaß hat, solange er auf der Messe ist. Zwischendurch mit dem Handy anruft daheim und die Kinder grüßt, während er dir mit der anderen Hand den Po tätschelt. Das geht nur ohne Gefühle. Lächeln. Cocktailmixen. Zuhören. Tun, was getan werden muss. Der uralte Wahlspruch der Mafiabosse.«

Ich beschloss, dieses Motto bei meinem nächsten anstehenden Zahnarztbesuch anzuwenden. Hingehen. Nicht absagen. Tun, was getan werden muss. Obwohl der Begriff Mafia eher auf meinen Zahnarzt selbst zutraf, wenn ich mir seine letzte Rechnung in Erinnerung rief.

»Wie oft sieht man einen Toten? Also, einen der nicht ordentlich aufgebahrt in der Leichenhalle liegt. Gebadet und hergerichtet. Da war das viele Blut, das du ja auch gleich entdeckt hast, und seine unnatürliche Lage. Mehr kann ich nicht sagen, Maren. Auch nicht, wie lange er … schon tot war. Im Grunde hätte er auch gestürzt sein können. Zumindest habe ich mir das eingeredet.«

Sie schien nachzudenken.

»Maren, ich weiß, dass ich eigentlich die Polizei hätte rufen sollen. Notrufnummer. Handy. Ich hatte es bereits in der Hand, aber ich habe es nicht getan. Ich konnte einfach nicht. Tausend Bedenken. Als ich wieder zu Hause war … kam mir alles so weit weg vor. Und dann, dann war es irgendwie zu spät.«

Ich glaubte ihr, weil ich das Gefühl kannte. Die Erinnerung an die Leiche der armen Frau Löber aus der Nuitsstraße in Karlsruhe war noch zu lebendig in mir. Zuerst kann man es nicht glauben, dass man den Tod vor Augen hat. Wir sind im Alltag so abgeschottet von gewaltsamem Sterben, dass wir uns fühlen wie in einer Fernsehszene, wenn ein Mensch leblos vor uns liegt.

Mit einer etwas verwirrt wirkenden Geste strich sie sich erneut die dunkelblonden Haarsträhnen aus dem Gesicht.

»Ich denke, wenn ich es mir recht überlege, dass er schon etwas länger tot war. Er lag so steif da, so unnatürlich verstummt. Es war nicht einmal eine Erinnerung an Leben in ihm.«

»Du hast ihm doch direkt ins Gesicht geblickt. Ist dir etwas Besonderes an ihm aufgefallen?«

»Nein. Er war tot, voller Blut, und das war alles, was in dem Moment für mich zählte. Etwas Besonderes? Kein ganz alter Mann und kein ganz junger Mann. Aber ich möchte eigentlich jetzt nicht drüber sprechen.«

»Was hast du dann gemacht? Später? Als du dich beruhigt hattest.«

Sie seufzte und versteckte die Nylonfüße unter ihrem Rock, indem sie die Beine seitlich wegklappte.

»Nichts.«

»Was heißt – nichts?«

»Maren, ich war erst ganz kurz in Karlsruhe, und in wenigen Tagen sollte meine erste große Ausstellung stattfinden. In der hochseriösen Deutschen Bank. Was glaubst du, wie diese Herren reagiert hätten, wenn mein Name in der Bildzeitung gestanden hätte? Wenn ich, anstatt mich in Ruhe auf meinen großen Tag vorzubereiten, endlose Verhöre bei der Polizei hätte durchstehen müssen? Oder die Polizei bei der Vernissage stumm in der Ecke alles, was ich tat, beobachtet hätte? Ich musste meine Kräfte konzentrieren. Es ist nicht leicht, als freiberufliche Fotografin an solche Ausstellungen zu kommen. Ich wollte nicht ewig Nelken und Gräser fotografieren müssen oder Katzen aufnehmen, die idiotischerweise vor einem Korb Veilchen herumsitzen, was eine normale Katze niemals tun würde. Der Gedanke, mit diesem Bild zur Polizei zu gehen, hat mich damals irgendwie beunruhigt. Ich wollte einfach nicht in dieses Räderwerk geraten.«

Sie sah mich beinahe entschuldigend an. »Ich habe einige Zeit in einer ziemlich heißen Bar gearbeitet. Kein Ruhmesblatt, aber auch damit hat mein Wunsch nach gebührender Entfernung von der Polizei zu tun.«

»Hast du nicht versucht, herauszubekommen, was passiert ist?«

Sie nickte langsam mit dem Kopf. »Das ist keine Entschuldigung, aber – ja. Zumindest das. Warte, ich zeige es dir.«

Sie stand nochmals auf und kam zurück mit ein paar Zeitungsausschnitten. Den Zeitungsausschnitten, die ich in der Schublade gesehen hatte. Sie faltete sie auseinander. Alle waren sie in den Tagen nach dem 23.4. erschienen. Mannheimer Morgen. BNN. Heidelberger Zeitungen. Schwetzinger Stadtinformationen.

»Nirgends stand etwas von einem Mord. Oder einem Vermissten.« Jetzt wirkte sie beinahe ein wenig hilfesuchend. Als ob sie mich um Absolution dafür bäte, dass sie den Fall damals nicht gemeldet hatte. Nadia mochte ja eine knallharte Karrierefrau sein, aber den Toten einfach zu übergehen, war ihr wohl auch schwer gefallen. Die Erinnerung an das Gesehene wird man vielleicht nie mehr los.

»Ich dachte, dass jemand anders ihn finden und die Sache melden würde. Die machen doch vielleicht noch einmal einen letzten Rundgang in diesem Park. Seltsamerweise scheint das allerdings nicht stattgefunden zu haben. Das verunsicherte mich. Hätte ich nicht die Fotos gehabt, ich hätte an meiner Erinnerung gezweifelt. Vielleicht, redete ich mir ein, war er eben doch nicht tot gewesen und hatte sich selbst entfernt. Jetzt konnte ich jedenfalls nicht mehr bei der Polizei anrufen. Sie hätten mich für verrückt gehalten. Ich hatte zu lange gewartet.« Sie seufzte.

Ich sagte nichts. Ich hätte anders gehandelt, aber sollte ich mir dazu jetzt ein Urteil erlauben?

»Also habe ich nichts mehr unternommen. Man mag das verurteilen, wahrscheinlich zu Recht, aber ich habe die ganze Sache einfach verdrängt. Merkwürdigerweise habe ich auch später niemals mehr etwas von einem Todesfall oder gar einem Mord im Schwetzinger Schlossgarten gehört. Und wenn ich ganz offen bin, hatte ich nach einer Weile auch kein schlechtes Gewissen mehr. Er war wie nie da gewesen. Außer den Fotos von ihm und den Blumen, auf denen sein Blut klebte, gab es keine Spur von ihm.«

»Hast du wirklich nie etwas von diesem Verbrechen gehört? Im Radio? Fernsehen? Später … in diesen Fernsehsendungen über ungelöste Fälle?«

»Ich habe später nicht mehr darauf geachtet. Du weißt, ich lese nicht regelmäßig Zeitung. Ehrlich gesagt, habe ich heute so wenig Zeit zum Fernsehen wie damals, und Radio hasse ich. Maren, ich habe versucht, ihn zu vergessen. Hätte ich die Fotografien gleich weggeworfen oder zerstört, wäre es dabei auch geblieben.«

Das hättest du damals nicht tun dürfen und heute eigentlich auch nicht, dachte ich. Es waren doch *Beweise!*

»Hast du die Bilder jemals jemandem gezeigt?«

»Nein. Du bist die Erste. Und das ja auch nicht ganz beabsichtigt. Maren, was geht uns ein unbekannter toter Mann an? Das Ganze ist außerdem Jahre her. In Südamerika verschwinden jeden Tag Leute!«

»Wir sind nicht in Südamerika, und ein Mord bleibt ein Mord, Nadia«, erwiderte ich müde. »Ich kann deine Wut zwar verstehen, doch jetzt sind die Bilder verbrannt und damit die einzige Chance zerstört, den Mann auf dem Foto jemals zu ermitteln.«

»Wir wissen nicht, was es wirklich war. Vielleicht doch ein Selbstmord. Und wenn jemand sterben will, soll man ihn doch lassen. Der Meinung war ich immer schon. Wenigstens unseren Tod sollten wir uns doch selbst raussuchen dürfen.«

»Warum hat man dann offenbar niemals etwas von einem Selbstmord im Schwetzinger Schlossgarten gehört? So ein Ereignis hätten sich die Medien nicht entgehen lassen. Dieser nette Park ist kein Ort, an dem man sich unbeachtet umbringt. Das hätte doch Aufsehen erregt.«

Ich konnte ihr schlecht sagen, dass ich bereits wusste, dass es vermutlich niemals eine Pressemeldung gegeben hatte, in der es um eine im Schlossgarten aufgefundene Leiche ging. Es sollte nicht so aussehen, als misstraute ich ihr. Ihr Verhalten war widersprüchlich und nicht gesetzestreu gewesen, aber ich wusste leider nur zu gut, dass man durchaus eine Leiche finden konnte, ohne sie vorher selbst umgebracht zu haben.

»Hast du denn bei diesem Mann eine Waffe gesehen? Etwas, womit er sich«, ich schluckte trocken, »hätte umbringen können? Wir wissen ja nicht, was eigentlich passiert ist.«

Sie wich mit ihrem Blick aus.

»So lange bin ich nicht bei ihm geblieben. Du kannst dir vorstellen, dass ich mich an diesem Ort nicht gerade wohl gefühlt habe. Es war alles so unheimlich still. Dieser tote Mann und ich, wir waren abends alleine miteinander in einer entlegenen Ecke des Parks. Kein Mensch in der Nähe. Ich bin nicht herumgelaufen und habe die Umgebung untersucht. Dazu hat selbst mir der Mut gefehlt.«

»Aber immerhin hast du zwei ziemlich gute Fotos von ihm gemacht«, stellte ich fest.

Sie breitete die Arme aus.

»Okay«, gab sie zu und lächelte zum ersten Mal wieder. Ich wartete ab.

»Maren, du bist hartnäckig, nicht wahr? Ich habe hingesehen. Habe *ihn* angesehen. So wie man irgendein Motiv anschaut. Sonst hätte ich die Szene nicht aufnehmen können, aber danach habe ich meine Kamera genommen und bin weggegangen. Erst langsam, dann schneller. Zum Schluss bin ich gerannt. Während ich arbeite, das ist auch in den Bars so, fühle ich nichts. Aber nachdem ich das Foto gemacht hatte, setzte die Angst ein. Wie wenn die Betäubung beim Zahnarzt aufhört. Wären die Blumen nicht gewesen, ich wäre vielleicht gleich geflüchtet. Ich bekenne meine Leidenschaft für Blumen, die unsere Sterblichkeit bis zum Schluss begleiten. Diesmal waren es sogar Blumen, die bei einem Sterbenden wachten.«

Ein kalter Schauer lief mir den Rücken hinunter.

Sie gab sich einen Ruck. Wirkte jetzt verärgert. Es sah fast aus, als habe sie genug von dem Thema.

»Maren, ich habe keine Waffe gesehen. Das heißt aber nicht, dass keine da war. Man erfasst nicht alles in so kurzer Zeit. Und die Blätter, das Gebüsch. Es war eine verworrene Situation.«

»Hätte er sich selbst erschossen, so hätte die Waffe direkt in der Nähe seiner Hand liegen müssen. Und die Hand hast du fotografiert. Und mit der anderen hat er die Wunde umklammert. Das gibt keinen Sinn. Nein, das war Mord.«

Nadia zuckte mit den Schultern. »Ich bin natürlich nicht so erfahren wie du in Sachen Mord, aber wahrscheinlich hast du Recht. Maren, ich gebe gerne zu, dass diese Bilder kein Ruhmesblatt in meiner Karriere darstellen. Aber schlimmer als ein moralischer Verstoß sind sie auch nicht. Lass die Sache doch ruhen. Wenn der letzte Ascheschnipsel in den Kanälen unter Karlsruhe schwimmt, könnte alles vergessen sein. Diesmal endgültig.«

Ich sagte nichts, und das nahm sie als Einverständnis.

Doch ich wusste, sie hätte die Bilder nicht verbrennen dürfen. Ein Künstler hat das Recht sein eigenes Werk zu zerstören, aber auf keinen Fall vernichtet man Beweise, wenn man unschuldig ist. Nadia hatte diesen Mann umgebracht. Warum würde ich nie erfahren. Hilflos starrte ich vor mich hin. Leider hat mich der Schöpfer – oder wer auch immer für uns verantwortlich zeichnet – mit einem Gesicht geschaffen, auf dem man jegliche Emotionen ablesen kann. Schon meine Mutter hatte jedes meiner Kindergeheimnisse auf zehn Meter Entfernung erraten.

»Und, Maren? Du vertraust mir immer noch nicht.«

Ich hob die Schultern. »Was soll ich sagen, Nadia! Das Ganze ist zumindest ungewöhnlich.«

»Auch wenn alles etwas merkwürdig aussieht und gegen mich zu sprechen scheint – ich bin wirklich niemand, der im Schwetzinger Schlossgarten herumläuft und dabei mal eben so einen unbekannten Mann erschießt. Das schwöre ich dir bei meiner … ja, worauf schwört eine Gottlose wie ich? Die nicht mal Kinder hat, die man bei solchen Anlässen gerne in die Wagschale wirft? Also: Bei meiner Arbeit. Meine künstlerische Arbeit ist mein Leben. Und ich glaube kaum, dass sie mir im Bruchsaler Gefängnis eine viertausend Euro teure Spiegelreflex zur Verfügung stellen.«

Ich glaubte ihr. Wollte ihr glauben. Musste ihr glauben. Und stellte die naheliegende Frage: »Wenn du es nicht warst, Nadia, wer war es dann? Und vor allem: Wer war der Tote und wo ist seine Leiche?«

3. Kapitel

Der Alltag ging weiter. Etwas, das mich bei Todesfällen – natürlichen und unnatürlichen – im näheren Umfeld immer schon merkwürdig berührt hat: Die Lücke, die du hinterlässt, ist nicht so groß, wie du es dir zu Lebzeiten einbildest. Das Leben hält einen Moment an. Die Natur holt Luft. Und dann geht es weiter.

In Nadias Schublade hatte eine Leiche gelegen, und ich brauchte immer noch eine Wohnung. So banal war das.

Pünktlich stand ich vor dem Haus in der Lessingstraße. Zu pünktlich für die Maklerin, die fünf Minuten später angehetzt kam. In ihrer Hand den schwarzen Ordner, den ich inzwischen bei den Maklern so gut kannte.

Diese hier war klein, blond, jung, perfekt hergerichtet und wirkte sehr professionell.

»Sie kriegen die Wohnung deutlich unter Wert«, verkündete sie wenig überraschend. »Der Vorbesitzer hat damals noch 20 000 Euro mehr bezahlt, aber er wohnt jetzt in Spanien und will sich nicht mehr um die Immobilie kümmern.«

Aus dem Augenwinkel sah ich einen ungesund aussehenden rappeldürren Mann mit runzligem rotem Gesicht und schütterem rotblondem Haar mein zukünftiges Zuhause betreten: Eine Plastiktüte in der Hand, aus der eine Einliterrotweinflasche herauslugte.

Oben von dem Balkon im ersten Stock winkten ihm eine Frau und drei Jugendliche zu, die alle die Zigaretten so in der Hand hielten, als seien sie damit geboren worden. Die Grünpflanze auf ihrem Balkon war eingegangen.

Auf dem Balkon darüber standen zwei Männer im besten Alter und hörten sehr laut Radio. Allerdings nicht meinen bevorzugten Sender. Sie musterten mich und die Blonde mit Interesse. Der eine machte eine Bemerkung, der andere lachte. Dann stellten sie das Radio noch lauter.

Die Maklerin, die ein Schild an der Brust trug, welches sie als Heike Hennig auswies, hatte meinen Blick sehr wohl bemerkt.

»Ein farbenfrohes, lebendiges Haus«, sagte sie. »Sehr sympathisch. Es wohnen außerdem sehr viele Studenten hier.«

Ich sah keine Studenten. Dafür erwies sich die Wohnung tatsächlich als sehr hübsch. Hell, freundlich. Ein Balkon in einen weiten grünen Innenhof hinaus. Stadtambiente, modern.

Die Erfindung des Laminatbodens muss für Verkäufer und Makler ein Gottesgeschenk gewesen sein – wo früher trübe grüne oder blaue Teppichböden die Sünden verschütteter Weingläser nur mangelhaft kaschierten, erweitert glatter heller Laminat jetzt auch zwergenhaft kleine Räume.

»Nicht schlecht«, murmelte ich. Heike witterte Morgenluft, holte ihren Trumpf aus dem Ärmel und öffnete die Tür zu einer kleinen Zelle. »Ein Abstellraum!«, lockte sie. »Pures Gold wert in einer Einzimmerwohnung.« Da hatte sie nicht Unrecht. Vor allem für Leute mit einem Ordnungssinn wie dem meinen.

»Ich werde es mir überlegen. Und wäre da am Preis noch etwas zu machen?« Anfangs hatte mich diese Frage Überwindung gekostet. Das hatte ich abgelegt. Die Makler würden einen für verrückt halten, wenn man den geforderten Preis zahlen würde. Bei Wohnungen muss man handeln. Es ist immer was zu machen. Festpreise sind was für Aldi.

»Nicht viel!«, raunte sie verschwörerisch. »Der Verkäufer legt jetzt schon drauf.« Das sagen sie auch immer und niemand weiß, ob es stimmt.

»Ich werde es mir überlegen!«, wiederholte ich.

»Ich spreche mit dem Verkäufer«, antwortete sie sachlich und klappte ihre Mappe zu. »Rücklagen sind da. Sogar ein Energieausweis. Denken Sie daran: Eine moderne Innenstadtwohnung zu diesem Preis! Da können Sie lange suchen.«

Das musste sie mir nicht sagen. Ich *hatte* bereits lange gesucht. Die Wohnung war schön, aber die potentiellen Nachbarn weniger. Dennoch zog ich sie in Betracht ... Ich konnte und wollte nicht ewig bei Nadia bleiben. Jetzt nicht mehr.

Die Entdeckung der Fotos hatte etwas zwischen uns zerstört. Schwer zu beschreiben, aber die Unschuld war dahin. Während ich den Fußweg von der Lessingstraße in die Innenstadt abschritt, wanderten meine Gedanken wieder zu der Leiche im Schwetzinger Park. Und da ich nichts über sie wusste, dachte ich an ihren Mörder. Was tat die Person, die den Mann umgebracht hatte, jetzt in diesem Moment? Hatte er noch einmal gemordet, war erwischt worden und saß irgendwo im Gefängnis? Oder erfreute er sich der Vorteile, die der Mord mit sich gebracht hatte? Genoss vielleicht sogar unrechtmäßigen Wohlstand?

Der Gedanke war mir zuwider, dass er sich einfach einer unpassenden Person in seinem Umfeld entledigt hatte. Das Leben ist schließlich kein *Mensch Ärgere Dich nicht*-Spiel. Wir können Leute nicht einfach rauswerfen, wenn sie uns vor dem Ziel im Weg stehen. Keiner ›meiner‹ Mörder aus den vergangenen Jahren hatte es verdient gehabt, in Freiheit weiterzuleben. Auch, wenn ich manchmal Mitleid mit ihnen verspürt hatte. Sie wirkten vielleicht harmlos, aber sie waren es nicht, und ich hätte ihnen nicht begegnen mögen, wenn sie aus irgendeinem Grund etwas gegen mich gehabt hätten. Einen alten Groll hegten oder sich vermeintlich benachteiligt fühlten.

»Hätte der Mörder sich noch in der Nähe versteckt haben können? Hast du etwas gehört?«, hatte ich Nadia noch gefragt, doch den Gedanken hatte sie ohne Nachdenken verworfen.

»Es war niemand da. Kein Atmen, kein Knacken. Man würde doch die Anwesenheit eines anderen Menschen spüren, oder?«

»Welche Tageszeit«, hatte ich von ihr wissen wollen, obwohl ich merkte, dass ihr das Thema sichtlich mehr und mehr Unbehagen bereitete, »war es genau, als du die Leiche fandest?«

»Ich sagte doch: Kurz vor Torschluss. Abends also. Nach sechs. Es war wichtig für mich, diese Ruine im Abendlicht aufzunehmen. Es spielt schon eine Rolle, zu welchem Zeitpunkt du ein Foto aufnimmst.«

Bei mir nicht. Ich bin eine komplette Ignorantin, wenn es um Gemälde oder Fotos geht, und sie sind abends so schlecht wie morgens. Die richtige Perspektive ist mir vollkommen fremd. Auf meinen Bildern steht immer die Hauptperson fantasielos in der Mitte herum und deutet auf meine Anweisung hin verkrampft lächelnd auf eine touristische Sehenswürdigkeit.

Fotos von Angela Merkel im Fünfknopfkostüm am Rednerpult im Bundestag sind geradezu wilde Schnappschüsse gegen meine gestellten Bildchen.

Ich schwieg. Was macht man in so einem Fall? Du siehst die Aufnahmen einer Leiche. Dahinter steckt scheinbar ein gewaltsamer Tod. Der Fotograf ist zufällig dazugekommen. Kann keine Hinweise geben oder hat seine Beobachtungen verdrängt. Die Leiche ist niemals entdeckt worden. Zumindest nicht dokumentiert. Das Foto von ihr jetzt nicht mehr vorhanden. Nadia hat seine Existenz ausgelöscht und würde weitermachen wie bisher. Vielleicht hatte sie Recht damit, und ich sollte mich ebenfalls auf praktische alltägliche Dinge konzentrieren. Die Aufträge, die ich hatte, fertig stellen und endlich ein Dach über meinem und Nessies Kopf finden.

Abgesehen von meinem Privatleben, wo sich ebenfalls eine Wüste ausdehnte. Eine erotische und eine emotionale Wüste. Es wurde Zeit, dass ich mir das eingestand. Eine Frau von einundvierzig, die nachts nur das Atmen ihres kleinen Hundes hörte, sollte sich allmählich ein paar Gedanken über diesen Punkt machen.

Nadia schlug energisch mit ihrer schmalen Faust auf den Tisch.

»Vielleicht war es nicht richtig, die Fotos zu zerreißen, aber ich habe das Thema einfach satt. Es hat mich damals verfolgt, lange genug. Endlich hatte ich diese verdammte Zeitbombe in meinem Büro vergessen, da kriegst du Kopfweh, und alles fängt von vorne an.«

Ich sah, dass sie ehrlich erregt war. Ihre coole Selbstsicherheit hatte einen Riss bekommen. »Reden wir einfach nicht mehr drüber. Ich mag mich damit heute so wenig belasten wie damals. Ich habe meine Arbeit. Visionen. Und Verpflichtungen. Eine Männerleiche gehört nicht auf meine Agenda. Damals nicht und heute nicht. Ich will ihn vergessen. Außerdem hat ihn offenbar keine Seele vermisst. Also war nichts mit ihm los. Eine Niete! Ein Niemand.«

Ich schwieg. Niemand ist ein Niemand, dachte ich. Und für irgendeine Person war er immerhin wichtig genug, um ein Lebenslänglich zu riskieren. Ich versuchte ihr zu glauben, doch es fiel mir schwer. Meine Gedanken kreisten immer wieder um die gleichen Fragen: Vielleicht hatte Nadia ihn doch selbst umgebracht? Hatte er sie sexuell belästigt, sie hatte ihn kurzerhand abgeknallt und dann ihr eigenes Opfer geknipst?

Doch meine Erfahrung sagte mir, dass sie nicht der Typ Frau war, die von zu kurz gekommenen Kerlen ins Visier genommen wurde. Die haben meist ein feines Gespür, wer sich als Opfer eignet und wer nicht. Es hätte gereicht, wenn sie den Belästiger mit einem ihrer arroganten eisigen Blicke bedacht hätte, die sie ganz ausnehmend gut beherrschte. Bestenfalls hätte sie ihn in die Weichteile getreten.

»Los«, forderte mich Nadia auf, »erzähle mir von etwas anderem. Wie geht die Wohnungssuche voran? Was Interessantes dabei? Bisschen was Grünes für den Hund? Ein paar Singles im Haus für dich?«

Ich antwortete mit Ja und Nein, so als sei nichts gewesen, und in den nächsten zwei Tagen wartete ich einfach, dass die Erinnerung an das stille tote Gesicht im Park vorübergehen würde.

Doch es ging nicht vorüber.

Auch nicht, als sich meine jüngste Immobilienhoffnung zerschlug. Als ich unser wöchentlich erscheinendes Anzeigenblättchen namens *Der Kurier* durchblätterte, wie ich es manchmal tue, um mich bei den Sexanzeigen im Bereich ›Neue Praktiken‹ fortzubilden, fand ich die Eintragung »Süße braune Maus verwöhnt dich mit allem, was sie hat« sowie die Adresse »Lessingstraße« mit meiner entsprechenden Hausnummer vor. Also wieder kein Auszug in Sicht.

Vermutlich beherbergte das Haus noch mehr Mäuse dieser Art, und ich wollte ungern abends den Katzen im Gang begegnen.

Es ging also nicht vorüber.

Was konnte ich für die Schwetzinger Leiche tun, ohne Nadia direkt zu hintergehen? Hinfahren und mich nach einem Mord umhören, der vielleicht vor fünf Jahren geschehen war?

Früher hätte ich das getan. Wäre umhergelaufen. Hätte Leuten verdächtige Fragen gestellt und wäre damit prompt aufgefallen. Hätte in Wespennester gestochen, aus denen keine Wespen herauskamen, sondern aus denen meistens Elfie Kohlschröter mit strenger Miene erschien.

Daraus hatte ich gelernt. Ich musste jemanden um Rat bitten und in meine Gedanken einbeziehen, der sich auskannte, unauffällig recherchieren konnte und der vertrauenswürdig war.

Der mich nicht ermahnen würde, sondern zunächst akzeptierte, was geschehen war.

Karina Ix, Kripokommissarin, gelassen und großzügig, bot sich an. Doch die befand sich im Urlaub. In Dänemark, mit Mann und Riesenhund Giant. Nächste Woche würde sie erst zurück sein und so lange wollte ich mir nicht Zeit lassen.

Elfie schied aus den altbekannten Gründen aus. Sie würde Nadia unverzüglich vorladen und das, was von unserer Freundschaft übrig war, fein säuberlich zwischen Paragraphen zermalmen.

Blieb der Leitende Kriminalhauptkommissar Melchior Oberst, der inzwischen von Freiburg nach Mannheim versetzt worden war und mit Elfie Kohlschröter-Oberst im ländlichen Spöck nördlich von Karlsruhe zusammenlebte.

Ich würde also Elfie und Melchior in ihrem schicken Vierzimmeridyll unter einem Vorwand aufsuchen. Wenn Elfie ihre perfekte Kaffeetafel herrichtete, würde ich die Gelegenheit nutzen, um mit Melchior kurz alleine zu sprechen. Ein schwieriges Unterfangen übrigens, bei dem ich schon mehrmals gescheitert war, denn Elfie ließ mich nur höchst ungern mit ihrem Hauptgewinn alleine.

Nadia hatte mich kürzlich erst ausgelacht, als ich ihr beiläufig von meinem Eindruck erzählt hatte, Elfie werde unruhig, wenn ich mit Melchior sprach. »Normal. Die meisten Ehefrauen würden ihr bestes Stück lieber mit einer trächtigen Vogelspinne zusammen in einem Raum lassen als mit seiner Ex-Geliebten. Maren, sei bitte nicht immer so naiv.«

Damit Elfie die Kaffeetafel nicht schon vorher richten konnte, meldete ich mich nicht erst bei Obersts an, sondern fuhr am Samstagnachmittag einfach spontan vorbei. So um fünf. Das ist eine gute Zeit, um jemanden zu besuchen. Einkaufstour ist abgeschlossen. Man ruht sich aus für den gesellschaftlichen Samstagabend, falls er stattfindet. Wenn nicht, ruht man sich auch aus.

Auf der Fahrt dachte ich darüber nach, wie ich von dem Toten in Schwetzingen berichten könnte, ohne Nadia an die Kripo zu verkaufen.

Eins war klar: Erwähnte ich die Fotos oder berichtete von meiner Kopie, war sie dran. Jemand, der einen Toten entdeckt und ihn in aller Seelenruhe fotografiert, macht sich höchst verdächtig. Entweder als Täterin selbst oder aber mindestens als berechnende Herzlose, die eine Leiche als Kollateralschaden für eine gelungene Aufnahme ansieht. Sie hatte niemals – auch später nach der Entdeckung nicht – die Polizei verständigt. Nicht mal anonym, von einem öffentlichen Fernsprecher aus. Erschwerend kam hinzu, dass sie das Foto nach meiner Entdeckung zerstört hatte. Das waren sehr schlechte Karten für Nadia.

Die Aufnahme sollte also ganz aus dem Spiel bleiben, und ich musste möglichst eine andere glaubhafte Version des Hergangs auftischen. Die ›kleines-Frauchen-Variante‹ bot sich an. Nadia hatte einen Toten gesehen, war in entsetzter Panik fortgerannt und hatte später ihrer eigenen Erinnerung kaum mehr getraut. Probleme befürchtet, wenn sie sich so spät danach noch meldete. Nachdem ich aber bei ihr eingezogen war und wir gelegentlich über meine zurückliegenden Fälle gesprochen hatten, hatte sie so etwas wie ein moralisches Unrechtsbewusstsein entwickelt und bei einer Flasche Wein hatte sie mir leicht angetrunken das Ereignis gestanden. Und verzweifelt geweint. Das würde mir Melchior glauben, traditionell wie er in manchem war. Eine weinende Frau war jedenfalls besser als eine Fotografin, die ihre Gefühle ausschalten konnte, um den Tod zu dokumentieren. Leicht fiel mir die Entscheidung nicht, das Beweisfoto beziehungsweise seine Kopie kurzerhand zu unterschlagen, doch es musste sein.

Ich klingelte.

Zunächst machte keiner auf. Ich sah mich um. Blitzsaubere, aber leere Straßen, moderne aber wie verlassen wirkende Häuser, keine Läden, keine Kneipen. Nur propere Vorgärten, Einbahnstraßen, Spielplätze.

Nein, danke, selbst wenn es hier eine bezahlbare Eigentumswohnung gegeben hätte, ich wollte einfach nicht aufs Land. Und wenn die Stadt noch so nah war.

Ich wollte theoretisch aus dem Vogelbräu kommen und nach Hause laufen können. Und zwar durch bebaute Straßen und nicht übers Feld.

Ich spähte in die Garage. Elfies Auto, ein Golf, fehlte. Melchiors Wagen stand da und daneben ein Motorrad.

Seit wann fuhr Melchior Motorrad? Mich wunderte, dass ihm Elfie das erlaubte.

Ich klingelte noch einmal, schon halb zum Gehen gewandt. In meinem Rücken ging die Tür auf.

Nicht Melchior erschien im Türrahmen, sondern ein mir unbekannter Mann. Schlank, braunhaarig mit dunkelblonden Strähnen, die schon ins Graue spielten, mit Augen in einem Graubraungrün wie ein Schlammtümpel, mit leichten Ringen unter den Augen und einem sehr schmalen Mund. Die Nase lang und schmal, etwas krumm. Er war ganz in Schwarz gekleidet, schwarze Jeans und ein schwarzes T-Shirt. Er erinnerte mich an einen in die Jahre gekommenen Punker. Sein Haar wirkte wie mit Hilfe von Gel nach oben gestellt, im Ohr trug er einen Ohrring.

Kurz gesagt, er hatte beinahe alles an sich, was ich an Männern hasste. So ein übriggebliebener Midlifepunker. Überdies lag in seinen Augen eine eigenartige Mischung aus Arroganz und Trotz – etwas, das sich auch in den schmalen Lippen widerspiegelte. Gleichzeitig wirkte er erstaunt. So, als wundere er sich über sich selbst. Ohne Psychologie studiert zu haben – der Mann sah aus wie einer, der Probleme machte.

Probleme, weil er schwierig und weil er vermutlich clever und weil er trotz allem ein Frauentyp war. Nicht mein Typ zwar, aber definitiv ein Frauentyp.

»Nette Überraschung. Zu wem wollen Sie denn?«

Er musterte mich ohne Verlegenheit von oben bis unten. Ich verschränkte die Arme.

»Zu Melchior Oberst. Vielmehr zu den Kohlschröter-Obersts«, verhakte ich mich erbittert in dem Namensgebilde, in das sich die beiden einst vor dem Standesbeamten froh und freiwillig verhakt hatten.

Er lachte kurz und trocken.

»Also, ehrlich gesagt, hätte ich nie gedacht, dass mein Bruder zu all seinen anderen Verirrungen auch noch eine Frau mit einem solchen Namen heiratet. Oberst ist doch eigentlich gar nicht so schlecht, oder?«

»Sie sind Melchiors Bruder?« Schweigend nickte er. Dann ein mokantes Lächeln, das aufblitzte und so rasch wieder verschwand, dass man sich kaum daran erinnern konnte, es gesehen zu haben.

»Und du bist seine Ex, was?« Er hatte einen ganz schwachen fremdländischen Akzent.

»Woher wissen Sie das?«

»Ich habe ein Foto von dir gesehen. Ist das nicht okay mit dem Duzen? Oder soll das ewig so gehen: Ich sage du und du sagst Sie? Bis einer von uns aufgibt?«

Ich nickte verlegen. Niemand konnte unbrüderlicher aussehen als dieser Mann da.

»Komm ruhig rein. Als Bruder darf man wohl Hausherr spielen, oder? Melchior müsste bald hier sein. Ich bin nur vorübergehend in Karlsruhe. Beruflich. Bier? Wein?«

»Um Gottes Willen.«

»Von mir aus auch das!«

Er deutete auf einen Sessel und ließ sich selbst breitbeinig auf ein Sofa fallen. Dabei musterte er mich.

»Ich hätte *dich* genommen«, kam es unvermittelt. »Du gefällst mir besser. Die andere ist mir zu blond und zu cool, aber da täuscht man sich manchmal. Wahrscheinlich ist sie das reinste Dynamit im Bett. Noch zumindest. Na ja, du kennst sie besser.«

»Wie bitte?«

Elfie, die korrekte Handtasche-passt-zu-Halstuch-Tussi, die Mineralwassertrinkerin und Salatbestellerin, Dynamit im Bett? Das war so undenkbar wie der Papst in Jeans.

Er zuckte die Achseln. »Deshalb wird er sie geheiratet haben. Männer machen Anträge, weil sie guten Sex haben und denken, wenn sie heiraten, bleibt das für immer so. Aber das ist ein Irrtum! Der Ehering killt die Lust bei den Frauen. Danach herrscht nur noch harmlose Bequemlichkeit. Nix mehr mit Sex von hinten oder Slips mit Schlitz. Hausschuhe, Jogginganzug, gemütlich vor dem Fernseher kuscheln. Sich was köcheln. Nicht so spät ins Bett, wir müssen früh raus. Schlaf gut, mein Schatz, du auch, gute Nacht – und vergiss nicht, morgen den Hund zum Tierarzt zu bringen. Die Impfung ist fällig.«

Mir lief es kalt den Rücken herunter. Genauso stellte ich mir meine ideale Ehe vor. Die anderen Sachen gehörten ins Reich der Erinnerung. Zumindest für den Moment. Der Typ hier würde jedenfalls besser zu Nadia passen als zu mir. Da würde zumindest keiner dem anderen etwas vormachen.

»Sex hat bekanntlich nichts mit der Ehe zu tun. Heute nicht mehr.«

»Nein?«, fragte er gedehnt. »Vielleicht der Sex nicht, aber der Eifer an der Sache. Ich war niemals verhaftet, pardon, verheiratet, und es war jedes Mal so, wenn wir auch nur zusammengezogen sind. Du warst meines Wissens auch noch nie verheiratet. Hast also keine Ahnung. Aber wir können es ja mal probieren, solange ich hier bin.«

»Was? Die Ehe?«

»Nein, bitte nicht. In meinem Alter fängt man keine neuen Hobbys mehr an. Ich dachte eigentlich an Sex. Nur so zum Spaß. Wir. Miteinander. Du gefällst mir gut.«

Ich starrte ihn sprachlos an. Ich kannte den Mann seit zwei Minuten. Normalerweise dauerte so ein Angebot etwas länger. Ich öffnete den Mund zu einer empörten Belehrung, doch er kam mir zuvor.

»Warum eigentlich nicht?«, fragte er nur und zuckte mit den Schultern.

Ja, dachte ich – warum eigentlich nicht? Sex nur zum Spaß. Ohne Zukunft und ohne Vergangenheit. Ohne die quälende Hoffnung auf Dauer. Wäre mal eine andere Variante. Wie Yoga. Oder Fitnessstudio. Freizeitgestaltung eben.

Wie in einem Stück im Kammertheater öffnete sich jetzt die Haustür, und Melchior trat in sein Haus. Er trug schwer an einem Kasten

Mineralwasser. Als er uns beide sah, mutierte er unverzüglich zum argwöhnischen Polizisten.

»Maren?«

»Ja. Genau. Du erinnerst dich an meinen Namen!«

»Was machst du denn hier? Hattest du etwas mit Elfie ausgemacht?«

»Nein, danke. Ich unterhalte mich mit deinem Bruder, aber eigentlich wollte ich etwas Berufliches mit dir besprechen.«

Der andere lachte, und Melchior sagte gequält: »Bitte kein Kapitalverbrechen, Maren. Es ist Samstagnachmittag.«

Als ob da keine Kapitalverbrechen stattfinden dürften. *Nein, bitte erdolchen Sie diesen Mann nicht, es ist Samstag nach ein Uhr. Ach, so, sorry, ich komme am Montag wieder.*

Sein noch immer namenloser Bruder stand auf und bewegte sich mit einem schlaksigen Schritt in Richtung Küche.

»Wollen wir deiner Ex nicht wenigstens einen Kaffee anbieten?«

Melchior wehrte ab. »Ich mach das schon, Oliver. Du musst wissen, Elfie ist ein bisschen eigen mit ihrer Küche.«

Ich unterdrückte ein Triumphgefühl. Der zweifelnde, schweigsame Macho aus meiner Beziehung mit ihm damals – hier war er gezähmt. Domestiziert.

Da war ich alleine besser dran.

»Mein Bruder ist Gitarrist. Er spielt E-Gitarre und lebt eigentlich meistens im Ausland. Er hat ein Engagement in Karlsruhe. Vorübergehend. Solange wohnt er bei uns.«

Während Melchior eher lieblos die Kaffeetafel deckte, kamen die sparsamen Informationen über Oliver, der neben ihm stand und keinerlei Angebote zum Helfen machte, was ihn mir seltsamerweise sympathisch machte. Noch nicht domestiziert? Er beobachtete die Szene mit verschränkten Armen und sah dabei aus, als bemühe er sich, ein Lachen zu unterdrücken.

Er war definitiv ein anderer Typ als Melchior. Die Wege der beiden mussten sich früh getrennt haben. Das einzige, dachte ich spontan, was beiden gemeinsam war, war vielleicht der Hang zur Melancholie, zum Zweifeln, an allem, auch an sich selbst.

»Nicht, dass ich dich nicht gerne als Gast sehe, aber besser ist es natürlich, wenn du dich vorher anmeldest. Worum geht es denn?«

»Ich wollte dich etwas Kriminalistisches fragen.« Mein Seitenblick auf den nunmehr lässig dasitzenden Bruder wurde richtig verstanden.

»Ich gehe freiwillig. Arbeit. Wenn sie mich als Gastarbeiter schon holen, dann sollte ich vielleicht Leistung bringen. Außerdem«, er warf eines der Aldi-Plätzchen, das auf dem Kaffeetisch in einer Glasschale lag, in die Luft und fing es wie ein Jongleur wieder auf, bevor er es in den Mund steckte, »will ich der Zweiten Geigerin gefallen. Süße Person. Sie ist aus Japan und eigentlich schon mit dem ersten Posaunisten, der aus Vietnam kommt, verbandelt, aber sie flirtet doch ziemlich deutlich mit mir. Der kleine gelbe Kerl ist höchst beunruhigt. Seine Äugelchen fliegen hin und her, hin und her.«

»Bitte, Oliver. Kein Rassismus. Und man lässt Frauen in Ruhe, die in festen Händen sind«, sagte Melchior bieder und humorlos. Ich unterdrückte ein Kichern.

Oliver lachte laut. »Die Hände sind offenbar nicht fest genug. Das ist nicht mein Problem.«

Und als er ging, roch ich im Vorübergehen, dass er wohl Raucher war. Es passte zu ihm.

»Wir sind sehr unterschiedlich«, meinte Melchior, ohne dass ich ihn gefragt hätte, »wir teilen uns sowieso nur den Vater. Seine Mutter war dessen erste Frau. Sie hieß Shearer. Judith Shearer. Er hat lange Jahre bei uns gewohnt, bis er in die Heimat seiner Mutter zurückging. So sein perfektes Deutsch.«

»England?«

»Irland«, antwortete Melchior achselzuckend. »Daher hat er wohl seine Liebe zur Musik. Er ist ein ziemlich gefragter Rockgitarrist. In zwei Wochen spielt er ein Konzert mit dem Orchester im Staatstheater. Berühmte Rocksongs. Klassisch interpretiert. Wir gehen natürlich hin. Maren, warum bist du hier? Erzähl mir bitte nicht, dass du schon wieder über eine Leiche gefallen bist.«

»Nicht direkt gefallen. Oder doch gefallen. Sie ist mir in die Hände gefallen. Aber nicht real, Gott sei Dank, sondern als Erzählung.«

»Als Erzählung? Na wunderbar. Mal was Neues!«

»Es ist eine längere Geschichte, und ich möchte dich bitten, sie zunächst mit Diskretion zu behandeln. Versprichst du mir das?«

»Nein«, gab er zurück. »Das geht nicht. Entweder du verschleierst eine Straftat oder du meldest sie.«

»Bist du nie privat?«

»Nein. Also?«

Am liebsten wäre ich spätestens jetzt wieder gegangen. Ohne etwas zu erzählen, denn dies alles hier war nicht fair gegenüber Nadia. Doch dann dachte ich an die aufgerissenen Augen des Toten, den Ausdruck von Erstaunen und Entsetzen in ihnen, diesen Ausdruck, den sie so perfekt getroffen hatte. Diese Augen würde ich nie vergessen können, wenn ich nicht wenigstens versuchte herauszufinden, wen dieser Unbekannte als letzten Menschen auf Erden gesehen hatte. Mein Entschluss stand fest. Ich würde von der Leiche berichten, aber ich würde das Foto Nadia zuliebe verschweigen. Leicht fiel mir das nicht, denn mein Flirt mit dem Rechtsstaat war in den letzten Jahren zu eng gewesen, um einfach aus einer Laune heraus Beweismaterial zu unterschlagen. Doch hier ging es auch um Nadia. Und um Raika. Um meine Freundinnen. Die mir geholfen hatten, als ich sie brauchte. Man würde mir in der Südstadt scheu aus dem Weg gehen, wenn sich herumsprach, auf welche Weise ich mich für Gastfreundschaft bedankte. Eine höchst unerfreuliche Situation.

»Also, höre zu. Vor einiger Zeit bin ich aus meiner Wohnung ausgezogen, wie du vielleicht weißt.«

»Ja, das ist uns bekannt. Eine Fehlentscheidung, meint Elfie. In deiner alten Behausung warst du doch ganz gut aufgehoben.«

»Vielleicht. Die Frau, bei der ich wohne, bis ich eine passende Wohnung gefunden habe, hat eine Leiche gefunden. Vielmehr eine Leiche gesehen. Sie hat mit niemandem darüber gesprochen. Erst jetzt, als wir zusammen saßen und etwas getrunken haben, hat sie sich getraut, darüber zu sprechen. Es ist schon länger her, und es hat sie sehr belastet, aber sie hatte sich bemüht, die ganze Sache zu vergessen. Sie konnte mir die Szene genau, sehr genau schildern. Er lag im Park, im Schwetzinger Schlossgarten, dieser Mann. Möglicherweise erschossen. Oder erstochen. Jedenfalls war Blut überall um ihn herum.«

Atemlos hielt ich inne. Ich hatte nicht das Zeug zur Verbrecherin. Lügen strengt verdammt an.

»Wie bitte? Wie kann man denn so etwas vergessen? Oder auch nur versuchen zu vergessen. Lachhaft.«

»Nun, wenn man eben nicht mit solch einem Fund rechnet und sehr beschäftigt mit anderen Dingen ist. Nehmen wir an, du gehst spazieren in einem Park und siehst etwas Furchtbares und verdrängst es und erst viel später kannst du darüber reden. Laut Freud ist das sehr üblich. Alltäglich geradezu.« Letzteres war eine reine Behauptung von mir. Keine Ahnung, ob das stimmte. Das Ganze klang sowieso höchst unwahrscheinlich, und er würde es natürlich nicht glauben, aber ich hatte keine andere Wahl.

»Du siehst die Leiche, rennst im ersten Schock davon, doch der Anblick hat sich dir eingeprägt, und du sprichst erst Jahre später rein zufällig davon?«

Ich würde mir die Story an seiner Stelle keinesfalls abkaufen, und schon gar nicht, wenn ich ihm Nadias Identität enthüllte. Eine erwachsene und erfolgreiche Profifotografin ist kein kleines Mädelchen, das eine Leiche sieht und planlos davonrennt.

»Hört sich unglaubwürdig an«, bemerkte Melchior deshalb auch ausdruckslos. »Wo und wann soll sich denn das Ganze abgespielt haben? Und wer soll die Betreffende sein?«

Wie ich dieses *soll* schon bei meiner Mutter und meiner Schwester gehasst hatte: »Und wann *soll* diese Party sein, Maren? Wie alt *soll* diese Susi werden?«

»Soll nicht. *Hat* sich abgespielt! Vor fünf Jahren.«

»Ja und? Das ist lange her. Was für eine Leiche soll denn das gewesen sein?«

Melchior schien wenig interessiert. Trotz des Wortes Leiche, das normalerweise aufhorchen lässt. Wahrscheinlich kein Wunder, da er öfter als der Normalbürger auf diese stille Spezies Mensch traf.

»Das wissen wir nicht. Ein Mann. Mittleres Alter, meint sie. So konnte man das Bild zumindest interpretieren.«

Ich merkte, dass ich einen Fehler gemacht hatte. Er zog die dunklen Brauen fragend hoch.

»Das Bild, das sie mir sehr plastisch mit Worten gemalt hat.«

»Ja, und vielleicht enthüllst du mir den Ort dieses Geschehens und vor allem: Was haben die entsprechenden Kollegen dazu gesagt? Meine Güte, Maren, hör zu, ich muss noch was im Garten machen, und unten läuft eine Maschine ...«

Ich konnte es nicht glauben. Eine Maschine lief. Zweifellos eine Waschmaschine. Schaudernd sah ich vor mir, wie Melchior Elfies Schlüpfer extraordentlich auf eine Leine pinnte.

Deshalb beeilte ich mich, meine Geschichte zu Ende zu bringen. Hausmänner soll man nicht von der Arbeit abhalten.

»Von der Leiche hat meine Freundin nie wieder etwas gehört. So als habe sie nicht existiert.«

Melchior faltete ein offensichtlich gebügeltes, akkurat zusammengelegtes Küchenhandtuch auseinander, bevor er es an einen Haken hing, über dem ein nostalgisches Emaille-Schild mit der Aufschrift »Küchenhandtuch« hing.

»Wo war das?«, wollte er wissen, und seine Stimme begann schärfer zu werden.

»In Schwetzingen. Im Schlosspark. Schlossgarten vielmehr. Sie ist dort spazieren gegangen. Nur aus Interesse. Nach guten Motiven für Fotografien suchen. Sie ist Fotografin.«

Ich hob vorsorglich die Hand. »Bevor du den Haftbefehl ausschreibst: Meine Bekannte ist eine durchaus angesehene Künstlerin und keine Mörderin: Hat sie auch nicht nötig. Sie verdient ausreichend, ist sehr selbstbewusst und voller Leben!« Er merkte es nicht, aber Letzteres sagte ich in voller Absicht. Melchior hatte nämlich kein Leben mehr in sich. Er war ein ordentlicher deutscher Ehemann geworden. Reihenhaus. Vorgarten. Fernsehzeitschrift.

»Maren, bitte: Ich will deine Bekannte nicht heiraten. Du brauchst sie mir also nicht anzupreisen wie eine Ehevermittlerin. Außerdem bin ich bekanntlich in Mannheim tätig, und meine Frau arbeitet in Karlsruhe. Was haben also die Kollegen aus Heidelberg dazu gesagt? Wie lange lag die Sache zurück, als deine Freundin den Mord gemeldet hat?«

Jetzt kam es. Ich verfluchte mein lästiges Gerechtigkeitsempfinden, das mich wieder dazu verleitet hatte, mich einzumischen.

»Das ist ja eben das Problem. Sie hat das Vorkommnis damals nicht gemeldet. Sie war zu dieser Zeit noch neu hier in unserer Region, hatte gerade beruflich viel um die Ohren, und sie hatte einfach Angst, in die Hände der Justiz zu fallen. Im ersten Moment war ihr ja auch nicht klar, dass der Mann auf dem Boden tot war ... Das war wie ein Schock. Er lag da, im Efeu ...«

»Lächerlich!«, fuhr mich Melchior ungläubig an.

Und wieder musste ich ihm insgeheim zustimmen. Es war wirklich lächerlich. Von der Wahrheit trennten mich nur noch ein paar Sekunden. Jetzt das Foto erwähnen, ihm später die Kopie zeigen, und er würde mir glauben müssen. Die Maschinerie liefe an. Nadia würde automatisch verdächtigt... Ob man dem Toten durch das abfotografierte Bild näher käme, war zwar nicht sicher, aber er hätte dann wenigstens ein Gesicht. Eins, mit dem man die Computer füttern könnte. Ich holte tief Luft, um zu sprechen, doch Melchior kam mir zuvor.

»Man sieht doch, ob man gerade einen ermordeten Menschen vor sich hat oder nicht. Zumindest einen Menschen, der einer Gewalttat zum Opfer gefallen ist. In jeder Minute, die man länger am Tatort bleibt und nichts unternimmt, macht man sich strafbarer, denn in unserer Arbeit zählt eben jede von diesen Minuten. Und abgesehen davon: Kein Mensch sieht etwas Derartiges, geht nach Hause und spricht jahrelang nicht über sein Erlebnis. Das ist nicht lebensnah. Selbst wenn man die Polizei nicht sofort ruft, was sowieso das Normalste von der Welt wäre, so würde man kurz darauf in einem ruhigen und vernünftigen klärenden Gespräch mit dem Ehepartner und der Familie ...«

Ich verdrehte die Augen. Mein Gott. Diese Ehe musste ja ein reiner Vulkan sein.

»Oder verschweigst du mir etwas? Strafbar, Maren! Ist die Dame vorbestraft?«

Ich sah Nadia vor mir. Ihr Ringen um künstlerische Anerkennung und um finanzielle Selbständigkeit. Und ihre Gastfreundschaft. Ihr Versuch, den Toten zu vergessen. Und ließ mein Foto damit endgültig unter den Tisch fallen.

»Melchior, künstlerisch veranlagte und sensible Frauen denken und handeln anders. Nehmen eine solche Situation vielleicht intensiver wahr und brauchen länger, um innerlich damit fertig zu werden. Ein Trauma. Meine Bekannte ist eine solche Frau. Sie ist übrigens über jeden Verdacht erhaben. Mehr möchte ich im Moment noch nicht sagen. Ich muss erst Rücksprache mit ihr halten, ob ihr das recht ist.«

Melchior betrachtete mich streng.

»Gut, dass Elfie das nicht hört, Maren. Man sollte meinen, du hättest etwas von ihr gelernt... Rücksprache halten! Das sind doch keine Gründe, ein Verbrechen nicht zu melden. Spätestens, als sie nach diesem Erlebnis nach Hause kam, hätte sie sich sofort an die Polizei wenden müssen.«

Er musterte mich wie ein freundlich-besorgter Nervenarzt einen Rückfälligen.

»Und das ist wieder typisch für dich, Maren. Leider. Die Art der Menschen, mit denen du dich immer umgibst. Elfie bedauert das ebenfalls sehr. Wir wünschen uns beide, du würdest einen anderen Umgang pflegen. Was macht eigentlich Matthias? Ich fand ihn im Grunde gar nicht so übel. Solide. Jedenfalls ist er besser als diese merkwürdige Spanierin. Und triffst du dich noch mit deiner Freundin aus Rumänien?«

Ich starrte ihn an und war plötzlich froh, dass Elfie und nicht ich mit ihm am Traualtar erschienen war. War er früher schon so ein fadengerader Langweiler gewesen? Vermutlich, doch als ich noch in ihn verliebt gewesen war, hatte diese Langeweile einen anderen Namen gehabt: Ruhe, Gelassenheit. Männliche Stärke. Teuflisch, was Hormone mit einem anstellen!

»Soll ich meine Freunde danach aussuchen, ob sie einen deutschen Pass haben?«, fragte ich. »Bisschen mühsam in der Südstadt, hm?«

»Das ist albern, Maren. Nun zu deiner angeblichen Künstlerin. Hände der Justiz. Da lache ich«, sagte er und lachte nicht. »Wer nichts zu verbergen hat, kann jederzeit einen Toten melden, den er oder sie sieht. Ob er oder sie es nun gleich oder später bemerkt. Man *muss* einen Toten melden. So lautet die Vorschrift und das Gesetz.«

Erneut strenger Blick. »Das kann Ärger geben. Verschleierung einer Straftat. Möglicherweise unterlassene Hilfeleistung. Oder sogar Beihilfe.«

»Ich weiß, aber sie hat es nun mal nicht gemeldet. Natürlich hat sie darüber nachgedacht, aber es fiel ihr immer schwerer, je länger sie gewartet hatte. Sie hat in den Tageszeitungen damals verfolgt, ob es irgendwo einen Toten gab. Gab es aber nicht. Weder in der Zeitung, noch im Fernsehen oder im Radio – nirgends…«

Ich unterbrach mich selbst. Das zu erwähnen, war strategisch unklug gewesen.

Und tatsächlich warf Melchior sofort ein: »Siehst du. Alles halb so dramatisch. Dann war der Mann eben nicht tot, sondern schlief nur. Seinen Rausch aus vielleicht. Laien erkennen einen Rausch oft nicht als solchen. Kann erschreckend wirken, wenn einer wie leblos daliegt. Frag mal die Kollegen vom Streifendienst.«

»Er hörte sich nach ihrer Beschreibung aber ziemlich tot an.«

Das Gespräch lief nicht gut. Das heißt nein: Eigentlich lief es *genau*, wie ich es erwartet hatte. Er glaubte mir nicht. Elfie würde mir ebenfalls nicht glauben. Und mir waren die Hände gebunden.

Ich verstrickte mich jetzt in einem Netz aus Rücksichten und Lügen, das ich bald schon bereuen sollte.

»Nach ihren Worten lag er unnatürlich auf dem Rücken, zwischen Blattwerk, und die Augen standen offen. Und der Mund klaffte merkwürdig auseinander. Überall war Blut. Das muss sich vielleicht auch heute noch nachweisen lassen.« Ich schluckte. »Reden wir nicht darum herum. Ich denke, meine Bekannte hat einen Mann gesehen, der gewaltsam zu Tode gekommen ist, Melchior. Wie auch immer. Wie sie es mir berichtet hat, war es eine brutale Szene. So schläft man nicht und so stirbt man nicht auf friedliche Weise. Und das war auch ihr Eindruck. Sie hat, wenn auch in ihrem Schockzustand, den Mann ja immerhin vor sich gesehen.«

Melchior zuckte die Achseln. »Wenn du wüsstest, wie manche Leute sterben und wurden nicht ermordet. Maren, bitte. Seit wir dich kennen, haben wir schon viele phantastische Geschichten von dir gehört. Aber das ist mit Abstand das Abenteuerlichste. Du kommst hierher und berichtest von der unbewiesenen, mehrere Jahre alten Beobachtung irgendeiner hysterischen Frau, die wahrscheinlich noch nie vorher einen Toten gesehen hat und deshalb alles durcheinander gebracht hat.«

Da Nadia so ziemlich die am wenigsten hysterische Frau war, die ich kannte, sagte ich nichts dazu. Dieses Adjektiv würde sich sowieso erübrigen, wenn sie meine derzeitige Hauswirtin kennen lernten. Nadias Identität würde sich nicht verschleiern lassen. Das war von Anfang an klar gewesen.

»Ich schildere dir einfach meinen Eindruck. Bitte sehr. Dann lassen wir die Sache eben fallen. Und einen Mörder davon kommen. Gut, dass ich jetzt weiß, wie der Rechtsstaat in Gestalt von Herrn Oberst denkt. Vielleicht spreche ich mit deiner Frau noch einmal darüber.«

Melchior stand auf und schenkte sich ein Glas Mineralwasser ein. Rechtzeitig dachte er noch daran, mir auch etwas anzubieten.

»Danke. Wasser trinke ich nur zum *Über*leben. Nicht zum Leben. Hättest du etwas anderes? Lagert ihr nicht noch diesen ›Baron de Lauter‹ aus Weißenburg ein? Den aus dem Cora für 1,50 Euro? Den von eurer Hochzeit?«

Melchior reagierte nicht. Dachte offenbar in der ihm eigenen bedächtigen Art weiter nach.

»Wenn er erschossen, erstochen oder erschlagen wurde, muss der Fall ja irgendwo bearbeitet sein. In diesem Land werden keine Leute umgebracht und verschwinden dann.«

»Ja«, sagte ich langsam. »Verschwunden. Er ist tatsächlich spurlos verschwunden.«

****

Melchior hatte sich dann die Daten widerstrebend notiert. Mit einer Miene, die eine Mischung aus Misstrauen, Spott und auch wachsender Ungeduld darstellte.

Nadias Namen nahm er ohne Zeichen des Erkennens zur Kenntnis. Weder er noch Elfie waren bisher in Kunstkreisen als eifrige Besucher von Ausstellungen aufgefallen.

»Maren, kannst du nicht einmal einen Kaffeebesuch abstatten, Blumen mitbringen und artig Konversation machen wie all unsere anderen Gäste auch? Auch Kripobeamte haben ein Recht auf Feierabend. Das Ganze wird sich als harmlos herausstellen. Jemand, der sich zum Schlafen ins Gras gelegt hat. Ein Scherz vielleicht. Die Kurpfälzer sind bekanntlich ein lockeres Völkchen.« Verzog angesichts dieser Tatsache schmerzlich das Gesicht. »Vielleicht war das Ganze einfach ein Gag. Oder ein Partyspiel. Wäre jemand im Rhein-Neckar-Raum ermordet worden, so wüssten wir davon. Auch nach Jahren. Ungelöste Fälle werden regelmäßig in den Besprechungen erwähnt. Falls es Parallelen und Nachahmungstaten gibt.«

»Wen meinst du mit – wir?«

»Elfie«, sagte er, »Elfie und die Kollegen von der Kripo Karlsruhe. Auch, wenn ich noch nicht so lange in Mannheim bin – die Aktenlage ungelöster Gewaltverbrechen kenne ich. Sie ist leider ziemlich dick, diese Akte.«

»Wir!«, sagte ich nur. Pluralis Majestatis.

In Melchiors Gesichtsausdruck mischte sich nunmehr ein mildes Mitleid.

»Gut, Maren. Du hast uns geholfen. Ich will dich nicht abweisen und werde versuchen, was ich tun kann, um dich zu beruhigen. Als erstes wird man kurz mit deiner ängstlichen Bekannten sprechen. Ich werde die Kollegen verständigen, dass sie sich die junge Dame mal anschauen.«

Als er mich zur Tür brachte, blieb ein unbefriedigendes Gefühl in der Luft zurück.

Schließlich sagte er noch, als falle es ihm jetzt erst ein – Melchior war immer schon ein schlechter Schauspieler gewesen: »Ach, und mein Bruder, Maren –«

»Ja?«

»Also vor dem nimmst du dich besser in Acht. Du bist anfällig für diese Art Männer.«

»Woher willst *du* das wissen?«, fragte ich.

****

Es ist ja nicht so, als litte ich an jenem geheimnisvollen Mangel männlicher Gesellschaft, welcher manche Singlefrauen ab vierzig befällt, deren Leben nach einer Weile überwiegend in einer kuscheligen Mädelswelt mit Afterworkparties, furchtbar lustigen Dessousabenden (für die Oberflächlichen unter uns) oder Museumsvormittagen mit Bildbetrachtungen (für die Ernsthaften unter uns) stattfindet.

Ich *habe* zwei Verehrer, die sich angeblich nach mir verzehren.

Der eine ist der Versicherungsagent Matthias, der mit Katze und Goldfischen in seiner spießigen Wohnung in einem beschaulichen Karlsruher Wohnviertelchen namens Gartenstadt lebt, der andere haust mehr oder weniger in seinem Antiquariat in der Südstadt, meinem bisherigen Multikultiwohnviertel nahe des Bahnhofs.

Sein Name ist Theo, er hat einen Rauschebart, eine starke Lesebrille, weiß theoretisch über viele Themen sehr viel, ist praktisch total unpraktisch und hegt angeblich eine unheilbare Schwäche für mich.

Manchmal frage ich mich, was einer von beiden tun würde, wenn ich ihn wirklich erhören würde. Wahrscheinlich nicht lustvoll mit mir ins Bett sinken, sondern ein Fall für Wiederbelebungsmaßnahmen werden.

Gelegentlich gehe ich mit beiden Männern aus.

So heute.

»Ich war übrigens kürzlich bei Melchior und Elfie«, begann ich. Wir saßen nicht im Wolfbräu. Da gingen wir nicht mehr hin. Die Kneipe deprimierte mich. Zu viele verlorene Gestalten davor und zu viele Erinnerungen darin.

Wir bevorzugen jetzt die neue spanische Tapasbar *Besitos* am Marktplatz, die zwar nur so spanisch ist wie meine Oma, aber wir gehen eben trotzdem hin, weil man viele Sachen zum Essen bekommt, die weniger als fünf Euro kosten.

Davon allerdings bestellen wir uns dann vor lauter Gier vier Stück und haben nichts gewonnen. Außer Matthias, denn der isst vorher immer zu Hause, damit ihn die Gastwirtsmafia nicht erwischt. Er trinkt sein kleines Bier und das war's. Ihn legt man nicht herein – ihn nicht!

»Und warum? Warst du schon lange nicht mehr depressiv und musstest dir wieder deine Ration holen?«, erkundigte sich Theo, der ebenso wie Matthias weiß, dass ich vor Elfie mit Melchior liiert gewesen war. Und dass sie ihn mir abspenstig gemacht hatte. Ausgerechnet auf dem Jakobsweg, wo man eigentlich zu sich selbst und nicht zum Freund der Freundin finden soll.

»Nein, es war rein beruflich.«

»Wenn du wieder von einem Mord sprichst, gehe ich unverzüglich!«, behauptete Matthias. Ich wusste, dass er niemals gehen und mich mit seinem Scheinkonkurrenten Theo alleine lassen würde. Nicht einmal, wenn ich von einer Massenschießerei in meiner nächsten Umgebung berichten würde, ginge er.

»Wenn jemand ermordet wird, und man erfährt nie etwas davon ... Die Leiche taucht nicht mehr auf, wird nicht vermisst ...«, sprach ich ins Blaue hinein. »Was steckt dann dahinter?«

Theo musste nicht lange nachdenken. Zwar verließ er so gut wie niemals sein Geschäft, doch kam die Lebenserfahrung in Form seiner Kundschaft zu ihm. Nicht zu vergessen seine Bücher. »Da gibt es verschiedene Möglichkeiten. Ein Wohnsitzloser. Ein Ausländer. Ein Asylant. Ein Illegaler.«

»Oder alles zusammen«, ergänzte Matthias und starrte trübe in den Bodensatz seines kleinen Biers. Er mochte solche Leute nicht. Und zwar aus einem höchst einfachen Grunde: Sie schlossen keine Versicherungen ab. Und Matthias mochte Leute, die Versicherungen abschlossen, denn von ihnen konnte er sich, seinen hässlichen Kater und seine stummen Goldfische ernähren.

»Maren, du weißt, wie wir über deine Tätigkeit als Hobbykriminologin denken. Aber bisher stammten deine Toten zumindest aus ordentlichen, meist gehobenen Verhältnissen, und deine Recherchen hätte man steuerlich als Bildungsreisen verbuchen können. Aber mit einem getöteten illegalen Ausländer begibst du dich endgültig auf ein Terrain, auf dem du nichts zu suchen hast.«

»Stimmt. Das sind andere Spielregeln, da *draußen*«, verkündete Theo, wobei er die Stimme konspirativ senkte und sich vorsichtig im *Besitos* umsah. Ich musste lachen.

»Da draußen! Theo, du hörst dich an wie Humphrey Bogart in einer seiner härtesten Rollen, in denen er die Straßen von Chicago vom Verbrechen reinigt, und nicht wie jemand, der sogar Angst hat, nach sieben auf die Kaiserstraße zu gehen.«

Matthias lachte schadenfroh. Dabei geht er auch nicht nach sieben auf die Kaiserstraße. Was sollte er dort? Er kocht für sich und Herbert zu Hause und seine Kleidung bestellt er sich günstig bei Ebay oder bei QVC zum sogenannten Modepreis. Er spart, um seiner zukünftigen Frau und sich ein sicheres Leben bieten zu können. Und eine Ausbildungsversicherung für die Kinder. Am besten für die Söhne, denn von solchen träumt Matthias.

Längst hatte ich beschlossen, dass ich den Fall des toten Mannes im Schwetzinger Schlossgarten nicht ruhen lassen konnte, und wenn ich nicht für die Dauer der Ermittlungen gänzlich auf den Rat der beiden verzichten wollte, musste ich sie einweihen. Aus Erfahrung wusste ich, sie würden absolut dicht halten. Nach diesem Kriterium suchte ich mir meine Freunde aus.

Ich erzählte ihnen also mal wieder die ganze Wahrheit. Das hatte sich bewährt. Schließlich begleiteten sie mich tapfer durch meine Fälle. So wie auch Raika und Consuela. Ohne sie alle ginge es einfach nicht. Und ich wusste, sie würden der Polizei niemals etwas weiterleiten.

Nadia würde wahrscheinlich das Schloss wechseln lassen, wenn sie von meinen Indiskretionen erführe.

Synchron kopfschüttelnd hörten die beiden zu.

»Eine verrückte Geschichte. Kein normaler Mensch fotografiert in einer solchen Situation einen Ermordeten in aller Seelenruhe. Er rennt weg und schreit um Hilfe.« Matthias wand sich wollüstig im Schauer alleine bei der Vorstellung.

Theo hob bedächtig an zu sprechen.

»Ich denke, der Mann war bloß schwer verletzt und hat sich dann doch noch aus dem Park hinausschleppen können. Er könnte überfallen worden sein. Am frühen Abend. In dem menschenleeren Park. Der Schwetzinger Schlossgarten ist ziemlich ausgedehnt. Letzthin habe ich es für eine Kundin nachgeschlagen. Siebzig Hektar, und an manchen Stellen ist er fast so einsam wie ein echter Wald. Nicht umsonst gibt es eine Stelle, die *das Ende der Welt* heißt. Ein herrlicher optischer Betrug. Landschaft auf einer nach innen gekrümmten Mauer. Du solltest mal den Reisebericht von Karl Julius Weber von 1826 lesen. Kürzlich aus einem Nachlass reingekommen. Dem gefiel der Park überhaupt nicht. Passt nicht zum Dorf Schwetzingen, schreibt er. Zu überladen. Siebzig Hektar voll wasserspritzender Hirsche, Tempelchen und Brückchen. Er war nicht annähernd so begeistert von Schwetzingen wie etwa von Heidelberg, das er ganz ausdrücklich lobt. Ich bringe dir das Buch mal mit. Sehr interessant.«

Ich schwieg verstockt. Seit der Grundschule, da man uns unschuldige Kinder gezwungen hatte, fiktive Bauern auf Ar und Hektar herumlaufen zu lassen, und ich bei jeglicher Umrechnung vom einen in das andere gescheitert war, wollte ich mit Flächen nichts mehr zu tun haben.

Vierzig Quadratmeter neue Wohnung würden mir im Moment durchaus reichen. Mein ausgeprägter Nestbautrieb überraschte mich selbst.

War das noch die gleiche Maren, die früher zwei Monate mit einem Rucksack durch Schottland getrampt war und es als spießig empfunden hätte, zwei Nächte in der gleichen Jugendherberge zu bleiben? Die Wohnungen mit den Mondphasen gewechselt hatte?

»Theo, das hat mit Marens Problem wirklich nichts zu tun.«

Matthias, der keine Ahnung von Kultur hatte, schob seinen Kaugummi in die andere Hälfte seiner Mundhöhle. Doch Theo gab nicht auf.

»Und dein unbekanntes Opfer wäre nicht der erste, dem Schwetzingen gefährlich wurde. Der Kurfürst Karl Ludwig hatte ein Verhältnis mit der schönen Louise von Degenfeld, während seine rechtmäßige Gattin in Heidelberg saß und Mordpläne gegen die Nebenbuhlerin schmiedete. Übrigens hatte er 13 Kinder mit der Geliebten.«

»Von Morden in Adelskreisen habe ich eigentlich genug«, gab ich zu. Matthias sah mich zufrieden an.

»Siehst du. Halt dich da raus, Maren. Diesmal könnte es wirklich gefährlich werden. Schwetzingen, das liegt bei Mannheim und du weißt, was das bedeutet.«

»Nein, was denn?«

»Das ist eine *Arbeiter*stadt!«, gab Matthias zurück, als sei das alleine schon lebensgefährlich. »Du hast Melchior informiert und diese Nadia nicht allzu sehr belastet. Kenne sie nur flüchtig, aber ich mag sie nicht. Hat nicht genug Gefühl. Deshalb ist sie ja nicht mein Typ. Zu kalt. Geschäftsmäßig. Hat bei mir keine Chance, die Dame. Ich stehe mehr auf frauliche Qualitäten.« Matthias verlangte mit dem selbstgerechten Gesichtsausdruck des Mannes, der sich die Frauen nur so aussuchen kann, nach der Rechnung.

»Fräulein, zahlen. Ein Bier. Ein *kleines* Bier.«

Und zu uns: »Muss man immer dazu sagen. Versuchen es sonst immer wieder, die Mädels. Denken, man merkt es nicht.«

Arme Nadia, dachte ich. Da entgeht ihr wirklich ein Schnäppchen.

4. Kapitel

Die Wohnung in der Kronenstraße wurde von einem Rechtsanwalt mit dem eigentlich vertrauenswürdigen Namen Tom Tannenbaum im Internet angeboten.

Die Kronenstraße hörte sich erst mal nach guter Lage an. Die belebte Kaiserstraße in Sichtweite, Läden, Geschäfte, Cafés. Allerdings solche von der volkstümlicheren Sorte. Imbissbuden, Bars. Nachtlokale. Sexshops.

Ich war zum vereinbarten Zeitpunkt vor dem Anwesen, welches insgesamt renovierungsbedürftig und wenig einladend wirkte.

Tom Tannenbaum, mittleres Alter, Bart, zurückweichendes graues Haar. Typ lüsterner Ehemann auf Abwegen. Er drückte mir eine zu weiche Hand in die meine und starrte mir neugierig ins Gesicht.

Der Hausgang, in den er mich geleitete, war grau und wand sich eng um einen wenig vertrauenswürdigen Aufzug. Dritter Stock.

»Hier sind wir«, sagte Tom Tannenbaum, der jedes seiner Worte so klingen ließ, als handele es sich um einen Antrag oder eine Verheißung. Er schloss die papierdünne Eingangstür zu einer großen und insgesamt nicht unfreundlichen Wohnung auf.

»Eine extra Küche«, meinte Tom Tannenbaum, der für meinen Geschmack eine Spur zu nahe hinter mir stand. »Immer ein Vorteil für die Damen.«

Ich spürte den Hauch seines Atems im Nacken. Ich bin einfach verdorben. Nicht zum ersten Mal, seit ich eine Wohnung suchte, kam mir der Gedanke, dass dies eigentlich eine perfekte Mordmethode wäre. Sich Makler nennen, Frauen in leere, zum Verkauf stehende Wohnungen locken, vergewaltigen, töten und später irgendwann raustragen. Fragt mal jemand nach, dann heißt es: *»Verschwunden? Umgebracht? Mein Gott, sie hat sich die Wohnung angesehen und ist dann wieder gegangen. Sie wollte sich das Treppenhaus noch anschauen, ich bin alleine weg. Danach habe ich sie nie wieder gesehen. Aber sie wirkte nervös, sagte was von einer wichtigen Verabredung. Tut mir leid, Herr Kommissar, mehr kann ich dazu nicht sagen.«*

»Man muss viel machen in der Wohnung. Und von außen wirkt das Haus auch ein wenig abgewohnt.«

Ich dachte da speziell an die Balkone, die aussahen, als würden sie jeden Moment abbröckeln und auf der Kronenstraße zerschellen.

»Ich bin ganz offen zu Ihnen. Die Balkone müssen saniert werden. Das wird die Eigentümer pro Einheit 3000 Euro kosten«, raunte Tom Tannenbaum mit einem süffisanten Grinsen, »dafür kriegen Sie das Objekt aber extra günstig. 37 000. Ein Witz für die Innenstadt von Karlsruhe. Und vermietet, ha ...«

Er schnippte mit den Fingern. »Studenten. Kinderleicht. Vor allem ausländische Studis haben Probleme, was zu finden. Osteuropäer. Keiner will die haben. Schnappen bei jedem Loch zu.«

»Warum nicht? Warum will die keiner haben?«

Er zuckte die für sein forsches Auftreten zu schmalen Schultern.

»Was weiß ich. Die Frauen gelten als Nutten, die Männer als Diebe. Verbrecher. Unehrlich. Verschlagen. Und da macht der deutsche Vermietermichel keinen Unterschied zwischen Studenten und Erdbeererntehelfern. Ost ist Ost. Die nehmen eher noch ein Schlitzauge, pardon einen Asiaten, als einen Osti.«

»Ich wollte die Wohnung eigentlich für mich.«

Tom Tannenbaum musterte mich prüfend. »Sie? Allein?«

Ich überging das.

»Die Wohnung ist nicht schlecht, aber ...«

»Na, Sie kennen bestimmt genügend junge Männer, die beim Renovieren helfen.«

Widerlich der Typ. Vielleicht war die Wohnung gar nicht so schlecht, aber ich wollte von Tom Tannenbaum nur ein paar Quadratmeter kaufen und keinen Vertrag für Partnerschaftsfragen mit ihm abschließen.

»Tut mir leid. Ich kenne nur Damen. Junge Frauen, verstehen Sie, was ich meine?«

»Natürlich. Warum nicht? Gibt es doch alles heute.«

Er komplimentierte mich jetzt schnell aus der Wohnung, Angst in den Augen. Eine Lesbe! Die noch andere Lesben kannte. Kastrationsängste wallten in ihm auf.

Und ich verabschiedete mich von der Kronenstraße.

Wieder nix.

****

»Maren, diese Fotos habe ich vor Jahren gemacht. Die Szene kommt mir heute total unwirklich vor. Es war mir fast gelungen zu vergessen, dass sie in dieser Schublade lagen und ich habe es vermieden, sie noch mal anzusehen.« Nadia war sichtlich genervt.

Sie war in ihrem kleinen Gewächshaus auf dem Balkon beschäftigt gewesen, hatte ihre Olivenbäumchen betreut. »Schau mal. Die Blätter glänzen wie Silber. Schön für eine Karte zum 70. Geburtstag. Ab 65 kommen Olivenbäume gut. Symbolisieren Ewigkeit. Dauerhaftigkeit. Lassen sich gerne auch für goldene Hochzeiten gebrauchen. Die Zweige.« Außerdem hatte sie Frostschäden beheben müssen. »So schön es auch ist, dass ich meine Motive auch hier selbst züchten kann – ich brauche irgendwann wieder einen Garten. So viel Arbeit ich damals mit dem Dschungel an der Alb auch hatte, aber die Grillparties waren sensationell. Vor allem, weil man niemanden gestört hat. Wir haben bis morgens alte deutsche Schlager gesungen. Aber ein Haus in solcher Lage ist zu teuer. Noch. Vielleicht nach meinem Durchbruch.«

Sie schenkte sich einen Caipirinha ein, ihr Lieblingsgetränk. »Wusstest du, dass unser geliebter Caipi ursprünglich ein Grippemittel war, das ein Barmixer in São Paolo unter dem landessprachlichen Namen ›Hinterwäldler‹ für seine Kunden zur Vorbeugung mixte? Komm nimm auch einen und fang nicht wieder mit den Bildern an. Lassen wir die Sache doch einfach ruhen. Wen kümmert das? Der Kerl war doch schon tot. Das hilft ihm doch auch nicht mehr.«

»So einfach ist es nicht, Nadia. Leider.«

Mit einer fast wütenden Geste stampfte sie in ihrem ohnehin schon klein gehackten Eis herum.

»Einmal im Leben macht man einen Fehler. Ich hätte diese Fotos noch am gleichen Abend wegwerfen sollen. Leider kann ich gelungene Aufnahmen nur schweren Herzens vernichten. Den Film habe ich weggeworfen, es gibt keine Abzüge, aber an den restlichen zwei Bildern hing ich mit zwiespältigen Gefühlen. Schließlich bin ich Chronistin des Alltags, und diese Art von Tod gehört irgendwie auch zum Alltag. Nicht nur kitschig-schöne Blumenarrangements für die Geburtstage oder Stechpalmenzweige an Weihnachten. Wie satt ich manchmal diese albernen Grußkarten habe.«

Das konnte ich verstehen. Manchmal habe ich auch keine Lust, im Stammbaum irgendeiner hausgemachten Millionärin aus dem Schwäbischen herumzuturnen, die nach feiner Blutsverwandtschaft am Genfer See dürstet. *»Zur Not täte es auch Wiesbaden, Fräulein Mainhardt!«* Aber kein Bergarbeiter aus dem Ruhrpott bitte. Ururopa muss vorzeigbar sein.

Nadia saugte den Rest Zuckerrohrschnaps aus dem hohen Glas.

»Ich muss mich unbedingt in nächster Zeit wieder mehr meinen Männerporträts widmen. Kann sein, dass sich in Berlin eine größere Sache ergibt. Muss demnächst nach Hamburg. Jemanden treffen. Du verstehst?« Ein angedeutetes vielsagendes Zwinkern.

Ich bemühte mich um einen wissenden Gesichtsausdruck. Dabei verstand ich nicht. Keineswegs. Ich schlafe nie mit jemandem des Vorteils wegen. Ich schlafe mit überhaupt niemandem. Und dabei bin ich nicht mal katholisch. Verschwendete Enthaltsamkeit.

Nachdem ich immer noch keine Eigentumswohnung gefunden hatte, hatte ich mich in Nadias Gästezimmer noch fester eingenistet und ihr einen kräftigen Mietzuschuss angeboten.

Geboren war dies auch aus meinem schlechten Gewissen. Wie konnte sie mich jetzt noch mit gutem Glauben in ihrer Wohnung alleine lassen? Mit dem Wissen, dass ich in ihren Sachen herumkramte.

Wider Erwarten wollte sie das Geld nicht annehmen. »Ich bin zwar eine Geschäftsfrau, meine Liebe, aber ich verdiene mit meinen niedlichen Veilchen im Moment ganz gut. Inzwischen darf ich meine Bilder auf den Grußkarten sogar extra signieren. Sie sind dann Designed by Rixinger. Eine kräftige Honoraranhebung war damit nicht mehr zu vermeiden für die Firma ›Lovely Cards‹. Nein, behalte lieber dein Geld, du wirst es noch brauchen können. Mit dem Wohnungskauf ist es nämlich nicht getan: Notar, Grundbuch, Einrichten. Das kostet. Sei nicht dumm. Denk lieber mal an dich!«

»Aber Nadia, ich kann nicht … auch unter Freundinnen …«

»Mein Gott, Maren, wir reden hier nicht über Freundschaft. Du und dein komischer kleiner Hund, ihr seid willkommen, bis ich was anderes sage. Und ich werde es sagen, ganz klar und deutlich. Halt deine Kohle zusammen und setz sie irgendwann sinnvoll ein. Es wird Zeit, dass wir Frauen anfangen, so zu denken wie Männer.«

»Da bist du mir eindeutig voraus«, stellte ich trübe fest. »Ich schleppe noch die Rollenmodelle aus den 60ern mit mir herum. Ich bin zwar frei, aber ich habe manchmal das unangenehme Gefühl, ich könnte meine Freiheit nicht richtig genießen.«

»So weit voraus bin ich dir nicht, Maren. Noch in Sichtweite. Sonst hätte ich nicht diese Vierzimmerwohnung in der Südstadt im keineswegs international angesagten Karlsruhe, sondern die ganz große Karriere gemacht und besäße einen Loft in London und eine schicke Villa in Cannes. Oder ich fiele zurück in das traditionelle Rollenmodell, das auf den ersten Blick so bequem aussieht: Geliebte eines reichen Mannes. Wohlhabende Kerle habe ich meiner Zeit in den Bars in Frankfurt genug kennen gelernt, und ich weiß auch ziemlich genau, wofür die Herren Unsummen bezahlen. Reden wir lieber nicht davon. Ich habe auch meine Fehler gemacht. Der größte Fehler ist ...«

»Gefühle investieren?«, erkundigte ich mich trübe.

»Nein. Gefühle sind erlaubt. Ohne die läuft nichts. Die *falschen* Gefühle zu investieren. Gute Gefühle sind: Selbstliebe, Karrierestreben, meinetwegen auch Kinderwunsch oder Nestbautrieb. Schlechte Gefühle sind: ›Ich will nicht allein sein. Ich will ihn glücklich machen. Der arme Kerl. Er sieht so gut aus. Was er wohl gerne isst?‹ Oder die wütende Variante: ›Der soll mich kennen lernen! Ob er heute anruft? Dann tu ich so, als sei ich nicht daheim.‹ Und so weiter. Energievergeudung. Verlier dich einfach nicht selbst aus den Augen.«

Wir schwiegen eine Weile. Hielten Tee in den Händen. Mein Hund stieß schwere Seufzer aus.

Ließ den Kopf auf die Pfoten sinken, schloss die Augen. Nessie verlor sich selbst nie. Sie würde niemals ein Leckerli teilen.

»Nadia, ich will noch einmal versuchen, dir zu erklären, warum ich die Sache mit dem Toten im Park nicht sein lassen will. Sein lassen kann«, meinte ich nach einer Weile und zwei Datteln. »Durch Zufall oder Schicksal war ich jetzt mehrfach in Mordfälle verwickelt. Manchmal habe ich die Opfer gekannt, manchmal auch nicht. Immer aber kannte ich am Ende die Mörder. Sie waren zwar keine Bestien, so wie man sie sich vorstellt, aber sie waren zu böse, um weiter in Freiheit zu bleiben. Sie hatten ganz persönliche Motive zu morden, und wenn diese Motive wieder aufgetaucht wären, hätten sie es vielleicht erneut getan, denn sie hatten schon einmal ihre Hemmungen abgelegt. Sie hatten getötet und waren damit durchgekommen. Das lässt sie glauben, dass sie besser sind als andere Menschen. Sie haben gegen das größte Tabu der Zivilisation verstoßen und keiner hat es gemerkt. Das macht sie zu Göttern und Göttinnen in ihren eigenen Augen.«

Nadia hatte mir schweigend zugehört. Nippte an ihrem Caipirinha. Ich mag das Zeug nicht, obwohl es verführerisch gut schmeckt. Diese Stocherei in dem Eis und dieses gierige Schlürfen letzter Reste von Zuckerrohrschnaps haben etwas Suchtartiges an sich.

»Und stell dir vor, irgendwo in Schwetzingen, in diesem hübschen kleinen Städtchen, das aussieht wie ein einziges Rokokomärchen, läuft vielleicht jemand herum, der einem anderen eine Kugel in die Brust geschossen hat. Oder ein Messer in die Brust gerammt hat. Und er kommt davon. Wie muss er sich fühlen, was muss er von sich denken?«

Nadia zuckte die Achseln, beobachtete mich aber durchdringend.

»Hey, denkt er, ich bin aber ein ziemlich toller Kerl. Kann Leute umbringen, und keiner ist mir drauf gekommen. Würdest du mit so jemandem Geschäfte machen wollen, mit ihm verheiratet sein? Wärest du gerne sein Sohn, seine Tochter, seine Mutter?«

Nadia runzelte die Stirn. Ich sah, dass sie widerstrebend ins Grübeln geraten war.

»Also, ich mag einfach nicht, dass jemand so herumläuft. Stolz wie ein Gockel. Zufrieden. Selbstgerecht. Und dabei das Gesetz in die eigene Hand nimmt.«

Nadia zog die Füße unter ihren Rock. »Gut. Du hast deine Gründe. Du wirst nicht locker lassen?« Ich schüttelte den Kopf.

Sie schwieg eine Weile. Saugte am Ende des Strohhalmes.

»Was sollen wir aber machen? Was wird dein Freund in der Sache unternehmen? Was kann man überhaupt jetzt noch herausfinden? Ohne die Fotos?«

»Er ist nicht mehr mein Freund. Er hat meine Freundin geheiratet, und damit kann er nicht mehr mein Freund sein. Wie ich ihn kenne, wird er sich erkundigen. Bei den Kollegen in Heidelberg. Liebe Nadia, ich fürchte sogar, dass die Polizei auf dich zukommen wird.«

Mit vielen unangenehmen Fragen, dachte ich. Doch ich sagte es nicht. Besser, man weiß vor dem Zahnarztbesuch nicht ganz genau, was einem droht. Wenn ich schon höre »Also nächstes Mal müssen wir die Drei, die Vier und die Fünf aufbohren und die Füllungen erneuern sowie Sechs und Sieben abschleifen und bei Eins und Zwei den Zahnstein entfernen«, lasse ich mir erst gar keinen neuen Termin geben.

Nadia massierte sich die Schläfe. Seufzte. »Ich habe damals, wie gesagt, alle Zeitungen durchgesehen, Nachrichten gehört. Nichts. Ich war noch ein einziges Mal in diesem Park. Ein halbes Jahr später. Es hat mich Überwindung gekostet und ich bin auch nicht in die Nähe des ... Tatorts gegangen. Aber ich habe die Frau, die das Geld bei den Toiletten kassiert, so unauffällig wie möglich gefragt, ob es abends in der Dämmerung in den Parkanlagen nicht gefährlich sei. Vielleicht wäre sogar mal was passiert ... Aber kein Wort. Es war eine ältere Frau. Eine Einheimische. Wenn es dort einen Mord gegeben hätte, dann hätte sie doch mit Sicherheit davon erzählt. In der kollektiven Erinnerung eines Ortes verjährt ein Mord nie.«

Da hatte sie Recht. Und ich hatte schon wieder ein schlechtes Gewissen. Sie hatte sich wirklich Gedanken um den Toten gemacht. Sie war nicht skrupellos.

»Ich muss dir ein Geständnis machen, Nadia.«

Sie sah mich mit einem mokanten Lächeln an.

»Nicht nötig. Du hast eine Kopie des Fotos gemacht? Nein, das ging nicht in der kurzen Zeit, in der ich weg war. Es war Sonntag, und ich habe keinen Kopierer. Also, ein Foto mit dieser lachhaften kleinen Digitalkamera, die du vor mir versteckst.«

Mir blieb die Sprache weg. Nadia war mir immer irgendwie einen Meter voraus.

»Ich habe sie zufällig entdeckt. Dein Hund hat gestern seinen Knochen in deiner Tasche versteckt, gejault, weil er wünschte, dass man ihn hervorholt und ihm wieder hinwirft, und dabei habe ich deine Kamera gesehen. Nur gesehen. Nicht angerührt wohlgemerkt. Zeig mir also das Foto.«

Mist. Ich stand auf und unter ihrem kühl beobachtenden Blick kam ich zurück, reichte ihr stumm das Bild. Es war schlecht, sehr schlecht, aber den Mann im Efeu konnte man noch erkennen.

»Na ja«, meinte sie nur und gab es mir zurück. Und mit einem Achselzucken: »Ich werde die Geister also nicht mehr los. Ein Kerl lässt sich im Schwetzinger Schlossgarten ermorden und verdirbt mir mein Leben. Und wenn ich dieses Bild vernichte, hast du es auf deiner Speicherkarte. Meine Schuld ist also beliebig reproduzierbar.«

Ihre Stimme klang tonlos und sachlich. Ich ging in mein Gästezimmer, gab ihr die Digitalkamera und reichte ihr das Bild. »Die Speicherkarte habe ich übrigens gelöscht. Nenn es schlechtes Gewissen.«

Sie betrachtete meine Aufnahme noch einmal.

»Gut. Es ist größer als mein Bild damals. Ich habe meine Fotos vielleicht zu unbedacht vernichtet. Nehmen wir also an, es sei das Original. Und legen wir es an seine Stelle. Versuchen zu entspannen und warten wir ab, was geschieht. Vielleicht können wir es noch einmal brauchen. Für den Moment soll es dort ruhen. Und bitte … nicht der Polizei sagen. Einverstanden?«

Ich nickte.

Nessie sah von einem zum anderen, als seien wir Tennisspieler.

Nadia stand schließlich auf, warf mir einen ironischen Blick zu und ging in ihr Arbeitszimmer. Ich hörte, wie sie die Schublade öffnete. Papier raschelte.

Entspannt wirkend kam sie ohne mein Foto zurück. Setzte sich im Schneidersitz neben mich. Ich bewundere Leute, die im Schneidersitz gut aussehen. Ich fürchte immer, ich ähnele in dieser Position mehr der abgespeckten Version einer Buddhastatue.

»Du weißt jetzt jedenfalls, wo dein Meisterwerk ist«, meinte sie ironisch, als sie zurückkam.

»Du bist sauer, nicht wahr!«, stellte ich fest. »Ich habe ihnen wirklich nichts von dieser Kopie gesagt und werde es auch nicht tun.«

»Das spielt vielleicht gar keine Rolle mehr, Maren. Jetzt geht eben alles seinen Gang. Dumm gelaufen. Vor allem für mich. Wer weiß, wie mein juristischer Tatbestand lautet? Unterlassene Hilfeleistung mindestens. Oh, und vorbestrafte Grußkartendesigner sind in der Branche bestimmt sehr begehrt! Und die Ausstellung im Bundeshaus kann ich in dem Fall vergessen. Sie wissen bei der Polizei nichts von der Seele eines Profifotografen. Knipsen und fühlen, das sind zwei verschiedene Sachen. Und die Panikreaktion, die du mir so nett zurechtstrickst, werden sie mir kaum abkaufen.«

Sie hatte schon wieder Recht. Meine Freunde von der Kripo, wenn man die Bürogemeinschaft Oberst-Kohlschröter so nennen wollte, glaubten mir meistens nicht einmal, wenn ich die lupenreine Wahrheit sprach. Wie würden sie erst auf diese ungeschickt zusammengestrickte Notlüge reagieren?

»Nadia, das Problem ist nur, dass wir selbst nichts mehr unternehmen können. Nichts. Der Stein ist ins Rollen gebracht. Man kann darüber streiten, ob ich ihn hätte liegen lassen sollen, doch dafür ist es zu spät.«

»Es ist gut, Maren. Dieses Hakenschlagen liegt mir eigentlich nicht.

Wir erzählen unsere nette kleine Geschichte und dann sehen wir weiter. Ich werde schon nicht lebenslänglich kriegen. Und wem liegt schon an einer Ausstellung in Berlin?« Sie sah mich an und grinste. »Verdammt: *Mir* liegt an einer Ausstellung in Berlin! Und zwar *sehr*.«

Ich widerstand tapfer der Versuchung, nach einem doppelten Caipi zu fragen, denn jetzt konnte ich ihn vertragen. Du hast keine Wohnung, die Freundin einer Freundin nimmt dich auf und zum Dank ruinierst du ihre Karriere. Es war ein Wunder, dass sie mich nicht rauswarf. Im Grunde war es kein Wunder, sondern ein Anlass zum Wundern. So viel menschliche Größe findet sich normalerweise vielleicht in einem christlichen Verein, aber nicht im richtigen Leben der Südstadt von heute. Doch Raika hatte mir bereits von Anfang an gesagt, dass Nadia für Überraschungen gut sei: »Sie ist wie eine gute Schachspielerin. Macht immer genau den Zug, mit dem du nicht rechnest.«

»Auf jeden Fall hängen wir jetzt sowieso beide mit drin, Nadia. Falschaussagen gleich im Doppelpack. Ein Freudenfest für Elfie und ihre Schergen. Aber bleib einfach dabei: Du hast den Toten entdeckt und bist erschrocken weggerannt. Erst zu Hause wurde dir klar, was du da genau gesehen hattest, und danach setzte der Verdrängungsmechanismus ein. Versuche, ihnen den Mann und seine Lage so genau wie möglich zu beschreiben. Biete deine Hilfe an. Bereue ein wenig. Alles andere rückt dich in ein ungünstiges Licht. Und macht dich womöglich sogar zur Verdächtigen. Obwohl ich mir keinen Mörder vorstellen kann, der sein Opfer an einem öffentlichen Ort nach der Tat seelenruhig fotografiert. Nicht mal dich!«

Sie lächelte fast geschmeichelt. »Aber, Maren, ein wenig beunruhigt mich schon, wie gekonnt du mich zum Lügen animierst. Ich dachte, du hast doch so hehre Vorstellungen von der Wahrheit.«

Mürrisch sah ich sie an. Bei diesem Spiel hier konnte ich eigentlich nur noch verlieren. Ich würde in Zukunft *immer* meine eigenen Aspirintabletten mit mir führen.

»Ich will nur nicht, dass du Schwierigkeiten bekommst. Ich weiß, wie die ticken. Die sind schon misstrauisch, wenn morgens die Sonne aufgeht. Wo kommt die her? Wo will die hin? Warum ist sie heute später als sonst? Hat sie ein Alibi?«

Ich griff nach einer Dattel.

Nadia meinte abfällig: »Worüber reden wir hier eigentlich? Meine

Güte, ich habe den Mann nicht gekannt. Nicht mein Stil, so ein Typ, der sich in einem öffentlichen Park abknallen lässt wie ein Rehbock. Wenn ich jemanden umbrächte, wäre es fein und appetitlich. Mit einer Dattel, in die ich vorher ein schwer nachweisbares Gift injiziert hätte.«

Ich ließ die Dattel sinken. Starrte sie an.

Sie lachte. »Es sind schon Leute an Angst gestorben, Maren.«

Ich schluckte schwer. Schwieg eine Weile.

»Nadia, möglicherweise melden sie sich sowieso nie bei dir. Die Kripo in Gestalt von Melchior und seiner Frau nehmen mich nämlich keineswegs immer ernst, Nadia. Leider. Die arme einsame Maren Mainhardt sieht Morde und Mörder, weil sie seit zwei Jahren auf Entzug ist. Ich höre Elfie bereits, wie sie mir rät, mir ein anderes Hobby zu suchen. Aquarellieren. Oder Töpfern in der Provence. Jedenfalls habe ich meine staatsbürgerliche Pflicht erfüllt. Zumindest teilweise.«

»Und in diesem Fall?«

Innerlich gereift in den Jahren der Erfahrung mit der Polizeibürokratie, sprach ich gelassen: »Nichts mehr. Es passiert in diesem Fall nichts mehr. Zu den Akten mit deiner Leiche. Aber *wir* haben das Foto gesehen. Wir wissen, dass dieser tote Mann wirklich existiert hat, und damit sind wir ihnen einen Schritt voraus. Die Bilder waren da. Du hast sie gemacht und du hast den Toten gesehen. Es kann nicht sinnlos sein, dass es diese Aufnahmen gegeben hat. Wir brauchen die Polizei nicht unbedingt, um etwas über diesen Mann herauszufinden.«

»Maren! Möchtest du nicht Aquarellieren? Oder Töpfern? Ich persönlich habe keine Zeit, nach so vielen Jahren die Spur eines Phantoms aufzunehmen.«

Ich legte die Dattel vorsichtig wieder hin und dachte nach.

»Gib uns eine Chance, Nadia. Consuela. Du weißt schon, meine spanische Freundin, gegenüber meiner alten Wohnung. Nessie sieht in ihr so etwas wie eine Patentante. Wird sowieso Zeit, dass wir sie mal wieder besuchen. Sie ist Hellseherin. Konnte mir damals sofort anhand eines Fotos voraussagen, dass der Typ, den ich in Friendscout24 kennen gelernt habe, ein passionierter Hundehasser war.«

»Das sieht man auf einem Foto?« Nadia lächelte spöttisch. »Maren, sei bitte ernst.«

»Seine Handschrift, ihre Karten und dieses Foto. Gut, ich hatte ihr zwar schon mal vorher beiläufig erzählt, dass ein witzig gemeintes Poster in seiner Küche hing, wo ein Hund aus einem Backofen herausspringt und bellt: ›*Jetzt ist er vorgeheizt, Herrchen!*‹, aber trotzdem. Sie weiß viel und sie sieht viel. Kann in den Gesichtszügen der Leute lesen wie andere in einer Landkarte. Sagt sie zumindest. Vielleicht kann sie ja mit deinem Foto, beziehungsweise mit meiner etwas unscharfen Replik, etwas anfangen.«

Nadia schüttelte den Kopf und lachte ungläubig. Die meisten Frauen, die ich kenne, lehnen es grundsätzlich ab, zu Kartenlegern und Wahrsagern zu gehen, und fast alle, die ich kenne, waren trotzdem schon einmal da. In manchen Lebenslagen müssen einfach höhere Mächte herhalten.

Nadia war vermutlich in diesem Punkt eine Ausnahme. Sie löste ihre Probleme höchst effektiv selbst.

»Lass es uns versuchen, Nadia. Consuela ist im Moment etwas kühl zu mir, weil ich ihren sorgfältig ausgependelten Rat, ein Haus am Meer anzustreben, bisher nicht angenommen habe. Karlsruhe liegt nun mal nicht am Meer und wird es zu meinen Lebzeiten auch nicht mehr dorthin schaffen.«

»*Du* aber vielleicht.«

»Wie das?«

»Na, wie. Wodurch manche Frauen scheinbar alles schaffen. Durch interessante Aufträge. Durch Karriere. Manche schaffen es durch einen Mann. Einen reichen Mann. Sprachen wir nicht von Cannes?« Sie lachte wieder und wirkte entspannter.

»Wobei wir beim Thema wären. Es kostet nichts, mit ihr zu reden. Solltest du aber Bedenken haben: Consuela ist absolut diskret. Berufsehre!«

Sie schien abzuwägen. Wirkte nachdenklich. So richtig begeistert war sie nicht von der Idee.

Schließlich stand sie auf. »Na, dann. Hole ich unser Bild eben wieder aus seinem Verschluss. Dieser Mann da kann offenbar keinen Frieden finden. Aber eine Handschriftenprobe von der Leiche kann ich leider nicht liefern. Sonst müsstest du dir wirklich Gedanken machen, ob du bei einer Mörderin lebst.«

Ich suchte nach Nessies Leine.

»Keine Sorge. Consuela würde mich in diesem Fall vor dir warnen.«

****

Es sei eine sehr hübsche Wohnung, verkündete die sympathische Stimme eines Mannes, der sich als Dr. Irgendwas outete, aus meinem Anrufbeantworter. Den Doktor und seine schnuckelige Altbauwohnung mit Charakter hatte ich bei meinen ausgedehnten Streifzügen im Internet entdeckt.

Das Bild am Computer verhieß einen hellen, freundlichen Raum von langgestrecktem Zuschnitt. Ein Baum blühte vor dem Fenster. Licht strömte mitten in das Kleinod im liebevoll sanierten Altstadtkern von Durlach.

Herr Dr. Werner selbst war aber sehr schwer dingfest zu machen.

Man konnte ihm nur auf Handymailboxen sprechen und die Zeiten angeben, wann man wo zu erreichen war. Das hieß nicht, dass er dann etwa anrief. Er *hätte* aber durchaus an diesem Tag und zu dieser Stunde anrufen können. Irgendwann zwischen »Dag und Siehsch mi net«, wie die Badener so treffend sagen, war er dann am Telefon. Hastig.

Er sei sehr beschäftigt, habe in Berlin viel zu tun, ließ den Namen von einer bekannten Politikerin aus der Regierung beiläufig fallen, mit der er morgen noch mehr zu tun haben werde.

»Die Wohnung habe ich von meiner Großmama geerbt. Sie hat sie mir für einen meiner Studiengänge gekauft. Ich würde ja selbst drin wohnen, aber nun bin ich ja in Berlin.«

Man plauderte auf höchstem Niveau.

Dr. Werner war jung, erfolgreich, männlich und – der unverschämteste Wohnungsverkäufer aller Zeiten! Seine »schnuckelige Bleibe« entpuppte sich bei der Besichtigung mit dem atemlosen, aber ungemein smarten aalglatten Jungpolitiker höchstpersönlich als Loch erster Klasse. Die Küche war lediglich ein ausgehauener Mauervorsprung. »Sie sind doch auch Akademikerin und können theoretisch denken.

Da sehen Sie doch gleich, man kann eine Menge draus machen! So romantisch. *Vintagestyle.* Wenn Sie verstehen, was ich meine.«

Kein Mensch weiß, was dieses *Vintage* eigentlich ist, das durch die Frauenzeitschriften geistert. Nur gibt es mal wieder niemand zu. So wie auch niemand wirklich weiß, wie die neuen Modefarben *taupe* und *mauve* aussehen.

Weiter im Durlacher Horror: Das vermeintliche halbe Zimmer, eine Art Aussparung in dem ganzen Grauen und angeblich »wie geschaffen zum Schreiben und Denken«, sah in etwa aus wie eine Schießscharte. Die ganze Wohnung in einem unsympathischen Innenhofhaus mit wahrscheinlich zweifelhafter Bewohnerschaft gelegen, schaute auf drei Mülltonnen, die mit geöffnetem Maul nahrhafte Düfte verbreiteten. »Echt südliches Ambiente. Wozu noch in die Toskana fahren?« Im Hintergrund grüßten die Geräusche einer Kneipe, »Leben pur!«, deren Küche und Toiletten zum entzückenden Innenhof hin lagen. Herr Dr. Werner wollte 39 000 für seinen als Wohnung getarnten Mauervorsprung: Ich hätte ihm nicht mal 39 Euro dafür gegeben.

Außer einer Ratte wollte da niemand wohnen.

Herr Dr. Werner nahm es sportlich und hastete davon. Wahrscheinlich, um einen Minister zu treffen.

****

Von Melchior und/oder der ihm Angetrauten hörte ich nichts. Dafür rief mich sein Bruder an.

Raue, leicht kratzige Stimme, herausfordernder Unterton.

»Hast du es dir überlegt, Maren?«

»Was?«, fragte ich und hoffte, er meinte etwas anderes.

Doch er meinte genau *da*s, und ich hatte meine Antwort parat.

»Ja, aber ich habe kein Interesse.«

Zwei Stunden später lagen wir im Bett.

Liegen ist vielleicht der falsche Ausdruck dafür, denn im Liegen fand das Wenigste von dem statt, was stattfand.

Ja, ich gebe es zu: Ich hatte schon mal Sex im Leben. Mit Melchior und mit ein paar anderen, deren Namen hier nichts zur Sache tun.

Aber so was hatte ich noch nicht erlebt. Dieser Mann tat im richtigen Moment genau das Richtige. Schien vier Hände zu haben, die an genau den richtigen Stellen lagen. Alle vier waren warm und taten mir gut. Ich weiß nicht, wie es anderen Frauen geht, aber ich habe schon Männer erlebt, bei denen ich froh war, wenn es vorbei war, wenn wir beide einschlafen konnten oder wenn die Tagesthemen anfingen. Hier war es so, dass ich mir wünschte, es gäbe nie nie mehr Tagesthemen. Muss ich mehr sagen?

Aber Sex ist Sex, und Liebe ist Liebe. Wie könnte ich Melchiors Bruder lieben? Das ging einfach nicht. Es gehörte sich nicht, und außerdem lag es möglicherweise in der Familie, mich bald wieder zu verlassen. Er lebte nicht hier. Er war unsolide. Er war ein Künstler und ... Er war ein zu guter Liebhaber, um treu zu sein. Ich beschloss, dass sich dieses Ereignis nicht mehr wiederholen würde. Wenn ich es irgendwie verhindern konnte.

Und trotzdem hatte es mir gut getan. Und gegen den Schmerz, als er gegangen war, half nun doch ein Caipirinha. Wie bekanntlich gegen Grippe.

****

Irgendwann rief mich Melchior an und bat um ein Treffen. »Ich komme aber zusammen mit Elfie«, sagte er, und es hörte sich beinahe drohend an, so als müsse man fürchten, ich fiele vollkommen ausgehungert über ihn her, sollte er sich alleine in meine Nähe wagen.

»Gut. Mit Personenschutz also. Wo?«

»In der Stadt. Wir wollen sowieso Weihnachtseinkäufe machen.«

»Weihnachtseinkäufe? Anfang Februar?«

»Ja, Elfie meint, es sei sinnvoll, zeitig damit anzufangen. So kann man das ganze Jahr besser genießen. Sie hat sich an Weihnachten aufgeschrieben, was die Freunde und Verwandten bekommen haben und was nicht. Die ›Nicht-Liste‹ haken wir nun Stück für Stück ab. Jetzt ist alles viel preiswerter. Ist doch sehr vernünftig.«

Ich schwieg. Mir fiel dazu wirklich nichts mehr ein.

»Du stehst auch auf der Liste«, lockte Melchior.

»Und bin abgehakt.«

»Wie meinst du denn das?«

»Ach nichts.«

Wir trafen uns oben im Karstadt. Im Restaurant. Dort, wo die hingehen, die vorher schon wissen wollen, was es kostet. Und wo Matthias immer seine physikalischen Experimente durchführt, wie viel er auf einen kleinen Vorspeiseteller häufen kann, ohne einen größeren zu benötigen und zu bezahlen. Man braucht ein abgeschlossenes Jongleurstudium, um diesen Teller von der Kasse zum Tisch zu tragen.

So etwas würde die Eheeinheit Melchior-Elfie niemals tun. Die nahmen sich nur, was sie bezahlen konnten: Elfie eine Gulaschsuppe ohne Brötchen. Melchior eine Bockwurst mit Brötchen. Das Brötchen teilten sie sich.

Elfie war in einem jungfräulichen Taubenblau erschienen. Melchior in Braun. Dergestalt aufeinander abgestimmt, saßen sie mir gegenüber.

»Vielleicht magst du bald mal zum Essen kommen. Es ist ja immer unschön, wenn man als Single zu einem Paar kommt, aber jetzt ist Oliver da. Dann ist es für dich nicht so schlimm. Man kann ja denken, was man will, aber er ist zumindest unterhaltsam.«

»Das kann man wohl sagen!«, entfuhr es mir. Melchior sah mich scharf an. »Wieso?«

»Nur so. Eine Vermutung. Von dem kurzen Treffen bei euch ... und wie geht es sonst so...?«

Doch das Misstrauen war geweckt. Ich durfte trotz aller taubenblaubraunen Spießigkeit nie vergessen, dass ich hier immerhin mit zwei Kripokommissaren beim Brötchenteilen saß.

»Gut. Gut. Kommen wir zur Sache. Also, Maren, wir haben in Schwetzingen nachgeforscht.«

Wir! Gab es noch irgendetwas, das die beiden nicht zusammen machten? Angesichts meines Freiheitsbedürfnisses vielleicht wirklich gar nicht so schlecht, dass nicht *ich* heute Oberst hieß.

»Wir kommen heute zurück auf die Sache mit deinem ermordeten Mann. Deinem angeblich ermordeten Mann. Nur dir zuliebe haben wir riskiert, uns lächerlich zu machen und haben uns aufgrund eines aus der Erinnerung erzählten Erlebnisses in Heidelberg bei den Kollegen erkundigt. War schon peinlich. Kam halbwegs als Faschingsscherz rüber.«

Ich bemühte mich um einen mitfühlenden Gesichtsausdruck.

»Kein Gewaltverbrechen mit Todesfolge in Schwetzingen innerhalb der letzten fünf Jahre. Im Gegenteil: Ein idyllisches Städtchen. Bildhübsch, sauber. Offen und gastfreundlich. Ab und zu ein wenig Randale mit Fußballfans, meist Leute ohne Job oder Perspektive, du weißt, neugeborene Anhänger von Hoffenheim und total frustrierte KSC-Fans, bisschen Schlägereien unter den Erntearbeitern und eine kleine, aber überschaubare linke Szene – junge Spinner, die an der Uni in Heidelberg studieren. Der letzte Überfall mit Todesfolge, ein interner Streit unter Vietnamesen damals, fand vor sechs Jahren in der Nähe des Bahnhofs statt. Tathintergrund: Zigarettenschmuggel. Im Schlossgarten wurde bislang noch niemals ein Mord bekannt. Zumindest nicht in den Jahrhunderten, die wir kriminalistisch erschlossen haben. Das Ganze wird sich wohl als Irrtum herausstellen. Als Scherz. Dennoch bekommt deine Freundin sehr zeitnah eine Ladung nach Heidelberg, bei der sie bitte ihren Personalausweis mitbringt. Sie ist doch Deutsche, ja?«

Schweigen kehrte ein.

»Wir haben ein gutes Wort eingelegt«, warf Elfie schließlich in die Runde. Sie sprach also jetzt auch schon im Dauerplural. »Wir haben auf deine Verdienste hingewiesen. Sonst hätte die Person Ärger bekommen. Bekommt sie je nachdem auch jetzt noch. Straftaten, auch wenn sie nur vermutete Straftaten sind, müssen nun mal unverzüglich gemeldet werden.«

»Seit wann wohnst du eigentlich bei dieser Frau?«, fragte Melchior scharf und zückte ein Blöckchen, das zu seiner Jacke passte. Elfie sah es wohlwollend, ich mit Abscheu.

Zögernd nannte ich das Einzugsdatum und die Adresse, unter der ich selbst derzeit zu finden war.

»Wie lange gedenkst du dort zu bleiben?«, erkundigte sich Melchior, wobei ich meinte, etwas Lauerndes in seiner Stimme zu vernehmen. »Länger?«

»Ja. Bis ich etwas gefunden habe. Wohnung oder ... was anderes eben.«

»Also«, sagte Elfie und wischte sich graziös nicht vorhandene Partikel von Brötchenresten aus den Mundwinkeln, »ich kann mir nicht vorstellen, dass es *so* schwer sein soll, eine hübsche, kleine Wohnung zu finden. Zum Kauf. Ich meine, zum Mieten, das ist etwas anderes. Du bist ohne festes Einkommen und leider noch immer allein stehend. So etwas will kein Vermieter haben.«

»Danke! Du hast meinen Tag mal wieder gerettet. Ich kann aber nicht irgendjemanden heiraten, nur um vermietertauglich zu werden. Eine Ehe aus Vernunft kommt für mich nicht in Frage. Da hat man am Ende nur noch zwei, dreimal Sex in der Woche.«

Ich sah, wie beide zusammenzuckten.

»Wird schon«, sagte Elfie heuchlerisch, nachdem sie sich gefasst hatte.

»Wichtig ist nur«, ergänzte ihr Ehemann, »dass du dich nicht mit den Falschen einlässt. Du weißt, glaube ich, was ich meine.«

»Oh«, erwiderte ich und sah ihm tief in die Augen. »*Diese* Zeit der Falschen ist vorbei!«

Consuela kokettierte und tat so, als habe sie keine Zeit. Mit Nessie – »Ich bringe die Kleine mit« – konnte ich sie locken, uns einen Termin zu geben.

Consuela wohnt gegenüber meiner ehemaligen Wohnung in der Südstadt. Ihr Gewerbe verträgt die Südstadt allerdings besser als meins. Kartenlegerinnen müssen nicht in Biedervierteln oder schicken Büros residieren – sie dürfen, nein sie müssen, pittoresk untergebracht sein.

Ich vermisste Consuela ein wenig. Es war für mich früher immer tröstlich gewesen, ihren Schatten graziös am Fenster gegenüber entlang gleiten zu sehen.

»Da drüben in deiner alten Wohnung wohnt jetzt ein junger Mann. Habe nur einmal kurz mit ihm gesprochen. Kommt aus einem Ort, wie heißt er noch? Bad Schönborn. Hat wohl ein bisschen Blödsinn gemacht, paar Mal, wie sagt ihr, ist er sitzen geblieben und jetzt will er sein Abitur auf einem Agrarwissenschaftlichen Gymnasium nachholen. In Ettlingen gibt es so etwas. Wozu braucht man das?«

Ich lachte. »Mittlerweile gibt es für alles ein eigenes Gymnasium. In einer Zeit, in der Berufsbilder wie Suchmaschinenoptimizer geboren werden, kann man sich nicht genug spezialisieren.«

»Schrecklich. Wenn du dich also mit jemandem über … Käfer in Kartoffeln oder Dungmittel unterhalten willst, rufst du ihn einfach an.« Wieder einer dieser Sätze, die eigentlich keine Bedeutung haben, an die man sich aber später erinnert.

»Kartoffelkäfer und Düngemittel«, korrigierte ich mechanisch.

Consuela schüttelte das Haupt, dass die dichten, dunklen Haare flogen.

»Aber das auf dem Gymnasium lernen! Deutsche Leute legen sehr viel Wert auf Abitur. Komisch das. Es gibt auch schlechte Menschen mit Abitur.«

Da Nadia und ich beide Abitur hatten, sagten wir dazu erst einmal nichts. Schließlich durften wir uns auf eine Ottomane setzen.

Nessie streifte durch die Wohnung wie ein kleinwüchsiger Schakal und suchte nach Nahrung. Consuela gab ihr ein Stück Manchegokäse. Es verschwand in Nanosekundenschnelle zwischen ihren weißen Zähnchen. »Manchegokäse ist gut gegen Osteoporose«, verkündete Consuela, so als stehe Nessie kurz vor ihren Wechseljahren.

»Und was wollt ihr? Was gibt es? Habe dir schon gesagt, was zu tun ist.« Sie stach mit einem Finger voller Ringe nach mir, »Das Haus am Meer ist noch da. Habe dir die Karten schon gelegt. In absentia.«

Nadia, die Geschäftstüchtige, nickte anerkennend. Latein konnte sie also auch.

»Ich weiß«, seufzte ich. »Ein Haus, aber der Hausherr nicht in Sicht. Wie immer, Consuela, nicht wahr?«

»Doch. Sei nicht so negativ. Diesmal sehe ich einen Mann. Richtiges Alter. Aber er bleibt nicht. Er ist nicht ganz, wie man sagt, ohne.«

»Hast du mal was Neues!«, antwortete ich. Dachte an Oliver. Natürlich blieb er nicht. Oliver war ein Liebhaber auf der Durchreise.

Consuela zuckte die Achseln und kraulte Nessies Ohren.

»Aber deshalb sind wir nicht gekommen. Wir wollen dir ein Foto zeigen. Von einem Toten. Und fragen, ob du irgendwas mit dem Bild anfangen kannst. Feinstofflich. Oder auch nur so. Bitte behandele die Sache aber diskret wie immer. Keine Fragen bitte. Und zu niemandem ein Wort. Einverstanden, Nadia?«

Sie zuckte die Achseln. »Ich stelle es dir anheim.« Wie schön sie sich immer ausdrückte.

Die unvermeidliche dicke spanische Kakaosuppe erschien, musste erst geschlürft und bewundert werden, bevor sich Consuela herabließ, einen Blick auf das Bildnis mit dem Toten im Park zu werfen. Sie konnte inzwischen perfekt Deutsch, aber Radebrechen kostet bei Kartenlegerinnen grundsätzlich 10 Euro extra.

»Ziemlich undeutlich, das Foto. Ich nehme es jetzt für Wahrheit. Sehe nur ins Gesicht. Also, er liegt schlimm. Ist schwer gestorben. Panik in seinem Gesicht. Nein, mehr Überraschung. Getötet«, stellte sie fest, »und zwar aus nächster Nähe. Unter der verkrampfte Brust – Wunde. Er musst den Mörder gekannt haben.«

»Muss, nicht musst. Sieh ihn noch mal genau an. Warum denn das?«

Consuela schaute mürrisch auf das Bild. Nessie winselte.

»Kannst du etwas an seiner Aura entdecken? In seinem Gesicht?«

Ich sah kurz zu Nadia hinüber, die amüsiert lächelte, und kam mir albern vor. Es war ein Versuch gewesen, mehr nicht.

Consuela leuchtete mit ihrer sogenannten ›Kerze der Erkenntnis‹, von der ich haargenau wusste, dass sie sie im Zehnerpack beim Bauhaus um die Ecke kaufte, in des Toten undeutlichem Gesicht herum.

»Wenn das Bild die Wahrheit sagt, dann war dieser Mann wütend, als er starb«, kam es schließlich von ihr. »Das sehe ich. Spüre ich. Etwas Neues wollte er wagen. Er war auf dem Weg dazu. Hatte Ideen. Talent. Er war nicht dumm, nein das war er nicht. Aber dann ging was schief. Er war wütend und enttäuscht. Und aggressiv. Er hatte keinen Frieden.«

»Was könnte das sein – etwas Neues?«

Consuela sagte nun etwas, an das ich später noch zurückdenken sollte. Sie nippte nämlich an ihrer heißen Schokolade und zuckte die Schultern, so dass ihre Mähne in Bewegung geriet.

»Vielleicht«, lächelte sie vielsagend in meine Richtung, »vielleicht war er frisch verliebt. Vielleicht wollte er heiraten. Er hat diese Aura. Und die Aura eines, der auf einer Entdeckungsreise war. Vielleicht hat er eine Erfindung gemacht. Für die Menschheit.«

Sie lachte. Zwinkerte mir zu. Und es gab noch ein Papageienkrächzen und ein Schwarzes-Haar-Schütteln gratis dazu.

Und sie führte uns damit auf eine herrliche Fährte. Nur, dass sie falsch war.

****

»Was macht eigentlich deine Wohnungssuche?«, fragte Nadia auf dem Heimweg. »Ich will dich keineswegs drängen. Nur aus Interesse ...«

»Schleppend«, erwiderte ich und dachte an mein letztes Immobilienerlebnis. Meine Auftragslage war in letzter Zeit ebenfalls nicht besonders lebhaft gewesen, doch dann hatte sich endlich mal wieder eine zahlungskräftige Kundin gemeldet. Eine deutschstämmige Russin. Angeblich märchenhaft reich.

Zumindest deutete Frau Riester diese Eigenschaft mit ein paar in geschnarrtem Deutsch energisch vorgebrachten Worten und dem Wedeln eines Mehrkaräters vor meiner Nase an. Die Tatsache, dass sie ein paar Zimmer (sie wusste nicht genau, ob es zwei oder drei waren) im Schlosshotel bewohnte, schien ebenfalls in diese Richtung zu weisen.

Sie wolle einen Stammbaum haben. Schön sollte er sein. Bunt und möglichst deutsch. Die Sache erforderte eine Menge Schreiberei zwischen Russland und Deutschland sowie die Übersetzungskünste von Raika, welche des Russischen mächtig war. Frau Riester runzelte bei jedem Zwischenergebnis, das ich ihr vorlegte, die Nase und es fielen Worte wie: »Anderrrrsss vorgestellt!«, die sich anhörten, als feuere sie eine Kalaschnikow ab.

Letztlich war das Werk fertig, das Frau Riester als Nachfahrin des unter Zar Nikolaus zum Russen gewordenen Albrecht Riester aus Kassel auswies.

Doch Frau Riester gefiel das Werk nicht. Sie hatte es sich grundsätzlich »anderrss« vorgestellt, »prächtiggerrr«, und sie weigerte sich, die vereinbarte Rechnungshöhe zu begleichen. Stattdessen zahlte sie eine Fantasiesumme, das heißt eine Summe, die *ihrer* Fantasie entsprang. Einer schlechten Fantasie.

Am Telefon gebrauchte ich ihr gegenüber deshalb ein Schimpfwort, das man bei einigem bösen Willen durchaus als fremdenfeindlichen Ausdruck hätte auslegen können, woraufhin sie wiederum verkündete, ich solle mich vorsehen, denn sie kenne »Leute«, die mir nicht gefallen würden und die mich besuchen würden.

Ich erwiderte, ich hätte einen Hund, der diesen Herren gewiss auch nicht gefallen würde und außerdem würde ich auch entsprechende Leute kennen.

Sie legte den Hörer auf.

Soweit die Vorgeschichte. Dann gab es da diese Wohnung in Karlsruhe-Grünwinkel. Das Angebot hatte in der Zeitung gestanden.

Das Objekt war recht günstig, allerdings sah die Anlage von außen ziemlich abgewohnt aus.

»Das wird gemacht, alles gemacht!«, versicherte mir der Makler Herr Schnell, der aussah wie einer der unsolideren Vertreter seiner Branche. Ohrringelchen, verlebtes Gesicht, nicht schlank sondern auf eine ungesunde Weise dürr. »Von welchem Geld«, erkundigte ich mich gewitzt, »wird das gemacht?«

»Oh«, behauptete Herr Schnell und strebte dem Eingang zu, »es ist Geld im Töpfchen, kein Problem.«

Bevor wir uns den Hausgang ansehen konnten, öffnete sich bereits die Eingangstüre und heraus trat Frau Riester höchstpersönlich. Sie musterte mich mit unfreundlichstem Erstaunen.

»Wollen Sie etwa hier einziehen?« Es klang drohend. »Hier wohnen viele von meinen Leuten.«

»Nein. Nein«, sagte ich. »Die Wohnung ist zu klein für meinen Hund!

Ich nehme mir lieber zwei, drei Zimmer in Brenners Parkhotel.« Und floh vom Tatort. Das Letzte, was ich sah, war das enttäuschte Blitzen der Ohrringelchen von Herrn Schnell.

****

Zurück zu Nadia und mir. Unser Besuch bei Consuela hatte nicht allzu viel gebracht. Im Gegenteil. Ich kam mir im Nachhinein ein wenig lächerlich vor, eine Wahrsagerin als Ratgeberin für höchst irdische Probleme ernst zu nehmen. Doch Consuela hatte bei meinen früheren Fällen mit ihrer Intuition manchmal den entscheidenden Hinweis gegeben.

Nadia hatte nichts dazu gesagt, aber sie hatte auf dem Heimweg eine Art, den Mund zu kräuseln, die mir Unbehagen vermittelte. Zudem stand Besuch fröstelnd vor der Tür.

»Noch eine Minute«, quengelte Ana, »dann geh ich. Hey, da sind sie!«

Raika und Ana wollten uns spontan besuchen. Ich mag keinen Spontanbesuch und Nadia, so vermutete ich, auch nicht. Allein schon das Wort »uns« besuchen. Nadia und mich! Wie ein richtiges Paar. Meine Güte, wenn ich nicht bald auszog, würde ich noch mit den Geschlechterrollen durcheinandergeraten. Obwohl Oliver und ein Hotelzimmer dafür gesorgt hatten, dass ich zumindest noch eine Ahnung vom männlichen Geschlecht bewahrte.

Es war natürlich nicht bei dem einen Mal mit uns geblieben. Dazu war es einfach zu gut gewesen. Aber ich hatte mir die magische Zahl Drei als Schlusspunkt mit Melchiors Halbbruder gesetzt. Einmal hatte ich also noch frei.

Erst heute Morgen hatte er mich zu seinem Konzert ins Theater eingeladen. *Rock Histories*. Die Geschichte der Rockmusik, intoniert von der sonst etwas gediegeneren Badischen Staatskapelle, diesmal aufgepeppt durch Leute wie ihn – eingekaufte Gastmusiker. »Ich bin ein privilegierter Gastarbeiter. Wäre ich Russe oder Türke, würden die Leute verbindlich lächeln und das war es dann, aber einer aus Irland – das kommt gut an. Sie kramen dann sofort Urlaubserinnerungen und damit jede Menge positiver Vorurteile aus ihrem Gedächtnis hervor. Guinness. Die guten alten Dubliners. Fish and Chips und das Meer. James Joyce für die Gebildeten.«

Ich hatte eigentlich keine Lust auf das Konzert. »Oliver, ich bin niemand, der viel Musik hört.«

»Jeff Beck. Chuck Berry. Chet Atkins. Martin Barre. Urgesteine an der Gitarre?«

»Kenne ich alle nicht.«

»Warte es doch einfach ab.«

Wie gesagt: Raika war zu Besuch. Zum Kaffee.

Nadia servierte graziös ihre geliebten Datteln, Tee für uns, Caipirinha für sich und hatte zusätzlich noch etwas Pappiges beim Türken gekauft, bei dem einem sämtliche Finger zusammenklebten und das in den Farben des Regenbogens schillerte.

Wir unterhielten uns so lebhaft, wie es drei Frauen tun, die um jeden Kunden und jeden Auftrag kämpfen mussten. Raika schrieb Dialekttheaterstücke für Bayern, Nadia war Profifotografin, und ich erstellte Ahnentafeln.

Irgendwann begann Raika heftig und andauernd zu niesen. Nessie sah in die andere Richtung, als hätte das alles nichts mit ihren Hundehaaren zu tun. Ana kicherte und deutete auf ihre Mutter. »Du hast eine rote Nase wie ein Clown. So, wie wenn du ganz früher fürs Theaterspielen geschminkt warst. Weil auch dein Kajal verlaufen ist. Guck mal, da hast du jetzt so schwarze Ränder unter den Augen, das sieht aus wie Schauspieler in den alten Filmen, und da ...«

»Es ist gut, Ana«, sagte Raika. »Ich sehe also fürchterlich aus, wie in deinen Augen sowieso immer. Hol mir ein Tempo. In meiner Manteltasche.«

»Warum immer ...«

»Marsch!«, sagte Nadia nur. »Mach, was Mami sagt!«

Ana stand murrend auf. Aber sie stand immerhin auf.

»Gehen wir jetzt. Ich muss noch dieses blöde Referat machen über diesen blöden Dichter.«

»Welchen blöden Dichter?«

»Den aus England. Hat viele Romane geschrieben. Einer heißt Romeo und Julia. Romeo, wie der Hund von Frau Schlank aus dem zweiten Stock.«

»Das sind keine Romane. Das sind Stücke. Und der Mann heißt Shakespeare.«

»Mir egal«, versetzte Ana. Nadia lächelte amüsiert und warf mir einen Blick zu, in dem zu lesen war: Gott sei Dank haben wir keine Kinder.

»Wegen dem Tag des Buches. Den bereiten wir jetzt schon vor. Ist im April, der Tag. Da übernachten wir in der Schule und lesen die ganze Nacht. Und weil ich die Beste bin, kriege ich diesen Shakesbier oder wie der heißt. Wegen seinem Geburtstag.«

»Ana, bitte. Wir gehen gleich.« Raika fing an, ihre Sachen zusammenzusuchen. Ich ging zur Toilette, aber nicht weil ich musste, sondern als Übersprunghandlung. Irgendetwas an Anas Worten war wichtig gewesen. Und ich kann nirgends besser nachdenken als in einem Bad mit mir und meinem Bild im Spiegel.

»Tag des Buches. Tag des Buches. Shakespeares Geburtstag«, murmelte ich. Etwas war eigenartig an der Sache mit Shakespeares Geburtstag. Er war nämlich angeblich am gleichen Tag des Monats geboren wie gestorben. Also an seinem Geburtstag. Immer hatte ich mir diesen Tag merken können. Der 23. April. Und das war auch der Tag des Buches. Und zufällig auch der Tag, an dem Nadia das Foto des Toten im Schwetzinger Schlossgarten aufgenommen hatte.

Doch da war noch etwas anderes. Ein Klang aus der Vergangenheit. Jemand hatte vom »Tag des Buches« gesprochen.

Ich sah mich selbst im Spiegel, sah, wie sich die Erkenntnis in meine Augen stahl.

Das Mädchen. Das Mädchen vor Jahren, das seinen Freund vermisste.

»Ich hatte ihm etwas schenken wollen. Einen polnischen Gedichtband. Im Original. Zum Tag des Buches. Der wäre an diesem Tag gewesen. Der Tag, an dem er verschwand.«

Sie hatte ihm einen polnischen Gedichtband gekauft, und sie hatte eine Andeutung gemacht, er sei Osteuropäer gewesen. Ja, das Wort Pole war gefallen. Der Gedanke war klar, scharf, deutlich und gleichzeitig so unrealistisch, als stamme er aus einem Roman. Solche schicksalhaften Zufälle wirken immer so bizarr, dass man sie zuerst nicht glauben kann.

War die Männerleiche im Schlossgarten etwa der vermisste Freund des namenlos gebliebenen Mädchens gewesen? Er war verschwunden. So wie der Tote. Er hatte sich nicht mehr von ihr verabschieden können. Jemand hatte dafür gesorgt, dass ihm dafür keine Zeit mehr blieb.

Doch dann erinnerte ich mich an die letzten Worte des Mädchens. »Wenn er mich betrogen hätte, hätte ich ihn umgebracht.«

War ihr Besuch bei mir nur ein Alibi gewesen? Wer war dieses Mädchen gewesen?

Ich atmete schneller. Dies war ein Zufall, der Angst machte.

Immer notwendiger wurde ein Besuch bei der Polizei und immer unangenehmer würde er für mich werden.

Ganz vorsichtig, so als hätte ich Angst, meine Erkenntnis unterwegs zu verlieren, ging ich ins Wohnzimmer zurück. Und mir kam eine Idee.

»Ana, ich brauche etwas aus meiner Handtasche. Gib sie mir doch, bitte.«

»Was denn? Ich geb's dir«

Ana fischte mit beunruhigendem Geschick in der fremden Tasche herum.

»Da muss ein Foto sein. Nadia, ich hatte es bei mir eingesteckt. Entschuldige, dass ich dein Vertrauen schon wieder missbrauche, aber es muss einfach sein. Irgendwann werde ich es dir erklären. Nichts worauf ich stolz bin. Es ist das letzte Mal. Ana und Raika, ich möchte euch bitten, niemals etwas von diesem Foto zu erwähnen. Nirgends. Wir waren bisher immer ehrlich zueinander. Bleibt es dabei?«

Ana nickte stumm. Raika sagte gar nichts. Die Frage kam ihr überflüssig vor.

Nadia hob die Augenbrauen, zuckte dann mit den Achseln. Ich konnte nicht erkennen, ob sie böse war. Oder enttäuscht.

Ana reichte mir das Bild. Ich faltete es so, dass man nur das Gesicht des Mannes im Gras sehen konnte und das Blut und seine Haltung nicht zu erkennen war. Ana linste mir über die Schulter.

»Von dir gemacht, Nadia? Mama, ich will ein neues Fotohandy. Alle in meiner Klasse ...«

»Klappe, Ana. Was ist mit dem Foto?«

Nadia betrachtete die Szene schweigend und wie immer konnte ich ihre Gefühle nicht von ihrem Gesicht ablesen. Dabei hätte ich verstanden, wenn sie mehr als verärgert gewesen wäre. Schließlich hatte ich ihr versprochen, die Aufnahme niemandem zu zeigen. Zumindest nicht ohne ihre Erlaubnis.

Aber jetzt ging es nicht mehr um sie alleine. Jetzt ging es auch um mich. Und um mein schlechtes Gewissen.

»Raika, du kennst dich doch gut aus in Osteuropa. Du hast in Krakau studiert. Meine Frage kommt dir jetzt sicher seltsam vor, aber könnte der Mann auf dem Foto theoretisch ein Pole sein?«

»Wie soll ich denn das wissen? Zeig mal her. Ich glaube, deine Ahnenforscherei ist dir zu sehr in Fleisch und Blut übergegangen. Die Zeiten, als man Menschen nach dem Aussehen zu Polen stempeln konnte, sind ja hoffentlich vorbei.«

Ana lehnte sich über die Schulter ihrer Mutter. »Wenn sie schon so fragt: Ich finde er sieht aus wie Onkel Leo.«

»Ana. Bitte. Aber ... das ist nun wirklich lustig. Der Typ da sieht wirklich ein wenig aus wie mein Schwager Leo. Und der *ist* tatsächlich Pole. Dieser Bart! Typisch. Männer mit diesem Bart kommen mir immer wie Seerobben vor.«

Seerobbe. Das war auch mein erster Vergleich gewesen.

Mit neuem Respekt betrachtete mich Raika. Ich fühlte zum ersten Mal wieder das alte Jagdfieber.

Nadia beugte sich vor und streckte die Hand nach ihrem Foto aus. Ihr Foto. Unser Foto. Mein Beweisstück.

»Wie kommst du denn darauf, Maren? Ein Pole? Für mich sieht der Mann so deutsch aus wie du und ich. Und was heißt überhaupt deutsch?«

Und lässig zu Raika gewandt: »Die Familien heutzutage fließen doch weltweit zu einer Einheit zusammen. *Mein* Schwager und meine jüngere Schwester leben beispielsweise in Sydney und meine ältere Schwester wohnt in Madrid. Je länger sie in Spanien lebt, desto spanischer sieht sie aus. So wie sich Herr und Hund mit der Zeit gleichen.«

Ich sah Nessie an und Nessie sah mich an. Stimmt, dachte ich. Ich lebe nicht in Spanien und Sydney wird auch auf mich verzichten müssen, aber ich gleiche wenigstens meinem Hund. Mein Gott, wie abenteuerlich.

Ich beschloss dennoch, dies alles zu überhören. Schwager in Sydney. Schwager in Krakau! Seid ihr alle aber toll global. *Mein* Schwager ist aus Darmstadt und wohnt auch genau da, und ich besuche ihn selten, weil er so langweilig wie das ZDF ist. Was dagegen?

Raika lachte und warf noch einen Blick auf das Bild, bevor sie es mir zurückgab. Ana haschte vergebens danach. Es war bekannt, dass sie sehr neugierig war. Vorlaut träfe es auch.

»Es ist wirklich komisch, aber polnische Männer einer bestimmten Generation sehen sich wirklich irgendwie ähnlich. Aber was war das für ein eigenartiges Bild? Wie liegt denn der? Lass mal genauer schauen.«

»Ist das nicht wirklich ein ziemliches Vorurteil?«, bemerkte Nadia und griff mit einer sicheren und ruhigen Geste nach dem Bild in meiner Hand. »Ein Bart! In München sieht man solche Bärte massenweise auf dem Viktualienmarkt einkaufen, und das sind garantiert keine Polen.«

»Also sicher kann man aufgrund einer solchen Kopie von einem Foto nun wirklich nicht sein, aber dieser Schnauzbart ist schon irgendwie typisch. Die Polen lieben Schnauzbärte. Ein Beweis von Männlichkeit und Stärke. Seit Lech Walesa lieben sie sie sogar noch mehr. Und gerade die Studenten und die jungen Intellektuellen pflegen dieses Aussehen wieder bewusst. Als Zeichen ihrer Identität. Aber was ist mit dem Mann los, Maren? Was ist das für ein Foto?«

Nadia steckte das Foto endgültig in ihre Handtasche. »Nichts Wichtiges, Raika.«

Ana, bekanntlich vorlaut und altklug, behauptete: »Der sah aus, als schläft er. Und das passt. Frau Tritschl unter uns sagt nämlich, Polen sind faul.«

Gut, dass Ana nicht wusste, was Frau Tritschl, Augartenstraße 3, wahrscheinlich über kleine rumänische Mädchen sagte.

Nadia und ich sahen einander an. Und dachten das Gleiche. Sollten wir Raika einweihen? Lieber nicht, sagte ihr Blick.

Lieber nicht! antwortete meiner. Doch ich wusste jetzt, dass es kein Zufall gewesen war, dass ich dieses Bild bei Nadia gefunden hatte.

Ich hatte nie an dieses Etwas geglaubt, an das manche Frauen alles Mögliche knüpfen.

Doch jetzt war es in meinem Leben aufgetaucht: Das Schicksal.

Und jetzt gab es einen weiteren und einen sehr persönlichen Grund, Nadias unbekannter Leiche auf die Spur zu kommen.

****

Oliver verhielt sich untypisch für einen Singlemann des 21. Jahrhunderts und zierte sich nicht, mir den Hof zu machen.

Er meldete sich regelmäßig und stellte sich nicht tot wie manche Männer, die deinen Namen vorsorglich nur mit Bleistift ins Adressbuch eintragen, weil sie nicht sicher sind, ob du es jemals aus dem Zwischenspeicher auf die Festplatte schaffst.

Meistens war er gut gelaunt. Und als ob er meinen geheimen Schwur kannte, kam er nie wieder auf die beiden Nächte zurück, die wir miteinander verbracht hatten. Beinahe beunruhigte mich das, da ich doch beschlossen hatte, ihm eine dritte und letzte Chance zu geben.

Doch einmal schien er sich zu erinnern.

»In einem«, bemerkte er nämlich, »muss ich dir Recht geben, Maren. Vielleicht ist Sex ohne Liebe wirklich nicht das Richtige. Dann lässt man es besser bleiben.«

Ich entschied, über diesen Satz nicht allzu lange nachzudenken sonst hätte er mir wehgetan.

Er liebte mich also nicht. Gut. Das kann man von einem Mann, mit dem man zweimal geschlafen hat, auch nicht erwarten. Was früher ein Heiratsgrund gewesen wäre, mutierte heute zu einer Art beiläufiger Begegnung, so wie Kaffeetrinken oder ein Theaterbesuch. Na ja, zumindest war er ehrlich.

Aber dafür rief er erstaunlich oft an. Diesmal wollte er mich zum Essen einladen.

Ich war an dem Tag nach dem Treffen mit Raika und der kleinen Ana sehr nachdenklich gewesen. Nadia konnte das nicht entgangen sein, doch sie sagte nichts und sie fragte nichts.

Sie war eine Frau, die diskret sein konnte. Und ich schwieg auch.

Mir war klar geworden: Das Mädchen, das mich vor Jahren um Hilfe gebeten hatte, konnte seinen Freund niemals mehr wiedergesehen haben, denn er war tot. Ermordet worden. Und dann hatte man seine Leiche verschwinden lassen. Fraglich war, ob er sie wirklich hatte verlassen wollen und ob der Abschiedsbrief von ihm selbst stammte. Wenn er vor etwas hatte fliehen müssen, so war die Flucht misslungen, und man hatte ihn doch noch erwischt.

In der Sache waren eindeutig zu viele »man«.

Wer war dieses schwarzäugige Mädchen gewesen und wie konnte ich heute noch ihre Spur aufnehmen?

Ich versuchte mir das Gespräch von damals in Erinnerung zu rufen.

Was hatte sie von sich preisgegeben? Es fiel mir nichts ein. Kein Name. Nur ein ganz schwacher süddeutscher Dialekt. Sie hatte keinen Wohnort erwähnt. Auch nicht Schwetzingen. Dafür aber das nahe gelegene Heidelberg, wo sie ihren Verlobten kennengelernt hatte. Aber dort musste sie nicht zwangsläufig leben.

Ich fragte mich sowieso manchmal, wer in Heidelberg wirklich dauerhaft lebte. Wenn ich dort war, sah ich nur Studenten und Touristen.

Es schien aussichtslos. Die Spur dieses Mädchens war längst verblasst.

Und gleichgültig, wie man die Dinge betrachtete, hatte ich mich schuldig gemacht.

Wäre ich auf den Suchauftrag der jungen Frau eingegangen oder hätte sie zumindest an die Polizei verwiesen, hätte man die Tat vielleicht noch aufklären können.

War sie aber selbst die Mörderin gewesen und hatte mich nur zum Schein nach ihm suchen lassen wollen, so war die Chance vertan worden, mit ihr zu reden. Ihr zu helfen.

Es ist äußerst ärgerlich, wenn der Geliebte einen betrügt, aber wollte man alle untreuen Partner umbringen, hätten wir Frauen auf einen Schlag ziemlich viel Platz auf dieser Welt.

Dies war mit Abstand der unerfreulichste Fall meiner zweifelhaften Karriere als Detektivin. Gleich zweimal hatte ich das Gefühl, zwischenmenschlich versagt zu haben. Nadia, in deren Sachen ich verbotenerweise gekramt hatte, musste jede Sekunde fürchten, wegen mir Ärger mit der Polizei zu bekommen. Und die fremde junge Frau war damals zu mir gekommen, vielleicht verzweifelt auf der Suche nach Hilfe, und ich hatte sie enttäuscht.

Ich musste mit jemandem sprechen.

Ich hatte mir lange überlegt, ob ich Oliver in die Sache mit Nadias Foto einweihen sollte.

Er war zwar Melchiors Bruder, was gegen ihn sprach, aber er war auch mein Liebhaber.

Und im Moment war *das* die stärkere Bindung.

Also riskierte ich es, ihm alles zu erzählen, auch von der Begegnung mit dem traurigen Mädchen. Ernst hatte er zugehört. Zwei Whiskeys und vier Zigaretten lang.

Und nach langem Zögern zeigte ich ihm, als er mich hinterher noch besuchte und wir alleine waren, sogar das Foto, das ich dafür noch einmal aus der Schublade holte. Ein Vertrauensbeweis für ihn und ein weiterer Vertrauensbruch gegenüber Nadia. Der mochte ich kaum noch in die Augen sehen. Ich war ihr in etwa eine so gute Freundin wie Camilla für Lady Di.

Zu meiner Enttäuschung wollte Oliver nur einen kurzen Blick darauf werfen. »Eine kleine Indiskretion gegenüber deiner Wirtin, hm? Wie vielen Leuten hast du das Foto schon gezeigt? Und eine handfeste Unterschlagung von Beweismaterial.« Er hob die Hand und wehrte meinen Protest ab. »Komm, Maren, ich werde Melchior niemals etwas von diesem Foto sagen, außer du bittest mich darum. Das schwöre ich.«

»Schwören? Bei was?«

»Bei meiner Liebsten«, hatte er gesagt. Ernst hatte das geklungen. Und nicht so, als sei ich gemeint.

»Du hast Recht. Ich bin unfair gegenüber Nadia. Eigentlich hätte das alles unter uns zwei bleiben sollen. Ich werde es jetzt für immer wieder in die Schublade legen, aus der ich das Original genommen habe. Als Vertrauensbeweis. Ich werde es nicht mehr anschauen. Niemand sollte es mehr anschauen. Außer dem Mädchen, wenn es mir gelingt, sie zu finden…«

»Wenn du meinst«, hatte er gesagt. »Es sieht aus als glaubtest und vertrautest du deiner Nadia. Für mich sieht sie im Grunde nicht wie eine Mörderin aus. Zumindest wirkt sie vernünftig und rational. Kaum zu glauben, dass sie in einer Bar gearbeitet hat. Dort war sie vermutlich im Management und nicht am Tresen, hm? Aber zurück zu diesem mysteriösen Mädchen. Gib eine Anzeige auf. In Großbritannien geben Leute häufig Suchanzeigen in Zeitungen auf.«

»Hier nicht. Das wäre das letzte Mittel. Ich muss noch mal darüber nachdenken. Wahrscheinlich hat sie meinen Rat damals angenommen, ist mit einem anderen verheiratet und hat ihren polnischen Musikerfreund vergessen.«

»Uns Musiker vergisst man nicht so schnell, wenn man sie einmal geliebt hat«, versetzte Oliver leichthin.

Wir saßen jetzt im Gutenberg am Gutenbergplatz, zu dem ich mich in letzter Zeit hingezogen fühlte. Nessie und ich mögen alte traditionsreiche Holzböden: Sie zum Draufliegen, ich wegen der Atmosphäre.

»Ich würde gerne mal nach Heidelberg fahren«, meinte er. »Fährst du mit?«

»Eigentlich«, bekannte ich zögernd, »mag ich Heidelberg nicht besonders. Wie ein deutsches Heimatmuseum voll japanischer Zuschauer.

Aber wenn du meinst, können wir mal hinfahren. Obwohl: Ich hätte vielleicht noch eine andere Idee. Auch ein Schloss.«

»Ich darf jedenfalls nicht nach London oder Dublin zurückkehren, ohne einen Blick von hoch oben auf den Neckar geworfen zu haben. Möglichst einen digitalisierten Blick. Hey, die Kumpels glauben mir sonst nicht, dass ich überhaupt in Deutschland war. Obwohl sie natürlich kein Schloss vom anderen unterscheiden können – ich könnte ihnen auch irgendeins in Bayern zeigen. Sie würden es nicht merken.«

Da hatte er Recht. Ich erinnerte mich an einen feucht-fröhlichen Abend mit zwei Typen namens Harald und Gunter, als ich noch Studentin war. Gunter hatte uns eine beeindruckende Diaserie über die Malediven und die Unterwasserwelt dort gezeigt. Später hatte sich herausgestellt, dass er das Kästchen durcheinander gebracht hatte, und es war Spanien gewesen. Auch egal! Keiner hatte es gemerkt.

»Gefällt es dir eigentlich in Irland?«

»Es ist meine Heimat«, sagte er ruhig. »Und auch sonst. Ein Klischee gefällig, das dummerweise auch noch stimmt? Es ist wie ein endloser warmer regnerischer Sommertag in Deutschland. Bei uns ist die Luft weich, vermischt sich abends mit dem Geruch von Guinness und Fisch, und es sind Regentropfen in der Luft. Und dazu ziemlich freundliche Leute mit mickrigen Autos und manchmal gar nicht angesagten Klamotten, die aber das Beste aus allem machen. Manchmal singen sie sogar. Das haben sie über Jahrhunderte hinweg gelernt.«

Ich lächelte.

Nach einer Weile ergänzte er: »Dir würde es dort auch gefallen. Melchior sagt, du frierst nicht gerne.«

»Was sagt Melchior denn noch so über mich?«

»Das eine sag ich nicht, ich bin ein Gentleman, das andere: Dass an dir eine Kriminalbeamtin verlorengegangen ist. Allerdings eine mit sehr vielen potentiellen Disziplinarverweisen. Und wenn wir davon sprechen – wie geht es weiter mit dieser merkwürdigen Sache in Schwetzingen?«

»Frag ihn doch selbst. Frag die *beiden*. Sie würden es sowieso nicht mögen, dass ich mit dir überhaupt darüber rede. Ich kenne ihre diesbezüglichen Bedenken inzwischen zur Genüge«, antwortete ich. »Weißt du, dass man, wenn man ein Haus in Frankreich kauft, unterschreiben muss, dass kein Kernkraftwerk in der Nähe ist, selbst wenn der Schatten der Kühltürme auf dein Haus fällt? Das kommt daher, dass sie Kernkraftwerke als Nationalgeheimnis betrachten. So ist es auch mit Elfie und Melchior. Sie tun so, als gehe mich das alles nichts an, und wenn die Leiche aus meinem Kleiderschrank fallen würde. Erzähl mir lieber mehr von dir und Irland. Lebst du allein?«

Die Frage hatte mich viel Überwindung gekostet, und das leichte Zögern ließ sich nicht so einfach überhören.

»Im Prinzip ja«, sagte er schließlich, und diese eigenartigen Augen wichen mir aus.

5. Kapitel

Maren! Wir machen uns Sorgen um dich! Dein Leben muss auch ohne Verbrechen nicht leer sein. Hör auf Verknüpfungen zu erdenken, die absurd sind!«

Wir sprachen seit einer Weile. Matthias und Theo warfen sich die Bedenken gegenseitig zu und mir danach an den Kopf.

»*Wenn* er wirklich ein *Pole* war!« Matthias musterte mich argwöhnisch.

Wir saßen bei Theo im Laden. Bei Keksen und Saft. »Herrje, der Mann existiert doch nur als schlechtes Foto. Da kann man doch keine Nationalität bestimmen.« Theo schüttelte den Kopf. Ich beharrte auf meiner Theorie.

»Vielleicht doch. Du würdest doch auch einen Engländer sofort erkennen. Sogar, wenn er nur gezeichnet wäre. Grauer Anzug mit Karos, Pfeife, blasierter Gesichtsausdruck. Bowlerhut. Der Schnauzer ist eben der Bowler des Polen. Und ich erkenne Französinnen. Weltweit.«

»Ich auch«, sagte Matthias.

»Woran *du* denn?«

»Sie sprechen französisch!«

»Sehr witzig. Natürlich ist das Aussehen des Toten nicht der einzige Hinweis, aber immerhin ... Ana fand spontan, er sähe ihrem polnischen Onkel ähnlich. Und ein Kind sagt, was es denkt. Und das Datum: 23.4.04. Genau der Tag, an dem der polnische Verlobte verschwand. Und das Ganze spielt sich im Raum Heidelberg ab. Findet ihr nicht, dass hier reichlich viele Zufälle im Spiel sind?«

Matthias legte sein schmales Gesicht in nachdenkliche Falten. »Halte ich alles grundsätzlich für Unsinn. Kindern kann man außerdem heutzutage nicht trauen.«

»Oh, Matthias. Du misstraust grundsätzlich jedem Wesen unter achtzehn, dem Alter, in dem ein Mensch eigene Versicherungen unterzeichnen kann.«

»Wie du meinst«, erwiderte er säuerlich. »Wenn der Mann auf Nadias Foto also wirklich ein Pole war, und sie hat ihn im Schwetzinger Schlossgarten tot liegen sehen, dann hat er vielleicht in Schwetzingen bei der Spargelernte gearbeitet. Das erklärt natürlich manches. A propos Spargel. Wusstet ihr, dass ein Spargelhähnchen nichts zum Essen ist, sondern ein Schädling? Kreuzworträtsel! Herbert und ich lösen ...«

»Spargel. Spargelernte«, unterbrach ich langsam. »Moment mal. Jetzt fällt mir etwas ein. Dieses unbekannte Mädchen hat damals eine winzige Bemerkung fallen lassen. Ihre Familie sei in einem landwirtschaftlichen Bereich tätig. Das hatte ich über die Jahre vergessen. Er könnte also ein Spargelhelfer gewesen sein. Das passt auch zu ihrer Aussage, er sei ihren Leuten nicht fein genug gewesen«

»Nicht *jeder* Pole arbeitet bei der Spargelernte.« Seit Theo ein nicht näher definiertes Verhältnis mit Consuela pflegte – sie gingen zusammen spazieren, und ich hatte sie mehr als einmal Tee miteinander trinken sehen – hatte er drei Ohren, wenn es um Ausländer oder Vorurteile gegenüber Ausländern ging. »Es gibt massenweise Polen, die komponieren, etwa Chopin, oder welche, die dichten wie...«, er stockte, »wie die Szymborska, oder die Theaterstücke schreiben oder Theater spielen. Sie sind sehr begabt, die Polen. Ein musisches Volk.«

Matthias schwieg so, wie nur er zu schweigen verstand. Er machte dabei ein merkwürdiges Geräusch mit den Zähnen. Eine Art schmatzendes Klappern. Es war klar, dass er die Polen keineswegs für ein musisches Volk hielt.

»Und es gibt natürlich auch solche, die eben bei der Spargelernte helfen«, fügte Theo widerwillig an.

»Man sieht im Frühsommer ihre Autos überall in den Ortschaften und an den Feldrändern stehen. Oft unbeaufsichtigt. Sogar nachts!«, ergänzte Matthias tadelnd, so als sei er für den ruhenden polnischen Verkehr rund um Schwetzingen zuständig. »Möchte wissen, wie es da um den Versicherungsschutz bestellt ist. Das ist ein Riesenmarkt, immer noch, da drüben im Osten.«

Matthias hatte bei allen vier Mordfällen, die wir in gewissem Sinne gemeinsam bearbeitet hatten, niemals die versicherungsrelevante Komponente aus den Augen verloren. Mich wunderte, dass er noch nicht daran gedacht hatte, Lebensversicherungen im Strafvollzug anzubieten.

»Dann müsste er über eine Organisation gekommen sein. Das müsste sich doch nachprüfen lassen.«

Ich seufzte. »Keine Ahnung, wie man das macht. Meine Kontakte in die Spargelszene sind eher dünn. Ich esse nicht mal gerne Spargel. Man muss dauernd aufs Klo und wird nicht satt.«

»Ich hör mich mal um. Hab drüben bei Heidelberg zwei, drei Kunden aus dem Milieu.« Matthias holte das kleine schwarze Buch heraus, in das er all seine Geheimnisse mit seiner gestochenen Schrift eintrug, und machte sich einen Vermerk. Unter unseren ironischen Blicken setzte er sichtbar ein Ausrufezeichen hinter die Notiz.

Theo fuhr sich durch den Bart: »Das Ganze ist mal wieder ein typischer ›Maren-Mainhardt-*ob*-Fall‹: Wir wissen nicht, *ob* der Tote ein Pole war. Das mit dem Bart ist Quatsch. Und *ob* der Freund deiner Unbekannten tatsächlich nie mehr aufgetaucht ist. *Ob* sie aus der Gegend von Schwetzingen stammte. Und *ob* die beiden Männer identisch sind. Zweitens – warum sollte ein Pole eher spurlos verschwinden als jemand anderes?«

»Weil man ihn vielleicht nicht so schnell vermisst. Weil er im Allgemeinen hier keine Familie hat, die abends auf ihn wartet«, erwiderte ich. »Und im Übrigen haben alle meine Fälle als ›*Ob*-Fälle‹ begonnen.«

»Normalerweise hattest du aber wenigstens eine Leiche!« Theo nahm einen Schluck Kräutertee.

»Und bei der Arbeit hätte man den Mann sicher vermisst. Dafür war er schließlich da.«

»Was ich so beiläufig gehört habe – manchmal haben die Saisonarbeiter einfach keine Lust mehr auf diesen Knochenjob und verschwinden einfach wieder.« Matthias blickte tadelnd in die Runde. Er hatte immer Lust auf seinen Job. Vielmehr: Er *war* sein Job.

»Ich weiß nicht«, seufzte ich. »Wenn ich mein Foto vom Foto nicht hätte, würde ich das Ganze inzwischen wirklich nur noch für reine Einbildung halten, glaube ich.«

»Agatha Christie sagt, bei Mord sind die Dinge im Grunde ganz einfach. Das Nächstliegende trifft meistens zu. Und das Nächstliegende ist deine Nadia«, erklärte Matthias, der vor Weihnachten bei Ebay zwanzig alte Miss Marple-Krimis zum Schnäppchenpreis gekauft hatte. Diejenigen, die wie neu aussahen, hatte er an Kollegen verschenkt, die anderen las er jetzt selbst.

»Ich misstraue Nadia nach wie vor. Die Frau fährt ein viel zu großes Auto für ihre Wohnlage. Da stimmt was nicht. An Autoversicherung zahlt die mindestens …«

»Quatsch. Ich glaube nicht, dass sie mit dem Tod dieses Mannes etwas zu tun hat. Wenn er wirklich der Verlobte dieses Mädchens war, hatte er ganz andere und sehr reale Feinde. Ihre gesamte Familie beispielsweise. Offenbar wohlhabende Leute.«

»Trotz allem solltest du das Foto der Polizei zeigen. So etwas kann man einfach nicht verschweigen.«

»Das habe ich vermasselt, indem ich es nicht gleich zugegeben habe. Ich wollte Nadia raushalten. War vielleicht ein Fehler, aber ein verspäteter Freundschaftsdienst.«

»Versteh ich nicht.«

Meine Güte. Wie begriffsstutzig. Neue Freunde bitte, Herr Ober!

Ich hatte meine Begründung nun schon so oft wiederholt, dass sie inzwischen so routiniert wie eine Politikerrede im Wahlkampf klang.

»Matthias, stell dir die Situation vor. Du findest eine Leiche. Mehr noch – einen offenbar ermordeten Mann. Du nimmst ihn und die blutbespritzte Umgebung mit einer Kamera auf. Sogar noch auf künstlerisch wertvolle Weise. Würde man dir dann noch abnehmen, dass du zu sehr unter Schock standest, um die Polizei sofort zu verständigen? Oder zumindest den Parkwächter? In meiner offiziellen Version hat sie die Szene nur gesehen, dann erst verdrängt, und bald begonnen an ihrer eigenen Wahrnehmung zu zweifeln, nachdem sie nichts in der Zeitung gelesen hat. So bekommt sie zwar auch Ärger, aber er wird deutlich milder ausfallen als im ersten Fall. Stichwort: Unterlassene Hilfeleistung. Der Mann hätte ja theoretisch noch leben können. Und ihr Weglaufen hätte dann seinen Tod besiegelt. Hätte sie die Polizei verständigt, hätte er in diesem Falle vielleicht noch gerettet werden können. Ihre angebliche Panikreaktion war die einzige Möglichkeit, sie in ein besseres Licht zu rücken. Ich bin sowieso froh, dass sie nicht sauer ist und mich hochkant aus ihrer Wohnung wirft.«

»Sie sollte froh sein, reinen Tisch zu machen«, kam es muffig zurück.

»Oh, Matthias, darüber ist sie alles andere als froh. Jeder hat vielleicht irgendwas bei sich zu Hause, das er lieber nicht der Öffentlichkeit zeigt, und als sie mich aufnahm, wusste sie sicher nicht, dass mein halber Freundeskreis aus Kripobeamten besteht. Zum Dank habe ich in ihren privaten Sachen herumgekramt und dann auch noch die Polizei eingeschaltet. Findest du das nicht unfair?«

»Verdächtig finde ich das. Ich persönlich habe solche Dinge eben gar nicht erst in meiner Wohnung. Bei mir könnte die Polizei zu jeder

Tages- und Nachtzeit kommen. Nicht mal meinen Bibliotheksausweis würden sie finden. Alles im Schließfach! Und als guter Staatsbürger muss ich feststellen, dass es nicht korrekt von ihr war, den Vorfall nicht zu melden. Wenn ich tot im Park herumliege, möchte ich bitte gefunden und ordentlich bestattet werden. Die Frau lügt. Sie hat den Kerl abgeknallt wie einen räudigen Hund. Sie hat eine Art, Männer anzusehen ...« Diese wohlig- schaurige Vision musste von Matthias kommen, der zu gerne gesehen hätte, dass ich meine obdachlose Zeit bei ihm verbracht hätte.

»Unsinn«, warf Theo ein, der meiner langen Rede etwas verwirrt zugehört hatte. Er neigte sowieso gelegentlich zu geistigen Abwesenheiten. »Ich traue Nadia als Künstlerin einiges zu, aber als Mörderin kann ich sie mir nur schwer vorstellen. Die würde doch ihre Karriere nicht im Knast fortsetzen wollen. Und jemanden umbringen und ihn dann in aller Seelenruhe abfotografieren, das ist ein Stoff für Horrorfilme und geschieht nicht in der Wirklichkeit.«

Ich wunderte mich, dass Theo von Horrorfilmen sprach. Seine Welt bestand aus hundert Quadratmetern von Büchern.

Matthias stand auf, streckte seine langen Glieder. Ich machte es ihm nach und entspannte meine verkrampften Schultern. Widerstrebend gab er zu: »Von mir aus. Meinetwegen war sie es eben nicht. Zumal sie in diesem Park jeden Moment damit rechnen musste, dass doch noch verspätete Spaziergänger kommen. Kein guter Platz für einen Mord. Zumindest nicht für Leute, die das nicht jeden Tag geräuschlos und schnell erledigen. Schalldämpfer, eine kleine Handbewegung –und pfeifend, als sei nichts gewesen, auf und davon.«

Ich musste schmunzeln. Meine beiden Männer! Harmlos wie die Fliegen, aber in der Theorie mit dem Bösen auf Du und Du.

Matthias fuhr fort: »Also nehmen wir mal zu ihren Gunsten an, dass Nadia aus dem Spiel raus ist. Hat das Mädchen damals keinen Verdacht geäußert, wer ein Interesse daran hatte, ihren Freund verschwinden zu lassen? Wer konnte ihn so spurlos beseitigen? Für mich sieht das nach organisiertem Verbrechen aus.«

»Sie sagte, ihre ganze Familie hätte ihn gehasst.«

»Nicht sehr aussagekräftig, wenn ich mir die meisten Familien ansehe. Also, wenn ich meine Abschlüsse mache, zum Beispiel habe ich derzeit diese sehr günstige Hausrat ...«

»Ich muss jetzt gehen«, sagte ich hastig.

Theo stand auch auf. Gebeugt blieb er stehen. Zauselte seinen Bart.

»Leider muss ich mich insgesamt trotzdem Matthias anschließen. Mag sein, dass deine Zimmerwirtin ihn nicht umgebracht hat, aber sie hat sich trotzdem schuldig gemacht, weil sie der Versuchung nicht widerstehen konnte und einen Toten geknipst hat, aus dem das Leben gerade entwichen war, anstelle ihm zu helfen. Der Mann kann ja noch nicht sehr lange tot gewesen sein, sonst hätte ihn jemand vor ihr gefunden. Hätte sie per Handy die Notrufnummer gewählt, wäre der Mörder vielleicht auf der Flucht noch erwischt worden.«

Und das von Theo, der nicht einmal ein Handy besaß. Wozu auch? Sein Telefonkabel war fünf Meter lang und das reichte aus, um während des Telefonierens jedes Buch im Regal zu erreichen.

»Und du strickst einer solchen Frau jetzt eine passende Lügengeschichte zurecht«, stellte Matthias fest, und nicht zum ersten Mal sah ich Zweifel an seiner ewigen Liebe zu mir aufschimmern.

»Sie will nun mal Nadias Gastfreundschaft nicht missbrauchen. Das kann ich wiederum durchaus nachvollziehen.« Theo versuchte verzweifelt, objektiv zu bleiben. Er warf einen scharfen und vielsagenden Blick auf Matthias, der gerade mit seinem langen spitzen Finger den letzten Keks in der Schachtel jagte. Matthias isst gerne auswärts bei Freunden. Auswärts essen ist in seinem Monatsbudget fest eingeplant.

»Ich habe noch einen ganz anderen Verdacht«, orakelte Matthias düster und schluckte den Keks im Aufstehen. »Ich sehe unsere Maren schon auf einem Spargelhof schuften. Um die tödliche Spur eines imaginären Polen zu verfolgen, der vor fünf Jahren ein Mädchen sitzengelassen hat. Gut, dass wir jetzt noch Winter haben und sich beim Spargel nichts tut. Maren, du hast kein Talent fürs Spargelstechen. Erinnere dich, dass du bereits beim simplen Brombeerenpflücken letztes Jahr deine neue Designerbluse zerrissen hast. Sie hatte sich so verhakt in den Dornen, dass du sie ausziehen musstest. Ich musste dir mein Hemd leihen, oben ohne durch die Gartenstadt gehen, wo mich jeder kennt, damit *du* nicht oben ohne gehen musstest, und dann hast du mich noch gezwungen, den unschuldigen Herbert bei der Versicherung anzuzeigen.«

Theo, der normalerweise genauso gegen meine Ermittlungen war wie Matthias, wechselte die Seiten rasch wie ein Politiker.

»Lass sie doch, Matthias. Maren hat eben Gerechtigkeitsempfinden. Wenn du Material brauchst – ich habe ein paar Spargelkochbücher sowie eine Broschüre über die sogenannte Badische Spargelstraße im Laden. Die geht übrigens von Schwetzingen beziehungsweise Bruchsal bis nach Scherzheim kurz vor Kehl. Dann hütet bei mir noch ein Buch mit Spargelzitaten den Laden. Ich hatte es schon zweimal im Schaufenster, aber das Ding geht einfach nicht. Die Leute essen Spargel gerne und bezahlen ihn teuer, aber theoretisch wollen sie sich nicht unbedingt mit ihm auseinandersetzen. Eigenartiges Phänomen. Weinbücher gehen gut, aber keine Spargelbücher.«

»In einer Ernährungstabelle für unsere Risikoversicherten«, ergänzte Matthias wichtigtuerisch, »habe ich gelesen, dass in Deutschland pro Kopf und Jahr 1200 Gramm Spargel gegessen werden.«

»Aber die meisten davon sicher in Konserven!«

»Natürlich«, bekräftigte Matthias, »das ist doch viel hygienischer. Und günstiger.«

Ich ignorierte ihn. »Theo, was kostet das Spargelzitatebuch?«

»Für dich einen Euro!«, sagte Theo warm, und Matthias musterte ihn mit zusammengekniffenen Lippen.

»Bring es mir nächstes Mal mit! Ich wollte schon immer aus der Welt des Spargels zitieren können.«

Als ich nach Hause ging, ließ ich das Gespräch noch einmal Revue passieren. Organisiertes Verbrechen? Das war natürlich die einfachste aller Lösungen. Und der Polizei das Foto zu zeigen auch. Und von dem Besuch des Mädchens zu erzählen ebenfalls. Man würde sie vielleicht auftreiben können.

Warum also nicht diese einfachsten Lösungen wählen?

Dafür gab es keine Antwort außer meinem Gefühl. Nämlich, dass die einfachste Lösung falsch war.

****

Theo warf mir das Buch noch am Abend ein.

Die Sprüche waren total doof, deshalb hatte keiner das Buch gekauft. Am besten gefiel mir noch: »Bergwerke, Spargel, Kartoffeln und alte Adelsgeschlechter haben eines gemeinsam – das Beste von ihnen liegt unter der Erde.«

Dabei dachte ich an meinen letzten Fall im Milieu der Blaublüter und musste dem Zitat Recht geben.

Seit ich den Verdacht hatte, der Unbekannte im Schlossgarten sei der verschwundene Verlobte dieses verzweifelten Mädchens gewesen, wusste ich, dass ich nicht mehr locker lassen konnte.

Immer wieder kam mir der Gedanke, dass sie ihn selbst umgebracht haben könnte und sich bei mir nur eine Art Alibi hatte verschaffen wollen: »Aber ich wollte ihn ja sogar suchen lassen, Herr Kommissar! Ich war bei Frau Mainhardt, doch sie konnte oder wollte mir nicht helfen.«

Ich nahm mir vor, Nadia nichts von dem Besuch der jungen Dame zu erzählen. Es würde ihr möglicherweise verstecktes schlechtes Gewissen unnötig verstärken. Besser der Tote blieb für sie namenlos. Dann würde sie auch unbefangener bei der Polizei auftreten. Es war schlimm genug, dass er für mich schon *Marek* hieß.

Ansonsten war alles so gekommen, wie wir vermutet hatten.

Nadia war in Heidelberg vorgeladen worden und einigermaßen amüsiert nach Karlsruhe zurückgekehrt.

»Auf der anderen Seite des Schreibtischs«, berichtete sie, »saß ein älterer Kommissar, mit einem netten Berliner Akzent. Etwa Mitte Fünfzig. Starker Raucher, schätze ich. Könnte auch gerne einen zuviel trinken. Fahle Haut mit großen Poren. Etwas Übergewicht. Kaum Sport. Hatte früher volles Haar, jetzt eine große graue Insel auf dem Kopf, aber diese buschigen Augenbrauen. Geschieden würde ich sagen. Negative Lebenseinstellung. Der sitzt oft in der Kneipe rum. Hat vielleicht nicht mal eine Freundin. Wartet bis er pensioniert ist, aber dann wird sich auch nichts ändern.«

Ich sah den Mann vor mir. Nadia hatte ein geschultes Auge für Menschen. Doch das schien nur eine ihrer vielen Begabungen zu sein. Vor allem ihre Disziplin bewunderte ich. »Lange Jahre im Milieu, Schätzchen. Da ist Zeit Geld und deine Chefs ermahnen dich nur einmal. Disziplin gibt's aber auch bei uns Künstlern. Nimm mal Rubens. Der stand jeden Morgen um vier Uhr auf und fing an zu arbeiten. Er war berüchtigt für seinen strengen Tagesablauf! Ein Kollege von ihm, ein gewisser Brouwers, den er aus dem Gefängnis befreite und bei sich aufnahm, wollte lieber wieder in die Zitadelle zurück als weiter in seinem Haushalt leben.«

Es ging uns gut bei Nadia. Sie kochte sogar ziemlich professionell, richtete sich und ihre Wohnung gekonnt her, sie koordinierte ihre Bekanntschaften wie eine Puppenspielerin und profitierte geschickt von ihnen.

Ich wusste beispielsweise, dass sie ein Verhältnis mit einem führenden Vertreter der Kunsthalle Mannheim hatte. Als sie kürzlich nach Hause gekommen war, war sie verdächtig lang in der Dusche verschwunden und als sie endlich wieder erschienen war, hatte sie sich müde auf ihr Sofa geworfen. »Wir waren nächtelang auf, aber wir haben uns diesmal *nicht* über Kunst unterhalten. Wir haben uns *gar* nicht unterhalten. Da kann doch niemand sagen, dass ich ihn ausnutze, oder?« Und hatte gelacht.

Heute war sie allerdings eher genervt als erschöpft.

»Noch mal davongekommen. Ich wurde natürlich streng ermahnt, dass ich den Vorfall nicht gemeldet habe.« Sie stand auf und holte mir Tee, mixte sich selbst einen Caipirinha.

»Nur meine Angst und meine momentane Panik seien kein Grund gewesen, mich vom Tatort zu entfernen. Andererseits hielt man mir zugute, denn so hieß es in seinem Beamtendeutsch, dass nicht auf den ersten Blick erkennbar gewesen sei, dass der Mann wirklich tot war. Natürlich musste ich meine Papiere mitbringen, die sie genau studiert haben. Und dem Polizeizeichner sollte ich die Leiche beschreiben. Der hat beinahe entnervt aufgegeben, weil ich mir zu oft widersprochen habe. Die Sache ist schließlich fünf Jahre her. Dass ich bekannte Ausstellungen gemacht habe, hat mir bei denen nicht geschadet. So haben sie mich zumindest ernst genommen und meine mädchenhafte Sensibilität für gottgegeben gehalten. Doch aufgrund meiner Schilderungen ließe sich natürlich nicht sagen, ob der Mann wirklich tot gewesen sei oder nicht. Dies wird sich vermutlich niemals eindeutig klären lassen. Er könne auch schwer betrunken gewesen sein oder Epileptiker. Oder hätte schlafen können. Dafür spricht, dass er niemals gefunden wurde. Er sei möglicherweise einfach aufgestanden und weggegangen. Eine eventuelle Todesursache sei aufgrund meiner Schilderungen natürlich nicht festzumachen. Und die Blutflecke hätten auch anderer Herkunft sein können. Was sollte ich nun dazu sagen?« Sie seufzte. »Trotzdem geht die Sache an die Staatsanwaltschaft, doch der Berliner meinte, ich komme mit einem blauen Auge davon. Dummerweise muss ich morgen noch mal hin und ihnen die Fundstelle im Schlossgarten genau zeigen. Hoffentlich finde ich sie noch. Meine Güte, ich wünschte wirklich, ich hätte an dem Tag in unserem friedlichen Oberwald fotografiert.«

Ich sollte erleichtert sein, war es aber nicht. Der Zahn war mit einer Schmerztablette ruhig gestellt, aber er war nicht behandelt worden. Inzwischen hatte ich nach allen Seiten ein schlechtes Gewissen. Tolles Lebensgefühl.

Nadia seufzte.

»Weißt du, ich denke schon, dass sie mir geglaubt haben. Es blieb ihnen auch nichts anders übrig, denn das Gegenteil war nicht zu beweisen. Und im Grunde entspricht es auch der Wahrheit. Für mich ist die Sache damit hoffentlich bald erledigt und ich meine, sie sollte es auch für dich sein. Maren, wir werden diesem Mann niemals auf die Spur kommen. Und ich denke, wir sollten dein Foto vom Foto auch irgendwann vernichten. Natürlich nicht ohne deine Zustimmung, Maren. Sag mir, wenn du einverstanden bist.«

»Warum, Nadia?«

»Weil das Bild gefährlich ist. Es gefällt mir auch nicht, dass du das Foto herumzeigst. Ja, du sagst, es sind deine Freunde und du kannst allen vertrauen: Consuela und Raika und sogar einem Kind wie Ana. Es sind auch meine Freunde, aber trotzdem. Wer weiß, mit wem sie darüber reden.«

Ich wollte protestieren, doch sie hob ihre sehnige Hand mit den gepflegten Nägeln.

»Maren, wir haben uns entschieden, deinem Gerechtigkeitsempfinden nachzugehen und den Fall der Polizei zu melden. Gemeinsam haben wir beschlossen, das Foto nicht als Beweismittel ins Feld zu führen. Jetzt sollten wir mit allem Schluss machen. Für mich ist der Mann nicht nur tot, sondern endgültig vergessen. Und wenn die Polizei ihre Akten schließt, bleibt es hoffentlich dabei.«

Nadia lächelte gequält, dann bot sie mir eine ihrer geliebten Datteln an. Ich lehnte diesmal ab. Die Dinger nennen sich Früchte und sind in Wahrheit heimtückische Kalorienbomben.

»Maren, ich sage das jetzt wirklich ungern, aber erwarte von mir bitte keine weitere Stellungnahme zu dem Toten im Park. Ich habe so viele Projekte, an die ich denken muss, und ich kann es mir einfach nicht leisten, meine Zeit länger mit Spekulationen zu verschwenden. Und mit

Mutmaßungen, wer er war, ob Pole oder vielleicht doch eher Eskimo. Das ist lächerlich. Ich habe die Diskussionen satt. Ich habe in meinem Leben nicht mal so lange über quicklebendige Kerle nachgedacht wie jetzt über diesen Toten. Schluss, meine Liebe. Und das meine ich, wie ich es sage.«

Ich sah durchaus, dass es ihr ernst war, und das würde mir das Leben in nächster Zeit nicht gerade erleichtern. Und es war gut, dass ich ihr verschwiegen hatte, dass ich das Bild inzwischen auch Oliver gezeigt hatte.

Immerhin hatte sie mir gerade wieder bewiesen, dass sie unschuldig war. Andernfalls wäre es jetzt nämlich die ideale Gelegenheit gewesen, mein schlechtes Gewissen auszunutzen, um das Bild zu vernichten. Den einzigen Beweis.

Doch sie tat es nicht.

Sie überließ es mir.

Und sorgte damit für weitere Nächte unruhigen Schlaf.

****

Die Wohnung in Mühlburg wurde von einem sympathischen Makler südamerikanischen Ursprungs beworben und verkauft. Sie befand sich im ersten Stock eines recht schicken Mehrparteienhauses, in dem einige Ärzte residierten. Die große Terrasse vor meinem zukünftigen Zuhause würde ich mir mit dem Zahnarzt teilen, dessen Wartezimmer auf der anderen Seite daran grenzte. »Die wartenden Patienten«, so der sympathische Südamerikaner, »nutzen naturgemäß die Terrasse nicht. Sie können sich also dort recht wohl fühlen.«

Also gut. Lage und Preis schienen in Ordnung. Ruhige solide Wohngegend. Verkäufer war der Zahnarzt gegenüber. »Er würde Sie vorher gerne kennen lernen.«

»Warum denn das?«

»Er hätte gerne solide und anständige Leute im Haus, das muss man verstehen.«

»Ich dachte, ich *kaufe* die Wohnung. Ich will sie nicht mieten. Kaufen will ich sie. Auch wenn ich unsolide wäre. Meinen Euros sieht man das nicht an!«

»Trotzdem«, lächelte der sympathische Südamerikaner etwas verkrampft. »Herr Dr. Knütz ist so ein angenehmer Mann. Ein wenig kauzig, oder nennen Sie es auch schroff, aber durchaus gutmütig.«

Der angeblich angenehme Mann diktierte uns Uhrzeit, Treffpunkt und Tag des Kennenlernens.

Er erschien schließlich am Treffpunkt in geschäftsmäßig-misstrauischer Eile, ein goldrandbebrillter kleiner Mann, für den mir ganz spontan das Wort Giftzwerg einfiel.

»Frau Mainhardt, Sie wollen also diese Wohnung kaufen, ja? Na, ich bin ja mit dem Preis schon ganz nett runtergegangen, da machen Sie ein Schnäppchen. Sie sind allein stehend?«

Ich ging nicht darauf ein. »Herr Dr. Knütz, mit der Terrasse habe ich noch ein wenig Bauchschmerzen. Diese gemeinsame Nutzung scheint mir problematisch.«

»Bauchschmerzen. Hören Sie mal«, ereiferte sich der nunmehr charakterlich als solcher erkennbare Giftzwerg, »ich bin Zahnarzt und kein Gastroenterologe. Was ist mit der Terrasse, was, he?«

»Nun, dieser Bereich gehört eigentlich Ihnen, ich darf sie nur nutzen, und das könnte ...«

»Ja, und, junge Dame? Wenn sie die Terrasse schön bepflanzen, nett und ordentlich halten, hat niemand was dagegen, wenn Sie gelegentlich dort mal ein Buch lesen.«

»Aber das gerade ...«

»Mein Gott«, schrie nunmehr das Männlein, »wie ich solche komplizierten Frauen hasse. Makler, was war letzte Woche mit diesem netten Mann aus Leipzig? Fleißig und anpassungswillig ...«

»Herr Dr. Knütz«, flehte der Makler, »diesmal wollen wir doch die Wohnung verkaufen. Frau Mainhardt ist gewiss eine wunderbare Nachbarin.«

»Nein«, sagte ich mit der Festigkeit, die ich mir im Laufe der Wohnungssuche angeeignet hatte, »das ist sie nicht. Sie wird auf dieser Terrasse einen Hund halten, sie wird wilde Orgien feiern, Sexorgien, zu denen Sie nicht eingeladen sind, wird als Pflanze höchstens Hanf anbauen und ansonsten den Patienten des Herr Doktor die Adresse eines anderen Zahnarztes in die Hand drücken. Auf Wiedersehen.«

****

Die Orte, an denen »meine« Leichen bisher ihr unseliges Ende gefunden hatten, waren immer reizvoll gewesen: Speyer, Maulbronn oder der spektakuläre Europapark Rust. Nahmen wir dabei vielleicht die Nuitsstraße in Karlsruhe, den Schauplatz meines letzten Abenteuers, aus. Meine Ermittlungen hatten immer einen touristisch interessanten Beigeschmack gehabt.

Was also sprach dagegen, dem nahe gelegenen Städtchen Schwetzingen einen Winterbesuch abzustatten? Auch wenn die Spargelzeit noch nicht begonnen hatte. Der Ort selbst war mir noch als durchaus anziehend in Erinnerung. Man könnte den Park besuchen und vielleicht hinterher noch essen gehen. Es musste ja nicht unbedingt Spargel sein.

Kurzfristig spielte ich mit dem Gedanken, Nadia mitzunehmen. Doch sie winkte schon im Vorfeld ab. »Lass mich bitte, bitte in Ruhe mit Schwetzingen. Keine guten Vibrationen. Außerdem muss ich arbeiten, meine Liebe. Das solltest du vielleicht gelegentlich auch mal wieder tun. Ich werde demnächst ein bisschen Netzwerkknüpfen mit dir üben. Zieh dich sexy an, triff dich mit den richtigen Leuten, sei nicht zickig mit den Männern. Du brauchst Aufträge, mein Kind. Gute Aufträge von den richtigen Leuten. Nicht den Kleinkram, den du da machst.«

Natürlich hatte sie Recht. Doch aus irgendeinem Grund waren die richtigen Leute immer woanders als ich.

Und ich wollte nach Schwetzingen fahren. Es war mir ein inneres Bedürfnis. So, als hoffte ich meine unbekannte Klientin dort zufällig zu sehen. Glücklich zu sehen. Mit einer harmlosen Erklärung für den Toten im Park im Schlepptau. Oder mit ihm selbst. Wiederauferstanden.

Den Gedanken an das Blut zwischen seinen verkrampften Fingern verdrängte ich. Und an die Wunde, die er schützen wollte. Erstochen war mein erster Eindruck gewesen. Doch um jemand zu erstechen, braucht man Übung. Das ist technisch anspruchsvoller als Erschießen. Obwohl das auch nicht ganz so simpel ist wie das Fernsehen glauben macht. Dort mutieren brave Hausfrauen in bedrohlichen Situationen zu Scharfschützinnen, die ungeübt mitten ins Herz von durchaus profilierten Verbrechern treffen, die ihnen oder dem Nachwuchs zu Leibe rücken.

Theo schied für eine Reise ins Spargelland im Winterschlaf aus, denn er verließ seinen Laden nicht gerne für derart weite und unbequeme Reisen, die für ihn den Expeditionen früher Ägyptologen glichen. Ich war einmal mit ihm in Bretten gewesen: Er hatte zwei Taschen mit

Ersatzkleidung, Reiseführern, Cremes, Proviant und einem Schirm mit sich geführt.

Für Matthias bedeutete ein solcher Ausflug mitten unter der Woche abschlusstechnisch verschenkte Zeit, Consuela konnte ich mir beim besten Willen nicht in einem badischen Regionalzug vorstellen, und Raika hatte sowieso nie Zeit, weil sie Geld für Ana verdienen musste.

Meine beiden Kripofreunde schieden aus naheliegenden Gründen aus.

Ich rief schließlich Oliver an. Normalerweise rufe ich seit meiner Tanzstundenzeit keine potentiell interessanten Männer an, wirklich nicht, aber in diesem Fall stand ein höheres Interesse hinter der ganzen Angelegenheit.

Oliver nahm es gelassen.

»Good idea. Und dass sie von dir selbst kommt, macht sie noch wertvoller. Hatte schon fast keine Lust mehr, mich dir aufzudrängen. Nein, keine Sorge, ich rede nicht von unserer Nacht. Nicht von der ersten und nicht von der zweiten, obwohl die noch gelungener war. Ich denke, mit regelmäßigem Training könnten wir uns noch steigern. Aber du willst sie offenbar nicht wiederholen, nicht daran erinnert werden, bitte sehr. Wie hat mein deutscher Vater immer gesagt: Des Menschen Wille ist sein Himmel!«

»Himmelreich!«

»Noch besser. Deutsche Frauen sind kompliziert. Können keine Komplimente annehmen. Ihr könnt euch einfach nicht lieben lassen. Wenn einer euch Blumen schenkt und einlädt, bezieht ihr euer Bett frisch, weil ihr denkt, ihr müsst dafür bezahlen. Meine Güte. Wir verwöhnen Frauen gerne. Es ist ein bisschen wie Spielen.«

»Eben«, gab ich zurück. »Also? Schwetzingen?«

»Mittags haben wir keine Proben. Da könnte ich mitkommen. Aber warum fahren wir nicht mit dem Auto? Ich habe einen Leihwagen.«

»Ich erobere eine Stadt lieber mit dem Zug!«, behauptete ich. Das stimmte nicht. Es war sogar glatt gelogen. Ich fahre nicht gerne Auto mit Leuten, die ich nicht schon ewig lange kenne. Das Innere eines Autos ist für mich ein risikobehafteter Ort. Ein Ort, der sich fortbewegt, ohne dass ich selbst bestimmen kann wie schnell. Ein geschlossener Ort. Ein ziemlich intimer Ort, wenn man es genau betrachtet. Du sitzt längere Zeit Bein an Bein neben jemandem, atmest in einem kleinen

Glaskästchen die gleiche Luft ein, hörst die gleiche Musik, siehst die gleichen Dinge. Wenn das nicht intim ist!

****

Meine Neugierde ließ mich nicht ruhen und dabei jeglichen Stolz verdrängen. Eine Wohnungsbesichtigung in der Gegend des Städtischen Klinikums führte mich rein zufällig in die Nähe des »Headquarters« der Karlsruher Kriminalpolizei und damit der Heimat von Elfie Kohlschröter und Karina Ix.

Die Wohnung in der Stösserstraße war trotz dieser Nachbarschaft von allen bisher die Beste. Zwei Zimmer, Tageslichtküche, Tageslichtbad.

Ich hatte sie schon fast genommen, als mir auffiel, dass etwas ganz Wesentliches fehlte. Der smarte, sehr gut aussehende Makler von der Sparkasse, ein Spanier, der auf den Operettennamen Juan Carlos Vega-Granado hörte, war übrigens schon allein ein Grund, einen gemeinsamen Notartermin wahrzunehmen. Doch das bewusste Wesentliche fehlte.

»Wo ist denn die Heizung? Ist unter dem Laminat eine Fußbodenheizung?« Nicht, dass ich wirklich daran glaubte.

»Nun«, sang der Makler mehr als er sprach, »Die Wohnung ist sehr sehr preiswert. Für unter 50 Mille können Sie von zwei Zimmern in dieser guten Lage normalerweise nur träumen.«

»*Wo* ist die Heizung?«

»Wenn Sie diese Schnuckelwohnung für 45 000 kriegen, können Sie drei Heizungen einbauen und stehen immer noch gut da.«

»Ich will keine drei Heizungen einbauen. Ich will nicht mal *eine* einbauen. Es gibt also keine Heizung in dieser Wohnung!«

»Nicht direkt. Aber man verkauft heute wunderbare Elektroöfen in den Baumärkten.«

»In Ihrer Heimat«, sprach ich sanft, »mag man gut mit Elektroöfen über den Winter kommen, aber in Karlsruhe ist es nur im Juli und im August richtig warm. Ich aber habe es gerne immer warm. Sehr warm sogar. Und ich will ganz normal heizen, ohne dass mein Konto Aua schreit, weil die Stadtwerke sich daran vergreifen.«

»Dann eben nicht!«, sagte Vega-Granados und packte seine Siebensachen zusammen. »Die blöde Heizung. Aber ich werde das Objekt schon noch los. Wenn nicht heute, dann morgen. Mañana!«

****

Wie gesagt, lag die Wohnung, die nun auch nicht die meine werden würde, ganz in der Nähe der Karlsruher Kripo. Rein zufällig lenkten mich meine Schritte dorthin. Nach Anmeldung und misstrauischem Pförtnertelefonat suchte ich Karina Ix auf, die aus dem Urlaub zurück war. Gut gelaunt empfing sie mich mit ihrer bei der Polizei untypischen Offenheit.

»Maren, du hängst mal wieder in was drin, ja? Die Sache in Schwetzingen. Hab davon läuten hören, ist aber nicht mein Knochen, um mit Giant zu sprechen. Weiß also nichts, und Elfie wird dir sowieso nie etwas sagen, das weißt du. Wie geht es Nessie? Wir sollten mal wieder zusammen spazieren gehen. Giant mag kleine Hunde, er findet sie lustig. Wenn sie vor Angst weglaufen, dann lacht er sich halb tot.«

»Netter Charakterzug. Ja, das machen wir. Und was die Sache in Schwetzingen betrifft ...«

»Man erfährt ja so einiges. Auch zwischen Heidelberg und uns. Heutzutage sind wir alle vernetzt und haben Zugriff auf relevante Daten. Wenn es dich interessiert, keine Spur in der *Sache Schlossgarten*. Außer der einen einzigen Aussage deiner Freundin gibt es offenbar keinerlei Hinweise auf ein Verbrechen. Ich kenne Nadia Rixinger übrigens von einer Ausstellung in der Bank. Gute Frau. Ich denke, die Sache verläuft im Sande. Keine Leiche, keine Spuren, kein Fall, das ist nun mal so. Mein Gott, dieses verkrampfte Daliegen, das sie so plastisch geschildert hat, könnte ganz gut auch ein Rausch oder ein Herzanfall gewesen sein.«

»Sie glaubt sich an Blut zu erinnern. Blutstropfen auf den Blättern rund um den Fundort. Auf weißen Blättern.«

Jetzt wagte ich mich weit vor, denn von dem Blut hatte ich bereits gegenüber Melchior gesprochen, aber nicht von den Blättern. Um die genau zu beschreiben, musste man doch etwas länger hingeschaut haben. Ich kämpfte um die Realität dieser Leiche im Schlossgarten.

»Na ja. Da hat sie in der Rückschau vielleicht ein wenig dramatisiert, hm? Dass sie das Blut selbst gesehen hat. Also an die Aussage kann ich mich sowieso nicht erinnern. Habe aber die Unterlagen auch nur ganz flüchtig angesehen. Ist nicht mein Fall und weder meine Dienststelle noch mein Dienstort. Aber du würdest dich wundern, wie schnell und wie viel ein Mensch bluten kann, ohne dass es seine Fähigkeit, Schimpfwörter auszustoßen, beeinträchtigt. Am Anfang, als ich meine Pflichtzeit bei der Schutzpolizei gemacht habe, dachte ich jedes Mal, wenn sich zwei nach einem Fußballspiel verhauen haben, die müssten mausetot sein! Doch die Jungs waren quicklebendig. Und nicht nur das. Wenn wir ihre Personalien aufgenommen haben, sind sie noch frech geworden. Und haben den ganzen Streifenwagen besudelt.«

»Könnt ihr mit euren modernen Methoden nicht feststellen, ob dort an der Stelle, die sie beschreibt, ein Mensch gestorben ist?«

»Können wir. Normalerweise schon. Aber nach fünf Jahren? Ich habe ihre Ortsbeschreibung gesehen. Offen gestanden, wird das sehr schwierig. Der Schlossgarten ist ja nicht gerade ein Blumenbeet bei meiner Omi im Vorgarten. Aber ich glaube ihr trotzdem, deiner Freundin. Die ist keine, die was dramatisiert. Sie hat einen Kerl gesehen und der Kerl – wo er auch immer geblieben sein mag – ist höchstwahrscheinlich tot wie eine Maus im Schwetzinger Schlosspark, die der Katze zum falschen Zeitpunkt begegnet ist. Mal wieder Pech für die Maus.«

Später würde mir dieser Satz wieder einfallen.

Da war es dann beinahe zu spät.

Bevor ich ging, rief mir Karina noch nach: »Maren, einen Moment.«

»Ja?«

»Aber dass die in Panik davon gerannt sein soll und sich erst nachträglich an das alles erinnert haben will – das nehme ich ihr nicht ab. Nicht Nadia Rixinger. Unter uns, hm?«

Und zwinkerte mir zu.

6. Kapitel

Oliver war vielleicht keltisch unkompliziert. Und auch ein guter Liebhaber und vermutlich ein Spitzengitarrist.

Was er aber auf jeden Fall war, das war unpünktlich. Die Räder des Regionalexpress' nach Mannheim, via Schwetzingen, ächzten schon fast, um sich in ihre träge Bewegung zu setzen, als er endlich die Rolltreppe zu Gleis 3 empor stürmte. Er sah aus wie aus einer Werbeannonce für Irland: Sturmzerzaust. Fröhlicher, belebter und abenteuerlustiger als der durchschnittliche deutsche Mann. Einer meiner Ex-Freunde, ein Pfälzer, hatte nur einmal im Jahr so begeistert ausgesehen, nämlich als er vom Kesselfleischessen in seinem Dorf berichtet hatte. »Schweinebäckchen und Schnüffel mit frischem Salz – ein Genuss!« Kann man einen Mann ernsthaft in Betracht ziehen, der gerne Schnüffel isst?

»Hallo.«

Er verneigte sich erst lässig, dann hob er mich spielerisch ein Stück hoch. Peinlich berührt registrierte ich mein Gewicht dabei.

Dann musterte ich ihn.

Ich hatte kürzlich die neu verfilmten Buddenbrooks im Kino gesehen.

In Erinnerung geblieben war mir, wie Thomas Buddenbrook zu seinem Bruder sagte: »Ich bin geworden wie ich bin, weil ich nicht werden wollte wie du!« Starker Satz. Und ich fragte mich, ob er auf die beiden Obersts auch zutraf.

»Sorry, Love«, sagte er, als er – vermutlich ohne jegliche Fahrkarte – neben mich auf den Sitz fiel. Er küsste mich noch einmal, aber ganz flüchtig, und fuhr kurz mit seiner Hand an meinem Bein entlang, eine zufällige Liebkosung. Das konnte ich ihm kaum verbieten, nachdem ich ihm bereits weitaus mehr erlaubt hatte. Roch ich da etwa Whiskey?

»Sorry, was?« Es klang strenger als beabsichtigt.

»Wie – was?«

»Eine Erklärung!«

»Ich habe keine Erklärung. Ich bin einfach zu spät. In Irland ist niemand pünktlich.«

»Benutzt ihr keine Züge?«

»Doch. Aber die sind auch nicht pünktlich. Wozu sich also anstrengen? Und wenn man einen verpasst? Die Welt dreht sich weiter, auch wenn du den Zug später nimmst.«

»Lachhaft. Was ist, wenn du ein Konzert hast?«

»Wir proben ab vier Uhr«, erwiderte er sanft. »Und das Konzert beginnt nicht vor neun bei uns. Was also passiert, wenn ich um halb fünf komme?«

»Es ist rücksichtslos gegenüber den anderen.«

»Die kommen sowieso erst um fünf. Ich bin ein halber Deutscher. Überpünktlich also. Wechseln wir jetzt das Thema?«

Der Vorort Blankenloch zog vorbei. Und Friedrichstal. Eine Hugenottengründung, wie ich aus meinem Job als Ahnenforscherin wusste. Hatte schon mehrere Aufträge aus der Gegend gehabt.

»Genauso elende kleine Nester wie in Irland«, bemerkte Oliver. »Nur die Romantik fehlt hier ganz und gar.«

Ich mag diese deutsche Fertigbausauberkeit für die untere Mittelschicht auch nicht. Diese Leute leben nicht, wie sie wirklich wollen. Sie leben, wie die anderen wollen. Doch ich sagte es nicht. Oliver sollte mir mit seinem Irland nicht mein Deutschland kaputtmachen.

»Das ist überall gleich«, antwortete ich ohne Streitlust, »und jeder will es möglichst nett haben. Das ist menschlich.«

Müßig schaute ich nach draußen. Es war ja wahr: Deutsche Durchschnittslandschaft gab sich vor unserem Fenster die Ehre. Dörfchen, Neubauviertel, Reihenhäuschen, Siedlungshäuschen. Felder, Kanäle, Kreuzungen, im Hintergrund Kirchen oder Wassertürme. Nadelwälder. Hinweis auf trockene Böden. Spargelböden. Warum musste ich jetzt an Blut denken?

Unser niederrangiger Zug zog erstaunlich behände eine schnurgerade pünktliche Bahn durch die Ebene auf Mannheim zu. Mittlerweile las ich das Wichtigste in einem Reiseführer nach. Oliver studierte ein paar Blätter, die er aus dem Internet ausgedruckt hatte. Theo wären die Haare zu Berge gestanden.

Drei Stationen vor der süddeutschen Hauptstadt des Proletariats lag Schwetzingen.

Theo, der ganz begeistert von den Berichten seines Reisenden durch das Großherzogtum Baden war, hatte mir noch berichtet, dass Schwetzingen zur Zeit der Reise, also 1826, gerade mal 2000 Seelen gezählt hatte und damals ein einziges gutes Gasthaus besessen hatte.

Das zumindest, so hoffte ich, hatte sich geändert.

Wir stiegen aus. Ein ziemlich gepflegter Kleinstadtbahnhof, nicht ganz in der Innenstadt, aber auch keineswegs außerhalb wie manche von den Bahnhöfen in den kleinen Örtchen entlang der Strecke, wo ich nicht unbedingt abends als Frau aussteigen wollte. Der hier war gut erreichbar und wirkte sicher.

Hatte hier irgendwo dieses Mädchen gewohnt, das Hilfe bei mir gesucht hatte? Und wer war die Bekannte gewesen, die sie an mich empfohlen hatte? Eine Bekannte! Das konnte nahezu jeder in meiner Branche sein.

Links die Innenstadt, rechts der Gleise Wohnsiedlungen. Trotzdem zwei Taxis. Ein sehr großer Parkplatz, der für eine rege Pendlerschaft sprach. Hotelhinweisschilder. Ein Stadtplan mit einer Liste von Straßen und Sehenswürdigkeiten. Eine verlorene Telefonzelle. Ein Laden mit Zeitschriften, Getränken und Snacks.

Leute, die Koffer irgendwohin zogen, zwei kichernde Mädchen mit H&M Tüten, ein paar Schüler. Der Bahnhof sah aus wie ein Bahnhof, der es gewohnt war, kulturbeflissene Touristen zu Schlossfestspielen und ähnlichem zu empfangen, das heißt, er war nicht heruntergekommen sondern halbwegs gepflegt.

Lediglich zwei Männer Mitte Zwanzig, mit Lederjacken und verschlissenen billigen Jeans, fielen mir auf den zweiten Blick auf.

Sie schienen nicht in die kleinstädtische Idylle zu passen. Müßig aber trotzdem nicht entspannt, lehnten sie an der Wand, hatten kein Bier sondern lediglich Sprite in den Händen und beobachteten mit frustriert wirkendem Desinteresse die Aussteigenden. Sie trugen beide Schals, die sie als Fans des Fußballphoenix Hoffenheim auswiesen. Sie hatten sehr kurzes Haar, so dass man die Kopfhaut durchschimmern sah. Niemals ein besonders vorteilhafter Anblick.

Ab und zu lachten sie ein Lachen, das nicht fröhlich klang.

Der eine, ein stämmiger Bursche, rief dem anderen zu, er solle mitkommen. Zur Dönerbude. Ihr Akzent klang ziemlich deutlich nach Mannheimer Dialekt. Sie wirkten nicht direkt dumm oder asozial, aber sie gefielen mir nicht. Wäre es Abend und ich stiege alleine hier aus, würden sie mir ein unbehagliches Gefühl vermitteln, denn sie strahlten etwas dumpf Aggressives aus. Gleichzeitig haftete ihnen eine geradezu spürbare Perspektivlosigkeit an.

»Solche Kerle gibt es überall.« Oliver hatte meinen Blick offenbar bemerkt. »Bei uns in Irland sind die am harmlosesten, welche am wildesten aussehen. Alles kleine irische Nationalhelden oder Rebellen gegen die Gesellschaft. Beim näheren Hinsehen sind es nette verunsicherte Jungs kurz nach der Pubertät, die es noch nicht zu einer festen Freundin gebracht haben.«

Ich zuckte die Achseln. »Nicht alle Übel der Welt sind mit gutem Sex zu beheben, Oliver.«

Er lachte. »Aber viele, Maren. Verdammt viele. Wir sollten meine Theorie möglichst oft testen, um sie auf eine empirisch solide Basis zu stellen. Ich glaube, ich wiederhole mich.«

Ich lachte auch, um ihm zu zeigen, dass ich seine Worte als unverbindlichen Scherz verstand. Dabei vermied ich es, ihm in die Augen zu sehen.

Unser Weg in die Stadt führte uns eine schnurgerade Straße entlang, an deren Ende uns, wie bei den im Absolutismus entstandenen Residenzen üblich, das Schlosstor erwartete. Trotz dieser Verheißung schien sich die Straße zu dehnen. Im Unterschied zu seinem Bruder, der ruhig und zielbewusst ging, hatte Oliver die Gangart einer Katze. Kreuz und Quer, mit Pausen vor Schaufenstern und Nebenstraßen. Er nahm sich die Zeit, die schön renovierten kleinen Wohnhäuschen zu bewundern, die, schmuck und gut erhalten, noch die Bausubstanz einer früher bedeutenden Kleinstadt verrieten.

Je näher man dem Zentrum und damit dem Schloss kam, desto gepflegter die kleine Stadt. Die Läden wurden teurer, die Restaurants eleganter. Cafés triumphierten noch über Döner- und Pizzabuden. Im Sommer herrschte beinahe südlich wirkendes Leben auf diesem Platz. Das wusste ich noch von den wenigen kurzen Besuchen in Schwetzingen.

Aus wohlweislicher Erfahrung hatte ich mich informiert über den Ort des Geschehens. So wusste ich jetzt, dass Schwetzingen heute immerhin 22 000 Einwohner beherbergte, das erste Mal im Jahre 766 urkundlich als Siedlung erwähnt wurde, eigentlich ursprünglich fränkisch gewesen war und durch eine Schenkung an Worms gefallen war.

Mich erstaunte immer wieder, wie die sich früher einfach so ganze Orte geschenkt hatten. »*Also, Heinrich, vielen Dank für die Einladung zum Essen. Ich habe dir hier mal eine Kleinstadt mitgebracht. Ich hoffe, sie gefällt dir. Ja, heißt Suezzingen und ich denke mal, da kann man eine ganz nette Wasserburg bauen. Ach, keine Ursache!*«

Eine Wasserburg war das Schloss nämlich ursprünglich gewesen, bis ein gewisser Philipp der Aufrichtige, von dem die Geschichtsbücher verstockt schwiegen, ein Jagdschloss mit Garten zu bauen begann, das sein Sohn dann zum Lustschloss ausbaute. Danach ging es hin und her. Brände, der Dreißigjährige Krieg im 17. Jahrhundert, später die französischen Truppen, Ansprüche von Ludwig XIV., der Pfälzische Erbfolgekrieg und so weiter. Kein Mensch konnte sich das behalten. Nur Kurfürst Carl Theodor stach da etwas heraus.

Er war kulturell offenbar ziemlich aktiv gewesen und unterhielt einen glanzvollen Hof in Schwetzingen mit Promigästen wie Voltaire, dem russischen Zaren, Hölderlin und dem König von Bayern.

»Sogar Casanova war hier!«, bemerkte ich zu Oliver.

»Pfeil nicht getroffen!«, grinste er.

Neu war mir das Städtchen eigentlich nicht.

Wie wahrscheinlich fast jeder Karlsruher war ich schon manchmal dort gewesen, aber aus irgendeinem Grund hatte ich mich nie länger als diese bewusste Stunde zum Kaffeetrinken dort aufgehalten.

Ich sah es jetzt wieder vor mir: Auf dem Platz vor dem Schlossgarteneingang gab es im Frühling das vermutliche Paradies aller Spargelliebhaber. Tischeweise, stapelweise Spargel. In weißen Türmen. Dicke, teure und dünne, billigere. Und zerbrochene für die, die Lust auf Spargelcremesuppe hatten. Auf dem Platz, den bestens besuchte Cafés und Restaurants säumten und der vermittels aufgestellter Palmen ein südländisch anmutendes Mäntelchen über die deutsche Kluft gestreift hatte, grüßte die Plastik einer Spargelverkäuferin mit hochgekrempelten Ärmeln, vor sich Spargel in Bünden, die Arme weit ausgebreitet.

Jetzt, außerhalb der Saison, war es ruhiger auf dem mit Kastanien bepflanzten Platz. Obwohl die Sonne schien, war es kalt.

Nur wenige Touristen standen verfroren wie Krähen vor den Speisekarten. Oliver stellte fest, dass es auch im Winter Spargel gab. Tiefgefroren, aufgetaut. Als Vakuumware. In Dosen. Wie auch immer.

»Wahrlich weißes Gold«, murmelte Oliver, nachdem er die Preise studiert hatte.

»Es muss aber ziemlich mühsam geschürft werden, dieses Gold, glaube ich.«

Er zuckte die Achseln.

»Mag sein. Die Kartoffelernte ist auch kein Spaziergang, aber für einen Sack Kartoffeln zahlst du weniger als für ein Pfund von diesem extradicken Zeug da. Marke ...«

»Wenn du jetzt *Frauenglück* sagst, kannst du dir einen anderen Weg im Park aussuchen. Und allein nach Hause fahren«, warnte ich absolut humorlos. »Jedenfalls ist Spargel gut zum Abnehmen. Besteht so gut wie nur aus Wasser. Kaum Kalorien.«

»Nimm nur ja nicht ab. Mir hat jedes Gramm ganz gut gefallen.«

»Diese Warnung ist überflüssig. Ab vierzig jedes Jahr ein Kilo mehr. Aber ich bin meiner Zeit voraus und habe mit dieser Rechnung schon mit 35 angefangen.«

Er lachte.

»Kaffee?«

»Erst die Pflicht. Ich bin hier, um mir den Schauplatz eines Mordes anzusehen. Nadia hat mir beschrieben, wo sie den Toten gefunden hat. Gott sei Dank hat sie sowohl ein gutes Gedächtnis als auch eine lebhafte Formulierungsgabe. «

»Nach so vielen Jahren wird im wörtlichen Sinne Gras über die Sache gewachsen sein.«

»Schauen wir mal. Sie hat mir die Stelle so beschrieben ...«, ich sah auf meinen Zettel, »da hinten links, im wilderen englischen Teil des Parks, in der Nähe der Moschee. Ein See, den Weg vor dem See links rein, dann rechts und etwa zwanzig Meter hinter einer Bank mit einem sitzenden Engel drauf. Es können auch dreißig Meter sein. Jedenfalls ist ziemlich viel Gebüsch in der Nähe. Es ist etwas abgelegen von den Touristentrampelpfaden, die sich ja meistens nur ums Café herum drehen. Man vertritt sich die Füße, um sich den Erdbeerkuchen mit Sahne zu verdienen. Das Café ist, glaube ich, in einem dieser halbkreisförmigen Bauten untergebracht.«

»Kuchen kommt also später. Erobern wir erst den Schwetzinger Schlossgarten.«

Habe ich eigentlich schon erwähnt, dass wir in der reizenden Begleitung meines Hundes Nessie waren? Während der Zugfahrt war der kleine Hund so ruhig gewesen, dass man sie beinahe vergessen hätte. Nessie ist auch hier untypisch – anstatt Reisen mit Panikattacken und Erbrechen zu boykottieren, liebt sie Fortbewegungsmittel jeder Art und klebt begeistert wedelnd am Fenster. Bellt Kühe an. Knurrt, wenn sie einen Hund sieht.

Zunächst entrichteten wir an der Kasse einen zwar nicht hohen, aber doch fühlbaren Eintrittspreis, strebten dann dem Tor aus rötlich wirkendem Stein vor uns zu, das den Blick frei gab auf das grüne Kunstwerk dahinter, das sich durch einen breiten Pflasterweg erschloss.

Der Himmel zeigte dieses intensive Winterblau, alles schien wie erstarrt. Es war ziemlich menschenleer. Auf mich wirkten Schlosshof und Eingang schon wie ein Stück deutsches Versailles im Kleinformat. Verschnörkelt, ja. Aber sauber und hübsch. Und großzügig. Breite Wege. Große Beete.

»Du solltest britische Grünanlagen sehen!«, sagte Oliver, als wir grob angehalten wurden und alle angelsächsischen Träume sich in deutscher Gründlichkeit auflösten: »Die Flexileine müssen sie abgeben und eine von uns hier nehmen!«, kam es aus dem Mund des wachhabenden Pförtners, der sich nicht mit Grüßen aufhielt. Eine kurze Lederleine erschien aus seinem Fundus, wurde uns herrisch übergeben. Oliver sicherte sich in meinem Herzen ein paar Pluspunkte, als er von preußischem Kasernenhofton und Tierquälerei anfing und dem Wärter gegenüber behauptete, ein Reporter der *Irish Morning Post* zu sein, was diesen so kalt wie Nessies Hundeschnauze ließ.

Wir mussten den Park jedenfalls mit einer hässlichen schwärzlichen Kurzleine betreten, versehen mit der Ermahnung: »Und machen Sie das Tier ja nicht los. Ich habe meine Augen überall.«

Gut zu wissen. Ich beschloss insgeheim, den Mann demnächst auf mysteriöse Vorkommnisse im Schlossgarten anzusprechen. Ohne Hund würde er mich wahrscheinlich gar nicht wiedererkennen. Heute war ich nur eine Person gewesen, die man streng ermahnen musste.

Ich sah Oliver von der Seite an. Sein schmales Gesicht mit der etwas zu langen Nase, dem fest geschlossenen Mund, der dennoch nicht verhindern konnte, leicht amüsiert auszusehen. Wie konnten zwei Brüder so verschieden sein?

Großzügig öffnete sich nach dem Eingangstor das Halbrund der Bauten und gab die Sicht auf das weite Grün frei. Immer wieder unterbrochen von Wegen, Laubengängen, Mäuerchen, säuberlich eingefassten Beeten.

»Zirkelbauten rechts und links«, meinte ich nachdenklich nach dem

Blick auf das Informationsfaltblatt. »Typische Bauweise des Barock. Deshalb haben wir in Karlsruhe auch einen Zirkel. Ich vermute aber, bei unserem Zirkel denken die Leute weniger an das Schloss als ans Finanzamt, das sich ebendort befindet.«

Sanft nahm mir Oliver das Faltblatt aus der Hand.

»Hier steht, es sei ein einmaliges architektonisches Kleinod, dass der Zirkel mit dem sogenannten Gartenparterre vor uns einen Kreis bildet.«

Obwohl mich meine letzten Fälle mehrfach in die Nähe von bedeutenden Bauwerken geführt hatten, hatte ich mich nie besonders für Architektur interessiert, auch wenn das bei Bildungsreisenden nicht gut ankommt. Baustile sind mir eigentlich egal. Epochen verschwimmen in meiner Wahrnehmung zu einem Einheitsbrei von Spitzbögen und Hochaltären.

Ich kann nur sagen, ob ich mich an einem Ort wohl fühle, und ob er mir gefällt oder nicht. Und in diesem Schlossgarten gefiel es mir.

Er öffnete sich großzügig unter dem wie durchsichtig scheinenden Winterhimmel. Man konnte weit durchatmen. Er war frei und offen, und dadurch, dass nach den allzu geordneten, geometrisch angeordneten Wegen und Rabatten der wildere Teil im Hintergrund wartete, erschien er von einer verlockenden Spannung. Und regte die Fantasie an. Ich spähte in den Stadtführer: »Was hier steht, ist interessant. Typisch für diese Art von Garten sei, dass die Wuchshöhe der Pflanzen mit der Entfernung zum Schloss zunimmt. Ob das der Mörder auch gewusst hat? Also, hier vorne wäre jedenfalls keine Leiche lange unentdeckt geblieben. Zwischen all den zu Pyramiden gestutzten Büschen und zwischen den dünnen Baumstämmen, die grazile Alleen bilden, hätte eine Leiche die gute Laune empfindlich gestört.«

Beim knirschenden Gehen über diese breiten Kieswege fühlte ich mich an Versailles erinnert. Einen Moment stellte ich sie mir vor, die Damen in den langen schweren Roben, mit den gepuderten Perücken und den Fächern, die den Duft ihres Parfüms wegwedeln sollten, mit dem sie wiederum ihre eigenen Gerüche übertünchen wollten.

»Komisch, dass man sich solche Szenen wie das Flanieren in diesem höfischen Garten immer nur im Sommer vorstellt. Wie war das, wenn kalter Schneeregen fiel? Damals?«

»Goretexroben? Wasserabweisende Perücken«, schlug Oliver vor und lachte. »Dieser Park ist wirklich wie eine einzige Bühne. Hey, das ist selten. Sie schreiben, der Garten scheint wichtiger als das Schloss zu sein. Das sieht ja wirklich ein bisschen bescheiden aus.«

»Da ich froh sein kann, mir eine Wohnung mit 35 Quadratmetern leisten zu können, kann ich das nicht bestätigen.«

Oliver breitete seine Arme aus.

»Komm doch mit mir nach Irland. Aber ich muss schon sagen, die hier verstanden wirklich auch was vom erholsamen Grün. Gepflegt wie der Bart eines Gentleman.« Er zückte seine Kamera und fotografierte den weitläufigen ersten Teil des Parks, mit den breiten Wegen, den gepflegten Baumanlagen, den Brunnen, den Figuren und den Wasserspielen. Ein Park nach Elfies Geschmack: Ordentlich angelegt, symmetrisch, in der Hauptachse auf das Schloss hin ausgerichtet, wie sich das so gehörte.

Ich fragte mich, wie er das meinte: Komm doch mit nach Irland.

»Kurfürst Carl Theodor nutzte es als Sommerresidenz und wenn er aus seinem Monumentalschloss in Mannheim hierher kam, dann fühlte er sich als Kunstmäzen. Er ließ es dann richtig krachen: Konzerte, Ballettabende, Jagden und Lustbarkeiten und investierte wohl einiges an Geld in seinen Traum von einem kurpfälzischen Versailles. Und diese leicht erhöhten Wege dort ... ja, da ... die sind bestimmt nicht nur da gewesen, um die einzelnen Grünflächen voneinander abzugrenzen, sondern damit die koketten Mademoiselles mit ihren Stoffbeuteln und ihren kleinen Schirmchen sehen und gesehen werden konnten.«

Nessie biss in ihre Kurzleine und gähnte dann. Blöder Ausflug.

»Die heißen übrigens *allées en terrasse*, wenn dich mal einer fragt. Dieser Barockgarten wurde jedenfalls 1742 angelegt«, gab ich mein Reiseführerwissen weiter, »und verbindet französisches Gartenparterre – jetzt wissen wir auch endlich, was das ist – mit englischen Landschaftsgärten.«

»Wahrscheinlich militärisch strammstehende Pflanzen neben viel freimütig wucherndem Grün. Ich habe mal als Gärtner gearbeitet und meine Vergleiche gezogen: Wie die Frauen. Französische Frauen sind gepflegt wie diese Rabatten, Engländerinnen lieben es natürlicher. Wenn ich wählen könnte ...«

»Gut«, unterbrach ich ihn, »Oliver, ich bin an deiner erotischen Landkarte nur mäßig interessiert. Ich möchte auch nicht, dass du mich in deine Gleichungen als *die Deutsche* einbaust. Das da ist der sogenannte Arionsbrunnen ... inklusive Delfin.« Nessie stemmte sich an dem flachen Rand nach oben, ich zog sie zurück, sie knurrte mich an. Ich sah ihre kräftigen Reißzähnchen. Ich hätte doch mit ihr in die Hundeschule gehen sollen.

»Lass uns zu der Stelle gehen, wo Nadia den Toten gefunden hat.«

»Gesehen hat. Nicht gefunden«, verbesserte mich Oliver. »Gefunden hätte bedeutet, dass er anschließend da gewesen wäre. Dass sie ihren Fund gemeldet hätte. Sie hat ihn nur gesehen.«

»Egal. Jedenfalls will ich es hinter mich bringen.«

Ich fröstelte nämlich. Schlossgärten sind nichts für den Winter. Flüchtig warf ich wieder einen Blick auf den Plan, den man am Eingang bekommen konnte.

»Ich glaube, mir gefallen die ungezähmteren Teile des Parks, die außerhalb dieses sauber berechneten Ringes hier anfangen, auch besser. So wie unserer angeblichen Leiche. Gehen wir.«

Ich sah die lange schnurgerade Hauptallee vor mir. Der Anblick der Brunnen ließ mich noch mehr frösteln.

»Das ist ein ganzes Stück zu laufen. Ich muss vorher mal schnell ... Wie sagen britische Ladies? In den Waschraum. Nase pudern.«

»Nicht nötig. Nase perfekt«, grinste Oliver. »Und meine Ladies sagen Loo, sonst nichts. Da hinten ist das rettende Zeichen.«

Die Toiletten lagen ein wenig abgelegen, erreichbar auf einem kleinen Seitenweg. Darin saß eine ältere rundliche Frau auf einem Stuhl und strickte.

Ich verschwand in einer der Boxen und gab ihr beim Herauskommen zwanzig Cent. Sie nahm es ungerührt und legte dann die Hände in den Schoß. Ob dies noch die gleiche Frau war, mit der Nadia damals gesprochen hatte?

»Herrlicher Park«, ließ ich versuchsweise fallen.

»Ja.« Sie schien zuerst nicht sehr gesprächig. Keine Chance, sie auf irgendein Mädchen aus der Gegend, dem vor fünf Jahren der Freund abhanden gekommen war, anzusprechen. Das war zu früh. Ich wusste noch nicht einmal, woher die Kleine genau gekommen war. Jetzt musste der tote Mann selbst im Vordergrund stehen.

Nach einer Weile bemerkte sie: »Das sagen alle. In Europa einmalig. Die vielen Figuren. Stellen Götter dar. Von früher. Aus Griechenland. Götter und Göttinnen. Eine heißt wie die aus England, Diana. Die mit dem Araber. Aber näher kenne ich nur den Apoll. Im Apollo-Tempel. Gott der Musik. Wussten Sie das?«

»Nein.«

»Ich weiß das, weil wir dort immer einen Teil von unserem Stück aufführen.«

Und sie wandte sich wieder ihrer Strickerei zu. Mehr sagte sie nicht.

Ich stand etwas ratlos herum und wartete, dass noch etwas passierte.

Es ist eben *nie* wie in den Krimis: Die Toilettenfrau hat den Mörder gesehen, den Ermordeten gekannt, ist ansonsten eine überraschend gebildete, kulturhistorisch versierte Expertin, die freimütig wichtige Hinweise gibt.

Diese hier wollte keine weiteren Hinweise geben und so richtig kulturhistorisch gebildet schien sie auch nicht zu sein.

Doch als ich mich schon zum Gehen wandte, sagte sie plötzlich: »Sie waren wenigstens auf der Toilette. Wie es sich gehört.«

Darauf wusste ich nicht recht, was ich sagen sollte. »Ja«, erwiderte ich zögernd. »Ich meine, das ist doch normal, oder nicht?«

Jetzt erwachte sie zu neuem Leben. Ein triumphierendes Lachen entwich ihr mit einem kleinen Knallen.

»Das meinen Sie. Die vielen Ausländer pinkeln einfach ins Gebüsch. Die kennen das aus ihren Ländern nicht anders.«

»Aber ein Ausländer, der hierher kommt, ist doch interessiert an Kultur und ...«

»Gar nicht. Früher gab es nur Amerikaner. Mal ein paar Japaner. Die waren alle in Ordnung, die sind ordentlich und geben gutes Trinkgeld. Vor allem die Amerikaner. Wissen ein sauberes Klo zu schätzen. Aber die anderen. Die aus Rumänien oder all die anderen aus dem Osten. Pinkeln überallhin. Nicht, dass Sie denken, ich bin ausländerfeindlich. Schwetzingen ist eine weltoffene Stadt. Zu offen für meinen Geschmack, denn das mit dem Pinkeln ...«

»Ja, ja.« Irgendwie sprach mich das Thema nicht mehr ganz so an. »Ich gehe dann mal wieder.«

»Ich mach das hier nämlich nicht für Geld«, ging es unverdrossen weiter, »ich bin vom Heimatverein. *Schwetzingen 3000.* Wir wollen, dass unsere Stadt auch noch in 1000 Jahren so schön und sauber ist wie heute. Oder sauberer. Wir räumen ehrenamtlich in der Stadt auf, achten darauf, dass keine Jugendlichen Alkohol auf der Straße trinken, die Hunde nicht alles zukacken, und wir haben ein Auge auf die Bushaltestellen und auf den Bahnhof.«

Nur auf die zwei Jungs vorhin haben sie offenbar kein Auge, dachte ich.

Als ob sie meine Gedanken erraten hätte, seufzte sie. »Ist nicht einfach. Auch die Deutschen sind nicht mehr das, was sie mal waren. Mein Neffe, kein Beruf und keine richtige Arbeit. Oder nennen Sie am Kiosk aushelfen eine richtige Arbeit? Doch für Fußball und Bier ist immer Geld da. Meine arme Schwester hat sich da schon zweimal was von der Polizei anhören müssen. Na, die Jugend! Wir Älteren«, sie deutete auf sich und mich, »verstehen die Welt nicht mehr.«

Da hatte sie Recht. Ich verstand die Welt auch nicht mehr. Wir Älteren! Maren, wie weit bist du gekommen?

»Obwohl er gar nicht mehr so jung ist. War sogar schon mal kurz verheiratet. Aber der junge Mann wohnt ja drüben in Mannheim. Rheinau. Nächste Bahnstation. Nicht hier in unserem schönen Ort. Kommt aber öfter zu Besuch. Na, wird wohl wieder eine Freundin haben. Seine erste war auch von hier.«

Mir fiel es schwer, weiteres Interesse für den unbotmäßigen Mannheimer Neffen aufzubringen. Und wandte mich zum Gehen. Doch die Strickerin hatte Gefallen an mir gefunden. Jetzt in der kalten Jahreszeit war Kundschaft seltene Ware.

»Eine Menge haben wir schon auf die Beine gestellt für unseren Garten. Die kleinen Bänke mit den Engelchen und den Wasserschalen. Die sollten etwa so aussehen wie die Putten da, im Kreisparterre. Müssen Sie sich ansehen. Ja, so heißen die wirklich. Putten wie Nutten. Hahaha. Und woher kommen die? Von uns! Gespendet. Damit die Alten sich auch mal setzen und die Vögel füttern können. Unser Park soll für alle da sein.« Sie stand seufzend auf und drehte einen leise tropfenden Wasserhahn zu. »Also, der Oettinger hat uns schon mal geehrt. Wir geben auch ein Heftchen heraus, und dann führen wir Heimatstücke auf. Über die Schwetzinger Geschichte. Mit den berühmten Leuten, die hier gewesen sind: Unser Theodor, dann der Markgraf aus Karlsruhe, der Karl Friedrich und seine zweite ...«

Nicht *die* wieder, dachte ich, der Beschäftigung mit armlangen, komplizierten Stammbäumen des Hauses Baden überdrüssig. Schade nur, dass sie die Engelsbänkchen jetzt erst aufgestellt hatten! Karoline Luise hätte sich sicher nett darauf gemacht. Ein Engel hätte der Frau über die Schulter geschaut, die für viele Leute alles andere als ein Engel gewesen war.

»Richtig mit Kostümen. Den Mozart, der ja öfters hier bei uns war, will jeder spielen. Und da haben wir ein kleines Komitee und die machen das wie im Fernsehen. Casting nennt man das heute: Die Besseren erst mal rausgesucht, und da gibt es immer einen Nachmittag, wo sich alle bewerben und der, der es am schönsten macht, wird halt genommen. Er muss nicht aussehen wie Mozart, denn das schminken wir dann später noch hin. Doch er sollte schon ein bisschen was von der Sache verstehen. Klar, warum nicht? Und der ist dann so angesehen wie woanders ein Faschingsprinz. Wird von den Mädchen bewundert. Da müssen wir schon gut überlegen.« Sie kicherte ein wenig, hielt dann kurz inne. »Egal! Der SWR hat schon ein paar Mal drüber berichtet. Und alle möglichen Zeitungen hier aus der Gegend. Hier im Park, wenn das Wetter gut ist – sonst drüben im Theater.« Sie wies nach rechts, wo sich der Schlossbau sanft rundete. »Kostet viel Geld. Einige von unseren Spargelbauern geben da was zu. Für das Stück. Vor drei Jahren die Engelsbänke und dann vor allem für die Kastanien, die unten im Garten aufgeforstet werden, 32 neue Bäume haben wir mittlerweile.«

Sie holte tief Luft. Mich befiel inzwischen die Angst, Oliver könnte die Polizei verständigt haben, in der Annahme, ich sei ebenfalls im Schwetzinger Schlossgarten verschwunden.

»Kastanien waren früher ja ganz modern, richtig was Exotisches, aber man hat sie nicht korrekt geschnitten. Sponsern nennen die heute das Geldspenden. Kein Deutsch mehr in Deutschland. Letzthin sagt mein Neffe. Wir gehen chillen. Sag ich, was ist denn chillen auf deutsch? Sagt er, relaxen. Jetzt frag ich: Ist das Deutsch? Aber wir machen nicht jedes Jahr so ein Theaterstück. Nur zu bestimmten Ereignissen. So was sollte es in jeder Stadt geben. Für die Jugend. Damit sie stolz sind auf ihr Land und ihren Ort. Wo kommen Sie denn her?«

»Aus Karlsruhe.«

»Karlsruhe? Da weiß ich nicht Bescheid. Ich kenne nur Mannheim, und da wollte ich nicht mal abgemalt wohnen. Da gibt es ganze Viertel, in denen kommen sie mit Deutsch nicht mehr rum. Kaufen Sie da mal ein deutsches Brot. Ein schönes Roggenmisch. Gibt es nicht. Nur diese Wagenräder.«

Ich konnte die Szene nicht glauben. Würde gleich Frank Elstner aus dem Hintergrund treten und »Verstehen Sie Spaß, Frau Mainhardt?« rufen? »Na, da haben wir Sie aber schön reingelegt, Frau Mainhardt, gell? Und Sie haben gedacht, solche Leute gibt es noch in unserem Land. Hahaha.«

Die Frau war nicht zu stoppen. Vom idyllischen Schwetzingen ging es jetzt gedanklich wieder nach Mannheim.

»Steige manchmal am Bahnhof Mannheim-Neckarau aus. Da wird Ihnen direkt schlecht. Alles verdreckt. Aber ich sag nichts. Ich sag nichts.«

Und holte Luft, um weiter nichts zu sagen.

Obwohl man ja in einem Mordfall immer auf die Stimme des Volkes lauschen soll, hatte ich jetzt genug von dieser speziellen Stimme. Inzwischen hatte sie sowieso ihr Strickzeug wieder zur Hand genommen. Ich suchte nach etwas wie Triumph oder Selbstgerechtigkeit in ihrer Miene, doch da war gar nichts. Nur dümmliche Ausdruckslosigkeit.

So ging ich, wieder einmal ärmer, was die Illusionen über uns alle anging.

»Warum hast du nichts gesagt?« Oliver schüttelte den Kopf, nachdem ich ihm die Szene geschildert hatte. »Das kann man sich doch nicht einfach so anhören.«

»Weil ich es erst nicht glauben konnte.«

»Das scheint hier bei euch ein Phänomen zu sein.«

»Was meinst du damit?« Warum hatte ich das Gefühl, mich und vielleicht sogar das ganze Land gegen ihn verteidigen zu müssen? Er griff mich ja nicht an. Er hatte nur eine Meinung.

»Das weißt du genau.«

Der kiesbestreute, ordentliche Mittelweg ging über in wilderes Grün. Der Winter hatte nicht alles abgeerntet, es gab noch Laub. Wenn man genau hinsah, konnte man allererste Anfänge neuen Lebens an den Zweigen erkennen. Dass sich Nadia so begeistert mit dem Verfall beschäftigte, war für mich schwer zu verstehen. Ich würde lieber das Leben dokumentieren als den Tod. Doch es war trotz allem noch Winter. Der Park schimmerte in einem kalten frischen Licht. Unser Atem bildete kleine weiße Fäden.

Nessie zerrte aufgebracht an ihrer Leine. Mehrere Vögel, mindestens vier Eichhörnchen entgingen ihr. Sie sah mich böse von der Seite an.

»Hier ist die Orangerie. War zeitweise ein Observatorium.«

»Schön. Aber der Hirsch da drüben ...?«

»Der von Hunden gehetzte sterbende Hirsch? Eine Darstellung des Sonnengottes. Nessie, guck weg. Du holst nicht mal ein rheumakrankes Eichhörnchen ein. Vergiss also den Hirsch.«

Schaudernd betrachtete ich aus den Augenwinkeln den leidenden Hirsch, in den sich ein Hund verbissen hatte. Grausam. »Sie haben früher die Hirsche abgeknallt. In Arenen mit aufgemaltem Waldhintergrund. Soviel zu der kultivierten Gesellschaft des 18. Jahrhunderts.«

Oliver schüttelte nur den Kopf.

Den wenigen Kindern, die am heutigen Tag im Park unterwegs waren, war das Schicksal eines steinernen Hirsches sowieso egal. Sie kletterten in Anoraks auf den Mäuerchen herum wie Kinder es zu allen Zeiten tun. Wahrscheinlich war das sogar verboten. Geschützte Plätze zwischen Hecken und auf den Wegen, die den ganzen Park durchzogen, dienten älteren Leuten zum Sitzen. Die Sonne war an warmen Stellen schon kräftig genug, um eine Illusion von März vorzutäuschen. Wir liefen weiter. Unserem Ziel, dem Fundort der Leiche, entgegen und meist schweigend. Langeweile kam ohnehin nicht auf in diesem Park. Kultur aus Natur und Stein. Überall lugte eine Figur hervor, sprudelte Wasser, rankten sich Gewächse. Hier das charmante Badehäuschen, da eine aus hellem Holz in klaren Formen gestaltete Brücke. Die kleinen Wege zwischen den Hecken gaukelten scheinbare Einsamkeit vor. Angesichts des so wohlgeordneten Grüns war es unvorstellbar, dass hier jemand umgebracht worden sein sollte. Alles schien heiter und zierlich, gepflegt und friedlich. Die moderne Welt schien weit weg.

»Hier sollten wir vielleicht anhalten.« Oliver steckte seinen Plan in die Jackentasche seiner britischen Allwetterjacke. »Die üppige Nackte da ist nämlich die schöne Galatea im Hain der Liebe.« Er verneigte sich. »Habe die Ehre!«

»Und das Wesen hinter ihr?«

Oliver hob fragend die Augenbrauen und sah auf seine Liste. »Ein Herr namens Triton. Wer auch immer!«

Von niederen Hecken gesäumte Wege stießen auf dem Hain der Liebe zusammen. Galatea selbst stand auf einem mit Moos bewachsenen Stein und guckte so, als sei es ihr peinlich, nackt in einem Park herumzustehen.

»Sie wird frieren«, bemerkte ich ironisch. Hain der Liebe! Ich wollte Oliver keine Chance geben, von diesem Wortspiel Gebrauch zu machen.

Er machte auch keinen Versuch, pfiff stattdessen eine kleine graziöse Melodie.

»Mozart«, erläuterte er. »Aus der Entführung ...«

»Passt!«

Jeder weiß, dass Mozart hier gewesen war. Wenn auch nur kurz. Und der Ort schien so perfekt zu ihm und seiner Musik zu passen. So anmutig wie seine Tonfolgen. Dazu passte auch das Wasser, das überall wie ein Tupfer die Landschaft belebte. Vor allem die kleinen Kanäle, die den Park durchzogen, erinnerten mich an einen Kurzurlaub mit Melchior in Frankreich.

Ich sah zu seinem Bruder hinüber und fühlte wieder den alten, schon vergessenen Schmerz. Warum gelang mir nicht, was scheinbar allen gelang? Ganz normal mit einem Mann meistens glücklich und manchmal unglücklich zu sein. Eine Art solides deutsches Durchschnittsglück zu erzielen.

Schweigend liefen wir schließlich um einen größeren See herum, der schon fast das Ende des riesigen Areals markierte, von wo aus die eingezäunte, gestaltete Natur in die flache freie Landschaft rund um Schwetzingen überging.

»Der große Weiher«, verkündete Oliver. »Na ja. Und darin die bärtigen Götter von Donau und Rhein. Liegend wie die meisten Götter...«

Der Donaugott hatte zumindest einen Lendenschurz an.

»Warum ist Galatea nackt und dieser hier hat ein praktisches Tuch an praktischer Stelle? Ein Fall für die Gleichstellungsbeauftragte.«

Oliver lachte. »Frauen wenden normalerweise den Blick ab, wenn einer unten herum nichts an hat. Erfahrungswert.«

»Und?«

»Was und? Männer wenden den Blick *nicht* ab. Sie warten darauf.«

Der Horizont hinter dem sogenannten Großen Weiher dehnte sich weit ins Land. Spargelfeldweit.

»Was machen die Spargelbauern eigentlich im Winter?«

»Keine Ahnung. Sich ausruhen!«

Wir setzten uns trotz Kälte kurz ins Gras. Die Halme kitzelten mich sogar durch meine Jeans hindurch. Oliver gähnte verhalten. In der Ferne lief ein zu Eltern verschmolzenes Liebespaar mit einem Kinderwagen.

»Es wird Zeit, dass ich wieder heimkomme. Zu Hause kann ich überall an solchen Seen sitzen, ohne dass noch andere Leute dabei sind, und Eintritt kostet es auch nicht. Und im Hintergrund habe ich die Berge. Oder das Meer.«

»Und über dir den Regen.«

Mit einer lässig-freundschaftlichen Geste legte er den Arm um mich. Ich beugte mich zu Nessie, die immer noch beleidigt war. Er hatte verstanden und ließ mich los. Ich kam mir albern und zickig vor. Eine unglückliche Affäre mit einem Kerl mit dem Namen Oberst reichte mir aber für den Rest meines Daseins als Frau. Wahrscheinlich dumm von mir. Es ist wie diese Handtasche, die du dir verkneifst, weil sie zu teuer ist und der du noch jahrelang nachtrauerst. Wider Willen musste ich an meine Besucherin vor fünf Jahren denken. Die hatte nicht vergessen wollen, und ich hatte ihr einen ähnlichen Rat gegeben wie mir später Nadia gegen den Schmerz des Verlassenwerdens. Was hatte sie lakonisch gesagt? »Kauf dir was Teures. Gönn dir schöne Sachen. Ein bisschen Luxus tut gut. Wenn nicht jetzt, wann dann?«

Nadia würde wahrscheinlich nicht zögern, sich mit Haut und Haar auf Oliver einzulassen. Und dabei vielleicht noch ein paar gute Fotos zu schießen. Er war schließlich bald wieder fort, und abwesende Männer schienen ihr sowieso die Liebsten zu sein. Vernünftig. An die Ewigkeit der Sinnlichkeit glaubte ich sowieso nicht mehr. Ich wäre ein gutes Beispiel für die Relativitätstheorie. Meine Ewigkeiten dauerten meist nur ein Jahr. Wie würde es mit ihm sein? Er hatte mir nichts versprochen. Zumindest nicht mit Worten. Aber man gewöhnte sich so verdammt schnell an einen Kuss, an ein Streicheln, an die Gewissheit, mal in den Arm genommen zu werden. Ich redete nicht von Sex, ich redete von Geborgenheit. Und die immer wieder zu verlieren, tat weh.

»Der Regen in Irland ist nicht so schlimm. Man fröstelt nicht unter ihm, er ist wie ein Freund. Die Frauen sagen, er streichelt die Haut wie eine Creme. So etwa ...« Sein Grinsen zeigte, dass er seine Annäherungsversuche selbst nicht mehr ganz ernst nahm.

Ich stand auf, versuchte dabei locker und biegsam auszusehen und hoffte, ich machte eine einigermaßen graziöse Figur. Oliver griff nach meiner Hand. »Jetzt komm mal mit. Jetzt zeig ich dir was.«

Energisch zerrte er mich ein Stück weiter. Wieder zu einer Brücke. Verschwiegen gelegen. Sie war geschwungen, wie man es von Pagoden kennt. An ihrem steinernen Fuß stand fröstelnd ein Schwan und starrte ins Wasser, wo sich die Brücke und er gemeinsam spiegelten.

»Das ist die Chinesische Brücke, auch Lügenbrücke genannt. Komm mit. Hier geht's rauf.«

»Und?« Ich blieb stehen und atmete schwer.

»Auf der darf man nicht lügen. Wenn man etwas gefragt wird.«

Bevor ich mich auf den ersten Heiratsantrag meines Lebens freuen konnte, sprach er weiter: »Liebst du meinen Bruder noch?«

Ich wandte mich ab.

»Brücke der Lügen kann auch heißen, dass man dort lügen darf, Oliver. Meine Antwort würde dir deshalb nicht weiterhelfen. Lass uns gehen. Mir wird kalt.«

Er sagte nichts dazu. Folgte mir mit seinem schlaksigen Schlenderschritt.

Doch die Stimmung hatte sich verändert.

Der Platz, an dem Nadia den Toten entdeckt und fotografiert hatte, lag etwas abseits in Richtung der wunderschönen und doch mit ihren menschenleeren Arkaden so seltsam leblos wirkenden Moschee.

Dahinter wieder ein See, laut Plan der Moscheeweiher. Ein größerer Vogel flog über den winterlich stillen Teich. Es schien fast, als kräusele sich das Wasser unter seinem lautlosen Flügelschlag. Die Moschee, die sich im See spiegelte, schien vorübergehend ins Wanken zu geraten.

Hinter dem Weiher der wilder wachsende englische Garten. Er sah aus, wie Nadia ihn beschrieben hatte und wie es auf dem Bild atmosphärisch erkennbar war – dichteres Blattwerk, Büsche, Efeu, wenig Leute. Nein, eigentlich gar keine Leute. Ganz von weitem, aus der Umgebung des Obstgartens, hörte ich das Lachen von Kindern. Noch weiter weg bellte ein Hund. Nessie, die erstaunlich brav neben uns herlief, knurrte drohend.

Dann vor uns diese Ruine, die gar keine war. Das kleine Gemäuer sah verblüffend echt aus. Es war wie das sogenannte *Ende der Welt* hier im Park geschaffen, um irrezuführen. Eine Täuschung. Ja, das war es, was mich an diesem Garten so irritierte: Er wirkte wie eine gigantische Täuschung. Er war nicht wirklich Versailles, nicht wirklich griechisch, nicht wirklich römisch, nicht wirklich alt.

Wieso war Nadia überhaupt in diesen etwas abgelegeneren hinteren Teil des Gartens gelangt? Was hatte sie hier überhaupt gewollt? Natürlich, die Ruine fotografieren. Und dann nach anderen Momentaufnahmen suchen. Ein Blick auf die romantisch verspielte und doch freiere Natur dieses entlegenen Bereichs beantwortete die Frage von selbst. Hier ließen sich spannendere Motive finden als vorne, am Eingang, wo jeder Sonntagsfotograf den Teich mit Arion, die Wege, die Laubengänge, das Schlosscafé aufnahm.

Für künstlerisch hoch ambitionierte Personen wie Nadia, die Rosenröschen mit Schleierkraut für Grußkarten ablichten musste, um ihre Fixkosten zu decken, genügten natürlich jene Postkartenschauplätze nicht, die uns Normalbürger zur Kamera greifen lassen.

Vielleicht lag hier hinten, bei der stillen Moschee und der falschen Ruine, die wahre Natur des Schlossgartens.

Natürlich konnten wir die Stelle, an der sie fotografiert hatte, zunächst nicht ganz genau identifizieren. Ich deutete auf eine Lichtung, im Hintergrund eine steinerne Bank mit einem nachdenklich dreinschauenden Engel, der das Kinn in die Hand stützte.

Wir bogen um eine Ecke in einen kleinen Weg. »Hier wird es sein. Hinter dem Engel links.«

Kleine grüne Lichtung. Bewachsen. Büsche. Ein Baum.

Oliver sah sich aufmerksam um. Bog einen Zweig zur Seite. Drehte sich. Runzelte die Stirn. Dann zuckte er die Achseln. »So gut wie woanders. Nach all den Jahren sind sowieso nirgends mehr Hinweise. Dazu regnet es auch bei euch zu oft.«

Nachdenklich spürte ich seinen Worten nach. Beobachtete Nessie.

Witterte sie etwas? Das Blut, das an den Blättern geklebt hatte? Blätter, die längst abgefallen waren und sich mit dem Erdreich verbunden hatten. Doch der Hund blieb ganz ruhig.

»So gut wie woanders? Nein, eben nicht. Wenn man in diesem Park überhaupt etwas besprechen will, dann hier. Hier wäre ein guter Ort, um sich zu treffen. Einerseits öffentlich und harmlos, aber doch heimlich. Vor allem abends.«

»Maren, das wirkliche Leben ist kein Thriller. Ich wundere mich immer, dass die Leute in den Krimis, vor allem Frauen, zum Besprechen von heiklen Themen oder zur Übergabe von Geld und Beweismaterial freudig gottverlassene Orte wie alte Fabrikgelände, Hafenanlagen oder

Tiefgaragen aufsuchen. Und sich dann wundern, wenn sie umgebracht werden. Besprechen kann man überall etwas. Sogar in London am Trafalgar Square. Und es ist wesentlich sicherer.«

»Stimmt. Vielleicht ist die Leiche später hierhin gebracht worden.«

»Hat Nadia etwas von Schleifspuren erwähnt?«

»Muss ich sie fragen, obwohl sie eigentlich keine Antworten mehr gibt. Sie hat genug von ihrer Leiche. Doch wie sollte man eine Leiche hierher transportieren? Die Anlage ist nachts geschlossen. Tagsüber kann man kaum einen toten Mann durchs Gelände tragen. Abends ist es auch unmöglich – es sei denn, der Mörder befindet sich unter dem Personal des Gartens. Aber du musst zugeben, es sieht so aus, als hätten der Tote und sein Mörder sich hier getroffen. Nehmen wir an, er war wirklich der verlorene Verlobte dieses Mädchens. Sie könnte sich an etwas erinnern. An eine Drohung. Mein Gott, die weiß vielleicht bis heute nicht, dass er tot ist.«

Ich kickte wütend nach einem Stein. Er rollte ein Stück weiter. Nessie folgte ihm lustlos.

»Hatte er Feinde? Wer war er wirklich? War Rauschgift beteiligt? Schmuggel? Erpressung? Weißt du, Oliver, Reden kann man vielleicht wirklich überall, aber nicht etwas Größeres übergeben. Ein Paket etwa. Hier, an dieser abgelegenen Stelle, könnte etwas Brisantes übergeben worden sein.«

Oliver lachte. »Warum sich dann in einem Park treffen und nicht gleich im Wald, wo man vollkommen ungestört und unbeobachtet ist? Oder in einer Wohnung? Jetzt verstehe ich, was Melchior meinte, als er von deiner blühenden Fantasie sprach.«

»Wenn der Tote wirklich ein Osteuropäer war, ein Pole, wie das Mädchen erzählt hat und wie Raika zu erkennen glaubt, dann könnte es sich um etwas Illegales gehandelt haben. Autopapiere, etwa.«

»Möchtest du dich nicht enger mit der Toilettenfrau anfreunden? Die passenden Vorurteile hättest du jedenfalls schon mal: Alle Polen, außer dem verstorbenen Papst, sind von Natur aus genetisch auf Autodiebstahl programmiert.« Oliver wirkte jetzt ernst. Nessie hatte sich hingesetzt und beobachtete alles aufmerksam. Ich hatte sie widerrechtlich von ihrer Leine befreit, aber sie war uns trotzdem auf den Fersen geblieben. In fremdem Gelände traut sie nichts und niemandem.

»Hast du schon mal mein Auto gesehen? Ich muss keinen Autodieb der Welt fürchten. Nadia hat den Toten abends gesehen. Da er offensichtlich niemals gefunden wurde, muss er noch in der gleichen Nacht abtransportiert worden sein. Spricht wieder für jemanden, der im Park arbeitet oder sich zumindest gut auskennt.«

Oliver schüttelte den Kopf und fuhr sich mit seinen schmalen Fingern durch die störrische Mähne. »Hast du nicht gesehen ... da hinten bei dem größeren See?« Ich warf einen Blick auf meinen Plan. »Dem sogenannten *Großen Weiher*. Kein Problem, an dieser Stelle den Park zu verlassen. Mit etwas Geschick kann man die Abgrenzung zum freien Feld hinüber schon überwinden. Wenn jemand hilft, auch mit der schweren Fracht einer Leiche.«

Irgendwie fühlte ich mich plötzlich unwohl. Ratlos und fehl am Platze. Im Unterschied zu meinen anderen Mordfällen, wenn man sie so nennen wollte, gab es hier nun wirklich gar nichts. Keine Leiche, keinen Namen, keine Spuren. Nur ein lächerliches Foto von einem Foto, das verbrannt war. Fünf Jahre alt. Und die Vision, dass auch vor fünf Jahren eine junge Frau vergeblich darauf gewartet hatte, dass ihr Geliebter nach Hause käme. Wohin nach Hause?

Man konnte trotz der Scherereien für Nadia nur hoffen, dass die Heidelberger Kripo den Fall nicht sofort zu den Akten legen würde. Es konnte doch im richtigen Leben nicht durchgehen, dass jemand tot, ermordet, in einem deutschen Park herumlag und niemals wieder auftauchte. Gerade in Parks hatte ich mich immer so sicher gefühlt: Spaziergänger, Parkwächter, Gärtner.

»Warum hast du der Polizei eigentlich nichts von dem Mädchen erzählt, das dich vor fünf Jahren besucht hat?«, fragte Oliver ohne Vorwurf.

»Schwierig, Oliver. Zunächst einmal ist es ja nur eine Vermutung, dass es sich um den gleichen Mann handelt. Nenn es ein Gefühl. Ich weiß nichts über diese junge Frau. Und dann ist es auch noch eine Frage der Ehre. Ich unterliege zwar nicht der ärztlichen Schweigepflicht, aber meine Kundschaft verlässt sich trotzdem auf meine Diskretion. Halte ich mich nicht daran, spricht sich das herum. Ahnenforschung ist etwas ziemlich Privates. Es trifft das Herz einer Familie.«

»Das Ganze scheint mir ein Fall zu sein, in dem keiner dem anderen die Wahrheit sagt«, bemerkte Oliver. »Zu kompliziert für einen einfachen Musiker aus der europäischen Provinz.«

Später gingen wir in Schwetzingen noch einen Kaffee trinken. Aus zierlichen Tassen, auf zierlichen Stühlchen, mit einem zierlich daliegenden Hund, der dekorativ seine Beinchen nach vorne wegstreckte. Nessie, Oliver und ich. Einträchtig.

Er lud mich ein. Ich nahm an. Auf meiner Schokolade schwamm träge eine Insel aus Sahne. Kuchen lehnte ich ab. Mein mühsames Aufstehen im Park hatte mir wieder den Rest gegeben.

Er erzählte mir dann vom Gitarrespielen, das er zuerst im Pub um die Ecke gelernt hatte und in verschiedenen Musikhochschulen, später dann in Meisterkursen vertieft hatte. »Auch in Karlsruhe. Wir hätten uns vielleicht damals begegnen sollen. Bevor die Verletzungen uns misstrauisch gemacht haben«, sagte er.

Ich antwortete nicht.

»Ich wollte entweder Bankbeamter oder Rockstar werden.« Er köpfte geschickt seinen Mohrenkopf und bestellte sich dann bei der Kellnerin einen Cognac. Ich registrierte es mit Alarmbereitschaft. Das waren die Männer, vor denen uns unsere Mütter gewarnt hatten: Sie hatten ausgefallene und nicht regelmäßig bezahlte Berufe. Sie trugen komische Frisuren. Sie kamen aus dem Ausland, und sie tranken schon tagsüber Alkohol. Und sie waren gute Liebhaber!

»Keiner wollte mir seine Bank samt Inhalt anvertrauen – so musste Plan B in Kraft treten! Zwischendurch gab ich noch ein kurzes, aber arbeitsintensives Gastspiel als Gärtner bei einem Lord. Übrigens bis heute mein größter Fan, der alte Herr.«

Eigentlich waren wir schon auf dem Rückweg zum Bahnhof, als ich ein kleines Hinweisschild bemerkte, das nach rechts in eine Seitenstraße wies. »Spargelmuseum. Bitte dem Pfeil folgen. Heute geöffnet.«

Ein kleines altes Haus, das aussah wie aus den Zeiten von Ortsverschönerer Kurfürst Carl Theodor.

Nur zwei Stockwerke. Nicht besonders geschmackvoll in einem nostalgischen, etwas zu bunt wirkenden Hellblau angemalt.

Im unteren Bereich befand sich eine elegante Boutique mit Nobeljeans und schicken Shirts. Die Schaufensterpuppen lächelten mich verbindlich an. Ich lächelte zurück, bis ich die Preise sah.

Das Schild »Spargelmuseum« wies mit einem handgemalten Pfeil um die Hausecke zu einem Seiteneingang und dann nach oben. Ich folgte dem Pfeil.

»Was willst du denn hier? Ich denke, du magst keinen Spargel.«

»Nein. Aber ich mag auch keine toten Polen, die in deutschen Parks herumliegen.«

»Bis jetzt alles Spekulation. Als Beweis: Ein Foto, das im Original nicht mehr existiert! Und selbst wenn – nicht alle Schnauzbartträger sind Polen, und nicht alle Iren sind rothaarig«, murrte Oliver und warf einen ungeduldigen Blick auf seine große Armbanduhr. Flüchtig bemerkte ich die Marke. Breitling. Verdiente man so gut als Gitarrist?

»Im Gegenteil«, sagte ich und suchte nach einer Klingel. »Die Iren sind Kelten, und als solche sind sie dunkelhaarig.«

Zögernd stießen wir die angelehnte Tür auf, liefen eine knarrende Holzstiege nach oben und klingelten. Es schellte wie früher bei meiner Oma.

Zu diesem Zeitpunkt der Geschichte erwartet jeder, dass ein altes verhutzeltes Männlein, das selbst aussieht wie ein zu lang gekochter Spargel, die Tür aufmachen würde.

Wer führt schon ein winziges privates Spargelmuseum?

Stattdessen erschien im Türrahmen eine junge Frau, fast noch ein Mädchen, die so gut aussah, dass ich mir sofort wünschte, ich wäre dem Spargelmuseum-Pfeil nicht gefolgt.

Oliver hingegen konnte jetzt nicht schnell genug ins Innere der kleinen Wohnung gelangen.

Dieses Mädchen, hellrote Locken, blaue Augen, gerade Nase, Mund wie gemalt, Figur ebenso, hatte auch noch einen schönen Namen. Therese Timmermann. Er war mit einem grünen Schild sehr dekorativ an ihrer Brust angebracht.

»Norddeutsch?«, fragte Oliver und deutete auf die Brust. Das Mädchen sah an sich hinunter bis zu dem Schild, als lese sie ihren Namen das erste Mal.

»Ach das? Vielleicht ursprünglich. Das müsste man mal nachforschen mit dem Namen. Aber ich habe keine Zeit für solche Sachen. Und ich kenne keine Ahnenforscher. Da bräuchte man auch eine Empfehlung.«

Oliver sah mich an, ich lächelte verbindlich und fischte nach meiner Visitenkarte. Matthias hatte recht: Kundschaft ist überall!

Therese erzählte uns, sie studiere Agrarwissenschaft und habe hier in diesen zwei kleinen Räumchen einige Exponate aus dem früheren Haus ihrer Großeltern zusammengetragen.

Die seien Spargelbauern bei Nussloch gewesen. »Aber fast nur für den Eigenbedarf. Der Boden war etwas zu feucht für größeren Anbau. Lehmboden. Da ist der Spargel zwar schmackhafter, aber die Ernte noch schwieriger, denn eigentlich verlangt Spargel nach luftigem Sandboden. Idealer PH-Wert zwischen 5,5 und 6. Beete sollten dabei von Norden nach Süden verlaufen, damit die Ernte gleichzeitig fällig wird. Zumindest für den großflächigen Anbau gelten diese Regeln.«

»Donnerwetter«, sagte Oliver.

Einheitlich im Stil der 60er Jahre gerahmte Schwarzweißfotos an den Wänden: Arbeiter überreichten mit hochgekrempelten Hemdsärmeln eine echte Spargelgarbe an einen Mann, der aussah wie der Chef.

»Alter Brauch. Sollte die Dämonen ablenken.« Noch von Pferden gezogene Wagen mit dem weißen Gold. Wieder grinsende Erntearbeiter in Hosenträgern und verschwitzten Hemden.

Alte Höfe mit altmodischen Trögen, in denen der Spargel offenbar gewaschen wurde.

»Heute ist das alles anders...durch die Folienabdeckung, die die meisten Spargelbauern nutzen, ist die Ernte viel einfacher geworden.«

»Folie?«

»Damit der Spargel nicht im Morgengrauen gleich nach oben dringt. Die Folie kann nach Bedarf gewendet werden: Die weiße Folienseite nach oben hält kühl, die schwarze fängt die Wärme ein und lässt ihn schneller wachsen. Ein Spargel kann pro Tag übrigens mehr als sieben Zentimeter wachsen. Das heißt, in der Erntezeit kann man morgens und nachmittags stechen. Nein, man *muss* nachmittags noch mal stechen.«

Sie zeigte uns eine Kollektion von Geräten. »Spargelstechmesser verschiedener Generationen«, erläuterte sie. »Wenn sie jemand damit umbringen würden, das Blut spritzte bis nach Mannheim.«

Ich schauderte und sah weg. Der Tod war niemals schön, aber mit diesem Ding zerfetzt zu werden, stellte ich mir grauenhaft vor. Oliver griff kurz mit einer warmen Geste nach meiner Hand.

Wir sahen alte Fotos von Sensen, Pflügen und Fräsen. Daneben ihre moderneren Geschwister von heute. »Die Sensen sind zum Mähen des Spargelkrauts. Im Winter. Und die Fräsen braucht man, um die Erde als Damm anzuhäufeln. Der Spross soll immer mit Erde bedeckt sein. Wenn er rausguckt, wird er grün, und das mag der deutsche Esser gar nicht.«

Ich mag es auch nicht, aber ich sagte nichts.

»Dieses Häufeln muss dreimal während der Erntezeit wiederholt werden. Bis Schluss ist. Sie wissen ja, ab dem 24. Juni hat er Ruhe, der Spargel, und darf endlich ins Kraut schießen.«

Mit einer Begeisterung, die ihr blasses Gesicht rosiger erscheinen ließ, ein Prozess, der von Oliver mit einigem Entzücken beobachtet wurde und der mich zum baldigen Abschiednehmen vom Spargelmuseum animierte, berichtete sie von der alten Kulturpflanze, die bereits den Griechen als Arznei bekannt gewesen sei. »Harntreibend«, erläuterte sie überflüssigerweise und wurde dabei noch ein wenig rosiger.

Die Römer spielten natürlich mal wieder eine Rolle, wie immer. Die europaweit agierenden Streber hatten den Anbau natürlich kultiviert und das Gewächs wahrscheinlich nach Deutschland gebracht.

Einem anderen Gerücht zufolge hatten Kreuzfahrer einen Samen mit nach Hause gebracht. Erst Mitte des 16. Jahrhunderts gab es dann aber den ersten richtigen angebauten Spargel im sogenannten »Stuttgarter Lustgarten«.

»Mir war nicht bewusst«, meinte ich muffig und drehte Olivers Handgelenk, um auf seine Uhr zu sehen, »dass es ausgerechnet in Stuttgart so etwas wie einen Lustgarten gab.«

»Manch einer sieht eben die Lust nicht, selbst wenn sie sich vor seinen Augen befindet. Sozusagen zum Greifen nah«, entgegnete Oliver und wanderte mit dem Mädchen weiter von Schautafel zu Schautafel.

»Möchten Sie selbst in den Spargelanbau gehen?«

Das Mädchen lachte und wies auf ein paar alte Briefe in Vitrinen. Ich wandte mich ab. Alte Briefe muss ich beruflich sichten. Und überhaupt. Es wurde Zeit, dass wir zum Bahnhof kamen.

»Nein. Die Spargelernte ist schon eine furchtbar mühsame Arbeit, auch heute noch. Obwohl sie ja jetzt Maschinen entwickelt haben, die das Ernten übernehmen sollen, aber davon halte ich nichts. Bei ungerade wachsendem Spargel klappt es nicht, und das würde ja auch Arbeitsplätze kosten, nicht wahr? So etwas gäbe einen schönen Aufstand hier in Schwetzingen.«

»Eine Erntemaschine?«

»Ich kenne mich da nicht aus«, gab sie kurz zurück. »Die Automatisierung der Ernte ist ein Reizthema, wie Sie sich vorstellen können. Sprechen wir lieber von etwas anderem. Nein, es ist ja nicht nur das Suchen nach Erdrissen, das Freilegen, dann die vorsichtige Ernte mit dem Stechmesser. Tief in die Erde. Mindestens vierzig Zentimeter. Nachdem die Stange vorsichtig in den Korb gelegt wurde – Bruch kann sich kein Erntehelfer leisten, wird ihm je nachdem vom Lohn abgezogen – muss die Erde wieder mit der Kelle glatt gestrichen werden. Auf dem Hof muss er dann als erstes gewaschen werden.« Sie zeigte uns ein Bild, auf dem Spargelstangen auf einem Band lagen und offenbar zum Waschen befördert wurden. »Das geht zwar automatisch, aber auf das Band müssen die Stangen trotzdem per Hand gelegt werden. Er wird geschnitten, sortiert, gewogen und in genormte Kisten verpackt. Und er muss auf 2 Grad heruntergekühlt werden. Spargel verdirbt sehr leicht. Denken Sie an die braunen Dinger, die im Supermarkt herumliegen.«

»Eine mühsame Sache.«

»Ja.« Sie lächelte. »Deshalb esse ich ihn lieber, als ihn zu ernten. Portionsweise mit Küchengarn gebündelt aufrecht ins kochende Wasser stellen. Die Köpfe sollten aus dem Wasser ragen. Zucker, Salz, Zitrone und etwas Butter ins Kochwasser geben. Nach 15 Minuten: fertig! Das einfachste und beste Spargelrezept der Welt.«

»Faszinierend«, sagte Oliver andächtig. »Darf ich Ihnen meine Adresse geben, damit Sie das vielleicht einmal mit mir gemeinsam, am Herd, ich meine …«, er lächelte gewinnend, »vielleicht kochen wir gemeinsam. Einmal. Irgendwann. Ich habe gehört, es gibt männliche und weibliche Spargelpflanzen. Da kann es auch männliche und weibliche Spargelköche geben. Zusammen, meine ich.«

»Die männlichen treiben früher aus, weil sie keine Energie für die Samenbildung aufbringen müssen. Und deshalb … im Moment«, sagte sie und lächelte ebenso gewinnend zurück, »eher nicht so. Mir wird von allem schlecht.«

»Oh«, bedauerte Oliver eine Spur *zu* freundlich, »krank?!«

»Schwanger«, erwiderte das Mädchen nett. »Ich bin nämlich ein weiblicher Spargel.«

»Der giftige rote Blüten trägt. Ist der Papa vom Kleinen auch aus Schwetzingen?«

»Woher weißt du all das über Spargel?«, flüsterte ich.

»Man hat sich informiert«, flüsterte Oliver zurück.

»Nein, nein«, ergänzte Therese. »Er ist nicht mal ein Deutscher. Ein Elsässer. Wir haben uns bei einem Praktikum kennen gelernt. Wir werden in Straßburg wohnen. Dort ist es«, sie zögerte einen Moment, »freier. Toleranter. Es ist ja eine Großstadt.«

»Unbedingt«, versicherte Oliver warm. »Da lässt es sich gut leben.«

»Gibt es auch Schwetzinger Mädchen«, erkundigte ich mich nun deutlicher, denn die Zeit verrann, »die einen Erntehelfer heiraten? Einen Polen. Oder einen Kroaten?«

Wie eine Wolke zog ein kleiner Moment von Traurigkeit über das fröhliche Gesicht der Rothaarigen. »Das kommt nicht sehr oft vor. Die Polen bleiben meistens unter sich. Meistens haben sie ja zu Hause ihre Familien.«

»Und die, die keine Familien haben?«

»Das ist selten. Nur bei den ganz jungen Leuten gibt es Singles. Und die bleiben auch unter sich. Oft können sie ja sowieso kaum Deutsch. Die sparen außerdem jeden Cent. Für zu Hause.«

Sie war jetzt einsilbig geworden.

»Aber sicher gefällt es den Saisonkräften gut in Schwetzingen«, nutzte ich meine letzten Chancen. Oliver warf mir einen warnenden Blick zu und schüttelte den Kopf. Ich fuhr unbeirrt fort: »Sie sehen sich die schöne Stadt an. Sie gehen in den Schlossgarten, sie …«

»Das glaube ich nicht. Dazu haben die nach zwölf Stunden Knochenarbeit auf dem Feld bestimmt keine Zeit und keine Lust. Wenn überhaupt, dann interessieren sie sich für den Hockenheimring. Oder sie fahren nach Mannheim. In unserem Park habe ich wirklich noch nie einen Erntehelfer gesehen. Aber es wird Zeit. Ich schließe jetzt mein Museum. Möchten Sie eine Spende geben? Wir bekommen keine städtischen Gelder.«

Es ärgerte mich, dass Oliver zehn Euro gab.

Zum Schluss blieb ich noch an einer Vitrine hängen, in der alte Aufnahmen von Schwetzingen zu sehen waren. Ein Festzug wand sich auf altmodischen Wagen durch eine mit Fahnen geschmückte Stadt. Ein riesengroßer Spargel tanzte auf einem Faschingswagen. Die Eröffnung irgendeiner Halle.

Dann ein Bild von schwarz-weißen Menschen, die Perücken trugen und Kostüme.

»Das Mozartstück.« Therese klapperte mit einem Schlüsselbund neben uns. Zückte ihr Handy, tippte mit ihrer kleinen rechten Hand unglaublich schnell eine SMS ein. »Sie führen immer wieder Mozartstücke auf. Meistens im Park. Wenn schlechtes Wetter ist in dem kleinen Schlosstheater. Ich finde es ein wenig übertrieben. Mozart war sieben Jahre alt, als er hier den Musikkasper für die hohen Herren gab. Die anderen beiden Male war er nur kurz da.«

Sie sah jetzt traurig aus. »Es war alles nur kurz in seinem Leben, nicht wahr? Und trotzdem hat er fast alles erlebt. Jedenfalls darf immer ein Schwetzinger den Mozart spielen. Meistens der Sohn eines Hoteliers oder Unternehmers, der als musisch begabt gilt. Wie bei Faschingsprinzen. Nun ja. Dieses Spektakel ist sowieso Geschmackssache. Mir hat es schon gereicht, dass ich früher immer in einem albernen Spargelkostüm mit auf die Grüne Woche nach Berlin musste.«

Schweigend und nicht besonders gut gelaunt liefen wir zurück zum Bahnhof. Die Sonne ging allmählich unter, die Kälte nahm wieder zu.

Es war ruhig. Nichts störte die scheinbare Harmonie einer niedlichen Kleinstadt. Die jungen Haarlosen am Bahnhof waren verschwunden.

Der Zug war pünktlich und tuckerte gemütlich im letzten Rest von Licht auf Karlsruhe zu.

Rechts und links in einiger Entfernung die Spargelfelder. Es arbeitete jetzt noch niemand dort, obwohl man vereinzelt Leute am Feldrand stehen sah oder Fahrräder an den Feldrainen lehnten.

Bald würde es wuseln auf diesen Feldern. Bald kamen die Erntehelfer. Die meisten aus dem Osten. Doch einer war vielleicht nicht mehr zurückgekehrt nach Polen. Und kein Mensch hatte ihn vermisst. Außer einem Mädchen mit schwarzen Augen.

»Jedenfalls«, unterbrach Oliver unser Schweigen, »wäre das kein Job für mich. Im Morgengrauen nach Rissen in einem Erdwall suchen. Um diese Zeit kann ich höchstens die Zeitung hereinholen, aber kein zartes Asparagusköpfchen an das Licht der Welt befördern.«

»Ich auch nicht.«

Aha. Also auch eine Eule und keine Lerche.

»Nehmen wir einmal an, Nadias Leiche war wirklich ein Pole. Ein Saisonarbeiter. Dann verhielt er sich jedenfalls eher untypisch. Er ging in den Schlossgarten. Nicht nur in den Eingangsbereich, um einen Kaffee zu trinken, sondern er suchte eine einsamere Stelle auf. Und das genau zum Höhepunkt der Spargelerntezeit. Nachmittags, wenn das zweite Mal gestochen wird. Was war das für ein Pole, der so etwas tat? Ein junger Mann, in den sich ein hübsches Mädchen aus Schwetzingen oder Umgebung verliebt hatte. Einer, der eben nicht war wie die anderen.«

»Du verrennst dich da in etwas. Der Tote hatte kein Schild umhängen: Pole, Saisonarbeiter, habe ein Mädchen sitzenlassen. Nichts. Er hätte ein Tourist sein können. Der einen Schnauzer trug. Ein Bayer. Maren, das Ganze ist so spekulativ, dass es fast ein wenig lächerlich ist.«

»Du hörst dich jetzt schon an wie dein Bruder.«

»Vielleicht hatte er auch manchmal Recht.«

»Vor allem, als er mich mit Elfie betrogen hat.«

»Die Bitterkeit in deiner Stimme beantwortet wohl meine Frage auf der Lügenbrücke ausreichend!«, gab Oliver kühl zurück.

Den Rest der Fahrt saßen wir uns wie Fremde gegenüber. Sprachen wie Fremde. Über seinen Job, über meinen Job. Über Politik. Kultur. Familie. Nur über Liebe sprachen wir nicht mehr.

Und nicht mehr über den Mord im Park. Den Mord, den es vielleicht gar nicht gegeben hatte.

7. Kapitel

Beinahe wagte ich es nicht mehr, Nadia von meiner Fahrt nach Schwetzingen zu erzählen. Zu deutlich hatte sie gemacht, dass sie nicht mehr über die Angelegenheit zu sprechen wünschte. Zu meiner Überraschung fing sie selbst damit an, allerdings mit der für sie typischen beißenden Ironie.

»Und? War dein Ausflug mit Oliver ergiebig? Andere Frauen suchen sich ihre Partner im Internet oder bei Heiratsanzeigen – ich glaube, du brauchst immer einen Mord, um dich neu verlieben zu können. Ich bin gespannt, wann du dich das erste Mal in den Mörder selbst verliebst. Es könnte dann dein letztes Mal gewesen sein.«

»Ich glaube, ich habe die Stelle gefunden«, sagte ich, erleichtert, dass sie mir überhaupt eine Brücke baute. »Zumindest sah es dort fast genauso aus wie auf deinem Bild. Nur ohne Leiche natürlich.«

»Natürlich«, erwiderte Nadia trocken. »Die wäre inzwischen wahrscheinlich vermodert. Obwohl, nein, was rede ich da? So schnell vergehen Menschen nicht. Die sind zäh, selbst in ihrer nicht mehr existierenden Existenz. Sie verschmelzen partout nicht mit dem Erdreich, einfach so. Ich habe für einen holländischen Verlag einmal eine Leiche fotografiert, die exhumiert worden war. Es war noch erstaunlich viel da von ihr. Fast hatte man den Eindruck, es sei noch Leben in dem verwesten Leib. Es hätte mich nicht gewundert, wenn sie angefangen hätte zu sprechen.«

»Grausig. Sei still. Wie konntest du so etwas fotografieren?«

»Man hat früher manches gemacht, was man lieber gelassen hätte«, kam es ungerührt. Da hatte sie Recht. Und wieder musste ich an das Mädchen denken. Ich hätte ihr etwas anderes mit auf den Weg geben sollen als meine eigene schlechte Laune.

»Dieser Mord ist unbefriedigend«, stieß ich hervor.

Sie blickte mich unwirsch an. »Wie meinst du das? Ich denke, Mord ist immer unbefriedigend. Außer vielleicht für den Mörder. Denn er hat zumindest ein Problem gelöst.«

»Für *mich* unbefriedigend. Außer deinem vernichteten Bild haben wir keinerlei authentischen Beweis, dass es ihn überhaupt gab. Meine schlechte Kopie wird da kaum als Zeugnis reichen. Und wenn keine

Beweise auftauchen, wird es dabei bleiben. Dein Toter wird von real anwesenden Leichen verdrängt werden. Kannst du dich noch an irgendetwas anderes erinnern, Nadia? Roch es irgendwie seltsam am Tatort…«

»Hör zu, Maren«, sagte sie, und jetzt ließ sich ihre Verärgerung nicht mehr überhören, »ich dachte wir hätten das vor kurzem bereits geklärt. Ich bereue wirklich jeden Tag mehr, dass ich dieses verdammte Foto damals gemacht habe. Und noch mehr, dass ich es nicht gleich fortgeworfen habe. Und am meisten, dass ausgerechnet du es gefunden hast. Und wenn du nicht aufpasst, bereue ich bald, dass ich dich und deinen Köter aufgenommen habe. Das ist übrigens der einzige Fehler, den ich wieder korrigieren könnte. Was habe ich von dir bisher gehabt: Vorgeladen zur Polizei, ausgefragt, beinahe verdächtigt …«

Ich machte eine abwehrende Handbewegung. »Ja ausgefragt!«, fuhr sie heftig fort. »Ich hasse solche Situationen. Sie sind peinlich. Ich habe einen Ruf zu verlieren, meine Liebe.«

Sie kämpfte darum, sich selbst zu beruhigen.

»Maren, was kann ich dafür, dass irgendein Typ so blöd war, sich im Schwetzinger Schlosspark erschießen zu lassen? Und zu deiner Frage … ja, es roch nach etwas. Niemand hat mich bisher danach gefragt, aber jetzt wo du es sagst: Es roch ganz schwach nach Moschus … So wie … in einem Teeladen. Oder einem Parfümladen. Ich vertrage den Geruch nicht. Ich bekomme Kopfweh davon. Deshalb erinnere ich mich jetzt. Aber es war ganz ganz schwach. Kaum zu spüren. Vergiss nicht: Es war Frühling. Und da riecht die Natur schon von sich aus.«

»Moschus«, wiederholte ich langsam. »Eigenartig.«

Nadia sah mich ernst an. Ich blickte ernst zurück. Moschus! Das war unerwartet. Erregung packte mich. Moschus. Faszinierend.

Nadia betrachtete mich weiterhin mit feierlichem Ernst, dann lehnte sie sich plötzlich zurück, schlug mit den Händen auf ihre Oberschenkel und fing an zu lachen. Sie lachte mich aus, das war eindeutig.

»Meine Güte, Maren. Du glaubst es also wirklich. Ich wollte dir nun endgültig zeigen, wie schwachsinnig das alles ist. Meinst du tatsächlich, ich erinnere mich nach fünf Jahren noch, wie es in einem Park roch? Vor allem nachdem ich heilfroh war, vom Ort des Geschehens lebendig wieder davonzukommen?«

Ich lachte mit. Und fühlte mich wie eine Idiotin.

Warum war mir diese Frau immer einen Schritt voraus?

Die Wohnung in der Oststadt hatte den Friedhof schräg über der Straße vor Augen und verstrahlte doch pure Freundlichkeit. Das heißt, die junge Frau, die drin lebte, hatte es verstanden, aus 28 Quadratmetern eine Puppenstube zum Wohlfühlen zu machen. Alles war winzig, ikeagoldig, sauber und passend. Es dominierten provençalische Töne in Rosa und Ocker, die Küche war mit blauen Fliesen wie ein kleines Stück Skandinavien, das Bad hell, weiß und ebenso nett und hübsch wie die anderen Räume und die verträumt wirkende Bewohnerin.

»Ich fühle mich in der Wohnung sehr gut!«, erläuterte sie, und der Makler nickte wohlwollend dazu. Solche Mieter zeigt man dem Kaufinteressenten gerne. Bereitwillig öffnete sie die Tür zu dem kleinen Balkon, der auf eine ordentlich begrünte Fläche vor dem Haus hinausging, beinahe vergaß man den dezenten Lärm, den die Haid-und-Neu-Straße veranstaltete.

»Stört gar nicht«, meinte der Makler nonchalant.

»Die Bewohner auf der anderen Seite nicht mehr, aber mich vielleicht schon.«

»Hm?«, Der Makler starrte mich an.

»Ich meinte die Verblichenen, die da einen langfristigen Mietvertrag haben.«

»Ach. Na, Sie sind aber ...«, er besann sich auf seine Rolle als Verkäufer, »eine ... wirklich humorvolle Person.«

Die jetzige Mieterin sah mich melancholisch an.

Gags, die man erklären muss, sind keine mehr. Meine Laune sank.

Die Wohnung gefiel mir sehr gut. Sie war klein, aber kuschelig.

»Ich bin seelisch sehr labil, hatte ein ziemliches Tief vor einiger Zeit«, bekannte die junge Frau leise zu mir. »Bin auch heute noch krankgeschrieben, wegen Psycho. Sie verstehen. Aber hier in meiner Wohnung, da fühle ich mich ganz sicher und geborgen.«

»Ich bräuchte die Wohnung allerdings für mich selbst.«

Ich räusperte mich verlegen. Die Rolle als Miethai oder knallharte Wohnungseigentümerin stand mir absolut nicht. »Sie müssten also«, verlegen räusperte ich mich, »langfristig oder auch kurzfristig ausziehen.«

»Ich habe aber eine Kündigungsfrist«, kam es jetzt ziemlich sachlich und kein bisschen labil. »Hier, ich habe alles schon mal aus dem BGB kopiert. Neun Monate, aber da ich psychisch krank bin, kann das auch länger gehen.«

Gedanklich verabschiedete ich mich bereits jetzt von der netten Kuschelecke. Zumal mir der Makler, als er mich zum Auto brachte, erbittert mitteilte: »Die ist eine studierte Juristin. Arbeitet aber nicht. Hat einen Vogel, aber einen mit riesiger Flügelspannweite. Vergrault mir alle Interessenten. Die Leute haben alle Angst, die kriegen sie nicht raus.«

»Eben«, erwiderte ich. »Auf Wiedersehen.«

Und würde erst mal bleiben, wo ich war: Bei Nadia.

Um mich zu trösten, machte ich einen Abstecher in den ehemaligen *Mann Mobilia,* der jetzt etwas aufdringlich XXXL heißt, und kaufte mir ein neues Tischtuch, das ich eventuell auf einen eventuellen neuen Esstisch in einem fiktiven neuen Wohnzimmer legen würde.

Bei den Handtüchern traf ich Melchior. Melchior Oberst!

Mit der für ihn typischen ernsten Miene prüfte er die Qualität verschiedener Frotteewaren.

»Hallo, Maren. Elfie findet, dass das Blau meiner Handtücher nicht mit dem Blau ihrer Handtücher harmoniert. Sie legt sehr viel Wert auf solche Dinge. Ob das hier besser ist?«

»Ach? Erzähl mir doch was Neues.«

»Ja«, meinte er froh, »du kennst das auch von ihr, nicht wahr? Elfie sagt immer, deine Kleider sehen aus, als reiche sie dir ein Farbenblinder morgens aus dem Schrank.«

Mir blieb die Luft weg. Tröstend fügte er an: »Aber ich mag das Bunte an dir recht gerne. Es passt zu deinem Wesen. Komm, ich lade dich zum Kaffee ein.«

Eines Tages, dachte ich, eines Tages ermittelt Elfie Kohlschröter in ihrem *eigenen* Mordfall. Das schwöre ich. Und nahm die Einladung ihres farblich passenden Mannes an.

In dem gut besuchten Restaurant hoch über den Wolken mit Blick auf ein etwas zerzaust aussehendes Stadtbild von Karlsruhe waren wir das erste Mal seit langer Zeit alleine. Melchior und ich.

Und worüber redeten wir?

Nicht über uns, warum wir miteinander gescheitert waren und wie es jetzt mit der neuen Frau funktionierte, über Gefühle, Gedanken, Erinnerungen.

Nein, wir stellten eine Weiche und sprachen über das, was uns einst zusammengeführt hatte: Über Mord.

»Bis jetzt nichts«, sagte Melchior langsam und nachdenklich, fast verwundert, dass er schon wieder mit mir über etwas sprach, über das er nicht sprechen durfte. Ein Rest von Anarchie in ihm, den das lebende Virensuchprogramm Elfie noch nicht entdeckt hatte?

»Nichts in der Sache Schwetzingen. Bis jetzt – keine Erkenntnisse. Es ist kein Todesfall gemeldet worden, kein Einheimischer und kein Fremder. Kein Tourist, der nicht in sein Hotel zurückgekehrt wäre. Kein Vermisster, auf den Alter und Beschreibungen passen, im Raum Mannheim, Heidelberg, Karlsruhe für diesen Zeitraum, der in Frage kommt. Keine Anfrage eines Konsulats. Die im Internet verbreitete und mit entsprechenden Dateien abgeglichene Skizze des vermeintlichen Toten, die aufgrund der höchst vagen Beschreibung deiner Freundin angefertigt wurde, hat nichts gebracht. Mehr können wir nicht tun.«

»Und auch kein ausländischer Arbeiter, der bei der Spargelernte plötzlich gefehlt hat?«

Melchior sah mich scharf an. »Wie kommst du denn darauf? Wieso Spargelernte?«

»Schwetzingen ist Spargelhauptstadt Deutschlands. Sie haben in der Saison sehr viele Helfer beschäftigt. Vielleicht forscht man da einem einzelnen nicht nach, wenn er verschwindet. Ich würde an deiner Stelle da mal einhaken. Oder sollte ich sagen – an eurer Stelle? Ich meine, ich weiß ja nicht, ob du deine beruflichen Entscheidungen zumindest noch alleine treffen darfst!«

Mein Ton musste wohl verdammt bitter geklungen haben, denn Melchior verwandelte sich vor meinen Augen.

Er sah auf die Skyline von Karlsruhe, die in dieser Hinsicht etwas zu wünschen übrig ließ – tatsächlich sieht sie ein wenig mickrig aus – hinunter und machte überraschend die seltene Metamorphose vom untreuen Liebhaber zum Freund durch.

»Sag nicht so was. Hör mal, Maren, das mit Elfie ...«

»Ja?«

Und dann gab er mir die Antwort, nach der ich gesucht hatte. Auf die ich gewartet hatte. »Wir passen besser zueinander. Ich habe sie nicht geheiratet, weil es so bequem war. Oder weil wir Kollegen sind. Ich liebe sie.«

Und damit war alles gesagt. Es war traurig, und es war gut. Eigentlich hätte man Sekt bestellen müssen, mitten in dieser trostlosen Essmaschinerie beim ehemaligen *Mann Mobilia*.

»Okay«, sagte ich, »das muss ich wohl akzeptieren. Schwamm drüber.«

Er nickte und ich verdrängte die allerletzte Träne in Sachen Oberst.

Dachte ich zumindest und vergaß kurzfristig, dass es ja noch einen Oberst gab.

»Zurück zu deinem Fall in Schwetzingen, wenn wir es so nennen wollen. Also, es gibt tatsächlich keinerlei Spuren oder Hinweise, Maren. Deine Freundin, also ich, *wir* wollen mal glauben, dass sie nichts mit der Sache zu tun hatte ...«

»Sie hat, verdammt noch mal, einfach kein Motiv! Nadia würde zudem nie etwas tun, das ihre Karriere gefährden könnte. Ein Mord – das passt einfach nicht zu ihr.«

»Gut, sie hat vielleicht kein Motiv, aber sie hat diese Leiche immerhin lange genug angesehen, um sie später beschreiben zu können. Wie kam es zu diesem Zusammentreffen am 23.4.2004 ausgerechnet im Schlossgarten von Schwetzingen? Sie will dort spazieren gegangen sein. Am Abend? Warum denn das? Zum Fotografieren, sagt sie. Bedauerlicherweise hat sie offenbar alles Mögliche aufgenommen, nur unser verschwundenes Mordopfer nicht. Außer ihrer Darstellung gibt es keinerlei Anhaltspunkte für die Tat.«

Das war *die* Chance. Jetzt konnte ich ihm von dem Foto erzählen, dessen schlechte Kopie das einzige Beweisstück war. Jetzt. Doch es war zu spät. Unbehagen breitete sich in mir aus.

Ich unternahm noch einen letzten Versuch: »Und wenn dieser wunderschöne idyllische Schlossgarten aus irgendeinem Grund zur Drehscheibe für illegale Geschäfte auserwählt worden ist? Harmlose Besucher, scheinbare Spaziergänger, tauschen Informationen oder Gegenstände aus. In Agentenfilmen treffen sich Informant und Offizieller – meistens spielt bekanntlich einer von ihnen sowieso falsch, aber das erfahren wir erst ganz zum Schluss, kurz bevor man eigentlich schon ins Bett gehen will – in öffentlichen Parkanlagen. Das ist unverdächtiger als im Wald.«

»Maren, das ist lächerlich. Bevor du mir einen fix und fertigen Verbrecherring präsentierst, würde ich gerne die dazu passende Leiche sehen.«

»Darauf setzen die Täter. Sie lachen sich ins Fäustchen.«

»Meine Güte, Maren. Wir haben keine Leiche, keine Spuren, aber triumphierende Täter an einem nicht vorhandenen Tatort. Mach dich nicht lächerlich. Es ist schrecklich zu sehen, wie du dich entwickelst. Dir fehlt etwas. Eine Aufgabe.«

Verkrampft sahen wir aneinander vorbei auf die Stadt Karlsruhe hinunter.

»Was geschieht jetzt?«, fragte ich nach einer Weile.

»Nichts. Wir können einfach nichts mehr machen. Vielleicht an die Öffentlichkeit gehen. XY Ungelöst: Diese Polizeizeichnung fotografieren und als Foto zeigen. Wer kennt diesen Mann? Wer vermisst einen Mann mittleren Alters ...?«

Ich! Manchmal, dachte ich, doch einen, der noch lebt.

»Und was ich noch sagen wollte, Maren!«

»Ja?«

»Pass bitte auf, mit meinem Bruder. Er ist nicht ... wirklich frei.«

»Wieso?«

»Mehr sage ich nicht. Das soll er dir selbst erklären.«

Mist.

****

Nadia war für ein paar Tage nach Hamburg geflogen. Vom Örtchen Söllingen bei Baden-Baden in die weite Welt hinaus. Zum Abschied hatten wir eine Winterbalkonparty mit Chili con carne veranstaltet, standen um einen Topf auf einer Feuerstelle herum und lachten. Raika, Consuela, Matthias, Theo, zwei Freundinnen von Nadia, ein junger Mann, der ihr zur Zeit als Fotomodell an verschiedenen Orten in Karlsruhe diente und sogar mit ihr zu eiskalten KSC-Spielen ins Wildparkstadion fahren musste, Nadia selbst und natürlich Nessie und ich.

Oliver hatte sie mir zuliebe auch eingeladen, doch irgendwie schien er sich an dem Abend nicht wohl zu fühlen, verschwand dauernd auf dem Klo.

»Vielleicht bist du schwanger?«, wisperte ich ihm zu.

»Ich nehme die Pille«, flüsterte er zurück.

Wir bewunderten Nadias kleines Balkon-Gewächshaus. Olivenbäumchen, Kiwis, Orangen und Mangos. Wuchernde Grünpflanzen. Efeu. Nelken. Vor allem Orchideen. Kakteen mit Blüten. Die Sukkulenten weich und fast obszön in ihrer Fleischigkeit, zwei Rosen, die unter einer Wärmelampe standen, ganz viele blaue Blumen (»meine Lieblingsfarbe bei Blumen, es passt so schön zum Grün«).

»Jeder darf sich eine Limone für seinen Caipi pflücken. Die hab ich noch in meinem Häuschen an der Alb gepflanzt. Das war gute Erde. Hier in den Töpfen kränkeln sie ein wenig.« Wir ließen uns nicht zweimal bitten. Ein feuchter und ein fröhlicher Abend.

Ich hatte ihr angeboten, sie nach Söllingen zu bringen. Ich fahre gerne Leute zum Flughafen, und da ich massive Flugangst habe, genieße ich mit einer Spur Masochismus, dass ich selbst nicht einsteigen muss. Doch sie hatte höflich und ein wenig amüsiert abgelehnt.

Schließlich hatte ich gesehen, wie sie vor dem Haus in einen grauen Mercedes einstieg. Mit Pforzheimer Nummer.

Die fleischige Hand am Lenkrad zierte eine ziemlich große Uhr und ein Goldkettchen. Nun ja, Geschmackssache.

Für die Südstadt war dieser Wagen ein ungewöhnlicher Anblick, aber Nadia war auch nicht die typische Südstädterin. Sie war eine Südstädterin auf dem Sprung zu etwas Besserem.

Jedenfalls hatte ich die Wohnung für mich, und freute mich darüber sowohl für mich als auch für Nadia.

Die stand in Hamburg in jener Art von Gesprächen mit einem Galeristen, von denen man immer hofft, dass sie sich in Verhandlungen verwandeln werden. Der Mann, für den sie ihr Chanel N°5 eingepackt hatte, organisierte unter anderem Ausstellungen im Bundeshaus.

Siegesgewiss hatte sie ihren Koffer gepackt. Neiderfüllt und bewundernd hatte ich zugesehen, wie effektiv sie das machte. Weiße und schwarze Basics, ein Rock, eine Hose, Blazer, Seidenhemdchen, eine Designerbluse. Alles miteinander kombinierbar.

Mir fehlt beim Packen immer das alles entscheidende T-Shirt, das ich grade erst gewaschen habe und das schlapp und nass auf der Leine hängt. Und von dem Rest nehme ich immer grundsätzlich das Falsche mit. Die Tops kommen jungfräulich zurück, während ich die Läden des Urlaubsortes regelmäßig nach günstigen warmen Pullovern absuchen muss, weil ich mich aus Aberglaube weigere, die langfristige Wettervorhersage anzusehen.

»Das ist eine Riesenchance«, hatte Nadia mir eröffnet, »es gibt immer so etwas wie ein Gelenk im Berufsleben, an dem der nächste Strang hängt. Damals die Ausstellung hier in der Bank war so ein Gelenk, und das könnte auch wieder eines sein.«

Ich war mit meinen eigenen ziemlich rostigen beruflichen Gelenken alleine in der Wohnung zurückgeblieben.

Und beschäftigte mich mit dem eher langweiligen Ahnenforscherauftrag einer uralten Zahnärztin aus der Kriegsstraße, deren Vorfahren aus Büchig bei Karlsruhe stammten. Sie hießen alle Kimmig, schon seit Urzeiten. Die alte Dame war resolut, unverheiratet geblieben, kinderlos und strahlte eine ruhige, aber energische Selbstzufriedenheit aus.

Ihr großes Haus war das reinste Museum, doch das Prunkstück stellte eine herrliche alte Puppenstube dar, die so biedermeierhaft behaglich eingerichtet war, dass ich mich am liebsten mit den Puppendamen an den zierlich gedeckten Kaffeetisch gesetzt hätte und ein Stück Frankfurter Kranz verspeist hätte. Anstatt in meine fiktive Eigentumswohnung hätte ich vielleicht *dort* einziehen können. Frau Dr. Luise Kimmig huschte eilfertig davon, zeigte mir die bunten Perlenhandtäschchen, die sie restaurierte: »Es ist nur ein Hobby, aber Sie glauben es nicht, ich könnte mit meinen 86 Jahren direkt noch ein Gewerbe damit beginnen. Es gibt nämlich Bedarf für solche alten, schönen Dinge.« Sie lese, gehe auf Orgelreisen. Langweilig sei ihr nicht, der Tag könnte 48 Stunden haben.

Ihre Verwandtschaft aus Büchig stellte sich als solide heraus: Geschäftsleute, ein Bürgermeister darunter, sogar zwei Tierärzte.

»Die waren raue Burschen. Kannten keinen Spaß. Mussten sie auch«, lachte sie. »Die Bauern ließen nämlich ihre Milchkuh kurieren und wollten hinterher nicht bezahlen. Besser«, erinnerte sie sich fröhlich, »wäre gewesen, wir hätten alle Spargel angebaut. Da war schon immer solides Geld drin.«

»Weißgold«, murmelte ich nachdenklich.

»Genau. Das ist ein guter Ausdruck«, lobte mich die alte Dame. Eigenartig. Wenn man auf einer bestimmten Spur ist, liegen immer rechts und links kleine Kieselsteinchen, die Hinweise geben. Frau Kimmig konnte einfach kein Zufall sein.

»Kennen Sie noch Spargelbauern in der Gegend?«

»Ob ich welche kenne! Machen Sie Witze, mein Kind? Ich war als junges Mädchen selbst mit draußen auf dem Feld. Die Jungs, mit denen ich zusammen gestochen habe, sind natürlich alle tot. Keine Kondition. Aber die Enkel von denen, die kennen mich noch, und ich kriege jedes Jahr meine schönen Portionen, feinste Stangen. Ungedüngter Bleichspargel, denn Gülle ist natürlich tabu. Spargel, der schön feinfaserig ist und mit süßlichem Geschmack, von Traditionsbauern angebaut. Und wissen Sie, wie ich den esse: Gekocht mit nix. Das entwässert ordentlich.« Lachte herzhaft. Alte Damen dürfen über Entwässerung lachen.

Als ich nach drei ebenfalls entwässernden Tassen Tee, zwei Toilettenbesuchen, mehreren steinharten Plätzchen, die noch Weihnachten überlebt hatten, sowie der Durchsicht eines muffelig riechenden Haufens alter Familiendokumente nach Hause ging, hatte ich die Adresse eines Spargelbauern aus Büchig in der Tasche. »Rufen Sie ihn an, ich warne ihn schon mal vor. Weiß nicht, was Sie von ihm wollen, aber der Rudi kennt sich aus. Ist ein stattliches Tier in der Spargelbauerzunft. Nicht das allergrößte natürlich, das ist der Goll, der alte Gangster aus Schwetzingen. Der weiß, wie man Geld macht. Schon sein Vater und Großvater waren ausgekochte Schlitzohren. Obwohl er immer groß tut, was er alles spendet, und dass er Kunst und Kultur unterstützt. Der weiß doch nicht mal, wie man Kultur schreibt.« Und schüttete sich aus vor Lachen. Die Perlen an den Handtäschchen zitterten.

»Bei dem wollten wir schon früher als Jugendliche nicht als Erntehelfer arbeiten. Damals, als man noch mit dem Pferdefuhrwerk auf die Felder getrödelt ist. Heut karren sie die armen Schweine aus dem Osten mit dem Bus raus. Schinderei. Wundert mich, dass sich das nicht schon bis dahin, wo die Sonne aufgeht, rumgesprochen hat. Nee, gehen Sie mal zu dem Maurer, der ist einigermaßen in Ordnung.«

Ich verabschiedete mich fürs Erste von der alten Dame. Einen bedauerlichen Blick warf ich auf die riesige alte Wendeltreppe nach oben in vermutlich unbenutzte Räumlichkeiten. Sie könnte drei Eigentumswohnungen aus dem Haus herauslösen, da war ich sicher.

****

Bei einer Wohnung in Neureut, die in einem modernen Hässlichblock mit einem Wald an Satellitenschüsseln auf den Balkonen lag, zögerte ich so lange, bis sie weg war.

»Ich habe noch was anderes in Neureut«, lockte die Maklerin. »Kein Fußballfeld von der Größe her, aber ein richtiges schnuckeliges Zuhause zum Wohlfühlen. Und äußerst günstig. Kommen Sie nächste Woche zu dieser Adresse, und Sie werden staunen.«

Die Maklerin sah sich konspirativ um. Ein Zettel wechselte den Besitzer. Ich steckte ihn unauffällig ein und kam mir vor wie auf dem Schwarzmarkt.

****

Ich fragte mich immer wieder, warum ich Nadia niemals etwas von dem Mädchen erzählt hatte. Auch jetzt nicht. Nach einer Weile. Und von meinem wachsenden Verdacht, dass unsere zwei Begegnungen miteinander zu tun hatten.

Es lag nicht nur daran, dass Nadia von dem ganzen Fall sowieso nichts mehr hören wollte. Ein Grund lag auch in mir selbst: Ich hatte damals lange gebraucht, um über die zerbrochene Liebesbeziehung zu Melchior hinwegzukommen. Das wusste Nadia.

Auf der anderen Seite hatte ich dem Mädchen Ratschläge gegeben, die ich selbst nicht beherzigt hatte. Nadia würde diesen Widerspruch erkennen und den Finger in die Wunde legen. Diese Blöße wollte ich mir vor ihr, die so selbstbewusst und analytisch an ihr Leben heranging, nicht geben. Mein Gewissen war auch so schon quälend genug.

Noch immer hoffte ich bei meinen Recherchen die junge Frau von damals als erfolgreiche, gutgelaunte Karrierefrau wieder zu treffen oder wahlweise glücklich verheiratet im Kreise von Hund, Katze und Kind. Am besten beides.

Schweigend saß ich neben Matthias im Auto. Wir fuhren an der Waldstadt vorbei, ließen Hagsfeld neben uns liegen, folgten dem Schild Büchig.

»Du könntest doch bei mir wohnen«, verkündete Matthias und streckte versuchsweise seine langen Beine neben mir im Auto aus, scheiterte an der Aufgabe und winkelte sie dann auf eine Weise an, die er sich patentieren lassen sollte. »Mit mir leben. Ich habe einiges zu bieten.«

Sein Herbert wartete mit einer frischen Garnitur Spielmäuse zu Hause, Nessie war bei Consuela, und wir beide befanden uns auf dem Weg zu Spargelbauer Maurer.

Clemens Maurer, der seinen nach außen hin eher unscheinbaren Hof direkt an der Hauptstraße hatte, zog die winterlichen Arbeitshandschuhe aus, mit denen er an einem Traktor herumgewienert hatte, und begrüßte uns offen und freundlich. Um ihn herum schwänzelte eine sehr große Katze. »Wir sind noch nicht auf den Hund gekommen. Manche von den Erntehelferinnen haben Angst vor Hunden. Lauf, Nero, geh schon mal in die Küche. Wir behandeln unsere Leute nämlich gut. Ob einer Pole, Rumäne oder Deutscher ist, ist uns egal.«

»Was soll denn das sein?«, fragte Matthias und deutete mit einem spitzen Finger auf den Traktor.

»Ein Spargelbeetpflug. Mit dem wird der Erdwall über den Pflanzen aufgehäuft. Nero, zum letzten Mal! Ab in die Küche!«

Beeindruckt sahen wir, wie sich die Katze mit dem Hundenamen Richtung Hauptgebäude begab, wo sich vermutlich tatsächlich die Küche befand.

Um den Hof herum waren Wirtschaftsgebäude gruppiert, deren Tore fast alle geschlossen waren. Nur bei einem langgestreckten Haus eröffnete sich ein Blick ins Scheuneninnere, in dem noch mehr Traktoren standen. Maurer öffnete ein weiteres hölzernes Tor für uns und wies in eine geräumige und hohe Scheune. Abgestandene mildere Luft strömte heraus, auf uns zu, so als habe sie nur auf ihre Befreiung gewartet. Die Halle war leer bis auf ein paar Tische.

»Nach dem Waschen sortieren wir dort die Ware zur Weiterverarbeitung direkt nach der Ernte. Wird von den Sortiermaschinen auf die Normgröße von 22 Zentimetern gekürzt«, sagte Maurer. »Wenn es endlich wieder soweit ist! Hoffentlich. Wir haben einen kalten Winter. Mitte März fangen wir wieder an zu pflanzen, das geht dann bis Mitte April. Wenn der Boden 12 Grad erreicht, fängt der Spargel an zu wachsen.« Er hob wie entschuldigend die Schultern. »Sie haben sich eine schlechte Zeit ausgesucht, einen Spargelhof zu besuchen. Jetzt passiert nicht viel. Konserven machen wir nicht. Lohnt sich nicht für uns. Zu teurer Maschinenpark für die Konservierung. Aber zumindest habe ich jetzt etwas Zeit.«

»Zeit«, sagte Matthias und bleckte die Zähne zu einem professionellen Lächeln, »um sich mal um andere Dinge zu kümmern. Beispielsweise um den Versicherungsschutz. Ich hätte da …«

»Matthias!«

Maurer tat so, als habe er nichts gehört. Kluger Mann.

»Ganz untätig ist man als Landwirt nie. Wir mulchen jetzt das gehäckselte Spargelkraut unter. Gründünger nennt man das. Lockern den Boden, damit im Frühjahr die Pflänzchen besser treiben können. Halten die Gräben hübsch offen, dann erwärmt sich die Erde besser. Richten die Maschinen. Machen die Inspektionen bei den Traktoren. Schreiben die Arbeitsverträge, das heißt, füllen sie aus und leiten sie dann an die Arbeitsagenturen weiter. Von denen kriegen wir dann die Saisonkräfte. *Wenn* wir welche kriegen. Das wird immer schwerer. Kaffee?«

Wir waren in der Wohnküche. Ich bemerkte, dass auf einem Bücherbord die Bibel stand und daneben friedlich Spargelrezeptbücher sowie ein Band *Heiteres rund um das Königliche Gemüse*. Die Bücher sahen alle aus wie aus meiner Kindheit.

Auf dem Herd stand eine Kanne Kaffee, die leise vor sich hin zischte.

Frau Maurer, freundlich und gesund aussehend, erschien geschäftig und servierte uns einen Apfelkuchen, der vermutlich eingefroren gewesen war, denn er schmerzte mich kalt an den Zähnen.

»Sie beschäftigen also auch Arbeiter aus anderen Ländern?«

»Natürlich. Ohne die kommen wir nicht rum. Kommt keiner rum«, meinte Herr Maurer gutmütig. »Wir hatten schon Deutsche vom Arbeitsamt. Können Sie vergessen. Spargel muss bei uns früh morgens gestochen werden. Sehr früh, nach Sonnenaufgang. Das verflixte Ding wächst ein Zentimeter pro Stunde, und wenn er den Kopf rausstreckt, ist es zu spät. Verfärbt sich erst rötlich, dann grün. Gut, mit den Folien ist das besser geworden, doch der Großmarkt und die große Uhr dort warten nicht, bis wir um elf kommen. Dann ist das Geschäft gelaufen. Aber das alles ist oft zu früh für unsere deutschen Herrschaften. Zwei Tage lang erscheinen sie, dann habe ich die Krankmeldung in der Hand. Der Rücken!«

Ich hegte geheimes Verständnis für die bewussten Herrschaften, zog aber das empörte Gesicht, das von mir erwartet wurde.

Matthias spitzte die Lippen wie immer, wenn er verlegen ist. Er und Herbert stehen auch sehr spät auf.

»Wir haben jetzt in letzter Zeit vor allem Kroaten.«

»Auch Polen?«, fragte ich.

»Ja, auch Polen. Manche kommen schon seit Jahren, andere sind neu. Da tut sich einiges bei denen drüben. Seit kurzem kommen mehr und mehr auch Studenten. Mit zwei linken Händen, darf ich sagen. Die

Guten unter den polnischen Arbeitern finden jetzt nämlich auch zu Hause Arbeit. Ungefähr sechs Leute können hier bei uns in den Fremdenzimmern auf dem Hof wohnen, die anderen suchen sich halt was oder schlupfen bei Verwandten und Freunden unter. Im Auto pennen die wenigsten. Die Zeiten sind vorbei. Und in den Container stecke ich sie nun mal nicht. Die Dinger heizen ja auf wie eine Sauna. Wir haben letztes Jahr sogar neue Duschen installiert.«

»Und wie ist das Verhältnis zwischen den Saisonkräften und den einheimischen Spargelbauern?«

Maurer dachte etwas mühsam nach. Ich hatte den Eindruck, dass ihn das noch niemand gefragt hatte.

»Freundlich, aber nicht zu herzlich. Schließlich sind es Mitarbeiter. Aber manche kennen wir ja schon jahrelang. Sie schicken uns Fotos von den Kindern, wenn sie dann welche haben, oder auch von den Häusern, die sie sich bauen. Wir waren vor zwei Jahren, nicht wahr, Sabine, vor zwei Jahren sogar in Kroatien bei unserem Vorarbeiter in Urlaub.«

»Wenn einer von denen«, ich versuchte, mich behutsam heranzutasten, »einfach nicht mehr kommt ...«

»Na, das würden wir schon merken. Der fehlt ja dann. Einmal hatten wir das. Eine Frau. Die Luba. War aus Russland übrigens. Tolle Stecherin. Hat neun Kilo die Stunde gemacht. Ist dann einfach nicht mehr gekommen. Später hat sich herausgestellt, dass sie in Russland in der Lotterie gewonnen hatte. Ist einfach bei Nacht und Nebel verschwunden. Na ja, man kann es ja verstehen.«

Matthias bohrte seine Gabel in den Apfelkuchen. Was hätte man mit dieser Luba nicht alles für Verträge abschließen können!

»Die Frage, die ich Ihnen jetzt stelle, Herr Maurer, kommt Ihnen vielleicht seltsam vor. Behandeln Sie das deshalb bitte vertraulich. Haben Sie jemals von einem Fall gehört, dass ein Saisonarbeiter im Spargelmilieu, sagen wir, Richtung Schwetzingen, ganz und gar verschwunden ist? Ein polnischer Saisonarbeiter etwa. Hat es da mal irgendein Gerede in ihrer Szene gegeben?«

Maurer dachte nach. Auf seinem fast viereckigen Gesicht malten sich die Wege geradezu, die seine Überlegungen nahmen. Doch er schüttelte den Kopf.

»Nein. Nein. Klagen über unzuverlässige Leute gibt es immer. Und im Bereich Schwetzingen herrscht ein hoher Wechsel, auch innerhalb der Saison. Darüber wird schon mal am Stammtisch unter den Männern geredet. Aber dass einer ganz verschwunden ist, und dass es da irgendwas Unklares gegeben hat, davon habe ich niemals etwas gehört.« Trotzdem hinterließ ich sicherheitshalber meine Visitenkarte.

Wir unterhielten uns noch eine Weile über den Spargel im Allgemeinen.

Ich lernte, dass der Spargel, der das Leben der Maurers bestimmte, nichts anderes war als der Stängelspross jener mehrjährigen Pflanze, von der Herr Maurer fest überzeugt war, dass ein Pfälzer sie in Algerien entdeckt habe. »Dem Pälzer ist damals aufgefallen, dass die Böden dort genauso beschaffen sind wie die Böden in der Pfalz. Hopfen und Spargel haben nämlich ähnliche Ansprüche.«

Nach Jahren, so berichtete Maurer, wurden die Stangen dann zu dünn und man musste neu setzen, was man mit vorgezogenen Wurzelstöcken erledigte.

»Der Boden muss natürlich eine Zeitlang ruhen. Zehn Jahre Ernte, zehn Jahre Ruhe.«

»Theoretisch können sie damit auch in ihrem Garten Spargel anbauen«, fügte Frau Maurer mütterlich hinzu. Ich habe keinen Garten, dachte ich bitter. Nicht mal eine Wohnung. Nur ein Bett bei einer Frau, die wahrscheinlich stinksauer auf mich ist und es lediglich gut verbergen kann. Vergessen wir nicht, Nadia hatte Ambitionen als Schauspielerin gehabt.

Erst drei Jahre nach der Pflanzung, so Maurer weiter, konnte der erste verkäufliche Spargel geerntet werden. »Deshalb hat Spargel eben seinen Preis!«, schmunzelte er zufrieden. »War immer schon teuer und solange wir ihn nicht wie Kresse über Nacht auf Watte züchten können, wie Champignons im Keller anbauen oder maschinell ernten können, wird er auch hübsch teuer bleiben. Schon im alten Rom, das habe ich da oben in meinem Anekdotenbuch gelesen, haben sich die Leute über den hohen Spargelpreis aufgeregt. 304 gab's dann einen Erlass, der den Spargelpreis regelte.«

Maurer und Spargel, das war offenbar eine lebenslange Beziehung.

»Woran erkennt man eigentlich einen richtig frischen Spargel? Ich kaufe keinen, weil ich felsenfest glaube, die in den Läden legen einen rein«, fragte Matthias argwöhnisch wie immer. Auf den Markt geht er nicht, weil er dort keine absetzbaren Quittungen kriegt.

»Ganz einfach. Schale feucht, Kopf geschlossen, die Schnittstellen dürfen nicht trocken oder eingerissen sein. Manche schlagen auch zwei Spargel aneinander. Erklingt ein heller Ton, ist der Spargel frisch. Mein Tipp: Kaufen Sie einfach keinen aus dem Supermarkt.«

»Und keine Grünen? Die sind also noch unreif.« Matthias sah aus, als wolle er sich Notizen für den nächsten Spargelgroßeinkauf im Pennymarkt machen.

»Nein, Matthias.« Meine Güte. Der Mann lebte wirklich nur in einer Welt der Dosen und Fertiggerichte. »Die Dämme auf den Feldern, die du sicher schon gesehen hast, sind dazu da, dass der Spargel nicht an die Luft kommt. Dann wird er grün. Chlorophyll.«

»Ich gehe aber nicht über Felder«, sagte Matthias, etwas ratlos angesichts meiner neuen Leidenschaft für den Ackerbau. »Was soll ich dort?«

»Genau«, lobte mich Herr Maurer, ohne Matthias zu beachten, den er vermutlich als Großkunden bereits abgeschrieben hatte. »Bekanntlich heißt kein Licht, dass kein Farbstoff gebildet wird. Dabei gelten die Grünen als vitaminreicher, aber bei uns zieht man eben den weißen Spargel vor. Dreimal während der Erntezeit muss man die Dämme mit Fräsen oder Pflügen aufhäufeln, aber nicht so fest, sonst kann der Spargel ja nicht gerade herausschießen und wird krumm. Und den kriegen wir nicht los. Auf dem Großmarkt können wir mit dem auch nicht landen. In Zeiten der EU-Normen ist genau festgelegt, wie ein Spargel welcher Handelsklasse auszusehen hat, beziehungsweise wie groß er zu sein hat. Die Krummen können wir nur noch selbst essen.«

Frau Maurer nickte. »Wir lieben ihn mit Wiener Schnitzel. Aber meine Tochter mag ihn mit Vinaigrette. Die war mal zum Austausch in Frankreich.«

»Eine Menge Arbeit«, stellte ich fest und beschloss, meine jährliche Spargelcremesuppe mit mehr Respekt zu essen.

»Allerdings. Soviel Arbeit ist nicht mehr zeitgemäß. Deshalb studieren unsere Kinder, das heißt, sie lernen einen ordentlichen Beruf. Für Sensible ist unser Gewerbe sowieso nichts. Die Doris wird Lehrerin und Rainer Datentechniker«, warf Frau Maurer ein. »Noch Kaffee? Es ist schon eine harte Zeit. Zwischen April und Ende Juni sind 14-Stunden-Tage normal bei uns.«

»Ist da endgültig Schluss? Ende Juni?«

»Ja«, sagte ihr Mann gutmütig. »Kirschen rot, Spargel tot. So ist das seit alters her.«

»Unsere Leute stechen auf jeden Fall mehr als fünf Kilo Spargel in der Stunde, und die wollen ja weiterverarbeitet werden. Das sind viel mehr als 100 Stangen und bedeutet, sich mehr als hundertmal Bücken.«

Sie seufzte. Doch es klang nicht unzufrieden. Kater Nero sprang ihr auf den Schoß. »Ich hab das früher selbst gemacht. Hier auf dem Hof. Als Schülerin. So haben wir uns kennen gelernt. Und dann bin ich hängen geblieben.«

»Sie war sogar mal Miss Spargel Büchig«, ergänzte ihr Mann stolz. »So was bedeutet was bei uns im Ort.«

»Und es ist ja nicht nur das Stechen. Genauso viele Leute brauchen wir zum Waschen, dann Abschneiden, zum Wiegen und Verpacken. Und das geht den ganzen Tag. Ihr Karlsruher kommt in der Spargelzeit schon morgens massenweise zu uns auf den Hof und kauft ein. Die Kasse muss schließlich auch jemand machen.«

»Aber davon kann man ja nicht leben.«

»Nein, der größte Teil unserer Ernte geht, wie gesagt, in den Großmarkt. Da hilft uns im Moment noch unsere Tochter. Die fährt zweimal am Tag dorthin und regelt den Papierkram.«

Ich nickte, lehnte ein zweites Stück Apfelkuchen ab, nahm Grüße an Frau Kimmig mit und erhielt ein Paket tiefgefrorenen Spargel.

»Der Spargel ist für dich. Und nett war's«, sagte ich im Auto zu Matthias. »Aber gebracht hat's nichts.«

Und sollte mich, wie so oft, täuschen.

****

Neureut war sowieso nicht mein bevorzugter Stadtteil. Aber sicherheitshalber wollte ich mir die Wohnung wenigstens ansehen. Ich fuhr aus der Stadt hinaus, bis auf der linken Seite der mir als Wegzeichen beschriebene Hotelbau erschien. Hinter diesem, so die Maklerin Cornelia Sütterle-Nestler, läge eine reizende Wohnanlage mit sehr kleinen, aber sehr nett geschnittenen Wohnungen, die ich für die Hälfte dessen erwerben könne, was man sonst für eigene vier Wände bezahle.

»Beneidenswert«, jubelte sie. »Es wohnen überwiegend junge Leute in dem Haus. Studenten und junge unkomplizierte Menschen aller Nationen. Ich habe selten ein Haus gesehen, in dem sich jeder so freundlich gegrüßt hat.«

Frau Sütterle-Nestler hatte Pech. Ich war nämlich pünktlich, sie hingegen steckte im Stau. Rastlos wartend wanderte ich vor dem Haus mit den vielen kleinen Fenstern hin und her, aus dem tatsächlich unaufhörlich junge Leute aller Nationen kamen. Schließlich umrundete ich das Haus und gelangte zu der Hotelanlage, die den Block zur Straße hin abgrenzte.

Rezeption. Zwei Uniformierte.

»Kann man hier bei Ihnen im Hotel auch als Externer frühstücken? Ich wohne vielleicht bald dort hinten in dem Haus. In dem Mehrfamilienhaus, und ich liebe es …«

»Mehrfamilienhaus? Da wohnen Sie? Na klar, können Sie bei uns frühstücken. Wenn Sie bar zahlen, dann«, gab die Frau an der Rezeption nicht unfreundlich aber sachlich zur Antwort, »können Sie hier auch Kaviar kriegen. Gegen Vorkasse. Doch die wenigsten, die von da drüben kommen, haben was drauf.«

»Wie meinen Sie das?«

»Na, finanziell. Da setzt die Stadt doch Hartz IV rein. Hartz IV und anderes …« Sie sah mich an. »Na ja, Publikum. Zwei von denen, die da drin sind«, sie beugte sich vor, zischte ein wenig, »haben letzte Woche ihre Matratzen verbrannt und aus dem Fenster geworfen. Und einer scheint ein Nazi zu sein, hängt manchmal nachts die Hakenkreuzfahne raus und grüßt schon mal mit dem Hitlergruß. Das finden nicht alle unsere Gäste gut. Da müssen wir uns bei dem einen oder anderen schon mal entschuldigen. Aber was sollen wir machen? Das Land da hinten gehört der Stadt.«

Nicht *alle* Gäste finden das gut, dachte ich. Na wunderbar. Immerhin.

Ich beschloss, einmal auch gemein zu sein und Frau Sütterle-Nestler zu quälen. Ich sah mir die 18 Quadratmeter, die sie mir frech als »praktisch eingeteiltes Nestchen« verkaufen wollte – »Denken Sie, hier haben Sie kaum was zu putzen!« – ebenso genau an wie den jungen Mann, der unglücklich in der zum Verkauf stehenden Wohnwabe herumstand, fragte alles Mögliche und versuchte ihr so wenigstens etwas von ihrer Maklerzeit zu stehlen.

»Also«, sagte ich zum Schluss, als sie erwartungsfroh ihr Visitenkärtchen zückte, »wenn ich mal in den Offenen Strafvollzug komme, dann melde ich mich bei Ihnen. Bis dahin ziehe ich Wohnungen einer Gefängniszelle vor.«

****

Inzwischen war ich von der Wohnungssuche nicht nur genervt, sondern auch deprimiert. Würde ich für ewig bei anderen Leuten wohnen müssen?

Als ich Nessie begrüßt hatte und meinen kleinen eigenen Rotweinvorrat trosthalber gesichtet hatte, läutete mein Handy.

Eine unbekannte Handynummer. Es war auch nicht Oliver, den hatte ich inzwischen gespeichert, was er hoffentlich niemals herausfinden würde.

Er würde sich falsche Gedanken machen. Oder vielmehr die richtigen.

»Wundern Sie sich nicht. Hier ist Frau Maurer. Es gibt etwas, was ich noch sagen wollte – etwas wegen ihrer Frage von gestern.«

»Mit Spargel? Ein Rezept?«

»Nein«, sagte sie, »mit dem Gerede. Über einen Polen. Wie soll ich das jetzt sagen? Also meine Tochter, die hat uns ja den Großmarkt immer angefahren, und dadurch hat sie auch viel Kontakt mit den anderen Spargelbauern oder mit den Kindern von denen. Und da hat sie das aufgeschnappt, dieses Gerücht. Die Tochter vom alten Goll, die soll vor Jahren was mit einem Polen gehabt haben, es war wohl schon sehr ernst, und dann ist der wohl über Nacht nach Polen abgehauen. Hatte sich anscheinend geärgert. Vorurteile gibt's überall, da darf man nicht so empfindlich sein. Seine Klamotten und alles hat er wohl da gelassen und ab durch die Mitte. Aber ein Mädchen, das aufs Agrarwissenschaftliche Gymnasium in Ettlingen ging und mit der Tochter vom Goll befreundet war, hat zu meiner Doris gesagt, das stimmt nicht, dass der sich abgesetzt hat. Die wollten nämlich heiraten. Waren ganz glücklich miteinander. Warum sollte er denn einfach so verschwinden? Vor allem, weil der Goll sehr reich ist. Ist der Größte hier in der Gegend. Liefert bis ins Ausland und an all die Feinschmeckerrestaurants bis nach Berlin. Sie konnte das nicht glauben, nie. Die

Kleine, die Natalie Goll war sowieso ein ganz zartes Mädchen, so eine Sensible.«

»War?« Mir wurde kalt. Ich ahnte, dass die Sache nicht gut ausgegangen sein mochte. Und dass ich gleich etwas Furchtbares hören würde.

»Sie wohnt nicht mehr in Deutschland. War erst eine Weile im Schwarzwald bei der Großtante. Wohl ziemlich depressiv, und dann ist sie nach Amerika gezogen. Die Familie hat da Verbindungen. Kam halt hier nicht mehr auf die Füße, seelisch. So ist das manchmal mit den jungen Mädchen... Ich muss auflegen. Mein Mann sieht es nicht gerne, wenn getratscht wird.«

»Darf ich Sie noch mal anrufen, Frau Maurer?«, fragte ich hastig. Doch sie hatte bereits aufgelegt.

Als ich langsam den Aus-Knopf von meinem Handy drückte, da dachte ich an Consuelas Worte. »Er muss wütend und aggressiv gewesen sein, als er starb. Irgendetwas ist ihm nicht gelungen!«

Mir war auch etwas nicht gelungen. Meine unbekannte Besucherin hatte nun endlich einen Namen: Natalie Goll. Die es hier nicht mehr ausgehalten hatte. Geflüchtet war.

Das Gefühl, etwas nicht mehr rückgängig machen zu können, ist ein eigenartiger Schmerz. Einer, der bleibt. Und noch nie war es mir so dringlich gewesen wie diesmal, einen Mörder zu finden. Den Mörder des polnischen Verlobten.

****

Oliver rief kurz darauf an. »Die Karten für unser Konzert *Rock Histories* sind für dich hinterlegt. Und danach heißt es für mich Koffer packen und Flieger buchen. Möchte deine Freundin eigentlich auch ins Konzert mitkommen?«

»Welche Freundin?«

»Deine großzügige Vermieterin.«

»Du meinst Nadia? Die kann nicht. Ich glaube, sie ist dann beruflich in Berlin. Will ihre Studien an den Bundestag verkaufen. Ich weiß nicht genau, wann sie zurückkommt.«

Seltsam. Ich lebte bei Nadia, mit Nadia, ich schätzte und ich mochte sie. Aber ich wusste nicht, ob ich sie wirklich als Freundin bezeichnen konnte. Wir hatten uns einiges anvertraut, aber so richtig nah war ich ihr nicht gekommen. Nadia schien mir eher der Typ Frau zu sein, der keinen großen Wert auf Freundinnen legte.

»Sag mir doch Bescheid, wenn sie noch rechtzeitig zurückkommt. Auch kurzfristig. Aber Maren, du wirst mir doch die Ehre geben?«

Ich seufzte. »Wenn ich nicht gerade neben Elfie und Melchior sitzen muss.«

»Oh nein«, sagte er. »Du wirst staunen, *wo* du sitzt.«

Es gibt ein paar Leute, die man in seinem Leben als Freunde oder Bekannte haben muss: Einen Arzt, einen Rechtsanwalt, einen Journalisten, einen der sich mit Computern auskennt und einen Heizungstechniker.

Im Fall des Spargelbauern Goll musste ich auf den Journalisten zurückgreifen.

Michael Trott war freiberuflicher Autor, der für verschiedene Tageszeitungen schrieb. Er war ein rundlicher fröhlicher Trinker mit einer Knollennase, der jeden im Umkreis von Karlsruhe kannte und ganze Tage damit verbringen konnte, vom Tchibo zum Ludwigsplatz zu wandern, im Café Böckeler genüsslich in der ersten Märzsonne draußen zu sitzen, auf dem Platz vor der *Alten Bank* Leute zu beobachten oder abends im Vogelbräu auf gute Geschichten zu warten.

Ich kannte ihn schon jahrelang, auch wenn wir uns fast nie verabredeten oder bewusst sahen. Wir winkten einander zu, von weitem, wechselten typisch badische Dialoge wie »Geht's?« »Muss ja. Man sieht sich.« »Im Sommer kommen wir mal im Biergarten zusammen. Auf einen Wurstsalat, grad so.« »Machen wir. Wird ja auch mal Zeit.«

Dergestalt angenehm war also unsere Beziehung. Michael war ein alter Hase im Zeitungsjournalismus. Deshalb war er über mein Ansinnen kaum erstaunt und machte auch keine Schwierigkeiten.

»Spargelbauer im Winterschlaf! Eine Reportage aus der Rheinebene?« Er lachte. »Also, Ideen hast du, Mädel. Ich hab dir immer schon gesagt, komm zu uns, als Freie.«

»Danke. Verhungern kann ich auch ohne eure Hilfe.«

Beim Spargelhof Goll ging es wesentlich professioneller zu als bei den Maurers. Unsere Anfrage war von einer Sekretärin zur nächsten weitergereicht worden, bis wir schließlich für den folgenden Tag einen Besuchstermin hatten.

»Ich kenne das«, sagte Trott gutmütig, wie es seine Art war. »Sie zieren sich immer, die Leute, aber letztlich wollen sie alle in die Presse, sonst nichts. Die BNN nehmen den Text in ihre Wochenendbeilage. Hast Glück, Mädchen, denn dieser Besuch hier hat doch bestimmt noch einen anderen Hintergrund, was? Ach«, er hob die nikotingelben Finger, »lass. Du brauchst mich nicht anzuschwindeln. Lassen wir es einfach so stehen. Es ist Saure-Gurken-Zeit in den Redaktionen. Zu kalt. Haben wir beide was davon.«

Der Spargelhof Goll lag etwas außerhalb von Schwetzingen in Richtung Heidelberg an einer größeren Straße und konnte erreicht werden, indem man einen gepflasterten Feldweg entlang fuhr, der mich entfernt an die Zufahrt zur Southfork Ranch der Ewings denken ließ. Wie sich herausstellte, war dies nicht die einzige Ähnlichkeit mit der Sippe aus Dallas. Die waren Ölbarone, hier regierten die Spargelbarone.

Auf dem Gemüsehof Goll erinnerte nichts mehr an die nostalgische Welt des kleinen Spargelbauern, sondern er sah aus wie ein moderner Großbetrieb, in dem alle möglichen Produkte hergestellt werden konnten.

Im Internet hatte ich mich vorher über die Firma Goll informiert. Familienunternehmen in der fünften Generation. Man besaß Spargeläcker und baute selbst an – übrigens auch Erdbeeren und Rhabarber – und betrieb Handel und Versand mit der Ernte des Spargels. Und zwar in großem Stil. Der große Hof, der um eine großzügige betonierte Mitte herum gebaut war und nach hinten hin erweitert worden war, barg mehrere moderne Hallen.

VW-Busse mit der Aufschrift »Spargel und mehr« sowie zwei knallrote Polos, auf denen »Gourmet-Express« aufgedruckt war, warteten auf Einsätze.

Dieter Goll kam aus seinem Büro rechts neben dem Eingang und empfing uns höchstpersönlich. Drinnen sah ich mehrere Frauen an Computerarbeitsplätzen sitzen.

Ein vierschrötiger, kräftiger Mann mit vollem Haar, kantigem Gesicht. Ein schlauer Bauer allemal, vielleicht auch mehr. In seinen Augen von undefinierbarer Farbe lag Stolz, Machtwillen und das Selbstbewusstsein eines reichen Landwirts.

»So, Spargel im Winter ... na, wen's interessiert. Dieses Jahr haben wir einen langen Winter. Wird noch dauern, bis wir raus an die Böden können.«

Er ließ sich Michael Trotts Presseausweis zeigen, den er durchaus fachmännisch studierte, akzeptierte mich allerdings problemlos als Assistentin und freie Mitarbeiterin.

»Später kommen Sie noch zu uns ins Erdbeercafé. Wir haben seit Neuestem auch im Winter geöffnet. Wir bauen auf kleiner Fläche auch Erdbeeren an. Im Erdbeercafé bieten wir alles rund um Spargel und Erdbeere. Dank der modernsten Konservierungstechnik können wir das jetzt auch außerhalb der Saison servieren – mit weniger Zuspruch natürlich, aber immerhin. Unser gefrorener Spargel verkauft sich dieses Jahr sehr gut. Im Internet und vom Hof.«

Trott machte sich Notizen.

»Es muss was laufen. Action für die ganze Familie. Maislabyrinth, der Streichelzoo – macht Arbeit, bringt aber was. Nur Spargelkaufen ist den Leuten heutzutage zu wenig. Das können sie auch im Supermarkt.«

Auf dem großen Gelände liefen trotz Winterpause deutlich mehr Leute herum als bei den Maurers. Alle trugen einheitliche grüne Jacken, auf denen ebenfalls »Goll Gemüse- und Spargelhof« aufgedruckt war. Das Logo bestand nicht sehr überraschend aus einem Spargel und einer Erdbeere, die miteinander tanzten, im Hintergrund musizierte eine Flasche Wein.

»Ich habe 19 Festangestellte. Ich versende Spargelpakete bis nach Neuseeland. Seit 2000 habe ich eine neue hochmoderne Schälmaschine. In Norddeutschland entwickelt. Mit optischen Sensoren wird die Stange erfasst, hier durch die Maschine geführt und von 16 Messern geschält.«

Ein unglaublich kompliziert aussehendes großes Gerät mit Röhren, in denen der Spargel oben eingeführt wurde und unten geschält herauspurzelte, kam zur Vorführung. »Bei mir gibt's keine Schalenreste. Wird alles aufgefangen und zur Suppe verarbeitet. Wussten Sie, dass die erste Schälmaschine ausgerechnet in Thailand entwickelt wurde? Da kommt weltweit der meiste Dosenspargel her.«

»Thailand?« Trott notierte sich das.

»Aber ich verlass' mich auf Deutsches. Ich habe mehrere hochmoderne Vakuumiergeräte und eine eigene Fabrik für die Konservierung von Spargel. Wir brennen auch unseren Spargelschnaps selbst. Meine Qualität ist tadellos.«

Moderne Managementgedanken schienen sich bei Herrn Goll noch nicht durchgesetzt zu haben. Wo selbst Topmanager heutzutage zartfühlend von »wir« sprechen, um ihre Belegschaft nicht zu brüskieren, machte Dieter Goll keinen Hehl daraus, wer hier den Laden am Ticken hielt: »Ich baue den sogenannten Schwetzinger Meisterschuss an. Das ist eine Spargelpflanze mit Tradition. Hat sich gelohnt, sie nicht nur für hohe Erntezahlen zu züchten. Da kommt mir keine Folie drüber, um das Wachstum anzutreiben. Gesund, schädlingsabweisend, guter Geschmack und schöne dicke Stangen. So gehört es sich.«

Er habe viele Stammkunden. Schwetzinger Spargel sei weltweit begehrt. »Schon 1658 wurde im Schlossgarten Spargel angebaut. Unser Schwetzinger Spargelmarkt, immer am ersten Samstag im Mai, da müssen Sie mal kommen, findet im Schloss statt, und das schon seit 1894. Alle paar Jahre führt auch der Heimatverein ein Stück dazu auf. Rund um den Mozart oder den Carl Theodor, der das Schloss und den Garten angelegt hat. Meistens etwas über Spargel. Worüber auch sonst? Jedenfalls unterstützt GG das sehr. Und nicht nur ideell. Finanziell, meine Lieben. Finanziell!«

Auf unseren fragenden Blick ergänzte er: »GG – Gemüse Goll.«

Er lachte dröhnend und tief von innen heraus.

Warum war ihm nicht die Spur der Tragödie anzumerken, die seine Familie getroffen hatte? Und wer hatte die Tragödie ausgelöst?

»Schwetzinger Erde hat unsere Familie groß gemacht, und wir helfen Schwetzingen, dass seine Größe nicht nur Vergangenheit ist.«

Während mein hilfreicher Trott allerlei Fragen zum königlichen Gemüse stellte, musterte ich in der Spargelverkaufsstelle die auf alt getrimmten oder vielleicht auch wirklich alten Fotos und Bilder zur Familiengeschichte, die sehr an Thereses Minimuseum erinnerten. Nur, dass der Goll-Betrieb größer war. Der Fuhrpark war moderner. Das Logo damals schon flotter. Die Kisten und Kästen und die Waschzuber waren größer. Eine Familie im Aufbruch.

Da war auch das alte Schwetzingen abgebildet, wie es früher ausgesehen hatte. Ein stolzes reiches Kleinstädtchen, einen Hauch feiner als die Spargelörtchen in der Umgebung. Zwei frühe Angehörige der Goll-Sippe, wie sie einen alten Lastwagen voll mit den weißen Stangen lenkten. Verschiedene Goll-Generationen blickten würdig und selbstbewusst in Kamera. Gläser mit Spargel, Konservendosen mit Spargel, Spargel-Geschenkpakete, Flaschen mit Spargelschnaps. Zwischen den Bildern immer die Produkte.

Interessiert besah ich mir ein Bild der neuen Goll-Generation. Da war er, der alte Goll, wenn man ihn mal respektlos so nennen wollte. Seine Frau, eine hergerichtete, arrogant und eher gewöhnlich aussehende Person. Vier Kinder hatten die Golls. Zwei Mädchen und zwei Buben. Schöne Kinder. Heute sicher alle erwachsen.

Jetzt war der Moment der Wahrheit. Mit Herzklopfen suchte ich auf dem Foto nach einem bekannten Gesicht. Und wurde fündig. Da war sie: Natalie Goll. Kein Zweifel: Sie war das Mädchen, das ich damals so unfreundlich abgewiesen hatte. Mein Opfer, das die Heimat aufgegeben hatte, in der sie keiner verstand.

Goll sagte stolz: »Meine Kinder. Meine Söhne haben beide Landwirtschaft studiert. Meine jüngste Tochter Natalie lebt nicht mehr hier und meine andere Tochter Bianca, die ist jetzt auch Mutter. Ich habe ja schon Enkel, aber über den Jüngsten freut man sich besonders. Ein Junge natürlich. Ich bin sehr stolz. Sie hat in ein sehr gutes Restaurant in Weingarten eingeheiratet. Geschäftskunden. Karlsruher Einzugsgebiet. Sie verstehen. Ich bin sehr zufrieden.« Herr Goll nickte sich selbst zu, und ich dachte spontan, dass ich nicht wissen wollte, wie er sich benahm, wenn er mal *nicht* zufrieden war. Wenigstens hatte eine seiner Töchter ein Nobelrestaurant in die Familie gebracht.

Um nicht aufzufallen, warf ich jetzt nur noch einen weiteren kurzen Blick auf die jüngste Goll-Tochter. Etwas jünger als an dem Tag, als sie bei mir war, schaute sie mit dem für sie wahrscheinlich typischen Ernst in die Kamera. Humorlos bis zum Tod, dachte ich. Sie war hübsch gewesen. Das glatte schwarze Haar, die matte helle Haut, die dunklen Augen, die Augenbrauen wie auffliegende Krähenschwingen. Als Ahnenforscherin musste ich feststellen, dass sie vollkommen aus der Art der Golls ausgeschlagen war. Wenn ihr Vater wüsste, dass dieses Mädchen vor mir gesessen hatte, bevor sie die Familie verlassen hatte … bei dem Gedanken fühlte ich mich unbehaglich. Immer noch musste ich an den Hass in ihren Augen denken. Etwas stimmte nicht mit dieser Natalie Goll.

Ein weiteres Foto fiel auf. Dieter Goll neben einer Frau, die mir aus der BUNTE sehr bekannt vorkam.

»Königin Silvia«, sagte ich andächtig. Irgendwo steckte in mir doch noch der Rest eines kleinen Mädchens, für das es das Höchste gewesen war, an Fasching in rosa Tüll mit einem Krönchen aufzulaufen.

»Ja, die hat sich von mir 1988 den Spargelanbau erklären lassen. Hat sie sehr interessiert. Später hab ich ihr eine Kiste hochschicken lassen, nach Stockholm. Seither beliefern wir mehrere Toprestaurants in Schweden. Heißt ja schließlich das königliche Gemüse.«

Er lachte.

Ich merkte, dass meinem vorgeschobenen Reporter allmählich keine Fragen mehr zum Spargelanbau einfielen.

Golls Handy läutete. Er lauschte nur kurz.

Sein Gesicht verwandelte sich zusehends, verlor jede Verbindlichkeit. Würde man ihn in seine eigene Spargelschälmaschine werfen, so käme oben ein halbwegs umgänglicher Kurpfälzer herein und unten ein harter Geschäftsmann heraus.

»Mensch, Wladi, würdest du bitte die Ware vor zwei Uhr abholen. Ich erwarte dich in«, er warf einen Blick auf seine Uhr, »in genau fünf Minuten hier auf dem Hof. Um drei schließt die Klitsche da. Nein, es interessiert mich verdammt noch mal nicht, dass du jetzt noch Lieferzettel machen musst. Das rechnet man sich vorher aus. Schon mal was von Zeitmanagement gehört, oder gibt es das bei euch nicht, da hinten? Also setz dich auf deine vier Buchstaben und vergiss nicht, dass das Auto ein Gaspedal hat. Tritt gefälligst drauf.«

Er legte auf, wandte sich ohne jegliche Verlegenheit an uns. »Wladimir. Ein ehemaliger Erntehelfer. Ist bei mir hängen geblieben. Hat geheiratet. Seine Frau, die Dora aus Rumänien, putzt bei uns. Gehört zur Familie, wie man so sagt. Eigentlich ein zuverlässiger Mann. Arbeitet gut. Aber das darf man denen nicht zu oft sagen, dann fangen sie an zu feiern.«

»Aber sonst haben Sie ein gutes Verhältnis zu Ihren Erntehelfern?«

Das war unvorsichtig gewesen. Goll war nicht dumm. Er schien mich jetzt überhaupt das erste Mal richtig zu bemerken.

Sein Miene wurde misstrauisch.

»Ich habe überhaupt kein Verhältnis zu unseren Saisonkräften. Sie arbeiten hier, sie kriegen Lohn dafür, und zwar guten Lohn, dann fahren sie wieder heim. Ich kenne die Leute kaum. Mein Geschäftsführer kümmert sich ums Personal. Für mich ist einer wie der andere. Der Wladi kann sich schon eine Eigentumswohnung kaufen von dem Geld, das er bei mir macht.«

Der schon, dachte ich bitter. Vielleicht sollte ich umschulen.

»Sicher. Aber es arbeitet sich doch besser, wenn man die Mentalität des jeweils anderen ...«

»Hören Sie. Die Mentalität dieser Leute juckt mich nicht, alles klar? Mich juckt, was mittags hier bei mir auf der Waage liegt. Sonst nichts.«

Dem war nichts hinzuzufügen. Kein Wunder, dass Natalie in ihrer eigenen Familie wenig Rückhalt für ihren Liebeskummer gefunden hatte.

Mein Blick wanderte zu den Bildern an der Wand. Eines davon zeigte die ganze Belegschaft von GG. Eine große Menge von Leuten stand strahlend um den Chef herum. Ich versuchte unauffällig, das Bild genau zu studieren. Keiner, der aussah wie der Tote im Park. Zumindest nicht auf den ersten Blick. Es gab ein paar Männer mit den angeblich typisch polnischen Schnauzbärten, aber sie waren entweder älter oder sahen ganz anders aus. Das Bild war erst drei Jahre alt, sah ich an dem Banner, das sie hochhielten. Johanni 2006 stand darauf. Da konnte der Tote nicht mehr abgebildet sein, denn er war da bereits seit zwei Jahren Vergangenheit. Und dieser kalte Hauch, den ich von meinen früheren Fällen so gut kannte, zog wieder durch den Raum.

Golls Ultimatum von fünf Minuten war kaum vergangen, als ein hagerer, sehniger Mann die Szene betrat.

»Wo ist die Ware, Chef?«

»Auf dem Mond!«, sagte Goll nicht unfreundlich. »Mein Gott, Wladi, wo sie immer ist. In Halle zwei. Schnapp sie dir, dann kannst du hinterher deine Lieferscheine weiter bearbeiten. Das sind Leute von der Presse. Die wollen wissen, ob du dich hier wohl fühlst. Du fühlst dich doch wohl?«

Das Ganze schien mir wie eine Szene aus vorkapitalistischen Zeiten.

Wladi schien kurz zusammenzuzucken, als das Wort Presse fiel. In seine kleinen schwarzen Augen, die wach und lebhaft umherwanderten, trat ein vorsichtiger Ausdruck.

»Hier ist es gut«, sagte er in unsere Richtung gewandt. »Meine Landsleute und ich, wir sind loyal. Nicht wahr, Chef?«

»Es ist gut, Wladi«, erwiderte Goll kurz. »Fahr jetzt. Die Leute warten auf die Ware.«

Kurz bevor wir uns zum Gehen wandten, knirschte der Kies auf dem

Hof der Golls von den Reifen eines BMW Cabrio mit der Nummer HD-GG-222. Ihm entstieg eine Frau, die so offensichtlich Frau Goll war, als trüge sie ein Namensschild vor sich her. Nicht mehr jung, blond getönt, elegant, schlank mit Mühe, boutiquengestylt. Eine Frau, wie man sie in den teureren Läden von Mannheim einkaufen sieht. Und später beim Cappuccino mit einer Freundin.

J.R. Goll, wie ich ihn insgeheim nannte, stellte uns vor.

»Hoffentlich machen Sie aber nicht wieder so eine Mitleidsreportage wegen der Erntearbeiter. Haben Sie lieber mal Mitleid mit der arbeitenden Mittelschicht in diesem Land«, schnappte sie und holte einige Einkaufstüten aus ihrem Auto. Sie trug weiße Jeans und eine goldfarbene gesteppte Winterjacke sowie ein Tuch von Hermès. Sie war mir extrem unsympathisch. »Ich sage nur: Stichwort Unternehmenssteuer.«

Sie suchte in ihrer großen Handtasche nach einem Schlüssel.

»Unsere Leute kommen gern. Und das Gemecker wegen der Löhne kann ich nicht hören. Hast du ihnen gesagt, was wir zahlen, Dieter? Wir zahlen 5,50 Euro die Stunde plus eine Leistungsprämie für jedes Pfund, das sie mehr als neun Kilo in der Stunde stechen.«

»Bei uns«, bestätigte GG, »gibt es solche Vorkommnisse nicht, wie im Osten. Die sind ja plemplem. In Halle. Zünden die Unterkunft von polnischen Erntehelfern an. So was gibt's bei uns nicht. Und wenn, dann setzt man denen mal den Kopf zurecht. Das sind doch Wirrköpfe. Wir sind auf die Leute angewiesen. Solange es noch keine zuverlässigen Maschinen gibt, die uns das Zeug aus der Erde graben ...«

»Dieter!«, mahnte Frau GG. »Bitte!«

Er unterbrach sich.

»5,50 Euro die Stunde ist aber nicht gerade üppig«, warf Trott ein. »Und wahrscheinlich ziehen Sie noch Kostgeld ab.«

»Nur das Nötigste. Zeigen Sie mir das Land, wo Sie umsonst essen. Da zieh ich dann hin. So, und jetzt sag' ich euch mal was. Esst ihr gerne Spargel? Ja? Gut, dann zahlt ihr demnächst 25 Euro das Kilo. Soviel würde unsere Ware nämlich kosten, wenn unsere lieben Deutschen die Ernte zu Tariflöhnen machen würden.«

»Trotzdem«, sagte Trott und war ziemlich beharrlich dabei, sich und damit auch mich unbeliebt zu machen, »ich habe gelesen, Deutschland steht an viertschlechtester Stelle, was die Entlohnung der Erntehelfer angeht.«

»Dann soll die Politik«, warf Frau Goll schneidend ein, »die Gesetze ändern. Schnellere Freizügigkeit im Grenzverkehr mit den neuen Beitrittsländern. Gelockerte Aufenthaltsbestimmungen. Durchschaubarere Gesetze. Lachhaft. Jetzt gehen unsere Polen angeblich lieber nach England und nach Irland. Mal sehen, wie lange *das* gut geht. Bei uns wussten sie, was sie hatten. Sie schlafen alle entweder im Haus, in den klimatisierten Wohnwagen oder in eigens angemieteten Pensionen. Tipptopp sauber. Zumindest, bis sie eingezogen sind. Mehr sag ich nicht. Und nach sechs Stunden ist bei uns Pause. Mit Vesper. Neben dem Bus. Wir haben Schutzzelte. Also, wer da noch meckern kann! Wie leben die denn zu Hause!«

»Na ja, reg dich nicht auf. Wir haben die Bulgaren in der Reserve«, wandte GG ein, und als ob er plötzlich merke, dass seine Frau nicht gerade den allerbesten Eindruck hinterlassen hatte: »Es gibt auch viele ordentliche Polen. Das weißt du ganz gut.«

Seine Frau warf ihm einen mokanten Blick zu, drehte sich um und ging ohne weitere Worte. Sie hinterließ den Duft eines Parfüms, für das sie eigentlich zu alt war.

»Ein Macho von der guten, alten Sorte, dieser Goll!«, bemerkte Trott, als wir vom Hof fuhren. »Könnte drauf wetten, dass sein sogenannter Wladi ihm lieber heute als morgen an die Gurgel ginge. Er darf nur nicht, wenn er seinen Job nicht verlieren will.«

Ich sagte nichts dazu. Mir war nicht nach Reden zumute. Trott, der wie alle Lokaljournalisten, die ich kannte, ein gutes Gespür für Menschen hatte, drängte mich nicht weiter. Ich dachte an Natalie.

Das war also die Familie, aus der sie stammte. Sie musste sich hier wie ein Fremdling gefühlt haben. Ein Fremdling, der schließlich seinen eigenen Weg gefunden hatte. Den Weg weit fort von hier.

****

In meinem bevorzugten Immobilienportal im Internet fand ich am Sonntag eine Wohnung, die mir nun wirklich wie ein Schnäppchen vorkam. Rheinstraße. Ein Zimmer, Parkett, kleine Küche. 35 000. Großer Balkon.

Gut, die Rheinstraße mochte an der Stelle etwas belebt sein, aber schließlich sind wir noch nicht tot, oder?

Ich machte einen Termin für kommenden Dienstag mit dem Makler aus, der erklärte, für eine Erbengemeinschaft tätig zu sein.

Das war immer gut. Die Erben, oft untereinander zerstritten, konnten sich nicht einigen und letztlich waren sie froh, die lästige, vom Großonkel geerbte Immobilie überhaupt loszuwerden. Vielleicht eine Chance für mich auf ein eigenes Dach über dem Kopf.

****

Doch vorher stand noch ein wichtiger Anruf an. Ich musste einfach Genaueres über Natalie Goll erfahren. Sie war der Schlüssel zu allem. Vielleicht hatte sie ihren Freundinnen gegenüber erwähnt, wer Marek bedroht hatte.

Frau Maurer meldete sich schon nach einem Klingeln ihres Handys. »Ja, die Sabine«, sagte sie vertrauensselig.

»Frau Maurer? Ich bin es noch einmal. Frau Mainhardt aus Karlsruhe. Frau Maurer, es ist wirklich wichtig. Ich müsste mit der Freundin von Natalie Goll sprechen. Jenes Mädchen, das Sie kürzlich erwähnt haben. Das ihre Tochter kennt.«

»Das geht nicht. Das geht gar nicht. Ich will da in nichts hineingezogen werden. Der Goll hat Einfluss. Ich lege mich doch nicht mit denen an. Keiner will das. Das ist einer von den Großen. Und kann ziemlich unangenehm werden.«

»Eben deshalb, Frau Maurer, wäre es so wichtig, dass ich mit diesem Mädchen spreche.«

»Es geht nicht. Sie ist ... sie ist auch gar nicht da. Sie ist ... sie ist in, ja, im … Ausland. Und jetzt muss ich Schluss machen.«

Und Frau Maurer legte auf. Es klang verdammt endgültig.

In diesem Fall musste ich mich offenbar allmählich daran gewöhnen, vor dem Nichts zu stehen.

Und ich hoffte, dass es einen Weg gab, der mich weiterführen würde. Vielleicht nur einen Seitenweg, aber auch Seitenwege stoßen irgendwann auf die Hauptstraße. Einer dieser Wege, das hatte ich im Unterbewussten bereits beschlossen, ohne dass ich es ausgesprochen hätte, würde mich in ein ganz bestimmtes Feinschmeckerlokal nach Weingarten führen und der andere, den ich jetzt sofort beschreiten würde, zu Consuela! Diesmal nicht um in den Karten nach der Wahrheit zu fahnden, sondern um nach einem ganz bestimmten jungen Mann zu fragen. Denn mir war ein Satz wieder eingefallen, den ich fast vergessen hatte. Ein Satz, in dem ein Kartoffelkäfer vorkam. Unsereins hat mit Landwirtschaft so selten zu tun – höchstens in Gestalt von blank geputzten Pfälzer Kartoffeln oder Äpfeln in ordentlichen Sechserpacks auf einem Tablett aus Styropor und überzogen mit einer Klarsichtfolie – dass mir mein Nachmieter als Exot in lebhafter Erinnerung geblieben war. Er besuchte das Agrarwissenschaftliche Gymnasium in Ettlingen, auf dem auch das Mädchen gewesen war, mit dem Natalie Goll wohl enger befreundet gewesen war!

»Er wohnt doch in deiner ehemaligen Wohnung«, meinte Consuela lapidar, als ich sie auf den jungen Mann ansprach und reichte Nessie feierlich ein Stück Käse. Schon wieder Manchegokäse. Die reinste Verschwendung an den Hund. Sie hätte genauso danach geschnappt, wenn es eingeschweißter Gouda aus dem Lidl gewesen wäre.

»Da sollte sich für dich doch ein Anknüpfungspunkt finden, wenn du mit ihm sprechen willst. Er ist sehr aufgeschlossen.« Consuela stand auf und lief zum Fenster. »Und es brennt Licht bei ihm. Klingele einfach.«

»Fragst du mich nicht, warum ich mit ihm reden will?«

»Kartenlegerinnen wie ich fragen nicht«, versetzte Consuela. »Sie *wissen*!«

Kilian Warlich war ein Typ, der mir gefährlich hätte werden können, wenn ich nur etwa 25 Jahre jünger gewesen wäre. Ein offenes Gesicht, blonde Haare, die ihm in die Stirn fielen, ein verschmitztes Grinsen. Die Jeans saß so tief, dass sein schmaler Po sie nur noch mit Mühe in einer halbwegs schicklichen Position halten konnte.

Höflich war er auch. Er half mir sogar aus dem Mantel. Etwas ungelenk versuchte ich jede Berührung mit ihm zu vermeiden. Ich war wahrscheinlich so alt wie seine Mutter. Deshalb machte ich auch keine langen Ausreden. Ich sagte ihm, warum ich hier war.

Er deutete abwesend auf ein Sofa, das wahrscheinlich aus gutem Grund mit einer Decke abgedeckt war. Kratzte sich am Kopf, starrte auf sein Handy, machte den Computer an, grinste schließlich großzügig.

»Spargel? Klar haben wir Spargelanbau durchgenommen. Gehört doch dazu, weil hochwichtig, für die Agrarwirtschaft. Und einen Besuch auf dem Großmarkt in Heidelberg hatten wir auch. Letztes Jahr war das. Morgens in aller Herrgottsfrühe. Mann, ich mag gar keinen Spargel. Muss man dauernd pinkeln.«

Es kostete mich zwei Minuten, dann gab Kilian an, er kenne jemand, der auf dem Großmarkt arbeite. Ich zweifelte nicht daran, dass es sich bei dem JEMAND um ein weibliches Wesen handelte.

Kilian reagierte mit einem beeindruckend lässigen Achselzucken, als ich ihn bat, herauszufinden, wie die Freundin von Natalie Goll hieß. »Sie war auf deiner Schule. Ist häufig im Großmarkt.«

»Goll, ist das nicht dieser Spargel-Mufti?«, erkundigte er sich. »Das müsste sich schon rausfinden lassen. Ich horch mich mal um. Was liegt da drin?«

»Wie, was liegt da drin?«

»Na, was trägt's?«

»Wie meinst du?«

Er machte die unmissverständliche Handbewegung.

»Ach so.« Nicht das erste Mal in meiner Karriere als Kriminologin musste ich für eine Information bezahlen. Meistens allerdings waren die Forderungen mehr versteckt an mich herangetragen worden. Essenseinladungen oder Reisen mit Ana in den Europapark. Wieviel würde mich die Gerechtigkeit diesmal kosten?

»Zwan... fünfzig!«, korrigierte ich mich seufzend, als ich seinen Gesichtsausdruck sah. »Aber dafür will ich möglichst viele Informationen über die Familie Goll. Klar?«

»Geht klar!«

»Und bitte, Kilian. Diskret.«

»Lady«, sagte er, und ich fragte mich, welche US-Produktion er als Rollenvorbild für sein Leben benutzte, »Lady, Diskretion ist mein zweiter Vorname.«

****

Ein Mord geschieht und will aufgeklärt werden. Das ist eine absolut elementare Angelegenheit. Aber beinahe genauso elementar war für mich die Frage: Was sollte ich zu Olivers Konzert im Staatstheater anziehen?

Obwohl ich mich von jenem Melchior, den ich kannte, spätestens hoch über den Wolken bei XXXL innerlich verabschiedet hatte, plante ich doch, Elfie so unruhig wie möglich zu machen. Im Klartext hieß das: Der schwarze Plisseerock von H&M würde herhalten müssen. Eigentlich war es zu kalt für das schimmernde dünne Ding, aber manche Opfer müssen einfach sein.

Während ich meinen Kleiderschrank nach einem passenden Oberteil durchwühlte, dachte ich über die Begegnung mit den beiden Golls nach. Natalies Eltern. Die vielleicht nicht traurig gewesen waren, den polnischen Schwiegersohn nie mehr sehen zu müssen. Natalie hatte eine solche Andeutung gemacht. Der alte Goll war ein autoritärer Typ, halb harter Geschäftsmann, halb schlauer Bauer. Direkt herzlos hatte er trotz seines Bemühens, J.R. zu kopieren, nicht gewirkt. Sie war eine arrogante Zicke, die nicht verblühen wollte wie das Spargelkraut auf ihren Feldern. Ein polnischer Erntehelfer als Schwiegersohn mochte ihr nicht gefallen haben. Jedenfalls nicht so gut wie ein schnieker Restaurantbesitzer.

****

Viel konnte ich nicht tun. Mir standen keine ermittlungstechnischen Ressourcen zur Verfügung. Was ich aber tun konnte, war, den Menschen, die mit dem Fall zu tun hatten direkt ins Gesicht zu blicken.

Ich wollte Natalies Schwester kennen lernen.

Und Nadia würde ich mitnehmen. Vielleicht würde uns das wieder näher bringen. Wir hatten lange nicht mehr über das Foto und den Fall gesprochen. Ich musste respektieren, dass sie es nicht wünschte, und so hielt ich auch den Zweck unseres Treffens vor ihr verborgen.

Nadia reagierte zwar freundlich, aber auch erstaunt, als ich sie zum Essen ins *Les Trois Epices* einlud. »*Trois Epices*? Nach Frankreich?«

»Nein. Weingarten. Bei Bruchsal. Die kochen hart am zweiten Stern entlang. Soll ein sehr gutes Restaurant sein. Bekannte haben es mir empfohlen.«

»Weingarten? Du willst mich zum Essen aufs *Dorf* einladen?«

»Nun, Nadia. Dorf! Es ist ein nettes kleines Örtchen. Und man isst dort ganz wunderbar. Ich wollte mich mit dieser Einladung bei dir bedanken. Zwar bin ich bedauerlicherweise noch nicht ausgezogen, aber betrachte es als eine Art Zwischendank.«

Wir fuhren durch Durlach auf der B3 nach Weingarten. Das war mal wieder einer dieser Orte, der grundsätzlich ein hübsches Zentrum hat, ein paar Fachwerkhäuser, eine Kirche, eine Brücke über ein Flüsschen, und in dem ich trotzdem nicht wohnen wollte. Ich stelle mir solche Orte immer an einem regnerischen Sonntagmittag vor. In Karlsruhe kann ich zu Fuß zum Kinofrühstück in die Schauburg ziehen. Oder noch schnell eine Theaterkarte holen. Ins Museum gehen. In einem Bistro sitzen und Leute beobachten. Wenn es ganz schlimm wird, mich am Bahnhof herumdrücken. Aber in Weingarten? Da ist der Sonntag wirklich noch ein Sonntag. Und weil ich als kinderloser Single solche Tage nicht mag, ziehe ich eben nicht nach Weingarten.

Aber essen konnte man dort gehen. Beim *Trois Epices* handelte es sich um ein geschmackvoll restauriertes Fachwerkhaus mit alten Holzbalken, mit schweren Dielen und tiefliegenden Decken. Edles Geschirr, schweres Besteck, Damasttischdecken, echter Blumenschmuck, Speisekarten in Leder gehalten und natürlich nahezu unleserlich mit der Hand geschrieben, eine Extraweinkarte, geschult wirkende Ober und ein Käsewagen sowie ein Servierwagen mit Likören, die wartend in der Ecke standen, verrieten vielleicht Gutes, aber auf alle Fälle Hochpreisiges. Ich bedachte einigermaßen verbittert, dass der Tote im Schlossgarten mich jetzt schon weitaus mehr Geld gekostet hatte als alle meine vorigen Opfer.

»Bestell dir was du möchtest. Und schau nicht auf die Preise, Nadia, sie spielen heute keine Rolle«, log ich. Hoffentlich mochte sie keinen Fisch. Krustentiere ließen es sich meistens teuer bezahlen, dass man Ewigkeiten brauchte, um mit langen Nadeln Minimengen an Fleisch aus ihnen herauszuholen.

Nadia lächelte, als wisse sie Bescheid.

Ich sah mich unauffällig um. Überlegte mir eine raffinierte Ausrede, um die Chefin sprechen zu können, doch Raffiniertes war gar nicht nötig, denn mit einem Bestellblöckchen in der Hand näherte sich bereits eine Frau mit mühsam gebändigten kleinen braunen Locken, in der ich mit dem geschulten Ahnenforscherauge sofort Natalie Golls Schwester erkannte.

Der Kampf teurer Restaurants um Kunden ist heutzutage hart, deshalb werfen sich Restaurantbesitzerinnen selbst in die Waagschale, um einen bleibenden Eindruck zu hinterlassen.

Und sie schien etwas Zeit zu haben.

»Frau Mainhardt, Sie hatten reserviert. Ich darf Sie in unserem Hause ebenso willkommen heißen wie Ihre Freundin. Dürfen wir Ihnen gerne unseren Hausaperitif anbieten?«

Sie winkte huldvoll hinter sich, ein junger Lernkellner erschien und servierte kleine Brötchen mit diversen Leckereien darauf. »Ein Gruß aus unserer Küche.«

Aus leidvoller Erfahrung wusste ich, dass wir den Aperitif sowieso bezahlen mussten, und der Gruß würde uns letztlich auch teuer zu stehen kommen.

Das war also Natalies Schwester. Um ganz ehrlich zu sein: Ich mochte sie nicht besonders. Ich bedauerte Natalie immer mehr. Hoffentlich war sie wenigstens glücklich geworden, da wo sie jetzt war.

Die Schwester war groß, zwar durchaus schlank, aber sie hatte trotzdem keine ansprechende Figur. Grob. In ein paar Jahren würde sie matronenhaft wirken. Ihr Gesichtsausdruck verriet, dass sie sich schön fand. Ich dagegen fand sie affektiert. Leider kam sie nach ihrer Mutter.

»Haben Sie auch Spargelgerichte?« Ich tat so, als habe ich die Karte ansonsten bereits auswendig gelernt.

»Um diese Jahreszeit können wir Ihnen leider nicht die ganze frische heimische Ware anbieten«, bedauerte sie. »Meeresfrüchte haben wir allerdings heute aus Frankreich hereinbekommen. Wenn Sie gerne bei unserem Hummersoufflé schauen möchten …«

»Ja, das ist schade, dass Spargel so zeitlich begrenzt ist«, führte ich das sinnlose Gespräch fort. Nadia musterte mich zuerst erstaunt, dann mit erwachendem ironischem Misstrauen.

»Es handelt sich nun mal um ein regionales Naturprodukt. Unverwechselbar. Einmal etwas in der Gastronomie, das wir nicht in gleicher Qualität von irgendwoher importieren können. Oder möchten Sie chinesischen Spargel essen?«, gab sie zurück. Das Thema schien sie zu bewegen, denn für einen Moment fiel ihre professionelle Gastwirtinnenfreundlichkeit ab. »Bis ein Spargelfeld gute Ergebnisse in hohen Handelsklassen erzielt, sind viele Arbeitsschritte notwendig. Und wir ernten nicht mal drei Monate im Jahr.«

»Wir?«, fragte Nadia mit hochgezogenen Augenbrauen. Ich sah, dass sie das Spiel erkannt hatte und bereit war, mitzuwirken.

»Ich stamme aus einer Spargelbauernfamilie in der Nähe. Haben Sie gewählt? Die Vorspeise vielleicht?«

»Dann verstehen Sie viel vom Spargel?«

»Nun. Wir sind mit Spargelwasser getauft. Als Kind haben wir immer die Sammlung von Spargelgeschirr bewundert, die meine Oma hatte. Spargel wurde immer gerne von besonderen Tellern genossen. Die von der Karlsruher Majolika haben wir jetzt bei uns zu Hause.«

»Welchen Spargel servieren Sie?«

»Schwetzinger Meisterschuss, Handelsklasse II. Meinem Mann persönlich lieber als HK I. Mit 16 bis 26 cm Durchmesser sind uns die zu kräftig.«

Nadia kicherte.

Die Chefin zückte ein kleines ledernes Blöckchen.

»Ich nehme Carpaccio vom schottischen Jungrind mit halbwarmem Fenchel-Trüffelsalat und hausgebackenem Maisbrot«, orderte Nadia cool wie immer.

Ich lächelte verkrampft und äugte unauffällig nach dem Preis. 18,90.

»Das ist eine passende Verbindung. Spargel und ein solches Restaurant«, warf ich ein. Mein Gott, was für eine Rechnung würde mich hier am Ende des Abends erwarten, wenn Nadia in dem Tempo weiterbestellte. Ich suchte hektisch nach den Suppen auf der Karte. Suppe ist immer gut. Rangiert unten, preislich gesehen.

»Ich nehme die Pastinakencremesuppe mit Tomatenperlen und Forellenstreifen.«

»Sehr gerne«, behauptete die Chefin und notierte zufrieden. Ich sah erst jetzt, dass die Suppe 12,90 kostete. »Ja, wir servieren in der Saison ausgefallene Spargelgerichte. Spezialität: marinierter Spargel an mit Artischocken gefüllten Serranoschinkenröllchen und Kartoffelhäufchen. In diesen Wochen sind Hotel und Restaurant ausgebucht.«

»Trotzdem«, tat ich scheinheilig, »es bleibt eben auch für den Geldbeutel das königliche Gemüse. Artischocken sind hier auch teuer und wachsen in Frankreich wie Unkraut. In der Bretagne etwa.«

Auf einem stilechten Tablettchen wurden die Aperitifs gebracht – eine rosafarbene Mixtur mit dem unvermeidlichen Minzeblatt darin sowie einem Rand aus grünem Zeug. »Süßer Pfeffer«, ergänzte der junge Kellner unsicher und sah dabei aus, als würde er lieber bei Burger King Cola verkaufen als Unschuldigen rotes Zeug mit süßem Pfeffer zu servieren.

»Artischocken können maschinell geerntet werden. Solange wir die

Spargelernte nicht automatisieren können, muss eben jeder Spargel von Hand geerntet werden. In Norddeutschland«, Ihre Stimme wurde nachdenklich, »ist allerdings der Prototyp eines sogenannten Spargelpanther entwickelt worden. Hört sich nach Tier an, ist aber eine Maschine. Mit einem beleuchteten Joystick sticht das Gerät parallel drei Reihen Spargel, schneidet sie und legt sie in eine herkömmliche Kiste. Er deckt sogar die Folie hinterher wieder über den Damm, womit das Austrocknen verhindert wird, das bei der herkömmlichen …«, sie unterbrach sich, weil draußen das satte Zuschlagen von Türen großer Autos zu vernehmen war.

»Ob das etwas bringt!«, warf ich ein. »Und dann braucht man immer einen Mechaniker, der das Ding betreut. Ist sicher anfällig, so eine Maschine.«

Rasch ergänzte sie: »Sicher. Man wäre jedenfalls ein wenig unabhängiger, was die Saisonarbeiter angeht. Wir hatten mal einen … Beschäftigten, Techniker von Haus aus, der hatte sich aus eigenem … Interesse über das Ding informiert. Das war ein Aufstand unter den Erntehelfern. Immer wird über die niedrigen Löhne geschimpft, aber wenn sie nicht mehr gebraucht würden, gäbe es manchen Mercedes weniger in Polen und Kroatien. Abgesehen von dem, was die an die Familien schicken. Und spenden. Wir haben jetzt auch islamische Helfer. Aus dem Kosovo. Im Islam muss man etwas spenden. Na, das sind sowieso Hitzköpfe. Haben Sie bereits das Hauptgericht gewählt?«

»Rumpsteak mit Aprikosen-Zwiebelkaviar und Kurkuma-Kartoffelsternen. Und warum haben Sie das Projekt nicht durchgeführt?«

Von der Automatisierung der Spargelernte hatte auch die schöne Museumsaufseherin in Schwetzingen gesprochen. Ein belangloser, nutzloser Besuch, hatte ich rückwirkend gedacht. Doch das ungewöhnliche Wort Spargelpanther war heute das zweite Mal aufgetaucht.

Das blasse Gesicht der Wirtin wurde verschlossen. »Er ging weg, und mit ihm ist die Sache gestorben.«

»Nun ja«, bemerkte Nadia kühl wie eine Gurke, »solange *er* nicht gestorben ist, mag es noch angehen. Ich nehme den Loup de Mer an Kürbisblüten und Wildreiskuchen.«

Das Essen war gut. Die Rechnung kam in einer verschlossenen Schachtel, die besser verschlossen geblieben wäre. Leider musste ich sie ansehen und beschloss, dass ich mir nun zwei Meter weniger Eigentumswohnung leisten konnte.

Der junge Kellner bedankte sich mitleidig für das Trinkgeld. Ich hätte fast einen Monat leben können von der Rechnung.

Wir gingen, ohne noch einmal mit Natalie Golls Schwester gesprochen zu haben.

Doch ich hatte sie beobachtet. Sie agierte kühl und perfekt. In einem solchen Fall ist jeder verdächtig. Hatte sie Marek umgebracht? Einen kräftigen Mann getötet? Erschossen oder erstochen? Höchst unwahrscheinlich. Und außerdem, warum?

Das Auto glitt auf der dunklen Bundesstraße Richtung Durlach. Der Asphalt unter den Reifen glänzte gefährlich kalt.

Nadia wartete eine Weile, bis sie sich ruhig und gelassen erkundigte: »Also, meine Liebe, was war das jetzt? Warum waren wir ausgerechnet in diesem Restaurant?«

»Ich wollte dich einladen.«

»Du glaubst bitte nicht, dass ich das glaube, Maren. Du lädst nicht ohne Grund in einen Gourmettempel ein, in dem der Preis für den Wein dein Monatseinkommen übertrifft. Es hat etwas mit den Fotos zu tun, nicht wahr? Du bist auf der Jagd!«

»Nicht, dass ich dich nicht sowieso mal einladen wollte«, log ich mit gutem Gewissen, »aber ich denke, dass – verzeih den Ausdruck – dein Toter Marek hieß, Nachname bis heute unbekannt, dass er Erntehelfer war und dass sein Tod in irgendeiner Form mit den Geschäften des Herrn Spargelbauern Goll zu tun hatte. Es tut mir leid, dass ich dich nochmals mit ihm belästigen muss. Frag mich bitte nicht, woher ich es weiß. Ich werde es dir demnächst erzählen.«

Sie schwieg. Ich sah nur, dass sie einen Moment lang tiefer und schneller atmete. Wie immer bewunderte ich ihre Beherrschung.

»Lach mich ruhig aus«, meinte ich, »oder sei sauer. Ich kann damit umgehen.«

Doch erstaunlicherweise blieb sie ganz ruhig. »Du hast also einiges herausgefunden. Respekt. Will gar nicht wissen, wie. Wir haben alle unsere Geheimnisse. Ich lache dich gar nicht aus, Maren. Ich bin auch nicht sauer. Du kannst diese Tat nun mal nicht hinnehmen. Vergessen. Oder verdrängen, so wie ich. Das muss ich akzeptieren. Diese Frau im Restaurant hat mir nicht gefallen. Da war eine merkwürdige Aura um sie herum. Etwas Gewalttätiges, das ich nicht erklären kann.«

Ich hielt die Luft an. »Hältst du sie für fähig, einen Mord zu begehen?«

»Woher soll ich das wissen! Aber wer auch immer diesen – ... wie glaubst du hieß er ... Marek? – umgebracht hat, hat ihn gehasst. Und diese Frau ist zum Hass fähig. Das spüre ich.«

****

Kilian rief mich bereits am nächsten Tag an. Vermutlich wollte er das Geld noch vor dem Wochenende haben.

»Also, das Mädchen heißt Sabrina Kurz. Ich habe ihre Handynummer.«

Stift suchen, Nessie zur Seite drängen, über die Zeitung fallen. Szenen aus dem Leben einer Hobbydetektivin.

Ich kritzelte die Handynummer in Ermangelung eines Zettels schließlich auf meine Hand.

»Sie ist im Ausland. In Neuseeland.«

Das wird ein teures Gespräch, dachte ich. Für beide.

»Sie war die beste Freundin von Natalie Goll. Natalie war wohl eine Hübsche, aber sehr schüchtern. Es gibt ja wohl solche«, verkündete Kilian etwa so, wie man von einer ausgestorbenen Spezies aus dem Tierreich sprach.

»Und bei den Golls, da hat sie nicht immer was zu lachen gehabt.

Jedenfalls war sie auch engagiert, bei den Grünen, und hat gegen Legebatterien protestiert, was ihr Vater wohl nicht so toll fand, weil der eine Bruder von der Natalie in so einen Hühner-KZ-Betrieb eingeheiratet hat. Irgendwo in der Pfalz. Na ja, ich finde das auch nicht so tipptopp.«

»Was?«

»Das mit den Hühnern. Die haben nur soviel Platz wie auf einem Blatt Papier.«

Ich verdrängte die Hühner und beschloss, ab sofort wieder Bio zu kaufen. »Und sonst?«

»Ja, die Natalie ist weggegangen von Schwetzingen. Hat sich wohl auch ziemlich zerstritten mit ihrer Familie. Hey, da redet man nicht so offen drüber. Aber getratscht wurde schon, es war wegen einem Typ. Der ist abgehauen, weil ihn die Golls nicht akzeptiert haben. Vor allem die Mutter und die Schwester. Die Natalie hätte gesagt, dass sie manchmal fürchtet, die vergiften ihn. So angespannt wäre die Lage gewesen, wenn sie alle zusammen gegessen hätten. Kapier ich nicht! Es gibt doch noch mehr Männer. Und Frauen auch. Mehr weiß ich nicht. Wann krieg ich die Kohle?«

»Ich werfe es dir in den Briefkasten.«

Man gewann das Gefühl, dass es Kilian noch sehr weit bringen würde im Leben. Fünfzig Euro für fast nichts.

Ich sah zunächst im Internet nach, wie viele Stunden man uns in Neuseeland voraus war. Noch zwei Stunden, dann wäre es dort sieben Uhr abends. Da konnte man durchaus anrufen.

Als ich wählte, knackte es nicht, sondern tutete glasklar. Keine Romantik mehr in den Ferngesprächen. Ich hätte ebenso gut Theo zwei leerstehende Läden weiter anrufen können.

»Sabrina! Ja?« Sie rollte das r schon leicht angelsächsisch. »Hello?«

»Hallo. Mein Name ist Maren. Ich rufe aus Deutschland an.«

»Ja? Ist was mit meinen Eltern?« Das klang nun doch besorgt.

»Nein, nein, ich kenne deine Eltern gar nicht. Ich rufe wegen etwas anderem an, wegen der Natalie Goll.«

»Natalie?«

»Soll ich auf dem Festnetz anrufen? Vielleicht wird der Anruf ein wenig teuer.«

»Kein Problem«, sagte Sabrina cool. »Wieso Natalie? Die habe ich jahrelang nicht mehr gesehen. Seit sie bei dieser Großtante in dem Kuhdorf bei Würzburg war. Wegen ihrem Liebeskummer. Sie ist dann nach Amerika gezogen. Hoffentlich geht es ihr gut!«

»Ja, so ist das manchmal mit den Jugendfreunden. Aber ich, ich interessiere mich trotzdem für sie.«

»Ja? Und warum?«

»Nun, ich bin ... so etwas wie eine Psychologin. Und ich habe gerade einen ganz ähnlichen Fall. Dachte, ich kann dem anderen Mädchen vielleicht irgendwie helfen. Also, keine Angst, es bleibt alles anonym. Arztgeheimnis.«

Bei dieser Behauptung musste sogar ich hartgesottene Lügnerin schlucken. Hoffentlich kam das Elfie nie zu Ohren. Missbrauch des Arztbonus'.

»Ich bin weit weg. Ich habe keine Angst vor denen. Hier in Neuseeland, da denken die Leute sowieso ganz anders. Deutsche, Italiener, Franzosen, ist doch denen egal. Kann jeder mitmachen. Auch bei dem Beachical ... hab ich einen Akzent, na und? Bin nicht von hier? Niemand ist hier von hier. Wer ist das schon? Ach, die machen einen Joke und nehmen dich trotzdem…«

Die in diesem Moment für sinnloses Geplauder entstehenden Handykosten trieben mir den Schweiß auf die Stirn. Ein verdammt teurer Fall.

Warum fehlte mir diesmal so ganz und gar die Lust am Abenteuer? Warum freute ich mich nicht über die Puzzlesteine, die ich sammelte? War ich diesmal selbst zu tief verstrickt oder hatte ich Angst vor dem, was ich herausfinden würde?

»Beachical?«

»Naja, ein Musical am Beach. Der Vorteil ist: Keine Kostüme. Nur swim suit. Leisure wear eben. Nicht so ein Rokokozeugs wie bei uns. Das ewige Mozartgedöns. Aber was ist jetzt mit der Natalie? Jetzt kann man ja drüber reden. Damals war das echt tabu im Ort. Da wollte keiner was sagen. Sie besucht die Eltern nie. Angeblich waren die mal bei ihr. In Amerika. Die haben da einen Cousin, der sich um den Spargelverkauf kümmert. Die konnte nicht drüber wegkommen, dass ihr Marek einfach abgehauen ist. Aber diesen Leonhard von der Edelkneipe wollte sie nun mal nicht heiraten. Die waren zwar eine Weile miteinander unterwegs gewesen, und die alten Golls und die Eltern vom Leonhard trafen sich schon wie Schwiegereltern, aber die Natalie und der Leo passten überhaupt nicht zusammen. Er hätte ja vielleicht gewollt, denn sie sah ja gut aus und alles, aber sie wollte nicht! Ich glaube, die Schwester ist dann nach dem Weggang von der Nati eingesprungen. Sowieso eine falsche Schlange, die Schwester.«

»Ach?« Das war ja hochinteressant.

Viel war nicht nötig, um Sabrina zum Sprechen zu bringen. Sie plauderte erstaunlich freimütig mit einer Fremden. Vielleicht war sie aber auch nur froh, sich auf deutsch unterhalten zu können.

»Ja, die war immer neidisch auf die Natalie. Ihr Vater hatte sich das so toll ausgedacht: Nobelrestaurant mit Hotel. Sternetempel. Und er liefert Spargel und Erdbeeren. Nobelspargel. Scheißspargel«, kam es wenig mädchenhaft über die halbe Erdkugel. »Hier gibt's keinen. Rühr das Zeug nicht mehr an. Davon hab ich genug gesehen für den Rest meines Lebens. Für meinen Vater war's ja nur ein Nebenerwerb. Hab aber alles mitgekriegt, über die Natalie. Wie die die Leute aus dem Osten ausgebeutet haben. Und haben noch auf sie runtergeguckt dafür, dass sie ihnen das Zeug aus der Erde holen. Die Erntearbeiter hatten sogar eigene Klos auf dem Hof. Da gingen keine Deutschen drauf. Hey, nicht alle Spargelbauern in Schwetzingen sind so – die meisten sind anständig – aber der Goll denkt nur an seinen Profit.«

»Was für ein Mensch war der Marek?«

»Ich kannte ihn kaum. Weiß nicht mal seinen Nachnamen. Irgendwas mit ky oder ka. Die Nati hielt ihn wie unter Verschluss. Die waren immer für sich alleine, die beiden. Kennen gelernt haben sie sich in Heidelberg. Wohl schon im Februar oder noch früher. Da hat er klassische Straßenmusik mit Gitarre in der Fußgängerzone gemacht. Sie müssen sich wohl oft getroffen haben. Plötzlich war es was Festes. Und sie hat sich da nicht abbringen lassen. Die Natalie war zart, aber zäh. Dann hat der alte Goll ihn eben ab und zu mit Aufträgen beschäftigt. Zumindest hat man sie manchmal zusammen gesehen.« Sie zögerte transatlantisch. »Also, auf mich hat der Marek nicht so einen sehr guten Eindruck gemacht. Irgendwie unehrlich. Und ich denke, das gute Geld vom Goll war nicht gerade eine Nebensache für ihn. Hat sich bald ziemlich teure Klamotten und ein teures Handy gekauft.«

Aha, dachte ich. Der Marek war also ursprünglich gar kein Erntehelfer gewesen. Das passte in mein Bild, das er der Familie näher gekommen war als bei Erntearbeitern üblich.

»Aber er mag ein guter Musiker gewesen sein. Charmant war er und anscheinend ein Frauenkenner, das schon. Und dumm war er bestimmt nicht. Hatte schon ein Studium hinter sich in Warschau. An der Technischen Hochschule. Und danach erst studierte er Musik. Deshalb war das ja auch sein Ding mit dem Mozart. Auf jeden Fall war die Natalie total verliebt. Ich sage, die haben ihm Geld gegeben, damit er abhaut. Vielleicht nicht der alte Goll, aber diese Ziege, die Mutter. Die hat ihn bestochen, damit er die Natalie sitzen lässt, das sage ich. Ein Pole und Habenichts, das passte nicht in ihre Welt. Ja, so sage ich: Die wollten ihn loswerden. Und deshalb haben sie das auch nicht an die große Glocke gehängt, als er verschwunden ist. Haben durchblicken lassen, er habe sich abgemeldet. War ihnen wohl ganz recht so.«

Und ich sage, dachte ich, dass sie ihn vielleicht sogar umgebracht haben.

»Also, ich muss jetzt Schluss machen. Mein Trainer kommt. Echt schlimm, dass man von der Natalie nichts mehr hört und die Sache mit dem Polen schief gegangen ist. Die zwei zusammen im Park hätten bestimmt super ausgesehen. Aber sie kam halt nicht darüber weg. Ich hab ihr immer gesagt, sie soll zu einer Psychologin gehen. Stattdessen redet sie von Privatdetektiven oder so was ähnlichem. Dass die sie eiskalt abfahren ließen, war klar. Wenn einer nicht mehr will, will er nicht mehr. Aber sie hat das schwer verkraftet. Sie dachte, dass keiner sie versteht.«

Mein Gott. Die Natalie hatte sogar von mir erzählt. Eiskalt abfahren lassen … Der Hörer begann in meiner Hand feucht zu werden.

Das mag als Erklärung dienen, warum ich damals nicht aufgehorcht hatte, als diese Sabrina etwas sehr Wichtiges gesagt hatte. Ich hätte damals fragen müssen: »Wieso im Park? Wovon sprichst du?«

Aber Schuldgefühle und die Vision meiner mehrstelligen Handyrechnung ließen mich allzu erleichtert den Knopf mit dem roten Hörer drücken.

9. Kapitel

Schauplatz: Nadias Wohnung. Mitwirkende: Matthias, Theo, Oliver, Maren. Genre: Tragikomödie. Hausherrin übrigens nicht anwesend. Für ein paar Tage in Berlin. Auf der Jagd nach dem großen Ausstellungsglück im Abgeordnetenhaus.

Theo sah Oliver überhaupt nicht an. Matthias hatte seinen strengsten »Die-Welt-ist-voller-Betrüger«-Blick aufgesetzt und musterte Oliver, der in seinen schwarzen Jeans breitbeinig auf einem Seitenarm von Nadias Sofalandschaft saß, feindselig.

Die Runde hatte sich einigermaßen zufällig eingefunden. Zuerst war Theo gekommen und hatte mir ein Buch über schwer erziehbare Kleinhunde gebracht, das er aus dem Nachlass einer alten Russin aus Baden-Baden hatte. »Sie besaß stellenweise bis zu sieben Chihuahuas, die mit ihr am Tisch saßen!«

»Nessie sitzt unter dem Tisch.«

»Nur, wenn du im Zimmer bist.«

»Sie ist nicht schwer erziehbar.«

»Das stimmt. Dieser Hund hat eben meinen Handschuh an sich genommen, und wenn ich ihn wieder haben will, knurrt er mich an. Er ist *überhaupt* nicht erziehbar.«

Matthias hatte Theo im Laden aufgesucht, um sich ein möglichst preiswertes Buch über Barack Obama zu kaufen, und als er das Schild »Geschlossen« sah, war er voll Misstrauen zu mir geeilt. Oliver war einfach nur so gekommen. Er hatte Proben im Theater gehabt und die Nebeniusstraße ist nicht weit vom Staatstheater.

»Du meinst also, dass dieser fiese Spargelkönig den armen Polen umgebracht hat, damit seine Tochter ihn nicht heiratet. Ehrlich gesagt, das kommt mir etwas unwahrscheinlich vor. Wie in einem von den Tatortkrimis, die ich von Elfie gezwungen werde anzuschauen: Brutale Ausbeuter im Spargelmilieu. Graue Sozialkritik, bis die Tagesthemen kommen. Leute, esst nur noch Spargel, der von Festangestellten mit Urlaubsanspruch und Riesterrente gestochen wird.«

Für einen Iren kannte sich Oliver offenbar recht gut in der deutschen Seele aus. »Warum? Könnte doch sein«, murmelte Theo in seinen Bart, nur damit etwas gesagt war.

»Solche Fälle hört man immer wieder«, behauptete Matthias durch seine fast geschlossenen Lippen. Ich war sicher, Matthias hatte noch niemals von einem solchen Fall gehört.

»Ach, ja? Dann verkehrst du wohl in anderen Kreisen als ich«, meinte Oliver lässig.

Oliver! Oh Gott, jetzt hatte er das Schlimmste getan! Er hatte Matthias einfach so geduzt. Matthias hasst das unvorbereitete »Du«.

»Ich weiß nicht, in welchen Kreisen *Sie* verkehren?« Das kam aus Matthias' Mund natürlich so unweigerlich wie Pfingsten nach Ostern.

»Jedenfalls nicht da, wo Väter die Verlobten ihrer Töchter einfach so um die Ecke bringen«, erwiderte Oliver achselzuckend.

»Nehmen wir an, der Tote im Park war wirklich der sogenannte Marek. Dann hat man ihn auf jeden Fall wunderbar spurlos verschwinden lassen können. Und zwar ganz unauffällig. Und elegant. In seinem Fall als künftiger Schwiegersohn des Chefs nicht selbstverständlich. Grundsätzlich ist es aber sicher so, dass Erntehelfer ab und zu einfach nicht mehr zum Dienst erscheinen. Spargelstechen und der ganze Spargelanbau ist schwere Arbeit. Marek war offenbar das erste Mal dabei. Er war eigentlich Musiker, hatte also bestimmt nicht die Hände für die Feldarbeit. Man könnte ausgestreut haben, dass er mehrfach geäußert habe, die Arbeit schmecke ihm nicht. Nicht einmal, wenn er zur Familie gehöre. Und ein ausländischer Saisonarbeiter, der sich im wahrsten Sinne vom Acker macht, wäre nicht weiter aufgefallen. Den hätte man schnell vergessen.« Matthias sah sich nach seiner Rede stolz in der Runde um, so als wollte er sagen: Bin ich nicht einer, der durchblickt?

»Marek war aber eben kein normaler Arbeiter. Er trug schon die Weihen des Schwiegersohns. Da liegt für mich ein sehr starkes Mordmotiv«, warf ich ein, »sogar mehrere: Die Ablehnung durch die Familie. Der Neid der Kollegen. Und der sitzengelassene Ex, der sich mit der Schwester getröstet hat... Man müsste mit dem alten Goll sprechen. Er muss uns eine Verbindung zu Natalie herstellen.«

Oliver richtete sich ein wenig auf und schüttelte den Kopf.

»Es hilft alles nichts, Maren. Ich bin das erste Mal bei deinen legendären Abenteuern dabei, aber eins ist sogar mir klar: Wir haben nicht die Mittel, herauszufinden, über welche Wege dieser Marek nach Deutschland gekommen ist oder wo in Polen er gelebt hat. Wir haben nicht das Recht, Mitarbeiter von Goll oder andere Erntearbeiter zu befragen. Wir werden niemals herausfinden, wer er wirklich war. Vielleicht nicht einmal, wo die Natalie lebt. Aus Vermutungen lässt sich kein Fall konstruieren. Das wird nicht einmal einer Maren Mainhardt gelingen. Das Foto willst du nicht preisgeben, um Nadia zu schützen. Und nur ein gemeinsames Datum reicht nicht, um zwischen einem entlaufenen Polen und einer unsichtbaren Leiche eine Verbindung herzustellen. Das Vernünftigste wäre leider immer noch, meinem Herrn Bruder zu berichten, was du bisher herausgefunden hast. Die Polizei könnte dann systematischer suchen und per Amtshilfe in Polen nachfragen.«

»Seinem Bruder?« Matthias hörte auf, sein ewiges Kaugummi zu malträtieren.

»Oliver ist Melchior Obersts Bruder.«

»Oliver Oberst!«, stellte sich Oliver vor und deutete etwas wie eine Verbeugung an.

»Auch das noch!«, kam es von Matthias.

»Sic!«, sagte Theo auf Lateinisch, und man musste dessen nicht mächtig sein, um zu verstehen, was er meinte.

****

Die Wohnung in der Rheinstraße war laut, aber der Balkon groß und die Räume in gutem Zustand. Das Haus wirkte bürgerlich, vor dem Fenster würde im Sommer ein Baum blühen.

Der Makler hatte nikotingelbe Finger, und es fehlten ihm mehrere Zähne, was auf mich keinen guten Eindruck machte, aber die Wohnung war preiswert und das ältliche Männlein, dem die unschöne Aufgabe zugefallen war, die Erbengemeinschaft zu vertreten, war sichtlich bemüht, das Ding schnell loszuwerden.

Ich hatte schon fast zugesagt, als mir das Thema »Hund« einfiel. In manchen Häusern ist auch der Hund des Eigentümers nicht gerne gesehen. Also fuhr ich noch einmal hin. Eine nett aussehende ältere Dame gab mir Auskunft. »Ich glaube nicht, dass hier jemand etwas gegen ihren Hund hat. Die Krämers im Erdgeschoss haben auch einen. Die hatten sogar schon manchmal Junge.«

Nicht schlecht, dachte ich. Ein Spielgefährte für Nessie.

Vielleicht ergäbe sich auch ein Austausch. Stichwort: Hundesitting.

Ich klingelte also bei Familie Krämer. Eine farblos aussehende Frau in einer verwaschenen Kittelschürze öffnete.

»Hallo, mein Name ist Mainhardt. Ich wollte nur mal nachfragen.«

»Ja, was wollen Sie denn?« Leicht ostdeutsch gefärbter Tonfall. Na ja, warum nicht. Wir sind lange genug wieder Brüder und Schwestern. »Ich überlege die Wohnung über Ihnen zu kaufen, und ich habe einen Hund und da Sie auch einen haben, dachte ich ...«

Hinter der farblosen Frau erschien nun ein Wesen. Zuerst dachte ich, es sei ein Mensch, doch Menschen haben keine vier Pfoten und keine Zähne wie ein Eber.

»Das ist Killer«, erläuterte die Frau sachlich. »Er ist ein Neapolitanischer Kampfhund. Was haben Sie denn für einen Hund? Killer ist sehr nervös.«

Killer spitzte die Ohren, als er das Wort Hund hörte. Er zeigte einen Eckzahn, der so groß war wie Nessies Ohr. Wie würde er erst reagieren, wenn er sie leibhaftig sah?

»Vielen Dank. Ich komme dann bald wieder.«

Und ging, um niemals wieder zu kommen.

****

Elfie sah mich empört an. Es war Dienstagmorgen.

Widerstrebend hatte ich mich entschlossen, dem Ruf meiner Freundin mit der Dienstmarke zu folgen und mit ihr über den Fall Marek zu sprechen. Meine Laune war deshalb nicht die Beste.

Ich konnte allerdings zu Hause niemanden damit stören, denn Nadia war bekanntlich beruflich in Berlin.

Heute Morgen hatte sie aus ihrem Hotel angerufen und mich gefragt, ob ich die Tomaten in der Küche hoffentlich *nicht* weggeworfen hatte. Sie habe den Auftrag einer alternativen Druckerei für eine kritische Erntedankfestkarte, auf der die Vergänglichkeit von Lebensmitteln dokumentiert werden solle. Zwischen Essen und Wegwerfen, so behauptete sie, liegen nur ein paar Tage.

»Heute eine Köstlichkeit, morgen Müll. Im Grunde wie bei Menschen, nur dass mehr als ein paar Tage zwischen einem begehrenswerten Mädchen und einer alten Frau liegen, die man am liebsten vergessen möchte.«

Also vergammelnde Tomaten *nicht* wegwerfen! Hoffentlich fand ich bald etwas Passendes zum Wohnen. Es wurde wirklich Zeit, dass ich wieder meine eigene Bleibe hatte. Ich mag Tomaten, wenn sie glatt, rund, rot und genießbar sind.

Ich begann ihr von Marek zu erzählen, doch sie wollte eigentlich nichts davon hören. Und als ich von meinem Gespräch mit Natalies Freundin berichtete, schien ihre Geduld erschöpft. »Maren, ich bin hier in Berlin. Weit weg. Was geht mich dieser Typ an? Hier wird Spargel *gegessen* und nicht geerntet. Soll er halt abends nicht im Schlosspark herumlaufen, wenn er sich gewisse Leute zu Feinden gemacht hat. Das sind nun mal keine Benediktinermönche da auf den Spargelfeldern. Und lass doch endlich die Toten ruhen.« Das klang jetzt schneidend. »Ich will nichts wissen von diesem Mann. Es reicht mir schon, was ich weiß. Ich kann nicht von jedem meiner Opfer die Lebensgeschichte kennen.«

»Opfer?« Ich erstarrte. Gut, dass sie mich nicht sah. Das Misstrauen musste in meinen Augen deutlich lesbar stehen. Wenn sie von Opfern sprach, wurde mir unwohl. Ich hatte gelesen, derjenige, der als erstes am Tatort ist, sei immer der Hauptverdächtige und das mit gutem Grund. Machte sie sich wieder über mich lustig?

Sie lachte und hustete zugleich. Ich wusste, dass sie manchmal rauchte. Sie tat es hastig, so wie sie fast alles hastig tat. Wahrscheinlich kam das von ihrem Beruf. Schließlich hatte sie meist nur wenige Minuten, um eine Situation zu erfassen.

»Meine menschlichen Fotomotive! So nenne ich sie, denn manchmal sind sie Opfer. Eigentlich mag ich keine gestellten Bilder, aber manchmal erfordert es der Job. Wenn dann so ein Kerl zwei Stunden im Regen stehen muss, zum Beispiel, weil ich nasse Haare brauche. Richtig nasse Haare. Nicht nur angefeuchtete. Meine Kamera muss hart sein, objektiv. Manchmal brutal. Wenn ich zu sentimental werde, dann interpretiere ich. Und das ist nicht meine Aufgabe. Ich ziehe es nun mal vor, die Wahrheit zu zeigen, auch wenn sie unschön ist. Meine Kollegen von der Zunft der Fotografen zeigen Aufnahmen, die vollkommen beliebig sind. Sie fotografieren den Kudamm am Abend, und es könnte ebenso gut eine andere Straße mit vielen Lichtern und Geschäften sein. Wenn ich aber den Bettler zeige, der an der U-Bahn Alexanderplatz mit seiner geliebten Flasche unter dem Schild sitzt, und das tut er schon seit

Jahren, weil das ein guter Platz ist und weil er vielleicht sogar drum kämpfen musste – dann ist es der Alexanderplatz und kein anderer. Sein Platz. Seine Realität. Sie ist in sein Gesicht eingegraben. Das zeichnet die Menschen vor den Hyazinthen und Moosröschen aus.«

Betroffen schwieg ich. Aber auch beeindruckt. Ich hatte es immer bewundert, wenn sich jemand seiner Aufgabe so ganz und gar hingeben kann. Mir fehlt das. Meine Stammbäume sind leider manchmal nur noch ein Job für mich und keine Berufung mehr wie früher, am Anfang meiner Karriere. Da war jede Familiengeschichte ein Abenteuer gewesen. »Mensch, Maren«, kam es wie ein Ausbruch unvermittelt durch die Leitung, »natürlich tut er mir auch leid. Was denkst du denn? Ich bin doch kein Stein. Er lag da, tot, mitten in diesem idyllischen Park, sein Blut klebte an den Blättern, und eigentlich hatte er anscheinend bald heiraten wollen. Das ist mehr als tragisch. Aber er ist nun mal tot. Vergangenheit.«

Ich musste ihr ja Recht geben. Eigentlich. Wenn da nicht die Erinnerung an ein in Schmerz erstarrtes Gesicht gewesen wäre. Und an den verzweifelten Stolz, mit dem Natalie Goll bei mir ihren Abgang gemacht hatte.

****

Zurück zu einer außerordentlich wütenden Elfie Kohlschröter-Oberst.

Es war wie gesagt Dienstag, und die Woche fing schlecht an. Elfie hatte mich unfreundlich ins Karlsruher Kriminalhauptquartier einbestellt. Ich hatte den Frevel begangen, Melchior mit einer E-Mail um ein Gespräch in der »Sache Schlossgarten« zu bitten.

Was ging eigentlich bei Kohlschröter-Obersts vor? Las sie alle seine Mails? Seine SMS? Kontrollierte seine Socken auf Löcher? Sortierte seine Hemden durch: »Du Schatz, das da hat einen ganz abgewetzten Kragen. Also, das ziehst du mir nicht mehr an!«

Elfie hackte mit einem blauen Kugelschreiber auf der Schreibtischplatte herum. Beeindruckt sah ich, wie sie kleine Löcher ins Holz stanzte.

»Du fällst in mein Zuständigkeitsgebiet. Mit der Mannheimer Kripo hast du nichts zu tun.«

Ich verzichtete auf einen Streit. »Wie du dir denken kannst, geht es um den Mordfall im Schwetzinger Schlossgarten.«

Ich kam nicht weiter. Elfie nutzte die ganze Wucht ihrer Position, legte den Kuli zur Seite und hämmerte nunmehr mit ihrer Hand auf den Schreibtisch, so dass der Ehering ein kratzendes Geräusch machte.

»Es gibt keinen Mordfall im Schwetzinger Schlosspark!«

»Aber das kannst du nicht sagen. Ich weiß jetzt, wer der Mann war, den Nadia gesehen hat. Oder ich vermute es. Ich komme darauf, weil sich vor Jahren eine unerfreuliche Sache abgespielt hat von der ich zufällig weiß. Also, es handelt sich bei dem Toten möglicherweise um einen Polen namens Marek. Er hat bei dem Schwetzinger Spargelbauern Goll mitgearbeitet.«

»Was soll das? Woher willst du das wissen?«

»Willst du es dir nicht wenigstens aufschreiben? Seinen Namen. Gerüchteweise habe ich nämlich erfahren …« »Na also!« Zufrieden lehnte sich Elfie zurück. »Jetzt ist es gefallen. Das entscheidende Wort: Gerüchteweise! Weißt du, dass das Ermitteln in einem Mordfall vielleicht auch süchtig machen kann? Du brauchst das. Als Kompensation. Es würde sich in diesem Fall um eine nicht-stoffgebundene Sucht handeln. Bestimmt therapierbar.«

»Aber es gibt die Beschreibung von Nadia. Und du weißt, sie ist ein Profi. Sie ist Fotografin. Sie hat ein Auge für Menschen. Und es gibt in Schwetzingen eine Familie, die einen Polen vermisst. Ich kann dir da Details liefern. Der Name ist Goll. Gemüse Goll. Und es gibt ein Mädchen, das heute irgendwo in den USA …«

Elfie lächelte verständnisvoll wie ein Psychiater.

»Wird immer toller. Seriöse Leute, das. Ich habe dort schon Spargel als Geschenkpaket bestellt. Maren, bitte sei mir nicht böse, aber diese Nadia passt offenbar nur zu gut in das allgemeine Schema deiner Bekanntschaften. Der Mann sah für die Augen einer Frau, die in Panik weggerannt ist, wahrscheinlich auf den ersten Blick tot aus, zugegeben, und wahrscheinlich hat sie ihn in ihrem Schock natürlich auch für tot halten müssen, aber unser Gerichtsmediziner sagt, er könne ebenso gut einen schweren Rausch ausgeschlafen haben. Er könnte in seiner Trunkenheit gestürzt sein und sich verletzt haben. Das würde das Blut erklären. Bei einem schwer Betrunkenen tritt eine ähnliche Starre in den Augen ein, und die Haut kann sich durch die Kälte verfärbt haben. Vielleicht hat sie dir von den schwachen dunklen Ringen unter seinen

Augen berichtet, die sie angeblich gesehen hat? Wenn das alles wahr wäre, dann hat sie gut beobachtet. Das ist unbestritten. Aber das alles ist fünf Jahre her, und es gibt einfach keine weiterführenden Anhaltspunkte. Maren, niemand streitet deine vergangenen Verdienste ab. Du hast Menschenkenntnis bewiesen und hast gut kombiniert. Aber diesmal liegt der Fall einfach anders. Und deine Nadia ... sie kann nachträglich alles ein wenig dramatisiert haben, hm?«

Wie ich dieses *hm* hasste!

Sackgasse. Mal wieder. Diesmal selbstverschuldet.

Nicht *mit* der Polizei sondern *gegen* die Polizei zu ermitteln, war mir nicht neu. Doch Beweismaterial dieser Größenordnung zu verschweigen, hinterließ ein zunehmend negatives Gefühl in mir. Aus Gerechtigkeitssinn hatte ich Nadia überredet, dem Toten nach all den Jahren doch noch nachzuspüren, und aus Fairness ihr gegenüber hielt ich die einzige Information zurück, die dazu führen würde, dass die Kripo sich überhaupt energischer bewegte.

»Lass die Sache ruhen und vertraue auf die Kollegen in Heidelberg. Die werden auf jeden Fall weiterhin Augen und Ohren offen halten. Aber ohne Leiche und ohne Vermisstenmeldung gibt es einfach keinen Mordfall. Wir sehen uns anlässlich Olivers Konzert, ja? Ich bin schon sehr gespannt auf ihn. Ich meine, er wohnt bei uns und wir hören ihn manchmal singen und summen und natürlich auch Gitarre spielen. Meine Musik ist das ja nicht, und Oliver als Person ist mir auch eher fremd, aber man soll ja offen bleiben, und als Ehefrau hat man geradezu eine Verpflichtung, höflich und freundlich zur Verwandtschaft zu sein. Das kennst du ja nicht so. Kannst froh sein.«

Danke, liebe Elfie. Es tut gut, zu sehen, dass sich manche Dinge einfach nicht ändern. Und manche Leute auch nicht. Doch sie konnte es noch besser.

»Nun vergiss mal den Mann im Park und beschäftige dich mit etwas anderem. Lies ein gutes Buch. Eine alte Bekannte von mir, auch in deiner Lage, arbeitet jetzt ehrenamtlich in der Kirche mit ...«

Darf man in so einem Fall eigentlich einfach aufstehen und gehen? Man darf!

****

Es sollte zu gar nichts mehr kommen. Ein Organ meines Körpers begann sich zu melden, von dem ich noch niemals Notiz genommen hatte: Der Mittelzeh meines linken Fußes. Ich wusste nicht mal, dass er Mittelzeh heißt. Er begann jedenfalls zu schmerzen, erst leicht, dann stärker und immer stärker, er klopfte, strahlte aus, sein Umfeld schien leicht geschwollen.

Das Röntgenbild, angefertigt von einer burschikosen breitschultrigen Orthopädin namens Nölig-Rubenbauer, die recht umgänglich schien, ergab nichts. Zumindest kein Bruch, sagte sie. Für einen entzündlichen Prozess sei die Stelle nicht rot und heiß genug. Sie schickte mich zur Computertomographie in ein besonders empfehlenswertes Institut in der Oststadt. Erst abends um acht Uhr bekam ich dort einen Termin. Dementsprechend fand ich eine gespenstisch leere Praxis vor, nur ein haarloser blasser Arzt wertete das unter dem rollenden lärmenden Gerät entstandene Bild mit müder bleicher Routine aus.

»Sie haben Köhler II.«, verkündete er beinahe erstaunt.

»Um Gottes Willen!«

Eine Krankheit, die so viele Facetten hat, dass sie durchgezählt werden muss, hörte sich nach nichts Gutem an.

»Ist das etwas Schlimmes?«

»Nun, wie man es nimmt. Mich wundert nur, dass Sie diese Krankheit bekommen, denn eigentlich tritt Köhler II. normalerweise vorwiegend bei Mädchen im Alter zwischen 12 und 18 auf.«

Na, bitte. Soweit hatte ich es gebracht mit meiner weitgehenden Enthaltsamkeit.

Der Haarlose zeigte mir die Aufnahme meines Fußes. »Sehen Sie«, erläuterte er unbewegt, »alle Zehen sind dunkel. Das ist eigentlich rot. Durchblutet. Nur der mittlere Zeh hier«, sein langer Finger wanderte zu dem Übeltäter, »nur der ist nicht mehr durchblutet. Man nennt dies einen Knocheninfarkt. Langfristig wird der Zeh Arthrose bekommen.«

»Heißt das, er stirbt ab?«

»Nun, so würde ich es nicht nennen. Sprechen Sie mit Ihrer Ärztin.«

Frau Nölig-Rubenbauer war sehr aufgekratzt. »Ich hatte schon lange keinen Köhler II. mehr! Normalerweise tritt ...«

»Ich weiß.« Ich saß vor ihr, in meinen weitesten Schuhen. Der ganze verdammte Fuß schmerzte.

»Dieser schreckliche Arzt hat gesagt, der Zeh wird nicht mehr durchblutet. Also, ich sage Ihnen, der ganze Mann sah aus wie nicht mehr durchblutet. Fast hätte man Angst vor ihm bekommen. Wie ihr Skelett da in der Ecke.«

»Das Skelett, von dem Sie so lichtvoll erzählen, ist mein Mann!«, erwiderte Frau Nölig-Rubenbauer kühl wie eine Kompresse und verordnete mir Einlagen, Tabletten und eine Woche strengste Wohnungsruhe. »So wenig wie möglich den Fuß belasten. Die Entzündung muss abheilen.« Das klang kalt. »Nur mit Krücken zur Toilette und ins Bad! Auf Wiedersehen.«

Draußen schämte ich mich ein paar Minuten für meine Taktlosigkeit, begab mich dann zum Einkaufen, bunkerte Lebensmittel, Rotwein, DVDs, Bücher, Zeitschriften, Hundeleckerli und dachte, dass nun irgendein Mörder in Schwetzingen eine Atempause hatte ...

Obwohl. Warum eigentlich. Jetzt waren wir dran an dem Fall, hatten die entsprechenden Leute kennengelernt. Wenn ich nicht weiter im Spargelmilieu tätig werden konnte, dann vielleicht jemand anders.

»Raika«, sprach ich ins Telefon, »hättest du Lust, mit Matthias zusammen ein paar Sachen für mich zu erledigen?«

»Nein!«, kam es entschlossen von Raika. »Die Worte Lust und Matthias schließen einander aus.«

Ich schwieg. Sie hatte ja Recht. Ich wusste, dass Matthias einige rote Glühbirnen und eine CD von Carla Bruni bereithielt: »Für den Tag, an dem ich sie mal brauche.«

Ich hatte ihm gesagt, von mir aus könne er CDs von André Rieu hören und Energiesparlampen horten: Ich würde sowieso nie bei ihm und nie *mit* ihm schlafen.

»Worum geht es?«

»Es tut mir leid, dich damit zu behelligen. Aber ich habe da eine Spur, und...«

»Maren! Sag nicht, du bist wieder auf Verbrecherjagd! Lass mich raten: Es hat mit diesem vermeintlichen Polen neulich auf dem Foto zu tun...« Sie schnalzte missbilligend mit der Zunge, aber ich konnte ihre Neugier spüren.

»Raika, komm vorbei und ich erzähle dir alles. Ich kann nicht aus dem Haus, ich bin krank. Nein, nichts Ernstes. Kann jedenfalls selbst im Moment nichts unternehmen ... Nein, wirklich nichts Ernstes. Etwas am Fuß. Ja, am Fuß. Die Kripo? Elfie? Meine Güte, Raika, du weißt doch, wie sie ist!«

»Hör zu«, sagte Raika schnell entschlossen, wie es ihre Art war, »machen wir einen Deal. Ich hab da jemanden kennen gelernt. Übers Internet. Er ist wirklich angenehm. Unsere Profile passen ideal zusammen.«

»Wenn der Rest auch zusammenpasst, ist es ja wunderbar.«

Ich halte nichts von Kerlen aus dem Internet. Es kommt mir vor, als lerne ein Roboter einen anderen Roboter kennen. Oder es küssten sich zwei virtuelle Persönlichkeiten virtuell.

»Ich möchte mit Carlo über Fasching ein Wochenende wegfahren. Vielleicht nach Badenweiler. Dort ist diese berühmte Therme, weißt du. Und Thermalwasser ist der Liebe äußerst förderlich. Wenn man nicht zu lange drin bleibt. Sagt Nadia. Und sie kennt sich aus mit Männern.«

»Ich habe gelesen, dass auch der Genuss von Salz der Liebe zuträglich ist. Preiswerter als Badenweiler könntest du dir also auch ein Paket Salz beim Aldi holen und es mit dem Profil zusammen futtern. Aber irgendwie ahne ich jetzt schon, worauf du hinaus willst, Raika. Ich nehme Ana für dieses bewusste Wochenende zu mir, ertrage ihre Rechthaberei, und dafür recherchierst du für mich in Schwetzingen.«

»Genau. Du bist lahm, und ich bin liebestoll. Das hat fast die Dimensionen eines Shakespearestückes. Einer Komödie wohlgemerkt.« Sie lachte. Es war immer wieder bewundernswert, wie gut sie deutsch konnte. Kein Wunder, wenn man beruflich Mundarttheaterstücke verfasste und sie an einen Stammtisch voll bayerischer Mannsbilder verkaufen konnte.

Zuverlässig war sie auch. Drei Stunden später saß sie bei mir, holte mir alles aus Küche und Bad, wonach ich verlangte, und wir machten einen Plan.

»Fassen wir zusammen: Nadia findet einen Toten im Schwetzinger Schlossgarten und macht ein Foto von ihm. Eigentlich zwei, aber nur eines ist wirklich aussagekräftig. Der Mensch liegt an einer etwas entlegenen Stelle, und es ist früher Abend. Wir sehen, und das hat auch Nadia gesehen, einen verkrampft daliegenden Körper, die Hände vermutlich über der Einstichstelle oder Einschussstelle zusammengepresst. Blutflecken befinden sich in der Umgebung. Nadia, als Profi, hat die Szene zwar festgehalten, ist aber dann recht schnell geflüchtet. Sie hat keine Tatwaffe gesehen und nichts Ungewöhnliches am Tatort bemerkt. Sie ist eine hervorragende Beobachterin und deshalb glaube ich ihr. In der Folge hat sie, und das kann ich beweisen, denn ich habe die Zeitungsausschnitte gefunden, die Medien beobachtet, ob es im Schlossgarten einen Mord gegeben hat. Doch: Nichts! Sie hat niemals etwas von einem getöteten Mann gehört. Aber alleine wird er nicht aufgestanden und davon gegangen sein. In seinem Zustand. Also ist er fortgeschafft worden. Mehr wissen wir nicht. Ich weiß nicht, ob sich die Polizei bisher die Mühe gemacht hat, Hunde nach Spuren suchen zu lassen.«

Raika seufzte. »Maren, das ist nicht gerade viel.«

»Nein. Aufgrund von gewissen persönlichen Informationen meinerseits und auch aufgrund eurer Aussagen nehmen wir an, es handelt sich bei der Leiche um einen Polen. Zufällig gab es in Schwetzingen zu der Zeit, als Nadia den Toten fand, sehr viele polnische Leute. Erntearbeiter. Wir haben uns im Milieu umgehört, und tatsächlich gibt es einen Polen, der quasi über Nacht verschwunden ist: Der Verlobte einer Tochter aus der Spargeldynastie Goll. Dieser Marek war aber kein gewöhnlicher Arbeiter. Er war Musiker und hatte zuvor Technik studiert…«

Ich runzelte die Stirn. Da war noch etwas gewesen. Eine Information. Etwas mit Technik ... was war es nur gewesen? Die automatisierte Spargelernte!

Raika unterbrach meine Gedanken.

»Dieser Marek kann nicht einfach verschwunden sein. Es muss Leute geben, die ihn gekannt haben. Er war ja schließlich nicht unsichtbar. Die festen Mitarbeiter auf dem Spargelhof. Die Erntehelfer, die auch jetzt schon da sind. Oft sind es ja jedes Jahr die gleichen. Er muss schließlich irgendwo gewohnt haben.«

»Bei den vielen Saisonkräften mag einer mehr oder weniger sich zwar nicht ins Gedächtnis eingegraben haben, aber meine Erfahrung sagt mir, dass niemand so ganz vergessen wird. Es kommt darauf an, den richtigen Leuten die richtigen Fragen zu stellen.«

»Also gut, man könnte es versuchen, aber das Ganze ist eine Weile her.«

Ich nickte. »Das schon, Raika, doch es kommt uns zu Hilfe, dass er mit der Tochter vom Chef befreundet war. Kam als Straßenmusiker und möglicher Schwiegersohn in spe über eine andere Schiene in den Betrieb als die übrigen Spargelstecher. Eine so ungewöhnliche Erscheinung auf dem Hof wird genau registriert worden sein. Im Übrigen hat sich mein hilfreicher Journalist Trott für seine Reportage noch mal genauer erkundigt. Golls Leute leben nicht gerade fürstlich in ihrer Wohnwagensiedlung hinter dem Hof. Dorthin hat er uns natürlich bei unserem Zeitungsinterview nicht geführt. Das kommt nicht gut an in der Presse. Ich selbst habe nichts davon gesehen. Vermutlich stehen sie im Winter sowieso nicht da. Nur die, die das ganze Jahr über da sind, haben Zimmer in den Nebengebäuden. Also, ein Luxusurlaub wäre es nicht, Raika.«

Sie lächelte.

»Gut, egal wo ich wohne … Irgendwann muss es in diesem Land ja von Vorteil sein, dass ich Rumänin bin, oder?«

»Du willst dich also tatsächlich für die Spargelernte im Frühjahr bewerben?«

»Du sagst es. Zu den bekannten Bedingungen. Und ich komme scheinbar von weit her. Aus dem Osten. Die meisten Leute interessiert kaum, aus welchem Land. Sie können zwischen Belgrad, Bukarest und Budapest kaum unterscheiden. Wozu auch? Ich frage, wo ich eine Nacht preisgünstig wohnen kann. Wäre doch gelacht, wenn man mir nicht im Haus irgendwo ein Bett zur Verfügung stellen würde. Bei meinen Leuten ist das üblich. Ihr Deutschen seid nicht ganz so gastfreundlich, wenn es um längere Einquartierungen geht, ist mir aufgefallen. Ausgenommen natürlich Nadia, die dich schon ziemlich lange erträgt. Da steckt man die Oma für die zwei Tage an Ostern ganz gern mal ins Hotel. Für die nächste Woche ist Ana übrigens versorgt. Meine Schwester ist zu Besuch und die bekocht und versorgt sie mit ihrer gesamten rumänischen Tantenliebe.«

Also, danke, lieber Köhler II. Ich beneidete Raika nicht um die Aufgabe, sich bei dem großspurigen Spargelbonzen Dieter Goll um einen Aushilfsjob zu bewerben. Worum ich sie vielleicht mehr beneidete, war der Aufenthalt zu zweit im Thermalwasser. Das Gegenstück meiner eigenen Zweierkombination würde bald mit Aer Lingus nach Dublin fliegen.

»Wie geht es voran mit deinem Oliver?«

»Er ist nicht mein Oliver, und ich muss ihn auch nicht vorantreiben wie ein Projekt. Am Samstag wäre ich auf sein Konzert gegangen. In meinem Zustand kann ich das jetzt im Radio verfolgen. Mein Zeh verträgt keine theatertauglichen Schuhe. Sie übertragen es in SWR2. Eine Ehre, wenn man ihm glaubt.« Raika stand auf.

»Also, auf nach Schwetzingen. Wir bleiben in Verbindung. Solltest du längere Zeit nichts mehr von mir hören: Lass im Schwetzinger Schlosspark nach mir suchen. Es gibt dort eine Stelle, die heißt *Ende der Welt*. Du läufst durch einen Laubengang und eine Grotte auf eine gemalte ideale Landschaft zu. Sehnsucht nach Arkadien. Vielleicht findest du mich dann dort tot auf. Tot im Paradies.«

Schon mehrmals begegnete mir der Begriff vom *Ende der Welt*.

Ich hörte Natalies Stimme, wie sie leise und doch bestimmt sagte: »Das ist das Ende meiner Welt.« Warum verstummte diese Stimme nicht endlich?

Sie besuchten mich alle. Matthias. Ohne störendes Einwickelpapier überreichte er mir eine Schachtel Katzenzungen. »Von Herbert«, behauptete er dreist.

Theo kam.

Er brachte mir Bücher mit. Die versprochene alte Reisebeschreibung wurde aus Weihnachtsgeschenkpapier ausgepackt, ein Buch über Mozart kam zum Vorschein, für das das Papier nicht mehr gereicht hatte. Und ein Bildband von Schwetzingen mit klaren, kalten Bildern unter einem südländisch grellblauen Himmel. Sie hatten den Park menschenleer fotografiert. Dadurch wirkte er tot.

»Ich bin froh, dass du jetzt gezwungenermaßen mit dem Mörderspiel aufhörst«, sagte er bedächtig und musterte mich wie eine Antiquität. So etwa fühlte ich mich auch.

Consuela und Ana besuchten mich und erstellten einen komplizierten Nessie-Ausführplan. Nadia rief mehrmals aus Berlin an.

Sie werde vielleicht bald zurückkommen. »Mit guten Nachrichten.«

Und Oliver erschien. Mit wissendem Grinsen packte er eine Flasche irischen Whiskey aus. Mit Bedauern nahm ich die in warmen Farbtönen gehaltene Flasche entgegen, bewunderte die grüne Landschaft auf dem Etikett. Das Meer, eine Harfe, ein Cottage, stürmischer weiter Himmel und fertig war die Sehnsucht.

»Ich darf keinen Alkohol trinken. Die Tabletten. Sonst fange ich an zu torkeln. Auf dem Beipackzettel heißt das Schwindel und Wahrnehmungsstörungen.«

»Wunderbar. Dann torkeln wir eben gemeinsam«, gab er ernst zurück. »Einen Schluck wirst du vertragen, ohne dass deine Wahrnehmung komplett aussetzt. Schade übrigens. Und mir gestatte ein Glas. Was macht deine unsichtbare Leiche?«

Oliver mochte ein notorischer Frauenverführer sein, aber in den wesentlichen Dingen vertraute ich ihm trotzdem. Das ist etwas, das man im Laufe des Lebens lernt, nachdem man oft genug reingefallen ist: So etwas wie Vertrauen in die Richtigen. Auch wenn sie ansonsten die Falschen sind.

»Sie ist weiter unsichtbar. Raika versucht sozusagen als Spargelspionin, etwas über Natalie herauszufinden. Wo sie lebt. Und natürlich Informationen über den Mann namens Marek zu beschaffen. Normalerweise sucht man einen Mörder. In diesem Fall suchen wir zunächst einmal die Leiche. Wie kann jemand einfach so verschwinden? Würde dein verehrter Bruder und seine Zunft den Fall ernster nehmen, könnte man in den Musikhochschulen in Polen nachfragen. Ist da jemand nicht mehr wiedergekommen, der zum Musikleben gehörte ...«

Das hätte ich damals machen sollen, dachte ich. Oder es Natalie zumindest anbieten.

»Das ist schwierig. Polen ist ein musikalisches Land. Und voller Musiker, möchte ich meinen. Sie exportieren sie sogar!« Wieder blitzte dieses jungenhafte und doch manchmal wie verwundert wirkende Lächeln auf.

»Es wäre, wie wenn du in Irland nach einem guten Fiddler suchen würdest. Jedes Dorf hat gleich mehrere davon.«

Ich betrachtete ihn nachdenklich. »Du liebst Irland so sehr, dass du dir nicht vorstellen könntest woanders zu leben, nicht wahr?«

»Ja. Die Leute sind offener als hier. Lockerer. Bei dem Wort Hausordnung würden die sich kaputtlachen. Man will dort auch nicht unbedingt, dass das eigene Haus verdreckt. Aber man kümmert sich um sich selbst und nicht um die anderen. Einer parkt falsch? Sein Problem. Wenn er genug Geld für die Strafzettel hat! Niemand würde ihn darauf ansprechen. Einer fährt bei Rot über die Ampel und schafft es sogar noch über die nächste. Ein anerkennendes Lachen der Zeugen. Hier? Erhobener Zeigefinger. Bestenfalls. Wenn nicht sogar das Blöckchen gezückt wird und die Nummer notiert.«

Die nächste Frage fiel mir schwer.

»Oliver, hast du den Eindruck, dass die Kripo sich noch irgendwie mit meinem Fall in Schwetzingen beschäftigt? Sprechen die beiden manchmal darüber?«

Oliver schüttelte den Kopf. »Nope. Sie haben so etwas wie ein Abkommen getroffen. Kein business talk at home. Scheint mir vernünftig zu sein. Aber die beiden sind sowieso ziemlich vernünftig.«

Das tat gut. Sie fielen also nicht in wilder Gier übereinander her, kaum dass sie einander sahen. Na ja, Melchior konnte man sich ohnehin nicht in wilder Gier vorstellen. Und Elfie wirkte in etwa so entfesselt wie eine Tagesschausprecherin.

Oliver und ich verbrachten einen heiteren Nachmittag. Es blieb nicht bei einem Whiskey. Und als er ging, machte er keinen Versuch, mir näher zu kommen. Es ärgerte mich, dass ich darüber ziemlich enttäuscht war.

Erst, wenn man es erlebt hat, weiß man, wie es ist. Das Haus nicht verlassen zu können. Nicht Einkaufen. Keine Leute treffen. Nicht zu Theo gehen und einen grünen Tee trinken. Keine Consuela belästigen und ihren schrecklichen Kakao stehen lassen. Auch meine Wohnungssuche beschränkte sich jetzt notgedrungen aufs Internet.

Ich klickte mich durch alle Anzeigen, die das magische N für neu davor trugen. Doch es war nichts dabei. Die Behausungen, die mir gefielen, waren zu teuer und die, die ich bezahlen konnte, waren selbst auf geschönten Fotos als Bruchbuden zu erkennen. »Diese charmante Wohnung wird nach einigen wenigen Renovierungsschritten ein Kleinod werden …«

Nadia rief gelegentlich an, um sich nach mir zu erkundigen. »Brauchst du was? Ich bin gute Kundin beim Karstadt in der Feinkostabteilung. Für meine Atelierparties. Ich lass dir was schicken. Wie wäre es mit irischem Lachs?«

Wie sie das sagte! Gute Kundin. Atelierparties. Künstlerfreunde aus der malenden Zunft. Vielleicht hätte ich doch damals als Kind lieber zeichnen lernen sollen anstatt meine Buntstifte im Badewasser aufzulösen.

Offenbar konnte man mit der Fähigkeit, den Leuten das Leben als Foto zu zeigen, ordentlich Geld verdienen.

Einmal fragte sie sehr beiläufig und offenbar mir zuliebe nach dem Fortgang der »Sache in Schwetzingen«. Doch ich spürte, dass es nur Höflichkeit war. In ihrer Stimme klang Gleichgültigkeit mit. Im Grunde war es ihr egal, wer der Mann gewesen war. Nadia war keine, die zurückblickte. Sie hatte die Bilder verbrannt und die Last abgeschüttelt. Von da an hatte sie mit der Sache abgeschlossen gehabt. In gewissem Sinne war sie zu beneiden um ihren Gleichmut. Sie hätte Politikerin werden sollen.

Leidenschaft kam immer dann in ihre Worte, wenn sie von ihrer Arbeit sprach. »Gestern war ich hier nachts am Bahnhof und habe die Männer dort porträtiert. Die schlafen in der Gepäckaufbewahrung oder an den Seiteneingängen über den Luftschächten. Werden natürlich regelmäßig fortgejagt oder von Jugendlichen angemacht. Furchtbar. Manche wollten nicht fotografiert werden, waren zu stolz, aber für fünf Euro haben sie ihren Stolz dann vorübergehend mal vergessen können.«

Sie lachte ihr raues Lachen. »Du glaubst nicht, wie alt ein 23-Jähriger aussehen kann, wenn er im Licht der Neonröhren, seit zwei Tagen nicht gewaschen, seinen Fusel trinkt. Ein verflucht trauriger selbst beschleunigter Verfall.«

Eine kleine Traurigkeit, eine für Nadia untypische Nachdenklichkeit, klang durch.

»Morgen mache ich meine Serie *Nachtaufnahmen* fertig. Berlin zwischen zwei und fünf Uhr morgens. Dann komme ich bald nach Hause ins beschauliche Baden. Habe auch zwei, drei Sachen für E-Cards und eine Osterkarte mit Baden-Baden-Motiv zu erledigen. Was macht der unartige Zeh?«

»Tut weh!«, sagte ich und konnte nicht mal über den Reim lachen, denn so richtig war mir nicht zum Lachen. In den langen Stunden alleine zu Hause zog ich eine eher magere Bilanz meiner jetzigen Lebenssituation: Wenig Aufträge, kein Mann und Kind, und nicht mal eine eigene Wohnung. Lediglich ein struppiger kleiner Hund, der jederzeit für Leckerlis vor dem Staatsanwalt gegen mich aussagen würde.

Bei der Wohnungssuche im Internet trieb ich einen Mann mit klangvollem Namen auf, nämlich Herr Vogelsang-Wagenführ, der ein vorteilhaft gelegenes Büro in der Oststadt zur Miete anbot, an das sich sogar eine Wohnung anschloss. Herr Vogelsang machte seinem Namen alle Ehre und sprach sich mit klangvoller kultivierter Stimme mitten in mein einsames Herz. »Schauen Sie, liebe Frau Mainhardt, da können Sie vom Herd aus ahnenforschen«, beliebte er zu scherzen. »Ich bin auch Akademiker. Ich möchte Sie gerne unterstützen.«

Wir verabredeten uns, sobald ich wieder gehen könnte. »Man müsste lediglich den Wohnungsteil hinten ein wenig renovieren. Aber dafür haben Sie vorne auch das Büro. Ohne Aufpreis. Dort können Sie Ihre Kunden empfangen. Ein einmaliges Schnäppchen.«

Ich nahm eine von Nölig-Rubenbauers Tabletten, redete meinem Zeh gut zu und hoffte, dass ich bald in der Lage wäre, das einmalige Schnäppchen zu besichtigen.

In der Wartezeit las ich Bücher und Hefte über Schwetzingen. Der Ort hatte eindeutig das Talent, aus nicht allzu viel sehr viel zu machen. Eine aktuelle Bewerbung als »Weltkulturerbe« lief.

Außer seinem weltberühmten Spargel war das Städtchen, das bekanntlich einst im Besitz der Pfälzer Kurfürsten gewesen war und später dann den mir bereits bestens vertrauten badischen Großherzögen gehört hatte, vor allem stolz auf seinen Mozart. Dabei war er nur insgesamt dreimal in Schwetzingen gewesen.

Einmal ganze vierzehn Tage, im Juli 1763, aber da war er noch ein Kind, wenn auch ein Wunderkind, gewesen, das siebenjährig akrobatisch auf dem Klavier herumturnte.

Die beiden anderen Male war er nur mehr oder weniger für einen kurzen Zwischenstopp auf der Fahrt nach Mannheim im Park spazieren gegangen. Dazu gab's auch ein passendes Zitat: »Morgens gehen wir nach Schwetzingen, um den Garten zu sehen«, hatte er 1790 an seine Constanze geschrieben. Ein nicht allzu spektakuläres Sätzchen, wollte mir scheinen, aber immerhin. Wie alle Orte, die von unschlagbaren Größen wie Goethe, Shakespeare oder eben Mozart berührt wurden, machte das Städtlein ein Riesenaufhebens um den Besuch und diese Bemerkung.

Natürlich gab es ein Mozartfest in dem Schlosstheater im Park, das sich immerhin das älteste Rangtheater der Welt nannte, was auch immer das sein mochte.

Und alle fünf Jahre oder auch zu bestimmten Anlässen, so das Buch aus Theos Laden, führten die Schwetzinger eine Art Burleske aus der Stadtgeschichte auf, in der Mozart die Hauptrolle spielte.

Fast tat mir das Bemühen der Stadt Schwetzingen leid, sich einen Platz im internationalen Kunstgeschäft zu sichern.

Die Stadt bestand aus Spargelverkauf und aus dem Schloss. So war es nun mal. Mitleid sollte man nicht empfinden. Andere Orte hatten nicht mal das!

****

Als Raika das erste Mal vom Spargelhof anrief, zitterte helle Empörung in ihrer Stimme. »Dein Goll ist wirklich ein echtes Arschloch. Autoritär und ein Macho. Guckt der mich doch von oben bis unten an. So abschätzig, weißt du? Um diese Zeit des Jahres nimmt er eigentlich gar keine Bewerbungen für Saisonarbeiter an. Und er kriegt seine Leute eigentlich sowieso über die Arbeitsagentur in Heidelberg. Aber ich hätte Glück. Eine Kollegin im Versand von Spargelkonserven sei krank. Ein paar Tage könnte ich bleiben. Papiere nachreichen. Hat mich gewundert, aber macht er anscheinend ab und zu. Die eine Russin sagt, das macht er immer so, wenn er denkt, die bleiben sowieso nicht die ganze Saison, weil sie zu zart sind oder zu unerfahren. Oder sich zu gut. Na ja, pro Stunde ein Hungerlöhnchen von 5 Euro und 50 Cent. Weil die festen Saisonkräfte noch nicht da sind, darf ich sogar im Hause Goll, natürlich im Nebengebäude, wohnen. Die Heizung wird um 21 Uhr abgestellt, Duschwasser nur morgens von sechs bis sieben und abends von sieben bis acht, Essen in der Goll-Kantine in einer Ecke in der Werkzeughalle für saftige Preise. Sie hassen ihn eigentlich alle, aber sie kommen wieder, weil er stabile Geschäfte macht. Da wissen sie, was sie haben. Und wenn sie gut sind, besser als andere, gibt's einen Bonus. Selbst verschuldeter Spargelbruch wird vom Lohn abgezogen. Sowohl bei der Ernte als auch beim Sortieren, Schneiden und Waschen. Das geschieht zwar fast alles automatisch, aber anfassen muss man die Stangen natürlich trotzdem. Was ist selbst verschuldet bei so einem blöden Spargel, frage ich dich? Manche brechen, manche eben nicht.«

»Hast du schon irgendwas herausgefunden? Bisschen rumgefragt?«

»Nein, das ist zu früh. Und ist riskant. Der schmeißt dich wieder raus, noch bevor er sich deinen Namen gemerkt hat.«

»Dass es so was heute noch gibt!«

»Familienbetriebe haben oft diese Struktur. Ein Sohn vom Goll arbeitet als Geschäftsführer. Und der hat Kinder. Teenager sind die schon. Die Tochter hilft ab und zu für ein Taschengeld im Versand mit. Vielleicht kann ich mich an die ranmachen. Ich habe bemerkt, dass die Kleine heimlich raucht. Da gibt es möglicherweise Gelegenheit, mit ihr zu reden. Ich melde mich morgen. Nachdem ich zwanzig Kisten vakuumierten Spargel frankiert habe. Nach New York. An Delikatessenrestaurants. Vielleicht lebt Natalie in New York. Ich bleib dran. Ach und übrigens … je nach Auftragslage wird hier auch am Wochenende gearbeitet. Das heißt, du wirst vielleicht auch eine Sonderschicht Ana hüten drauflegen müssen.«

»Warte ab, wie lange du es im heißen Wasser wirklich aushältst.«

Raika lachte und legte auf.

Das Nessie-Ausführprogramm funktionierte sehr gut, zumal sich auch noch der ältere Rentner Herr Konrad hinzugesellte, der vor fast zwei Jahren wegen des Todes von Frau Löber ins Visier der Polizei geraten war. Sein Schäferhund war inzwischen gestorben.

Unerwarteten Besuch erhielt ich von Michael Trott, der mir einen Fuß aus Schokolade mitbrachte. »Spezialanfertigung. Kumpel von mir ist Konditor. Südweststadt.«

Michael Trott hatte über die Fächerstadt Karlsruhe ein Netz von Informanten geworfen, die ihn mit Neuigkeiten aus der Geschäftswelt versorgten.

»Möchtest du einen Zeh?«

»Nee, keine Schokolade mehr. Vielleicht nie mehr. Habe gerade eine Recherche über eine traditionsreiche Mannheimer Schokoladenfabrik hinter mir. Am Neckar. Die stinkt durch halb Mannheim und das schon seit 150 Jahren. Und sie stinkt komischerweise nicht nach Schokolade.«

Er stöhnte, akzeptierte einen Whiskey der Marke *Mountain Dew* und streckte die Beine aus. »Dieses Mannheim. Da gibt es Quadrate, wo es türkischer zugeht als in Istanbul selbst. Und auf der anderen Seite brodelt es da ganz schön in der rechten Szene. Und«, er schenkte sich großzügig nach, »deshalb bin ich gekommen. Mein Kollege von der Landausgabe des *Mannheimer Morgen*, den ich noch von ganz früher aus Offenburg kenne, als wir beide beim Tagblatt Volontäre waren, mein Gott, das war eine Zeit …«

Bevor er sich den dritten *Bergtau* aus Irland genehmigen konnte, stellte ich die Flasche dezent weg. Nessie schnupperte daran und wandte sich angewidert ab. »Mein Kollege sagt, in Schwetzingen sind die eigentlich nicht aktiv.

Dazu sind die Schwetzinger zu gelassen und leben zu sehr vom Tourismus. Aber ein paar arbeitslose Jugendliche oder junge Männer, die zuviel Zeit haben und beim Fußball zuviel und zu starkes Zeug trinken, die gibt es schon. Die meisten werden aus dem Rhein-Neckar-Raum hingeschwemmt. Und in diesem Bereich habe es schon mehrere Übergriffe gegeben. Gegen Saisonarbeiter. Wurde aber nicht an die große Glocke gehängt. Nicht gut fürs touristische Image, verstehst du? Der Anführer dieser Fußballrowdygruppe ist ein gewisser Jörg Nebel, der eigentlich aus Mannheim-Schönau stammt. Hat irgendwelche Verwandten in Schwetzingen, bei denen er scheinbar ganz gerne abhängt.

Und dessen Ex-Frau, Heike Nebel, die er mehrfach polizeiaktenkundig vermöbelt hat, ist irgendwann aus der Clique ausgestiegen und wohnt jetzt in der Waldstadt in Karlsruhe. Im Rahmen einer Recherche hat mein Kollege mit der zu tun gehabt. Solltest du nicht mal mit dem Mädel sprechen? Über Erntehelfer im Allgemeinen und vielleicht über das, was dich interessiert im Besonderen.«

Beeindruckt sah ich Michael Trott an. Kein Wunder, dass in Krimis so häufig Journalisten als Hobbydetektive auftreten. Sie sind vielleicht noch besser als Ahnenforscherinnen.

»Ich bin gefesselt. Eine Sache, die gerade mal drei Zentimeter lang ist, fesselt mich«, erklärte ich verbittert und ertrug sein ironisches Lächeln: »Nur drei Zentimeter? Arme Maren.«

»Sehr witzig. Noch mindestens eine verdammte Woche. Kann nirgendwohin. Klar würde ich gerne mit der gewesenen Frau Nebel sprechen. Vielleicht weiß sie etwas über die unschöne Leiche im schönen Park. Ein entlaufener Pole. Das müsste in dieser Szene doch für Gesprächsstoff gesorgt haben. So etwa: Typisch. Unzuverlässig. Will ein nettes, deutsches Mädel heiraten und haut ab, wenn es ernst wird …«

Michael Trott schmunzelte. »Noch ein Tröpfchen Tau und ich verrate dir was. Aber nur, wenn du mir die Story am Ende exklusiv gibst.«

»*Wenn* es eine Story gibt, kriegst *du* sie.«

»Auch, wenn die Zeitung, in der sie dann erscheint, im Titel vier Buchstaben hat? Du weißt, ich bin vogelfrei.«

»Der Stern hat fünf Buchstaben!«

»Die Zeitung, die mit B… anfängt.«

»Also gut, auch dann.«

Ich lese manchmal die Bildzeitung. Bildzeitung lesen, das ist wie einen Mohrenkopf essen. Oder sich Lakritzstäbchen kaufen und alle roten auf einmal verspeisen. Oder zweimal am Tag ein Vollbad nehmen. In der 30er Zone 60 fahren. Es ist unvernünftig, tut aber manchmal gut.

»Wie gesagt, hat sich Heike Nebel vor ihrem Mann jetzt aus Mannheim in den Schoß der Beamtenstadt Karlsruhe geflüchtet. Sie sagt, sie wäre bereit, bei dir vorbeizukommen – heute noch, falls du sie sehen willst. Interesse? Ich könnte sie abholen, und wir kommen bei dir vorbei. Sie ist naiv und sehr beeindruckt von dem Gedanken, einer Detektivin zu helfen. Ihr Vater war Anwalt. Ich habe ihr natürlich keine Details erzählt. Nur, dass du dich darum kümmerst, warum dieser Pole damals so urplötzlich verschwunden ist.«

»Hol sie her!«

Ich ermahnte Nessie, sich anständig zu verhalten. Zweifellos würde gleich eine abenteuerliche Gestalt mit Stachelhalsband, Tätowierungen, Glatze und Stiefeln die Szene betreten, und das könnte den Hund verwirren.

Gut, dass Nadia nicht da war. Sie hatte vielleicht die Randfiguren der Gesellschaft gelegentlich fotografiert, aber ich glaubte nicht, dass sie sie unbedingt in ihrer Wohnung haben wollte.

Ich hatte mir unnötige Gedanken gemacht. Die echte Heike Nebel sah genau aus wie das Gegenteil meiner Fantasien.

Sie hätte ebenso gut bei meiner Bank arbeiten und meinen Kredit ablehnen können. Ein Rock, eine Bluse, eine Strickjacke, darüber ein Fischgrätmantel. Keine Stiefel. Wildlederschuhe. Sie wollte auch – im Unterschied zu Trott – keinen Whiskey sondern eine Tasse Tee. »Kräutertee, wenn Sie welchen da hätten«, bat sie artig.

Und erzählte leise und wohlformuliert von sich. Eltern gut situiert. Keine Spargelbauern zwar, aber Vater Anwalt *für* Spargelbauern, Mutter Hausfrau. Dann die Scheidung. Sie blieb beim Vater. Zu Hause ein strenges Regiment. Neue Partnerin. Ungerechtigkeiten.

Sie verschlechterte sich in der Schule, das Internat drohte. Sie wurde achtzehn und riss immer öfter in Kneipen nach Heidelberg aus. Da lernte sie »den Nebel«, wie sie lakonisch sagte, kennen. »Zuerst habe ich nicht gewusst, dass er ziemlich gewalttätig ist. Er sei sportlich aktiv. Und politisch wach. Ließe sich nichts gefallen, wenn es einer drauf anlegte. Und sein Verein sei ihm wichtig. Heute gibt's ja Hoffenheim, aber damals war das noch der KSC, aber mit dem – sagt der Nebel – ist nichts mehr los. Sind verweichlicht. Kein Wunder bei all den Ausländern in der Mannschaft. Der Ede Becker sei zu lieb. Die müssten Scheiße fressen, wenn sie schlecht spielen.«

Beeindruckt schwieg ich.

»Außerdem haben sie jede Menge sportliche Unternehmungen mit Jugendlichen veranstaltet. Fußball. Mal Boxen. Kicker spielen. Spielautomaten. Daran ist ja nichts Schlechtes. Meine Eltern waren sauer. Die sollten lieber arbeiten als Kicker spielen. Aber der Nebel fand nichts, das zu ihm passte. Hat manchmal in Schwetzingen beim Spargelverkauf geholfen. Seine Tante hat ihm die Jobs verschafft. Spargelstechen war ihm zu anstrengend.«

Heikes Ex schien mir wieder einmal einer von den Leuten, die man nicht unbedingt kennen lernen musste, um ein erfülltes Leben zu führen. Ich nickte milde und freundlich, um sie zum Weitersprechen zu ermuntern.

»Ausländer? Ja, die konnten sie nicht so ab. Und sie waren vollkommen dagegen, dass immer mehr Erntehelfer einfach da blieben und sich in Schwetzingen niederließen. Heirateten. Nur wegen der Aufenthaltserlaubnis, sagt mein Ex-Mann. Mit Änderungsschneidereien oder kleinen Kneipen. Jedes Sportlerheim in der Umgebung, hat er gesagt, gehört bald der Cevapcicifraktion. Und all die kroatischen Frauen krallten sich deutsche Männer. Die nähmen diese Mädchen doch bloß, weil sie gut putzen und gut bumsen könnten ...« Letzteres kam zögernd, und sie wurde rot dabei.

»Für manche Männer«, bemerkte ich reif und gelassen, »reichen diese beiden Eigenschaften durchaus aus. Das ist allerdings kein feministischer Gedanke.«

Heike konnte sichtlich nicht viel mit dem Wort »feministisch« anfangen. Sie nickte verbindlich und fuhr fort. Sie habe den Nebel dann geheiratet. Damit sei sie unabhängig von ihrem Vater geworden, denn durch die Ehe sei sie an das Geld ihrer verstorbenen Oma gekommen. »Nur bei Eheschließung gab es das Erbe. Die Oma war noch eine von der alten Zeit.« Sie rührte in ihrem Tee. So verlegen und schüchtern wie die war, war sie ein leichtes Opfer für den Nebel, dachte ich. Das Geld von der Oma sei beinahe vollständig in die Interessen ihres Mannes geflossen. Sie selbst habe sich durch ihre unstandesgemäße Ehe von ihrem eigentlichen Freundeskreis isoliert.

»Nach einer Weile lebt man halt so wie die. Der Nebel war eigentlich gar nicht brutal. Er konnte ganz lieb sein.« Sie wurde wieder rot. »Und er hat immer gesagt, es geht nur um Gleichberechtigung für unsere eigenen Leute. Aber ich weiß, dass sie auch mal Ausländer verprügelt haben. Nach Fußballspielen. In Mannheim. Da kamen ja auch die meisten her. Nicht aus Schwetzingen. Die sind zu tolerant, sagt der Nebel. Schon verweichlicht. Nach den Spielen haben die so getan, als seien sie Fußballkenner, aber der Sport war ihnen ganz egal. Es ging ihnen nur ums Ärgermachen. An die Russen und die Türken haben sie sich nicht so rangetraut, die haben ja auch ihre eigenen Gangs in und um Mannheim, aber die Erntehelfer sind ja nicht organisiert, sprechen kein Deutsch, gehen nicht so schnell zur Polizei, die konnte man gut klatschen. Außerdem hassen sie die besonders, weil sie angeblich alle Felder und Wälder rund um Schwetzingen zu …« Sie brach ab. Ihre gute Erziehung stand ihr hinderlich im Weg. »Verschmutzen«, ergänzte sie etwas ratlos.

Sie sann eine Weile ihren Worten hinterher. Ich goss ihr noch Tee nach und entschied, dass es hier das Beste sei, zu warten. Michael Trott wollte etwas sagen, doch ich hielt ihn mit einer Handbewegung zurück. Nessie, die gerade auf dem Weg zu ihrer Hundeschlafhöhle gewesen war, fühlte sich angesprochen und blieb wie angewurzelt stehen.

»Ach, Nessie«, sagte ich nur ergeben. Warum gehorchte dieses Tier immer an der falschen Stelle?

»Und Katzen verschwänden immer in der Spargelsaison. Das ist ja auch wirklich komisch, oder?«, fügte sie hinzu, wie um ihre Bekanntschaft mit Nebel und seinen Leuten zu rechtfertigen.

»Was«, fragte ich und bemühte mich um Takt, »was würde passieren, wenn sich einer der Polen mit einem deutschen Mädchen, ja sogar mit einer im Ort bekannten Person einließe? Ernsthaft einließe?«

»Na, das hätte bei Nebels Leuten schon Aufsehen erregt. Zwar waren die ja gar nicht aus Schwetzingen und eigentlich gingen unsere Sachen die gar nichts an, aber die hatten halt gerne Ärger. Ohne Trouble war nichts los. Was sollte man denn sonst den ganzen Tag machen. Ja, ich habe sogar gehört, dass es genau diesen Fall gab. Mit der einen Tochter vom Goll. Ausgerechnet die! Aber sagen Sie das bitte nicht weiter. Ich hab den Polen nur einmal am Bahnhof kurz gesehen, und dann noch zweimal an der Eisdiele. Ich hab ihn nicht näher gekannt. Ich glaube, er hieß Mark oder Marek. Hab aber von ihm gehört. Der ist ja dann wohlweislich gleich abgehauen. Vielleicht ein Glück für ihn.«

Na ja, dachte ich. Glück ist hier ein höchst relativer Begriff. Und fragte mich, wann das innere Bild der versteinerten Natalie endlich in mir verschwinden würde.

»Gab es«, fragte ich behutsam, »Gerüchte, dass irgendjemand, vielleicht sogar der Goll selbst, ihn regelrecht ermutigt hat, zu verschwinden?« Sie starrte mich etwas dümmlich an. »Oder hatte Ihr Ex-Mann, also der bewusste Nebel, damit zu tun? Hat er ihm gedroht?«

Sie schüttelte den Kopf und sah dabei aus wie ein junges Kalb.

»Den Nebel habe ich da nicht drüber reden hören. Und der Goll? Es war ihm sicher recht, dass der Pole verschwunden ist. Obwohl der Typ, glaube ich, gar nicht so blöd war. Hab gehört, er hätte Ideen gehabt. Sich mit dem Spargelanbau ganz gut ausgekannt. Und versucht, sich bei den Leuten von Schwetzingen anzumeiern. Na ja. Ist jetzt auch egal. Das Mädchen hat sich dann später sowieso auch abgesetzt. Sie war immer schon sensibel gewesen. Meine Schwester kannte sie.« Sie schüttelte den Kopf. »Kann ich sowieso nicht verstehen. Wegen einem Mann. Ich war mit einem verheiratet. Und ich bin froh, dass ich ihn los bin. Und noch halbwegs heile Knochen habe. Obwohl er auch gute Seiten hatte ...«

»Aber grundsätzlich hat der Nebel und seine Gruppe Gewalt nicht abgelehnt. Vielleicht haben die auch im Auftrag von anderen gearbeitet? Gab es da engere Verbindungen ...«, jetzt wagte ich mich weit vor, »Verbindungen zu Spargelbauern? Eine Art Zusammenarbeit in solchen Fragen?«

Sie dachte nach.

»Natürlich kannte er Spargelbauern. In Schwetzingen kennt jeder einen, der Spargeläcker hat. Und der Nebel hat doch manchmal beim Verkauf geholfen, um sich was zu verdienen. Aber was er mit wem genau zu tun hatte, das weiß ich nicht. Wenn sein Handy geläutet hat, ist er sowieso immer gleich raus gegangen. Aber die Schwetzinger Leute sind gute Leute. Die haben da nichts mit zu tun. Mein Nebel hatte nun mal seine Meinung. Er konnte es halt nicht leiden, wenn sich die Polen und die Rumänen, denn die Rumänen hatte er noch mehr auf dem Kieker, Sachen anmaßten, die eigentlich uns Deutschen gehörten oder zustanden.« Sie nahm einen großen Schluck Tee wie aus Verlegenheit, verschluckte sich. Undeutlich kam es: »Na ja, mit Mozart, den Adligen und all solchen Sachen.« Wieder hustete sie, wobei sich ihr blasses Gesicht ungesund rötete. »Die Erntehelfer gehören aufs Feld und dann wieder nach Hause. Hat er gesagt, der Nebel. Ich meine«, fragend sah sich mich an, »hat er da so ganz unrecht?«

Ich ging nicht darauf ein. »Ihr Nebel kannte also auch den Dieter Goll?«, vergewisserte ich mich noch einmal.

»Den Goll kennen sowieso alle. Der Goll sponsort ja auch die Schwetzinger Heimatspiele und auch sonst noch einiges, und in diesen Gruppen ist die Tante vom Nebel ziemlich engagiert. Die macht da mit bei dem Bürgerverein, *Schwetzingen 3000*. Aber der Goll denkt nicht so wie der Nebel, glaub ich. Jedenfalls hab ich da nie was gehört. Gut, seine Spargelstecher klagen manchmal, dass sie zu wenig kriegen für die schwere Arbeit, aber was würden sie denn sonst machen? Ohne das Geld aus Deutschland?«

Ich betrachtete Heike Nebel nachdenklich. Noch immer fehlte mir der endgültige Beweis, dass der Tote im Park wirklich Marek, der Verlobte meiner unglücklichen Klientin, gewesen war. Ich entschied mich wider besseres Wissen dafür, ihr das Bild vom Tatort zu zeigen.

Ich beschloss, so zu verfahren, wie es die englische Königsfamilie seit Jahrhunderten tut. »Never complain, never explain.«

»Warten Sie einen Moment«, sagte ich, stand auf und holte das Bild. Ich hatte es vorher wieder so gefaltet, dass man im Wesentlichen nur das Gesicht des Mannes sah, kein Blut und nicht seine verkrampfte Gestalt. Ohne Erklärung und so autoritär wie möglich hielt ich es ihr unter die Nase. »Ist das eigentlich der Marek?« Ich versuchte es fest und doch beiläufig klingen zu lassen. Gab keine Erklärung für das Bild. Heike fragte nicht. Sie hatte sich das Fragen offenbar schon lange abgewöhnt.

»Ja«, sagte sie. »Ja, das ist er.«

Ich stand auf, als sei nichts gewesen und trug das Foto ins Nachbarzimmer zurück.

Dabei plauderte ich mit ihr über Karlsruhe, um sie abzulenken. »Fühlen Sie sich wohl hier?« »Ja, danke, ich gehe gern in den Zoo.«

Das Mädel hier wirkte zwar wie eine komplett harmlose Naive, immer noch ferngesteuert von ihrem Nebel, aber gerade deshalb könnte sie trotz allem noch immer in der Gruppe rund um ihren Ex-Mann engagiert sein. Ganz abgesehen davon, dass auch ich nun ins Visier dieser Leute geraten könnte, sollten keine Querverbindungen von der Inhaberin dieser Wohnung zu dem Foto entstehen. Nadia war am Tatort gewesen. Kurz nach der Tat. Das alleine machte sie zur Gefahr für den Mörder und zusammen mit den Fotos zum Risiko, das man ausschalten musste.

Die Gruppe um diesen dumpf-brutalen Nebel erfuhr besser nichts von Nadia.

Es würde noch fehlen, dass Nadia nicht nur bei der Kripo vorgeladen und der unterlassenen Hilfeleistung verdächtigt wurde, sondern auch noch Besuch von Leuten in Springerstiefeln bekäme.

Heike schien das Foto sowieso bereits wieder vergessen zu haben. Sie ließ mir klaglos ihre Telefonnummer da. »Aber nicht dem Nebel geben!«, beschwor sie mich noch. »Er hat zwar schon eine Neue, aber trotzdem. Hat der immer diese Wutanfälle. So ganz plötzliche. Verstehen Sie?«

Ich tat so, als verstünde ich. Arme Frau. Gott sei Dank ist das einzige Wesen in meiner Umgebung, das plötzliche Wutanfälle hat, mein Hund. Die überkommen ihn beim Anblick von Katzen und von Eichhörnchen, die sich weigern von ihren Bäumen zu kommen, um sich beißen zu lassen.

»Sieht man von ihrer Fehlsteuerung ab, ist sie eigentlich ein nettes Mädchen«, meinte ich leise zu Michael, der sie schon ins Treppenhaus vorangehen ließ, während er sich den Mantel anzog.

»Wieso kommen so nette Mädchen an solche Typen?«

»Ja, das fragt man sich manchmal«, bemerkte er nur und ging.

****

Der überraschendste Besucher, den ich als Zehenkranke hatte, war Melchior. Er kam an einem besonders frostigen Nachmittag und brachte passenderweise von Elfie selbstgestrickte Socken mit, bei denen die Zehen ausgespart waren.

»Gute Idee von ihr, finde ich«, lobte er seine Frau selbst aus der Ferne. »Ich bin lediglich froh und erleichtert, dass du auf diese Weise nicht mehr nach Schwetzingen reist, um einem Phantom nachzuspüren. Ja, wir wissen, dass du das gemacht hast.«

»Stasimethoden! Lasst ihr mich bespitzeln, oder ist Oliver dein Informant?«, ließ ich fallen. Er tat beleidigt. »Bitte, Maren. Oliver würde so etwas niemals tun. Er stammt aus Irland, vergiss das nicht.«

»Was hat das damit zu tun? Also, was ist?«

»Du hast uns schon mehrmals geholfen. Deshalb haben wir uns für dich eingesetzt bei der Heidelberger Kripo. Normalerweise ermitteln die nicht aufgrund von vagen Angaben, die Jahre alt sind und aus der Erinnerung gemacht worden sind. Beinahe macht man sich damit ein wenig lächerlich angesichts aktuellerer Gewaltverbrechen. Aber wir sind trotzdem nicht tatenlos geblieben. Spurensuchhunde wurden an der Stelle eingesetzt, die deine Freundin uns – recht widerwillig übrigens – als ungefähren Fundort der Leiche angegeben hat. In der Nähe dieses Merkurtempels oder wie diese Ruine heißt. Komisches Ding. Eine Ruine, die schon als solche gebaut wurde. Verrückt! Kommt mir vor wie dieses Europabad hier bei euch in Karlsruhe. Eine Pleite, die als Pleite gebaut wurde.«

Ich verzichtete auf eine kulturhistorische Belehrung, was die Ruine in Schwetzingen betraf. »Sie wollen diese Ruine in Schwetzingen jetzt restaurieren. Für 1,5 Millionen Euro.«

»Unglaublich«, meinte Melchior noch einmal. »Eine Ruine wieder zur Ruine machen. Steuergelder verschwenden! Wenn ich das Elfie erzähle.«

Ich versuchte den Satz zu überhören und kam auf die Blutspuren zurück.

»Bringt denn das was? Mit den Hunden? Nach so langer Zeit?«

»Unter Umständen schon. Blutspuren halten sich in Holz oder Kleidern über Jahre. Da hat sich schon mancher Mörder getäuscht. Wenn Blut bei einer Tat auf den Teppich gesickert ist, nützt es nichts, den Teppich zu verbrennen und die Dielen zu wienern – dass man diese Spuren mit ultravioletten Strahlen ganz simpel sichtbar machen kann, ist eigentlich nichts Neues mehr. Nur, weil man etwas nicht sieht, heißt das nicht, dass es nicht da ist.«

»Eben«, entgegnete ich. »So ist es auch bei Nadias Leiche, wenn man sie so nennen will.«

»Die Kollegen haben die Listen der Spargelerntehelfer mittlerweile überprüft und sich auf die Männer im entsprechenden Alter konzentriert. Keine Auffälligkeit dabei. Das polnische Konsulat in Stuttgart hat ebenfalls keine Vermisstenmeldung bekommen. Beim Arbeitsamt ist nichts bekannt. Allerdings kommen nicht alle Helfer übers Arbeitsamt.«

»Und«, bemerkte ich cool aber unvorsichtig, »es werden natürlich nicht alle Arbeiter angemeldet.«

Er beäugte mich misstrauisch. »Woher willst du das denn genau wissen? Ich hatte bisher nicht den Eindruck, du bewegtest dich täglich im uralten Kreislauf von Säen und Ernten.«

»Nur so. Das ist sozusagen agrarsoziologisches Allgemeinwissen.«

Agrarsoziologisch war fast so gut wie feinstofflich.

»Na ja, ich sage ja, ich bin froh, dass du diesen lädierten Zeh hast. Du wärst noch auf die Idee gekommen, als Spargelhelferin anzuheuern. Wenigstens das bleibt uns jetzt erspart.«

»Wie Recht du wieder hast, Melchior.« Ich lächelte wie ein Haifisch.

Immerhin: Die Polizei ermittelte im Spargelmilieu! Ich überlegte ernsthaft, wie ich Melchior glaubhaft machen konnte, dass ich den Toten gewissermaßen identifiziert hatte – ohne ihm von dem Foto zu berichten. Doch als ich den Mund öffnen wollte, kam Melchior mir zuvor.

»War mein Bruder eigentlich schon zu Besuch?« Melchior versuchte es nebensächlich klingen zu lassen, was gründlich misslang.

Aha. Er hatte also den irischen Whiskey gesehen. Spurensicherung.

»Was dagegen?«

Melchior schwieg eine Weile. »Du musst es wissen, Maren.«

Wieder eine Pause. Man sah, wie es in ihm arbeitete. Schließlich rang er sich durch zu sprechen.

»Also, mein Bruder, er ist anders als ich, das weiß ich natürlich auch. Leichter. Risikofreudiger. Er konnte schon immer besser mit Frauen umgehen, wenn man es so nennen will. Ich bin da etwas ernster veranlagt.«

»Erzähl mir was Neues!«

»Und deshalb. Ich habe dir bereits eine Andeutung gemacht. Nagele mich bitte nicht auf Details fest, aber ich sagte dir ja schon, er ist ...«

»Verheiratet!«

»Das nun nicht gerade. Aber, wie gesagt, er ist nicht so ungebunden wie du ... na ja, wie du so denkst. Und ich weiß nicht, ob du damit umgehen könntest.«

Und dann hatte Melchior Oberst es ganz eilig, aus meiner Wohnung zu kommen. Am liebsten hätte ich ihm seine blöden Socken hinterher geworfen.

»Und vergiss nicht, an dem bewussten Samstag Olivers Konzert im Radio anzuhören. Es ist schließlich der Schlussakkord seines Gastspiels bei uns. Kurz nach acht Uhr. Auf SWR2 «

Als er ging, kratzte Nessie nervös an der Tür. Sie wollte raus. Ich konnte nicht und wollte so gerne. Jetzt hätte ich wirklich frische Luft gebraucht. Um die Enttäuschung im Oberwald wegzujoggen oder in dem neuen Europabad wegzuschwimmen.

Hundeausführerin Consuela, die sich bald darauf zum Dienst meldete, sah natürlich gleich, was los war. Das war schließlich ihr Beruf.

»Ein Mann? Oder ein Mord? Egal. In diesem Fall ist nichts, wie es scheint, Maren. Warte ab. Die Antworten kommen von selbst auf dich zu.« Das sagen Kartenlegerinnen und Wahrsagerinnen, Pendlerinnen, Handleserinnen und freudianisch geprägte Psychotherapeutinnen immer. Für diese Aussage kann ihnen hinterher kein Mensch Vorwürfe machen.

Energisch zog sie eine verwirrte Nessie mit nach draußen. Der Blick, den mein Hund mir vom Treppenhaus zuwarf, beinhaltete eine Welt voll Missbilligung. »Kein Leckerli, und faul ist sie auch noch!«

Das Telefon läutete. Es läutete ziemlich oft. Und meistens, nein eigentlich nahezu immer war es für Nadia. Aufträge, Anfragen. Ich notierte alles und schickte ihr Mails, die sie im Hotel mit ihrem Laptop abfragte.

Manchmal waren es Frauen, meistens Männer. Manche meldeten sich mit Namen und Titel, andere nur mit Vornamen. Manche klangen sehr seriös, andere etwas schräg. Manche sprachen mit Frankfurter Akzent, manche meldeten sich auf Englisch. Nadias Vorleben ging mich nichts an, aber auf den ersten Blick sah es zumindest etwas spannender aus als mein eigenes.

Raika gab am anderen Mittag wieder ein Lebenszeichen von sich. »Geheimagentin Raika meldet sich aus der Unterwelt des Spargels. Die Saat des Bösen wird bald auf den Feldern des Dr. Goll-Mabuse aufgehen.«

»Raika!«

»Wenigstens wird das Geld hier täglich ausgezahlt. Bar auf die Hand. Sonst würde ich das nicht aushalten. Ich habe den Eindruck, dass nahezu jeder deutsche Spargel, der demnächst in Amerika verzehrt werden wird, höchstpersönlich von mir verpackt wurde. Noch ein Tag, dann haue ich ab.«

»Okay. Essen die auf dem Hof eigentlich privat auch ständig Spargel?«

»Im Moment nicht natürlich. Obwohl der Goll auch Spargelcremesuppe selbst herstellt und im Erdbeercafé serviert. 5,50 in der Löwentasse. Mit Lachsstreifen 8,50. Aber einmal im Jahr, zum Abschluss der Ernte, gibt es ein Spargelessen für alle Mitarbeiter. Ob die allerdings von dem Zeug, das bekanntlich fast nur aus Wasser besteht, satt werden, bezweifle ich. Ein Wiener Schnitzel mit Pommes wäre den meisten wahrscheinlich lieber. In meinem Fall ist Spargel jetzt ganz gut. Für Badenweiler müssen noch zwei Kilo dahinschmelzen. Du weißt.«

»Veronika, der Spargel wächst …«, sang ich. Ich kann nicht singen. Sogar Dieter Bohlen würde sprachlos werden, wenn ich beim Casting auftauchte. Und eigentlich war mir sowieso nicht zum Singen zumute.

»Also, ich habe mit der Enkelin vom alten Goll gesprochen. Musste sehr sehr vorsichtig sein. Ja, sie hat eine Tante, die in ein Restaurant bei Karlsruhe eingeheiratet hat, doch die andere ist erst bei der Großtante in einem Weinort bei Würzburg gewesen und dann weg. Mehr wollte sie nicht sagen.«

Ich schwieg enttäuscht. Und für diese mageren Informationen, die ich bereits besessen hatte, sollte ich nun Raika ein thermalbeheiztes Liebeswochenende ermöglichen.

»Eine ältere Mitarbeiterin, sie ist übrigens eine Deutsche, hier fast eine Seltenheit, hat mich hinterher zur Seite genommen. Ich solle das Kind nicht mehr auf die Tante ansprechen, das sei ein tragischer Fall. Ich: Ach ja? Und gewartet. Dann kam es stückchenweise. Der Goll habe natürlich geschäumt, weil sie sich mit dem falschen Kerl eingelassen habe. Seine Tochter sei aber ganz hartnäckig geblieben. Und …«

»Ja?«

»Und jetzt kommt der Fisch, wie meine arme kleine Ana immer sagt. Schließlich, und das rechne sie dem alten Goll hoch an, hätte er sich aber abgefunden damit. Er habe sogar dafür gesorgt, dass der junge Mann eine bessere Wohnung bekam. Und sich bei den Leuten von *Schwetzingen 3000* für ihn eingesetzt, was das auch immer bedeutet …«

»Hm. *Schwetzingen 3000.* Hab ich schon mal gehört.«

»Und er hätte ihn auch mit weiterführenden Aufgaben betraut. Und das hätte mancher hier von den Angestellten nicht so toll gefunden. Ich habe gefragt, mit was für Aufgaben, und sie hat nur das Wort Spargelpanther gesagt und dabei verächtlich geschnaubt.«

»Spargelpanther.«

Zum dritten Mal fiel nun dieses merkwürdige Wort, das ich vorher noch nie gehört hatte.

»Ja. Keine Ahnung, was das bedeutet.«

»Das ist eine Maschine, die die Spargelernte automatisiert. Zumindest teilweise.«

»Bravo. Man hat sich eingearbeitet, hm? Auf jeden Fall, bevor ich fragen konnte …«, Raika hustete. Hoffentlich erkältete sie sich nicht im Einsatz. Ich würde noch die Praxisgebühr übernehmen müssen. Wie gesagt: Ein kostspieliger Fall.

»Ja?«

»In dem Moment kam der Juniorchef rein, um seine Tochter zum Reiten abzuholen, und die Frau hat von da an nichts mehr gesagt. Sie ist dann sowieso bald gegangen, weil Feierabend war. Sie kommt erst irgendwann nächste Woche wieder, und da werde ich bereits weg sein. Ich kenne nicht mal ihren Namen und wüsste auch nicht, wie ich unauffällig danach fragen sollte. Meine nächste Aufgabe soll übrigens sein, Spargelschnaps zu verpacken. Das Zeug sieht komisch aus: Eine Schnapsflasche mit hellem Inhalt, in der ein Spargel steckt. Zuerst hab ich nicht geglaubt, dass man aus dem farblosen Zeug sogar Schnaps machen kann. Die nehmen die Spitzen und die werden«, man hörte es rascheln, »ich hab mir das aufgeschrieben – gemaischt. Kanntest das Wort? Dann wird das Zeug im Wasserbad in einem Brennkessel destilliert. Angeblich gesund. Vitamine und Kalium drin.«

»Na dann. Prost.«

»Nein, danke. Jedenfalls will ich sowieso bis auf weiteres keinen Spargel mehr sehen. Wusstest du, dass sie sogar Spargelwurst herstellen? Sie nehmen Lyonerbrät und …«

Ich hatte allmählich den Eindruck, dass Raika weniger in meinem Auftrag einen Mörder suchte als an einer Doktorarbeit über Spargelanbau arbeitete.

»Okay, Raika. Danke. Versuch morgen noch so viel wie möglich herauszufinden. Aber sei vorsichtig. Ich möchte dich ungern aus einer Spargelschälmaschine herausholen müssen.«

Ich setzte mich. Betrachtete den Zeh. Der kleine Hypochonder sah aus wie gesund.

Ich sah auf den Kalender gegenüber, um die Tage zu zählen. Eine Woche Schonung mindestens.

Der Kalender zeigte ziemlich kitschige Landschaftsbilder aus Bayern. Mühlen. Berge. Fachwerk. Seen. Ein Biergarten, aber auch Weinhänge.

Die Stadtansicht von Würzburg. Würzburg? Dorf bei Würzburg. Ein Dorf bei Würzburg!

Natalies Großtante wohnte dort. Natalie war dort gewesen, bevor sie ausgewandert war. Aber ich kannte das Wort Weindorf bei Würzburg noch aus anderem Zusammenhang. Im Radio klang etwas Klassisches. Brahms, sagte der Sprecher. Brahms war gut, Mozart besser. Ich erinnerte mich an Schlutz, den Klassikfan. Und an seinen drögen Bericht über die Todesopfer rund um den 23. April des Jahres 2004 … Ein weiblicher Selbstmord in einer Ortschaft bei Würzburg. Ziemlich weit weg von hier. Bequem weit weg von hier.

Ich griff zum Telefon, um Raika auf dem Handy anzurufen, aber im Grunde genommen wusste ich schon jetzt, dass Natalie Goll seit fünf Jahren tot war.

****

Es heißt, Betrunkene sprechen die Wahrheit. Vielleicht sehen Betrunkene auch die Wahrheit. Ich trank den Rest von Olivers Bergtau. Den brauchte ich jetzt.

Natalie hatte sich umgebracht. Aus Liebe. Oder weil es einen anderen Grund gab?

Verdammt. Ich wollte nichts davon hören.

Ich wollte von dem ganzen Fall nichts mehr hören.

Wie konnte man in der heutigen Zeit einen Selbstmord so tarnen. Nach Amerika ausgewandert!

Wer hatte das geglaubt?

Wahrscheinlich hatte es niemand wirklich geglaubt, aber man hatte der Goll-Familie nicht widersprechen wollen. Und im Grunde ist es einfacher für jeden, an eine Auswanderung zu glauben als an einen peinlichen Selbstmord.

Auch für mich wäre es einfacher gewesen.

Raika würde sich morgen bei den richtigen Leuten nach Natalies wirklichem Schicksal erkundigen. Leider würde das wieder etwas kosten.

Müde hörte ich eine CD von Rod Stewart, die mir irgendwann mal jemand geschenkt hatte. Der ist bekanntlich Schotte, also auch ein Kelte. Zumindest tut er immer so. Er sagt es, und die Leute glauben es.

Die Welt ist voller Männer, die nur so tun, und *ich* glaube es. Einen davon hatte ich kürzlich kennen gelernt und ihm mal wieder voreilig einen Platz in meinem Herzen freigemacht. Würde ich denn nie dazulernen? Ich dachte an Oliver und versuchte, eine gesunde Wut aufzubauen. Es fiel mir schwer. Ich sprach mir seine Verfehlungen vor: Flirtet mit dir, um es züchtig auszudrücken, und hat eine andere zu Hause in Irland. Wie immer. Wie immer bei den Obersts. Natürlich hatte ich keinen Anspruch auf ihn. War es naiv, an ein bisschen Ehrlichkeit zu glauben? Sich darauf zu verlassen? Wenn ja – dann bin ich eben naiv und ich werde es bleiben.

Mein Schicksal stand mit Lettern an der Wand: Ich würde alleine bleiben und anderer Frauen Glück mit Neid begutachten, nach außen hin aber so tun als mache mir das alles nichts aus. Die unkonventionelle lustige Maren. Würde die Kinder meiner Freundinnen herzen. »Da kommt die liebe alte Tante Maren. Ein echter Paradiesvogel zu ihrer Zeit. Gib das gute Händchen!«

Dann schmiss ich Frauenheld Rod aus dem CD-Player und schubste Mozart, der auch kein Kind von Traurigkeit gewesen war und der auch die Schwester anstatt des Originals geheiratet hatte, unsanft hinein. Mit dem Fuß bediente ich die »close«-Taste. Melodien perlten. Mozart beruhigt. Weil er ewig ist. Ewig und überall. Vor allem überall.

Wie viele Städte schmückten sich eigentlich mit ihm? Der Mann war in ganz Europa gewesen: München, Wien, Paris, London. Und auch Schwetzingen. Dabei war er mit 34 gestorben. Nicht auszudenken, wie viele Mozart-Festivals es gäbe, wenn er achtzig geworden wäre. Wie viele Mozartdarsteller würden dann erst die Welt bevölkern?

Es mussten jetzt schon ein paar Fußballmannschaften sein. Über die ganze Welt verstreut. Und alle klebten sich einen Zopf an und wollen Mozart sein. Ich kicherte beschwipst. Mozart in Japan! Wie funktionierte das? Wenn man in einem japanischen Dorf ein Mozartspektakel mit echtem nachgemachtem Mozart aufführte, konnte man ja schließlich nicht extra einen Österreicher einfliegen. Man musste also einen Japaner nehmen. Und dann der Zopf und die Beinkleider! Sah das nicht lächerlich aus?

In meinem betrunkenen Zustand kam mir etwas an diesem Gedankengang bekannt vor. Verdächtig bekannt. Irgendetwas sollte sich da verknüpfen. Doch da ich ein Mensch bin und kein Computer, wurde nichts daraus.

****

Dafür brachte Raika unerwartet ausführliche Neuigkeiten.

»Tja, es sieht aus als hättest du Recht. Manchmal ist es auch hilfreich, eine arme kleine Rumänin zu sein. Eine Landsmännin von mir putzt bei Golls in der Wohnung. Sie weiß einiges zu erzählen, aber andererseits wünscht sie sich auch eine ganz bestimmte Uhr der Marke Fossil. Schon lange. Soll sie sie haben? Ja, gut. Rechnung folgt. Also, woher du das wieder weißt, keine Ahnung, aber du hast Recht. Das Gerücht kursiert auf dem Hof und in ganz Schwetzingen wohl schon lange, dass die Natalie sich umgebracht hat. Wurde aber totgeschwiegen und keiner hat gewagt, die Golls darauf anzusprechen. Pietätlos und außerdem gefährlich beim Temperament des alten Goll.«

»Okay«, flüsterte ich nur. »Okay.« Was sollte ich noch dazu sagen. Es war alles gesagt und alles gedacht.

Eine kleine Pause. »Bist du noch da?«

Ich nickte.

»Maren?«

»Ja, sprich weiter!«

»Jetzt erfahren wir endlich auch ein wenig mehr über deinen Marek Wasilonsky.«

»Die Leiche hat jetzt endlich einen Nachnamen! Bisher war er nur der Marek.«

»Makaber. Ja, er hat jetzt einen richtigen Namen. Und nicht nur das. Ich weiß jetzt auch, warum ihn niemand zu Hause vermisst hat. Marek war Musikstudent. Schwerpunkt Edvard Grieg. Zweiter Bildungsweg. Eigentlich war er Techniker, aber die Liebe zur Musik hatte ihn irgendwann gepackt und nicht mehr losgelassen. Und weil er begabt war, hatte er wohl ein Stipendium. In Polen. Wird vielleicht nicht zu üppig gewesen sein. Mit seiner Familie hatte er übrigens offenbar jeden Kontakt abgebrochen, da sie gegen diesen neuen Berufswunsch waren.«

»Grieg? Dieser düstere Schwede?«

»Norweger, wenn dich mal einer fragt«, sagte Raika, und ich hörte sie kauen. »Mmm. Spargelpraline. Ausschussware. Ich werde dir hundert

Gramm von diesen Spargelpralinen mitbringen. Du kannst sie getrost essen. Keine Spargelstückchen drin sondern Spargelschnaps.«

»Danke. Doch jetzt wo ich weiß, wie das Opfer hieß, darf ich der Kripo seine Daten nicht mehr verschweigen. Ich frage mich nur, warum die das nicht herausfinden. Ein toter Mann. Nadias genaue Beschreibung der Szene und der Leiche. Tatzeitpunkt. Örtlichkeit. Motive sind da. Alles ist da.«

»Weil sie es nicht ernst nehmen. Eine Leiche, von der man nur redet und die man nicht sezieren kann, ist nicht viel wert. In gewissem Sinne kann ich das verstehen.« Sie machte eine kleine Pause. »Du hättest das Foto bei der Polizei nicht verschweigen dürfen. Loyalität hin oder her. Nadia wäre schon irgendwie klargekommen. Hätte sich rausgeredet. Nadia kann gut mit Männern umgehen. Und Kripobeamte sind meistens Männer.«

Meine nicht, dachte ich. Leider.

»Marek zog auf der Suche nach neuen Erfahrungen durch Mitteleuropa und dabei auch durch Deutschland. Hat als Straßenmusikant in Heidelberg gearbeitet. Dort hat er sich bekanntlich mit dem Goll-Mädel angefreundet, und sie haben eine Liebesaffäre begonnen. Die ging wohl schon eine Weile, als sie ihren Vater überreden konnte, ihn anzustellen. Bei den Spargeln ist der Musikant dann also hängen geblieben …«

»Und der Goll hat ihn, wie dich, ohne Papiere eingestellt. Er dachte sicher, der bleibt nicht lange. Oder er wollte abwarten, wie sich die Dinge mit der Natalie entwickelten. Nahm an, es sei sowieso bald wieder aus. Eine Frühsommerlaune.«

»Womit er sich geirrt hatte. Marek war vermutlich ein recht schillernder Typ. Vorher war er wohl eine Zeitlang bei Bekannten in Frankreich gewesen, hatte musiziert, studiert und komponiert. In Polen hatte er jedenfalls offiziell für mindestens ein Jahr die Zelte abgebrochen. Deshalb vermisste ihn keiner und die polnischen Behörden waren nicht informiert. Hier hat sich das Goll-Mädchen in ihn verliebt, weil er eben anders als die anderen Jungs war. Bei all den Spargelbauern in ihrer Umgebung und dem alltäglichen Vermarkten des königlichen Gemüses muss dieser Marek der sensiblen Frau wie ein Seelenverwandter erschienen sein. Er sah offenbar nicht übel aus, obwohl ihn nicht alle so furchtbar sympathisch fanden. Einige haben gesagt, er sei kriecherisch und ziemlich profitlich gewesen. Hätte nur dem stillen Goll-Mädel ganz gut die große Liebe vorgaukeln können, und die hat das aufgesaugt wie ein trockener Schwamm.«

Die Stillen, dachte ich. Die sind unser Problem. Wir wissen nichts über sie.

»Und niemand hat sich gewundert, dass er plötzlich nicht mehr auftauchte? Das kann ich immer noch nicht verstehen.«

»Oh doch. Dora, so heißt die Perle der Golls, wie die unsympathische Frau Goll sie gerne nennt, hat sich erinnert, dass alle erstaunt waren, dass er einfach verschwunden ist. Haben seine Sachen gepackt und der Frau Goll übergeben. Die habe nicht viel dazu gesagt.«

»Das passt zu meinem Verdacht.«

»Vorsicht. Es gibt allerdings ein recht handfestes Gerücht, warum er verschwand. Halt dich fest, denn es deutet in eine andere Richtung.«

Unglaublich, was Raika in der kurzen Zeit herausgefunden hatte. Das war fast mehr als einmal Frühling in Badenweiler wert.

»Marek hat sich anscheinend mit einer Version dieses sogenannten Spargelpanthers beschäftigt. Ich hatte dir schon davon erzählt, und du weißt auch, dass dies eine relativ neu entwickelte Maschine aus Norddeutschland ist, die die mühsame Handarbeit ersetzen soll, indem sie die Ernte vollautomatisiert. Für die hiesigen Böden und Anbauverhältnisse bräuchte man eine Sonderanfertigung, und deshalb wollte Marek sich da kundig machen. Hat er wohl aus eigenem Antrieb gemacht. Sich Literatur beschafft. Kontakte geknüpft. Der Gedanke liegt nahe, dass er sich bei seinem Schwiegervater in spe beliebt machen wollte damit. Für ihn eine heikle Angelegenheit.«

»Leute, die Automatisierungen vorantreiben, gehören traditionell nicht zu den Lieblingen der anderen Beschäftigten, meinst du?«

»Sicher. Marek, so die Dora, deren polnischer Ehemann Wladimir so was wie ein fest angestellter Vorarbeiter ist, sei ganz begeistert von der Technologie gewesen. Würde auf Dauer viel Personalkosten sparen. Die anderen Festangestellten und auch einige von den anderen polnischen Saisonkräften, die regelmäßig zum Goll kommen, seien außer sich vor Wut gewesen. Er sähe sich wohl schon als Schwiegersohn, der sein Vermögen mehren wolle und für den Chef Geld einsparen wolle. Und er solle nur aufpassen, dass er nicht eines Tages ein paar blaue Flecken mehr hätte. Sie wollte keinen bestimmten Angestellten nennen, der solche Drohungen ausgestoßen hat, aber es hat sie offenbar gegeben. Und da sind ein paar raue Burschen drunter. Ihr eigener Wladimir ist auch nicht ohne, glaube ich.«

Ich erinnerte mich an den Mann.

»Es fällt mir schwer zu glauben, dass man für so etwas morden könnte.«

»Was du ›so etwas‹ nennst, kann lebenswichtig sein. Wenn du deinen Job gefährdet siehst. Vielleicht zu Hause Schulden hast? Und einer von deinen eigenen Leuten macht sich im Nest des Chefs breit? Du verlierst möglicherweise deine Vertrauensstellung.«

»So betrachtet würde alles zusammenpassen ... diese Leute hätten vielleicht am ehesten die Möglichkeit gehabt, ihn verschwinden zu lassen. Trotzdem weigere ich mich, gleich an das Feindbild des gewalttätigen Feldarbeiters aus Osteuropa zu glauben.«

Ich sah vor mir, wie Raika die Achseln zuckte. »Das weiß ich nicht. Wie gesagt, es sind jedenfalls ein paar handfeste Männer drunter. Dies hier ist die Landwirtschaft, Maren, und kein Soziologiekurs an der Volkshochschule. Ich will damit nur sagen, dass es noch mehr Leute gab, die dem Marek ganz gerne an seinen polnischen Schnauzbart wollten.«

»Was ist eigentlich mit Frau Goll? Ich hatte eine spontane Abneigung gegen sie.«

»Eine blöde Kuh. Sauna, Boutique, Cluburlaub, Sonnenstudio. Aber nicht zu unterschätzen. Ist wohl sehr ehrgeizig mit ihren Töchtern. Sie selbst kommt aus der Gegend um Würzburg, war mal in einem Kaff Weinprinzessin. Ihre Schwester lebt in den Staaten. Über sie und deren Firma laufen auch die Spargelexportkontakte. Du hast Frau Goll ja gesehen – diese fast verblühte Schönheit. Perfekte Zähne, wahrscheinlich Implantate und getönte Haare, zu jugendlich das Ganze, aber immer gestylt, ohne wirklich richtig elegant zu sein. Eine Bauersfrau, die mit einem Schickimickigemüse zu Geld gekommen ist. Sie war wohl ziemlich gegen diesen Marek eingestellt, hatte ganz andere Partien im Sinn für ihre Tochter – die Natalie war übrigens auch mal Spargelprinzessin gewesen – aber der alte Goll hatte wohl immer schon eine Schwäche für das Mädchen und hat irgendwann nachgegeben. Marek sollte seine Chance bekommen. Und genau da verschwindet der musikalische Pole spurlos. Ohne Abschied. Und lässt die Kleine verzweifelt zurück. Wo sie sich doch das erste Mal durchgesetzt hat. Das hat Frau Goll natürlich Oberwasser gegeben. Die Polizei haben sie nicht verständigt. Sie wollten kein großes Aufhebens. Seine Sachen hat er übrigens in seinem Zimmer gelassen. Aber er hatte sowieso nicht viel. Nichts Wertvolles. Nur seine Gitarre. Die hatte er nicht mitgenommen, dafür aber den Ausweis und alle anderen Papiere.«

»Diese Dora«, sagte ich bewundernd, »weiß aber eine Menge über die Golls.«

»Sie putzt halt mit offenen Ohren. Und sie ist nicht dumm. Sie kommt nur aus dem falschen Land in Europa.« Ich hörte ein Geräusch im Hintergrund.

»Maren, ich muss Schluss machen. Morgen komme ich wieder. Künftig werde ich meine bayerischen Theaterstücke sehr viel lieber und dankbarer verfassen. Es gibt noch schlimmere Jobs als den, die Reserl und den Hansi vom Bergbauernhof miteinander zu verheiraten. Bis dann.« Die Aus-Taste ihres Handys wurde offenbar sehr hastig gedrückt, denn es reichte nicht einmal mehr zu einem »Auf Wiedersehen!«

Ich hatte jetzt die ziemliche Gewissheit, dass Natalie Goll tot war. Doch ich trauerte nicht mehr um sie. Das hatte ich schon längst getan.

****

Oliver rief an. Er fragte, ob er mich besuchen solle. »Den kleinen Zeh massieren.«

»Danke, kein Bedarf«, erwiderte ich kühl. Wenn man viel alleine in der Wohnung ist, denkt man auch oft nach. Melchiors Andeutungen, Oliver sei gebunden, hatten mich vorsichtig gemacht.

»Ist etwas nicht in Ordnung?«

»Nein, nein, es ist alles normal«, sagte ich. »Sogar haargenau wie immer.«

Er stutzte hörbar.

»So? Ich melde mich wieder. So leicht wirst du deinen Krankenpfleger nun doch nicht los.«

Ich setzte mich wieder hin. Nessie schüttelte ihre Spielkatze und sah mich aggressiv an. Ihr war eindeutig langweilig.

»Super. Aus dir wird noch ein Kampfhund, wenn du fleißig übst. Also, was machen wir jetzt? Ich liefere dir die übliche Zusammenfassung, und du hörst zu, wie üblich: Marek wurde zu Hause in Polen zum Tatzeitpunkt nicht vermisst, da er sich für mindestens ein Jahr abgemeldet hatte. Überdies hatte er keine enge Beziehung zu seiner Familie. Offenbar hat ihn niemand offiziell als vermisst gemeldet, was seltsam und auch ein wenig traurig ist. Genau wissen wir das aber nicht. Wo seine Leiche ist, wissen wir ebenfalls nicht und werden es vielleicht nie erfahren. Egal wer ihn umgebracht hat, er hatte Leute an der Hand, die ihn weggeschafft hatten. Das lässt Nadia in meinen Augen außen vor. Selbst, wenn man voraussetzt, dass sie ein paar schräge Vögel aus ihrer Zeit als Bardame kannte, wird es wohl schwer sein, jemanden zu rekrutieren, der einfach so mal eine Leiche beseitigt. Zumindest würde sie lebenslang mit Erpressung rechnen müssen. Ein unkalkulierbares Risiko. Und dafür ist Nadia nicht der Typ.«

Nessie gähnte.

»Danke für dein Interesse. Aber das abendliche Wegschaffen der Leiche von ihrem abgelegenen Fundort wäre für die anderen Spargelarbeiter auf dem Hof ebenso wie für diese Fußballrowdies vielleicht eher möglich gewesen. Als Gruppe. Mit der Ortskenntnis, wie und wo man auch nachts den Park noch betreten könnte. Das könnte auch für die Familie Goll gelten. Dieter Goll hatte sich zwar offenbar arrangiert mit dem ungeliebten Schwiegersohn. Frau Goll aber möglicherweise nicht. Hat sie ihn beiseite schaffen lassen? War ihr der andere, der reiche Heiratskandidat soviel wert gewesen? Dann hätte sie aber einen verdammt hohen Preis bezahlt: Das Leben ihres Kindes.«

Humpelnd wanderte ich durch die Wohnung. Im Begriff etwas zu tun, was ich eigentlich nicht tun wollte: Ich würde die Polizei informieren und meine Erkenntnisse preisgeben. Auch das Treffen mit Natalie. Jetzt, wo Marek eine greifbare Person mit Nachname und Biographie war, musste es einfach sein.

Manchmal war mir dieser Marek in letzter Zeit wie irreal erschienen. Mit Schaudern erinnerte ich mich an den Anblick seiner toten Augen auf dem Bild. Und an die blutbespritzten Blütenblätter. Ich wollte ihm heute Abend von Mensch zu Mensch noch einmal in diese stummen Augen schauen. Wie hatte Nadia gesagt: »Wir sind die Leichen von morgen.«

Mit schlechtem Gewissen suchte ich wieder in der Schublade. Wühlte mich wieder durch Zeitungsausschnitte, Skizzen und die Fotos von ihren anderen Motiven. Ganz unten, halb in einer Ritze festgeklemmt, ein Zeitungsausschnitt von Nadias Ausstellung in der Deutschen Bank. Mit einem Foto von ihr neben dem Foto eines mageren jungen Mannes, der eine halb abgebrannte Zigarette in der Hand hielt. Ein positiver Artikel. Man konnte ihr Bemühen verstehen, keinen Skandal ihren Triumph überschatten zu lassen. Sie sah gut aus. Schlank und selbstsicher. Gelassen.

Da unten war auch unser Foto. Erst als ich es sah, gestand ich mir meine Angst ein, Nadia hätte das Bild doch ohne mich zu fragen verschwinden lassen. Es würde sie wieder und wieder verdächtig machen. Eine Erklärung hätte sich aus ihrem Munde rasch gefunden. Und ich hätte endgültig in der Falle gesessen. Die Speicherkarte hatte ich gelöscht. Aus schlechtem Gewissen. Ein Foto von einem Foto, das angeblich niemals existiert hatte und das nun seinerseits verschwunden war, würde die Geduld meiner beamteten Gesprächspartner auf eine harte Probe stellen. Ich sah, wie ein Hausverbot für das Reihenhaus in Spöck ausgesprochen wurde.

»Gute Nacht, Herr Wasilonsky«, sagte ich, und in meinem leichten Alkoholnebel – der *Bergtau* neigte sich allmählich dem Ende zu – schien es mir, als entspannten sich seine Züge, so als habe er Frieden gefunden.

****

Wie alle Welt fand ich Hitchcocks Film *Fenster zum Hof* sehr interessant. Ein Experiment für den etwas gehobeneren Krimifreund. Den Mörder nur durch Nachdenken und durchs Beobachten zu finden, hört sich verlockend an, aber die Karlsruher Realität stellte sich etwas anders dar. Zumal der Mörder mir nicht den Gefallen tat, gegenüber von meiner Wohnung zu leben und als Schattenriss Leichen hin und her zu schleppen oder in unserem Garten zu vergraben.

Ich alleine konnte in der Sache Marek nichts mehr unternehmen. Hatte keine Polizeimethoden zur Verfügung, konnte mich nicht mehr selbst in Schwetzingen umsehen, und Raika würde morgen nach Hause kommen. Damit war die Sache erledigt. Marek würde endgültig vergessen werden, wenn ich nicht die Polizei einschaltete.

Entschlossen griff ich am folgenden Morgen zum Hörer. Es war höchste Zeit dafür.

»Elfie, leg nicht gleich auf. Ich weiß jetzt wirklich, wie der Tote im Park hieß. Er hieß Marek …«

»Es – gibt – keinen – Toten – im – Park! Ich bringe dir etwas zur Beruhigung vorbei. Um sechs habe ich Dienstende. Bewege dich bis dahin nicht. Und trink Tee. Keinen Schnaps, hörst du!«

Und legte auf.

Beweg dich nicht. Ein wirklich guter Rat für jemanden mit Köhler II. Hunderte von Knochen in deinem Körper funktionieren wie am Schnürchen, nur der kleinste von allen macht Ärger.

Tatsächlich war ich so einsam, dass ich mich sogar auf den Besuch von Elfie freute.

Als es klingelte, kläffte Nessie wie verrückt. Ungewöhnlich. Sie mochte Elfie zwar nicht, aber sie kannte sie und begrüßte sie normalerweise nicht durch Bellen, sondern indem sie sich in ihre Schlafhöhle verkroch.

Als ich die Tür öffnete, stand dann auch nicht Elfie vor der Tür, sondern jemand, den ich so ziemlich als Letzten als Besucher erwartet hätte: Der mächtige Spargelbauer Dieter Goll höchstpersönlich.

»Ernst-Dieter Goll.«

Mehr sagte er nicht. Ich zögerte. Die meisten hier im Haus arbeiteten um diese Zeit. Das Treppenhaus lag leer. Es war ruhig.

Nein, still. Das ist etwas anderes. Weniger beruhigend. Ließ ich jetzt gerade einen Mörder in meine Wohnung?

»Darf ich hereinkommen?« Er bemerkte mein Zögern. »Nun, ich würde sie auch zum Kaffee einladen, aber ihre Undercoveragentin hat gesagt, sie seien krank. Etwas mit dem Fuß. Gebrochen?«

Raika?

»Was meinen Sie damit?«

Er lächelte, aber es war keine Freude in dem Lächeln.

»Frau Mainhardt, um den alten Goll, wie man mich nennt – oh, manche sagen auch Gangster zu mir, was mir noch besser gefällt – hereinzulegen, braucht es etwas mehr als eine rumänische Intellektuelle, die vorgibt, sie sei harte Arbeit in der Landwirtschaft gewohnt. Und die so tut, als brauche sie dringend einen Job, um zu überleben. Und trägt dabei ein Ührchen für 500 Euro. Dafür habe ich schon zu viele *echte* Arbeitssuchende gesehen.«

Ich sagte nichts dazu, drängte die immer noch grollende Nessie zur Seite und ließ den Mann herein.

Er war mir vielleicht nicht sympathisch, aber er sah trotzdem nicht aus wie ein Mörder. Obwohl ich mich bekanntlich gerade in diesem Punkt schon sehr getäuscht hatte. Verbrecher liefen eben nicht fies grinsend mit vom Revolver ausgebeulten Hosentaschen umher, und die Mörderinnen schüttelten auch nicht kalt lächelnd ein Fläschchen mit Gift. Alle waren kultiviert gewesen. Intelligent. Höflich. Höflich bis zuletzt.

Trotz seines vermutlichen Spargelreichtums und einer hochwertigen Lederjacke zu den rustikalen Cordhosen wirkte er fremd und grob in den elegant und ausgefallen eingerichteten Räumen.

Ich wirkte übrigens auch fremd. Ich war im Grunde ebenfalls zu schlicht für Nadias Wohnung.

»Was soll das Ganze?«, wollte er wissen, nachdem er ein Kissen zur Seite geschoben hatte und sich ziemlich weit vorne auf einem Rattansessel niedergelassen hatte. Der Sessel gab ein leises Ächzgeräusch von sich.

»Warum schicken Sie jemanden hinter mir her, der meine Leute ausfragt?«

»Sie haben Raika wirklich nichts getan?«

Goll lachte mit einem heiseren Unterton. »Für wen halten Sie mich? Al Capone? Die Dame war sehr vernünftig. Kooperativ. Vor allem, nachdem ich ihr gesagt habe, dass wir ihren Stundenlohn verdoppeln würden. Rückwirkend für ihre segensreiche Tätigkeit.«

Aha. Zuschuss für Badenweiler.

»Nein, nein. Sich bei uns auf dem Hof einschleichen und meine Mitarbeiter von der Arbeit abhalten, das könnte bei einem befreundeten Staatsanwalt zur Anklage wegen versuchten Hausfriedensbruchs reichen. Das wollte sie aus naheliegenden Gründen nicht. Sie hat aber nichts weiter von sich gegeben, bevor sie ihre Papiere …«

»Die gar nicht vorhanden waren«, unterbrach ich ihn freundlich, »möchten Sie etwas zu trinken?«

»Nein. Bevor sie also ihre Arbeit bei uns in gegenseitigem Einvernehmen beendet hat, hat sie mir noch ihren Namen und ihre werte Adresse verraten. Sie waren mir natürlich auch keine Unbekannte, waren ja mit diesem angeblichen Journalisten bereits bei uns.«

»In diesem Punkt täuschen Sie sich. Er ist kein angeblicher Journalist. Der war echt.«

»Nun, das wäre alles noch staatsanwaltlich zu klären. Was wollen Sie also von mir?« Er sah auf seine Uhr.

»Was wollen Sie von mir?«, fragte ich zurück, »warum sind Sie wirklich da?«

Spätestens jetzt wurde mir klar, dass mit diesem Goll nicht zu scherzen war. Vor mir saß kein kleiner Junge, der Verstecken spielte. Er war ein mächtiger Mann in Schwetzingen und vermutlich war er unschuldig an Mareks Tod. Er gab sich einen sichtbaren Ruck.

»Frau Mainhardt, Sie haben meine Natalie gekannt, nicht wahr? Als sie starb, in einem kleinen Dorf bei Würzburg, bei ihrer Großtante, haben wir eine Visitenkarte von Ihnen bei ihr gefunden. Wir haben versucht, ihren Tod zu verschleiern. Nicht aus Bosheit. Wir wussten nicht, wie wir damit umgehen sollten. Wir konnten es einfach nicht ertragen, von jedem angesprochen werden. Schlimmer noch: verstohlen bemitleidet. Jeder kennt uns. Wir hätten so nicht weitermachen können. Und es gelang. Würzburg ist weit. Und die Behörden hatten Verständnis. Für die Tante meiner Frau war es schlimm. Sie hat sie gefunden. Wir haben sie dort bestattet. Anonym. Sie wollte es so.«

Jetzt kann er auf einmal von *wir* reden, dachte ich.

»Wir haben damals nicht nach diesem Namen Mainhardt nachgeforscht, warum auch, aber jetzt ist es mir wieder eingefallen. Deshalb rede ich mit Ihnen. Und will wissen, was *Sie* von uns wollen.«

Ich stand so schnell auf, wie es mir möglich war, humpelte in Nadias Zimmer und holte das Foto. Es war inzwischen mehrfach geknickt und leicht zerknittert. »Sprechen wir nicht über Natalie. Jetzt nicht. Vielleicht später. Etwas anderes: Durch Zufall«, ich reichte ihm das Bild, »durch Zufall bin ich an dieses Foto gekommen. Inzwischen bin ich mir sicher, dass es sich bei dem Toten um ihren zukünftigen Schwiegersohn handelt.«

Er warf einen kurzen Blick auf das Gesicht in billigem Bunt. Unter dem Gesicht des Toten zog sich der Falz, wo ich die Aufnahme kürzlich gefaltet hatte.

»Er lebt also auch nicht mehr!« Goll atmete tief ein. Einen Moment lang schien er aus dem Konzept. Es zuckte in seinem Gesicht, doch dann fing er sich wieder. Wandte mir einen ausdruckslosen Blick zu.

»Niemand kommt zufällig an ein solches Foto«, erklärte er nun ganz ruhig. »Verkaufen Sie den alten Goll nicht für dumm. Ich habe mich über Sie erkundigt. Wir haben nämlich auch eine Zeitung. Arbeiten Sie diesmal *mit* oder *ohne* Polizei? Und was ist mit meiner Tochter?«

»Ohne!«, gab ich zur Antwort. »Fast sogar gegen sie. Sie nehmen mich nicht ernst. Dies ist die Kopie eines Fotos. Die Polizei kennt aus Gründen, die hier nichts zur Sache tun, dieses Bild nicht. Und ein Toter, den niemand vermisst hat, der niemals wieder aufgetaucht ist, reicht denen nicht für Ermittlungen. Ich interessiere mich für den Fall, weil ich Ihre Natalie damals kurz traf. Sie hat Ahnenforscher mit Privatdetektiv verwechselt und wollte, dass ich Marek für sie finde. Ich konnte ihr nicht helfen. Zufrieden?«

Er wagte es, sich ein wenig in dem ihm vermutlich ungewohnten Sessel zurückzulehnen.

»Der Mann auf dem Foto da ist Marek Wasilonsky. Er hat kurz bei uns auf dem Hof gearbeitet. Da er gut Deutsch konnte und intelligent war sowie gute Umgangsformen hatte, habe ich ihn kurzfristig beschäftigt. Meine Tochter und er sind sich in Heidelberg begegnet. Es hat sich eine Liebesbeziehung entwickelt. Eine, die ich sehr missbilligt habe. Ich hielt nicht viel von diesem Marek. Es hat aber nichts genützt. Es gibt ja dieses Theaterstück. Sie werden es besser kennen als ich. Romeo und Julia. Ich wollte nicht, dass es so endet. Der Widerstand der Eltern macht die Sache oft erst richtig interessant. Deshalb habe ich nachgegeben und habe ihn mit interessanten Aufgaben betraut. Mein Jawort gegeben, wenn Sie so wollen. Obwohl meine Frau und meine anderen Kinder dagegen waren. Und dann ist er plötzlich verschwunden, dieser Marek. Abgehauen. Ich wusste nicht, dass er tot ist.«

Weich fast sah er auf das Bild.

»Ihre Tochter wollte ihn heiraten?«

Goll lachte bitter.

»Ja. Man glaubt es nicht. Meine jüngste Tochter war immer schon sehr sensibel. Ich sage das nicht besonders gerne, aber sie befand sich schon von Kindheit an in psychotherapeutischer Behandlung. Sie war immer krank. Alles mögliche. Migräne. Rückenschmerzen. Hatte eine ausgeprägt Laktoseallergie, vertrug fast nichts, war deshalb mager. Gut, man konnte es auch zart nennen. Hübsch war sie schon …« Goll träumte einen Moment seiner verlorenen Tochter hinterher. Es war erstaunlich, wie wenig ihn der Tod von Marek beeindruckte, der immerhin beinahe sein Schwiegersohn geworden wäre. Es war ihm wohl immer nur um seine Tochter gegangen.

»In einem Restaurant wäre sie sicher überfordert gewesen. Aber so ein Musiker! Im Ausland! Ob das gut gegangen wäre. Die sind doch nicht treu, diese Burschen.«

»In diesem Punkt«, erwiderte ich nüchtern, »muss ich Ihnen leider Recht geben.«

Goll dachte nach. »Aber ich war willens, ihn zu …«

»Akzeptieren?«

»Sagen wir – dulden.«

Wieder ein Schweigen. »Es gibt manchmal den Fall, dass Saisonarbeiter in die Familien von Spargelbauern einheiraten. Doch meistens sind das Frauen.«

Nach einer Pause. »Eigentlich sind es *immer* Frauen. Die können sich schon nützlich machen. Sind ja auch schon eingearbeitet! Können zulangen.«

Er dachte nach. Ich hörte zu.

»Im Falle meiner Töchter war es mir lieber, dass sie sich mit Leuten verbanden, mit Familien verbanden, die zu uns passten. Und die man einschätzen konnte, weil man die Eltern kannte und die Großeltern. Den Stall. Dieser Marek konnte uns viel erzählen. Mir gefiel er nicht. Ich fand ihn – billig. Und berechnend. Andere hätten besser zu ihr gepasst.«

»Liebe als geschäftliche Transaktion?«

»Wenn Sie es so sehen wollen. Ehen unter Gleichen funktionieren in unseren Kreisen problemloser. Wir sind Landwirte. Das heißt, Verantwortung zwölf Monate und vierundzwanzig Stunden am Tag. Trotz Technologie vom Wetter abhängig. Meine Frau kommt aus einer Winzerfamilie im Fränkischen bei Würzburg. Wein und Spargel. Das hat gepasst. Sie wusste, wie es ist, wenn man mit absurden EU-Normen, mit den launischen Jahreszeiten lebt. Wir hatten ein Jahr, da war es so kalt, dass wir im Mai noch jeden Tag gewartet haben: Zeigt er sich oder nicht?«

»Wer?«

Goll lachte etwas überheblich. »Das, worauf wir immer warten: Der kleine sternenförmige Riss in der Erdschicht, die wir mit der Kelle über dem Spargel liebevoll glattstreichen. Dann schießt er nämlich endlich.«

Nachdenklich beschloss ich, mein Gemüse in Zukunft respektvoller zu behandeln.

»Schädlinge. Billigimporte. Konkurrenzdruck durch die großen Supermärkte und ihre Preisdiktate. Absatzschwierigkeiten. Störrische Banker. Da kann man sich nicht noch mit den Wehwehchen von Saisonarbeitern befassen. Es ist schwere Arbeit? Ja, und! Was glauben Sie, wie mein Urgroßvater seinen Spargelhof aufgebaut hat? Der hat sich noch selbst gebückt. Der war nur ein kleiner Bauer mit einem weit außerhalb gelegenen sandigen Stück Land.« Er genoss es, über seinen Spargel zu reden, das merkte man. Vielleicht zu seiner eigenen Ablenkung.

»Irgendwas musste ich mit dem Marek machen. Zum Spargelstechen hatte er ja nicht das Kreuz, der Herr Musikus. Er hat dann ein bisschen im Verkauf geholfen. Hat sich ganz gut eingearbeitet. Er war ja Techniker, und dann kam er mit der Idee, sich mit einer bei uns einsetzbaren Variante des Spargelpanthers zu beschäftigen. Wollte mir wohl damit imponieren. Für solche Tüfteleien haben wir im Alltag keine Zeit. Das Gerät sieht wenig romantisch aus, wird aber in Norddeutschland schon häufig bei der Ernte eingesetzt. Ich hatte nichts dagegen«, jetzt grinste er schlau, »wenn er mal dorthin fuhr, um sich das Ding im Einsatz anzusehen. Dann wäre er eine Weile weg gewesen, und die Natalie …«

Er brach ab.

»Mein Gott, und wenn nicht. Sollte sie ihn halt heiraten. Wir waren auch mal einfache Leute. Heute sind wir groß in der Gegend. Haben aber alles dem guten Boden rund um Schwetzingen zu verdanken. Deshalb unterstütze ich auch dieses *Schwetzingen 3000*. Die Parkwächter. Und auch die Leute, die diese Hefte machen. Und das Stück aufführen. Halte mich aber ansonsten raus. Will nur das Ergebnis sehen.«

Wieder kehrte ein Schweigen ein, das den ganzen Raum erfüllte.

»So ist dieser Marek also tot. Na ja. Wie mag er zu Tode gekommen sein? Falscher Umgang? Hat ihn einer aus der Drogenszene erwischt?«

Ich sagte nichts.

Goll seufzte. »Warum hat man nie etwas von seinem Tod gehört? Da stimmt doch was nicht. Eine Leiche steht doch nicht auf und spaziert davon.«

Ich sah den großen massigen Mann an. In meinen Augen war seine Unsicherheit echt.

»Darüber kann man sich wundern. Deshalb meine rumänische Freundin.«

Er schüttelte den Kopf wie ein Ochse, der etwas im Ohr hat.

Dann stand er auf. »Marek war ein strebsamer Kerl. Ehrgeizig. Konnte ordentlich Deutsch. Hatte das, was die drüben Abitur nennen. Auf mein Betreiben hat er sich am frühen Nachmittag des Tages, an dem er abgehauen ist, als Mozartdarsteller beworben. Hatte ein bisschen die Fäden gezogen, im Hintergrund. Hätte ihm im Ort Ansehen verschafft. Seit neuestem nennen sie das ja *Casting*, wenn sie in einer Art Vorstellungsrunde den Richtigen suchen. Die Holzköpfe haben ihn nicht genommen. Sein Deutsch sei nicht gut genug. Er hat uns danach angerufen. Von seinem Handy aus. Dass es nicht geklappt hat. Meine Frau war am Apparat, weil die Nati nicht da war. Es muss Streit gegeben haben, denn ich habe gehört wie sich meine Frau das Wort ›Rassist‹ verbeten hat. Sie war sowieso gegen die Mozartidee gewesen. Er taugt nichts, hat sie gesagt. Nicht für die Nati. Das spürte sie. Und da hatte sie Recht. Wir wollten nur das Beste für unser Kind, und dieser Marek war nicht das Beste. Ob Pole oder nicht. Er war ein Hitzkopf und ein Leichtfuß.«

Eine Weile schwieg er. Ich auch. Verblüfft. Marek hatte sich also als Mozart beworben. Deshalb die dunklen Schatten. Ich erinnerte mich an Anas Bemerkung über die dunklen Schatten ihrer wie fürs Theater geschminkten Mama. Er hatte sich kurz vor seinem Tod für die Rolle geschminkt.

»Es tut mir nicht leid, dass er tot ist. Weil er mein Kind auf dem Gewissen hat!«, brach es plötzlich aus Goll heraus.

Das war ein neuer Gedanke, der mir überhaupt noch nicht gekommen war: Der Mörder von Marek hatte zwei Menschen getötet. Nicht nur einen. Natalie stand auch auf seiner Rechnung. Nicht nur auf meiner.

Schwerfällig unterbrach Goll meine Gedanken: »Ich werde zur Kripo in Heidelberg gehen und aussagen, dass er mit meiner Tochter verlobt war. Und dass er verschwunden ist, ohne sich abzumelden. Also, wenn ich ganz ehrlich bin – ich dachte, seinen Landsleuten hat das vielleicht nicht gefallen mit dem Spargelpanther und die haben ihm eine tüchtige Abreibung verpasst. Da gab es nämlich ziemliche Unruhe unter den Leuten. Es war ja gerade absolute Hochsaison. Die Nerven lagen bei allen blank.«

Er lachte bitter auf.

»Dabei war mir das nicht so ernst. Spargel ist Handarbeit. Das wird so bleiben. Vielleicht war es ein Fehler, ihn mit dieser Rationalisierungsmaßnahme zu betrauen.«

Vielleicht, dachte ich, hast du auch gehofft, sie vertreiben ihn vom Hof. Das oder Schlimmeres. Du alter Gangster. Den Spitznamen hast du nicht umsonst. Sollte ein geschickter Schachzug sein.

War nicht die Kleine im Spargelmuseum auffallend still gewesen, als die Rede von Automatisierungen in der Spargelernte war? Vielleicht war die ganze Sache in Insiderkreisen längst bekannt gewesen? Rationalisierungspläne gehen in Firmen schneller rum als jedes andere Gerücht.

»Wenn Sie zur Polizei gehen, tun Sie mir bitte einen Gefallen. Erwähnen Sie dieses Foto hier bitte nicht. Ich möchte dieses Bild selbst, nun, sagen wir, erläutern. Aus sehr persönlichen Gründen … Sie würden jemand anderem damit sehr schaden. Einem Unbeteiligten. Würden Sie das tun? Sie können Marek Wasilonsky auch ohne das Bild als vermisst melden.«

Goll nickte schwerfällig.

»Wenn es Ihnen wichtig ist. Darauf kommt es nicht mehr an. Wir haben ja Bilder vom Marek. Natalie hatte viele. Wollte sie nicht wegwerfen. Wie ein Altar hat sie die in ihrem Zimmer aufgebaut. Ich wollte sein plötzliches Verschwinden ja damals schon melden, aber meine Frau war dagegen. Sie mochte den Marek sowieso nicht. Legt halt Wert auf Status, meine Frau. Sagte, deshalb hätten unsere Familien nicht auf Feldern und in Weinbergen geschuftet. Um jetzt die Tochter an einen Polen zu verlieren. Sie ist für strikte Trennung der Erntehelfer von den einheimischen Leuten. Sie hat dann verbreitet, es habe ihm hier nicht mehr gefallen.«

Goll zuckte nur mit den Achseln. »Hat unserer Tochter nichts mehr genützt.«

Er schwieg eine Weile. Dann wiederholte er: »Er ist also gar nicht abgehauen, der Marek.«

Er beugte sich vor und barg das große, grobe Gesicht in den Händen.

Nessie sah ihn bedauernd an.

»Möchten Sie etwas trinken?«, fragte ich. Er tat mir leid.

»Nein«, sagte er stumpf. »Nein. Und ich habe sie eine Zeitlang verdächtigt.«

Obwohl ich es mir denken konnte, fragte ich: »Wen?«

»Meine Frau. Ich habe gedacht«, er schluckte, »ich habe gedacht, sie hat ihm Geld gegeben. Als der Marek nicht mehr wieder kam, habe ich angenommen, sie hat etwas mit ihm angestellt. Damit er verschwand. Und nach der Sache mit dem Casting und dem Streit mit ihr habe es ihm endgültig gereicht.«

Er stand auf, ging ans Fenster. Dumpf sprach er gegen die Scheibe.

»Unsere Tochter hat erst gewartet, dann für sich alleine nach ihm gesucht. Sogar in Polen hat sie eine Annonce aufgegeben. Und sie hätte ihn sicher bei der Polizei als vermisst gemeldet, aber sie ist dann dauernd krank gewesen. Hat nichts mehr gegessen. Wo sie sowieso schon so mager war. Beine wie Streichhölzer. Es war schlimm mit anzusehen. Dabei …«

Er musste nicht weiter sprechen.

»Dabei?«

»Ich bin ein ungeduldiger Mensch. Sagt meine Frau. Schon nach ein paar Tagen, als es nicht besser wurde mit ihr, da habe ich diesen Brief geschrieben. Versucht, so zu schreiben wie er es getan hätte. Er konnte ja gut Deutsch. Nicht perfekt, aber gut. Ich wollte, dass sie aufhört nach ihm zu suchen. Sie sprach auch davon, von Schwetzingen wegzugehen. Ohne Marek wollte sie nicht bleiben. Darüber hat sie immer gesprochen. Auch, wenn wir ihn nicht akzeptiert hätten, wäre sie weggegangen.«

Es klang leer und trostlos.

Und ich wusste spätestens jetzt, dass es richtig war, einen Mörder nicht ungeschoren davon kommen zu lassen. Nicht nur wegen mir.

Auch nach all den Jahren nicht und trotz der Unannehmlichkeiten für Nadia. Sicher hätte Nadia auch so gedacht, wenn sie diesen Mann hier gesehen hätte. Diesen Vater, der seine Tochter verloren hatte.

»Ich habe diesen Verdacht gegen meine Frau nie zur Seite schieben können. Konnte ihr das nie verzeihen. Und jetzt ist sie ganz unschuldig.« Ist sie das? fragte ich mich.

****

»Sorry«, sagte Raika, als sie ziemlich spät, nach neun, noch in meine Krankenklause kam. Als Mitbringsel legte sie mir eine Flasche Spargelschnaps in den Schoß. Irischer Whiskey und Spargelschnaps! Nicht nur ein teurer, auch ein hochprozentiger Fall.

Ein nachdenklicher Goll war längst gegangen und hatte mich ebenso nachdenklich zurückgelassen.

Mein Zeh hatte sich beruhigt, aber mehr als Humpeln zum Briefkasten, um wenigstens Nadias Post nach oben zu holen, war immer noch nicht drin.

»Deine Mörderspiele in Ehren, Maren, aber ich hatte wirklich keine Lust, wegen Hausfriedensbruchs dranzukommen. Ich habe schließlich die kleine Ana hier zu versorgen. Und außerdem bin ich froh, dass ich keinen Spargel mehr sehen und riechen muss. Der Goll ist ein harter und unbeliebter Chef, der wahrscheinlich ein paar illegale Dinger mit seinen Spargelpflückern dreht, aber für einen Mörder halte ich ihn eigentlich nicht.«

Die kleine Ana, die nicht mehr klein war, sondern ihre Mutter bereits überragte, spielte im Flur mit Nessie und einem Ball in grellen Neonfarben, während ich Tee kochte.

Tee kochen schien in letzter Zeit mein einziges Vergnügen zu sein. Wieder dachte ich an die geschiedene Frau Nebel. Ohne dass ich es begründen konnte, hatte ich noch immer das Gefühl, dass ich noch einmal mit ihr sprechen musste. Irgendwo im Hintergrund meiner Wahrnehmungen schienen sich mühsam ein paar Stränge miteinander zu verknüpfen. Immer noch tanzten die Worte in meinem Unterbewusstsein herum: *Schwetzingen 3000*. Mozart. Die Gruppe um Nebel.

»Was macht eigentlich deine Wohnungssuche? Ich meine, es ist ja ganz schick hier, aber irgendwann wird ja Nadia auch mal wieder alleine sein wollen. Herrenbesuch empfangen. Ich meine, sie ist in diesem Punkt nicht gerade ein Kind von Traurigkeit und nicht so wählerisch wie du. So eine lange Abstinenz liegt ihr eigentlich nicht. Ich glaube, sie war schon ein wilder Feger in ihrer Frankfurter Zeit.«

»Was ist Abstinenz?«, piepste Ana dazwischen.

»Und was ist mit *meiner* Abstinenz? Um die scheint sich keiner zu sorgen.«

»Du bist mir bisher nicht durch Männerverschleiß aufgefallen. Hast ewig diesem Melchior hinterher getrauert, dabei ist sein Bruder, glaube ich, etwas interessanter. Kann das sein?«

»Das kann durchaus sein, aber leider bin ich nicht die Einzige, die das so empfindet. Offenbar!«

»Sei vorsichtig, wer dir was erzählt, kann ich da nur sagen«, warnte Raika. »Ich finde ihn nett.«

»Danke. Ich auch. Und weil ihn so viele nett finden, muss man ihn auch mit ganz vielen teilen.«

»Und was macht die Wohnungssuche?«

»Bis jetzt nichts Neues. Mein Leben hat sich offenbar auf die Grundbedürfnisse reduziert. Wohnen und Nestbau. Weißt du, dass ich seit Monaten nicht mehr im Kino war oder wenigstens in der Stadt, um bei Breuninger diejenigen Sachen anzuprobieren, die ich mir in der Version von H&M vielleicht leisten könnte? Es wird Zeit, dass alles ein Ende hat.«

»Meinst du den Zeh?«

»Auch. Wir sind weiter im Mordfall Marek. Wir haben ein Motiv. Motiv*e*. Arbeiter, die ihm die neue Stellung missgönnen, eine Mutter, die sich etwas anderes für die Tochter vorgestellt hat und eine Schwester, die nicht ungern sah, dass Natalie vielleicht aus Kummer Schwetzingen für immer verlässt. Schließlich wollte ihr Mann ursprünglich Natalie heiraten und nicht sie. «

»Also«, meinte Raika, »wieso dann die trüben Gedanken?«

»Ich weiß es nicht«, antwortete ich. »Raika, ich weiß es wirklich nicht.«

11. Kapitel

Oliver rief an. Das Konzert sei bekanntlich in wenigen Tagen. Es tue ihm leid, dass seine Zeit in Karlsruhe damit beendet sei.

»Man ist ungerecht gegen Deutschland. Es ist alles so sauber hier. Geordnet. Öffnet ein Amt um neun, dann öffnet es um neun. Kostet etwas 10 Euro, dann bleibt es dabei. In der Stadtbibliothek sind die neuesten Nummern der Zeitungen *nicht* geklaut. Weil es verboten ist. Aber der Geruch des Meeres würde mir auf Dauer eben doch fehlen.«

Ich blieb einsilbig. Hätte ihn am liebsten gefragt, was ihm noch so alles fehlte. Hier in Karlsruhe. Hier bei mir. Es würde kein drittes Mal mehr geben. Oliver spielte nicht mit offenen Karten. Ich hatte es nie von ihm verlangt, und dennoch hätte ich es mir einfach einmal gewünscht.

Nadia rief ebenfalls an.

Sie wirkte angespannt. Das große Projekt mit dem Bundeshaus ging in die Entscheidungsphase. »Meine Entwürfe gefallen ihnen. Porträts, die zeigen, was das Tagesgeschäft aus ihnen macht. Müde Politiker. Die Last der Verantwortung und die Bürde der Entscheidungen in ihren Gesichtern als Furchen. Melancholie. Resignation. Kampfwille.«

Bald käme sie zurück. Vielleicht am Samstag.

Taktvollerweise fragte sie nicht, ob ich eine Wohnung gefunden hätte.

Ich begann zu überlegen, ob ich nicht doch vorübergehend zu Consuela ziehen sollte. Nessie wäre leckerlitechnisch dafür, aber der Geruch von Kakao, Schwaden von Räucherstäbchen und die schluchzende Kundschaft würden mich auf Dauer in einen Strudel von Weltschmerz ziehen.

Ehrlich gesagt, fühlte ich mich auch so schon so schlecht wie noch nie bei einem meiner »Fälle«.

Dabei hatte sich meine Ausgangsposition gegenüber der Polizei jetzt verbessert. Goll war bei der Polizei gewesen und hatte – auf meine Bitte hin, ohne das Foto zu erwähnen – berichtet, ein polnischer Bekannter seiner Tochter sei vor fünf Jahren an dem bewussten Tag im April verschwunden. Er habe gedacht, der Mann habe die Schnauze voll gehabt. Nun wisse er, dass er eben nicht aus freien Stücken gegangen war. Er hatte auch Fotos von Marek abgeliefert. Es gab ihn nun und alles lag offen da. Nur der Mörder blieb im Verborgenen. Goll selbst war es nicht. Dessen war ich mir inzwischen sicher.

Er hatte für mich glaubhaft gemacht, dass er das Glück und nicht das Unglück seines Kindes gewollt hatte. Er stand im Geschäftsleben, war Realist. Er wusste, dass es nicht der Weltuntergang war, wenn eines seiner Kinder nicht mit dem Spargelschäler in der Hand am Herd eines Sternerestaurants endete.

Vielleicht hätte es ihm sogar irgendwie gefallen, wenn mit einem Musiker ein neuer Zweig zur Familie hinzugekommen wäre.

An irgendetwas erinnerte mich das jetzt schon wieder. Musiker. Musiker aus Schwetzingen. Nur einer, der wirklich erwähnenswert war: Mozart. Der die Stadt verzaubert hatte. Wofür sie ihm heute noch dankbar war.

Mozart. Das Wort geisterte in meinem Kopf umher. Mehrfach war von Mozart die Rede gewesen, seitdem ich mich mit Marek beschäftigte.

Hatte nicht auch die gewesene Frau Nebel den Namen unseres größten Musikers erwähnt? Obwohl – wirklich *unseres* Musikers? Mozart war Österreicher, wenn auch väterlicherseits aus einer schwäbischen Familie. Also auch ein Ausländer, streng genommen. Wo fing der Osten für einige Dummköpfe eigentlich an? All das verknüpfte sich irgendwie in meinem Kopf.

Warum hatte ich plötzlich das Gefühl, dass Mareks gewaltsames Ende etwas mit Mozart und seiner Bewerbung um dessen Rolle zu tun hatte?

Spontan rief ich Heike Nebel an. Zu Hause war sie nicht. Auch kein Anrufbeantworter. Sie mochte wissen, warum.

Am Handy erreichte ich sie schließlich. Sie sei zu Hause, aber sie nehme oft den Hörer nicht ab. Werde manchmal noch bedroht. Traurige Bilanz einer Ehe mit dem Falschen, dachte ich.

Ja, sie könne kurz vorbei kommen, aber wirklich nur kurz. Danach hätte sie eine Verabredung. Mit einer Freundin. In der Stadt. Alles klang hastig und flüchtig. Und irgendwie gelogen.

Trotzdem stimmte sie schnell und ängstlich zu, als ich sie bat zu mir zu kommen.

Als sie an der Tür klingelte, war sie außer Atem. Nessie sah nicht mal hoch, als sie in die Wohnung hastete.

Heike Nebel war eine von den Menschen, die so wenig Persönlichkeit haben, dass nicht einmal ein kleiner Hund sie als ernsthafte Bedrohung wahrnimmt.

Nein, sie wollte diesmal auch keinen Tee.

Ich kramte wieder meine inzwischen noch mehr verknitterte Aufnahme von dem im Gras liegenden Marek heraus. Diesmal zeigte ich ihr den toten Marek. Diesmal wollte ich sie schockieren. Vielleicht würde sie dadurch unvorsichtig werden. Ich wies auf das Blut hin. Teilte ihr mit, die Aufnahme sei natürlich immer noch vertraulich. Im Ernstfall, bei einem Polizeiverhör, würde das nichts bringen, aber es war allmählich zu spät. Das Foto würde sich bald nicht mehr verschweigen lassen.

Aber Nadia war sowieso raus aus dem Spiel. Hier hatten andere Kräfte gewirkt.

»Ich hatte Ihnen schon gesagt, das ist der Marek. Über den wir gesprochen haben. Der Pola ... ein Pole«, erklärte sie bereitwillig und ohne Umschweife. Dann schockiert: »Er ist tot, nicht wahr? Mein Gott. Deshalb hat man niemals mehr etwas von ihm gehört. Ist das Mädchen auch tot? Diese Natalie? Es gab Gerüchte! Ausgewandert ... ich weiß nicht. Stimmt das überhaupt?«

Ähnlich wie Goll schwieg sie längere Zeit.

»Sie meinen doch nicht, dass der Nebel ... der stand doch auch auf seiner Liste. Zum Klatschen. Der hatte sich ja auch was geleistet. Hatte sich doch tatsächlich beworben, den Mozart zu spielen, aber sie haben ihn nicht genommen. Sein Glück, hat der Nebel gesagt. Der Pole meinte, er könnte gut den Mozart spielen, weil er doch Musik studierte. Aber der Nebel sagt, die sind ja alle Professoren da drüben, wenn man sie fragt. Was sie wirklich sind, weiß nur die Polizei.« Und sie kicherte. Eine Übersprunghandlung. Sie vermied jeden weiteren Blick auf das Bild.

Ich dachte nach.

Hatte man Marek abgepasst, als er von seiner nicht erfolgreich verlaufenen Bewerbung kam? Er war frustriert. Wütend. Hatte sich schlecht behandelt gefühlt. Es hatte Streit gegeben. Das Wort »Rassisten« war vielleicht gefallen. Dann geklatscht. Umgebracht. Weil er sich, wie hatte sich Heike Nebel ausgedrückt, etwas angemaßt hatte, was nur Deutschen zukam? Vielleicht hatten ihn die Nebelleute nur angemacht. Aufgefordert, die Finger von Schwetzingens Heiligtum zu lassen. Ausgelacht.

Er hatte sich vielleicht nicht einschüchtern lassen, und dann war aus dem Verprügeln ein Mord geworden.

Ich verabschiedete eine verstörte Heike sehr schnell. Erleichtert rannte sie die Treppe hinunter. Die Schonzeit für meinen Zeh war vorüber. Ich musste zu Elfie Kohlschröter. Zu Kohlschröter-Obersts. Jetzt kam ich endgültig alleine nicht mehr weiter.

Alleine in dieser trüben Suppe herumzurühren, das traute ich mich einfach nicht.

****

Keiner hatte Zeit, mich zu Elfie und Melchior zu fahren. Theo erwartete eine große Lieferung, Consuela eine wichtige Kundin, Matthias einen fetten Auftrag.

So kam ich wieder auf Oliver. Er hatte Tagesfreizeit und ein Auto. Außerdem verfügte er über freien Zugang zu Melchior und Elfie.

Es war fünf, als er mich holte. Fürsorglich geleitete er mich die Treppe hinunter. Fast konnte man sich daran gewöhnen. Nessie blieb mit einem Knochen alleine. Missmutig sah sie hinter uns her. Aber bei der Unterhaltung, die vor uns lag, hatten kleine Hunde nichts verloren.

Wir fuhren zu Elfie und Melchior nach Spöck.

Es gab Tee und Kuchen vom letzten Wochenende. Und endlich nahmen sie mich ernst. Natürlich ohne jede Entschuldigung.

Ich dagegen hatte kein schlechtes Gewissen, dass sie noch immer nichts von Nadias Foto wussten. Unsere Aufnahme würde ihnen sowieso nicht mehr viel weiterhelfen. Die blutbespritzten Blumen waren verblüht. Da gab es keine Spuren mehr. Die Tatwaffe war nicht zu erkennen. Ich log mir selbst etwas vor, das wusste ich. Unbehagen legte sich wie Mehltau über den ganzen Fall, über mein ganzes Leben.

»Willst du noch einen Tee, Maren? Ich meine, ich würde dir ja ein kleines Glas Rotwein anbieten, aber schließlich bist du krank.«

»Elfie ich habe was am Zeh und nicht an der Leber«, erwiderte ich spitz. »Es wäre schon Zeit für einen Schluck Wein, denke ich.«

Mürrisch stand sie auf und holte eine bereits geöffnete Flasche aus der Hausbar. Das Etikett verbarg sie mit der Hand. Bestimmt von Aldi.

Sie hätte eigentlich ideal zu Matthias gepasst.

Nachdem wir saßen und die bei solchen Besuchen üblichen verkrampften Höflichkeitsfloskeln ausgetauscht hatten, kam ich auf den

Fall »Schwetzinger Schlosspark« zu sprechen und erzählte ihnen von Nebel und meinem Verdacht. Erwartungsgemäß taten sie meine Erkenntnisse ab.

»Schwetzingen ist uns nicht bekannt für eine ausgeprägt gewalttätige Jugendszene. Ist eine hübsche, weltoffene Stadt.«

»Danke. Du kannst ruhig voll gießen, Elfie. Diese Radaubrüder kommen auch nicht aus Schwetzingen, sondern ursprünglich aus der Mannheimer Gegend. Nennen sich Fußballfans und haben nur Randale im Kopf. Sind grundaggressiv und unausgelastet.«

Oliver grinste, als Elfie mit saurer Miene mein Glas füllte, und zwinkerte mir zu. Ich versuchte, ihn zu ignorieren. Schottete mich innerlich ab von ihm. Wir hatten unverbindlichen Sex vereinbart, doch ich wollte mich nicht mehr an diese Vereinbarung halten. Ich wollte kein deutsches Provisorium sein.

»Es ist schon ein Phänomen, wie du ständig über Leichen stolperst oder an Leute gerätst, die um die Ecke biegen und Leichen antreffen. Dein Ehemann, sollte es einmal einen geben, muss sich auf ein aufregendes Leben gefasst machen.«

Jetzt zwinkerte Oliver nicht mehr. Er sah mich nur an, und ich sah weg.

Die arme Frau in Irland tat mir leid.

****

Nadia hatte sich offenbar damit abgefunden, dass ich keine Ruhe gab, was Marek und seinen Tod anging. Diesmal reagierte sie sogar überraschend ruhig, wenn auch ein wenig genervt.

»Nadia, es kann sein, dass sie dich noch mal vorladen. Ob du dich noch an Details erinnern kannst. Wieviel Uhr es genau war, als du die Leiche sahst. Man ermittelt jetzt im Täterspektrum der Hooligans und gewaltbereiten Jugendlichen!«, sagte ich ihr spät abends am Telefon. Sie war noch etwas atemlos. Sei gerade ins Hotel gekommen. »War mit zwei Abgeordneten essen. Einer aus Saarbrücken und einer aus dem Hamburger Raum. Wieder zwei Befürworter für mein Projekt.« Sie lachte ihr raues Lachen. »Mühsames Geschäft. Netzwerke knüpfen, Männer becircen, um das zu bekommen, was man will. Aber, wenn ich es ins Abgeordnetenhaus schaffe, schaffe ich es überall hin. *Männer-*

Deutschland verändert sich. Das wird der Arbeitstitel. Drück mir die Daumen. Nun zu dir und deinem Toten. Also man ermittelt jetzt in der Szene der aggressiven Jugendlichen, die gerne Randale machen, wenn ihnen etwas begegnet, das sie nicht verstehen. Und den Fußball als Ausrede nehmen. Könnte ich mir ganz gut vorstellen. Da braucht nur ein Wort das andere zu geben. Der Mannheimer und Karlsruher Raum war ja in dieser Hinsicht schon manchmal im Gespräch. Und die hätten vielleicht auch Leute mobil machen können, um ihn verschwinden zu lassen. Werden natürlich alles abstreiten. Und nach fünf Jahren und ohne Leiche wird es schwer sein, etwas zu beweisen.«

Ich war ihr dankbar, dass sie jetzt so verständnisvoll und interessiert war.

»Wahrscheinlich. Jeder zweite Mord in diesem Land bleibt angeblich unentdeckt. Nadia, ich hoffe immer noch, eine Wohnung zu finden. Sobald mein Zeh besser ist, geh ich wieder los. Ich verstehe schon, dass du allmählich in deiner Wohnung alleine sein willst.«

Ein kurzes trockenes Lachen.

»Solange du uns einen Champagner für meine Heimkehr kalt stellst und nicht meinen gesamten Luxusbadeschaum aufgebraucht hast, halte ich es noch eine Woche mit euch zwei aus.«

Und fügte noch an: »Außer natürlich ich bringe irgendeinen von den Abgeordneten als Schlüsselanhänger mit. Dann musst du weiterziehen, meine Liebe. Aber bis jetzt sieht es nach Eintagsfliegen aus. Die Jungs sind alle brav in ihren Wahlkreisen verheiratet.«

»Findest du das nicht etwas unmoralisch?«, erkundigte ich mich. Hoffentlich hörte sie den leisen Neid in meiner Stimme nicht. Ich hatte das niemals fertig gebracht. Männer als Sprossen auf der Leiter nach oben zu benutzen.

»Oh doch. Aber von *denen. Ich* bin ja nicht verheiratet. Ich will nur vorankommen, und du weißt, dass in Krieg und Liebe bekanntlich alles erlaubt ist.«

****

Um es mal klarzustellen: Auch wenn es anders aussieht, aber ich gehöre nicht zur Polizei. Weder offiziell noch inoffiziell.

Ich werde *nicht* von ihnen über den Sachstand von Ermittlungen informiert. Doch die Informationen schienen zu mir zu kommen, als es spät abends an Nadias Tür läutete und Heike Nebel sowie ein kleiner viereckiger junger Kerl mit rotem Gesicht und rötlichem Haar vor der Tür standen. Er sah aus wie ein gestauchter Boris Becker.

»Das ist der Nebel«, stellte Heike so sachlich vor, als handele es sich um einen flüchtigen Bekannten. »Wir werden uns vielleicht wieder versöhnen. Und er sagt, er hat dem Marek nichts getan. Ich habe ihn überredet, mitzukommen und mit Ihnen zu reden, denn zur Polizei geht er nicht freiwillig noch einmal.«

Nebel nickte. »Korrekt«, sagte er. »Mir gefällt der Ton dort nicht.«

»Und ich will nicht, dass da was hängen bleibt. Jetzt, wo wir vielleicht noch mal neu anfangen. Vielleicht können Sie uns einen Rat geben. Oder mit der Polizei sprechen.«

Das ging mir runter wie Öl.

»Dürfen mer reikumme?«

Der Nebel sprach ein nicht unsympathisches breites Kurpfälzisch, Typ Mannheim Stadtteil Schönau, und wirkte insgesamt eigentlich nur wie ein lebhaftes kleines Schweinchen.

»Also, ich weiß nicht.«

Ich äugte hinaus in das spätabendlich ruhige Treppenhaus. Sollte ich um Hilfe rufen? Warum bellte Nessie ausgerechnet jetzt nicht? Der unnütze Wachhund hatte bereits geschlafen und kroch gerade jetzt gähnend aus seiner Höhle, die Besucher zutraulich musternd. Politisch gesehen war der Hund eine Pleite.

»Oh, Lady, keine Angst, hey. Ich war schon bei den Bullen in Heidelberg und in Mannheim zu Besuch. Meinen Sie, die hätten mich laufen lassen, wenn ich einer wäre, der andere einfach so ausknipst?«

»Nun, aber die Sache mit dem ... Klatschen.«

»Das ist doch mehr Spaß«, beruhigte mich der Nebel. »Das verstehen die schon richtig. Wenn sie schön brav wieder heimfahren und ihre Kohle dort am Hindukusch ausgeben und nicht hier unsere Mädels anmachen, dann passiert denen im Allgemeinen gar nix. Aber da sind schon ein paar drunter, sage ich Ihnen. Spucken überallhin, treiben es in ihren Autos, beäugen die Schulmädchen. In Schwetzingen klauen sie den Spargel und verscherbeln ihn unter der Hand an ihre Leute in Mannheim. Nee, so was wollen wir nicht bei uns. Nicht in Mannheim, nicht bei meiner Tante in Schwetzingen und auch sonst nirgendwo in unserem schönen Land.« Und lachte gut gelaunt.

Etwas widerstrebend ließ ich das Pärchen eintreten. Nessie umrundete die beiden höchst neugierig. Der Nebel zwinkerte ihr zu.

»Na? Bisschen klein, der Hund. Mein Freund züchtet Pitties. Wollen Sie einen?«

Ich konnte mir denken, was Pitties waren. Wollte gerade das Geschenk eines Pitbulls ablehnen, als sich das kleine runde Gesicht des Herrn Nebel verdüsterte.

»Aber Ihnen habe ich eigentlich den ganzen Stress mit den Bullen zu verdanken. Das war nicht schön von Ihnen.«

»Man versucht nur, Gerechtigkeit herzustellen. Das muss euch doch auch Recht sein. Wir müssen doch einen ordentlichen Staat haben.«

Ich schluckte. Hörte den Verfassungsschutz sprechen. »*So, Frau Mainhardt. Sie haben also den ausländerfeindlichen Reden des Herrn Nebel nicht nur nicht widersprochen, sondern ihnen vielmehr Vorschub geleistet.*«

»Ich weiß nicht …«, rätselte der Nebel. »Na ja, also wir waren es nicht. Ich kannte diesen Marek vom Sehen. Hatte ihn nicht bei den Guten, das geb ich zu. Ich traute ihm nicht. Für mich sah er aus wie ein Gangster. Er ging mit dem Goll-Mädchen, so eine Zarte. Von Heiraten war die Rede. Aber das ist auch nicht so ganz unser Revier, der Goll. Ich kenne die Schwester. Die ältere Schwester. Der traue ich nicht über den Weg. Kann ich was zu trinken haben?«

»Die hat immer nur Tee«, warf Heike eilfertig ein. »Immer nur Tee.«

»Ja, tut mir leid. Tee?«

Der Nebel zuckte die Achseln, schlenderte in Nadias Wohnzimmer und sah sich um. Stellte sich als Psychologe heraus.

»Schicke Bude. Ist nicht Ihre, was? Passt nicht zu Ihnen.«

»Danke. Hat man sich in Ihrer Szene nicht gewundert, dass der Marek so plötzlich verschwunden ist? Auch, wenn Sie ihn nur vom Sehen kannten?«

»Nee. Der dachte, er macht unsern Mozart und kann dem alten Goll imponieren. Dann wird das nichts. Nehmen ihn nicht. Recht so. Hat er sich wahrscheinlich geärgert, seine Sachen gepackt und ab durch die Mitte. Die Mutter von der Natalie und ihre Schwester, die Schlange, der trau ich nicht …«

»Ja, sprich nur weiter«, unterbrach ihn Heike. Er warf ihr einen irritierten Blick zu.

»Also die mochten ihn ja alle sowieso nicht. Schwetzingen ist zwar klein, aber fein, so sagt man doch, und nur weil der irgendwo in Kirgisien Musik getrommelt hat, muss er hier nicht den großen Künstler geben.«

Nebel lachte herzlich über sich selbst. Seine Ex lachte mit. »Also, so einer wie der sollte sich gar nicht erst für ein Heimatstück bewerben, finde ich. Heimatstück sagt ja schon, dass es für die ist, die da ihre Heimat haben. Also für uns. Wegen der Sache mit dem Mozart hätte ich ihm schon mal gerne eine aufs Maul gegeben.«

Heike witterte Gefahr in Verzug. »Aber du *hast* es nicht gemacht, gell?«

»Schnauze«, sagte der Nebel grob aber nicht lieblos, »jetzt red ich. Als er von jetzt auf gleich verschwunden ist, hab ich aber gedacht ... Na, gut, wieder einer weniger. Schon Ärger gespart. Vielleicht waren es ja auch seine eigenen Leute. War nicht gerade beliebt bei denen, hab ich läuten hören. Großkotzig und eingebildet. Dass sich die Kleine vom Goll das Leben nimmt ... wegen so einem?« Er schüttelte ungläubig den Kopf. »Aber meine Kumpels haben dem nichts getan. Verjagt haben wir ihn nicht. Und gelöscht haben sie ihn auch nicht. Überhaupt. Das hätte ich erfahren, wenn da was gelaufen wäre.«

»Hätte man das nicht dann auch der Polizei gemeldet?«

»Bei einem Polen? Glaub ich nicht. Na ja, vielleicht doch. Es hat sich manches geändert. Die haben jetzt tatsächlich bald einen Schwarzen als Präsident in Amerika.« Er sagte es, als eröffne er mir eine große Neuigkeit.

»Du hast doch selbst gesagt, der ist gar nicht so übel«, warf Heike ein, in dem sinnlosen Bemühen, ihren Ex-Mann in einem fremdenfreundlichen Licht erscheinen zu lassen.

»Ich habe gesagt, für einen *Schwarzen* ist er nicht übel. Das ist ein Unterschied«, belehrte der Nebel sie nicht unfreundlich, aber bestimmt.

Ratlos stand ich im Wohnzimmer mit dem seltsamen Pärchen.

Der Nebel wirkte authentisch. Und genau wie Goll sah er nicht wie ein Mörder aus für mich. Ein rechts angehauchter Schlägertyp, der in irgendeinem A-Block oder B-Block Rabbatz macht – ja. Der zuwenig arbeitet, zuviel trinkt und gar nicht nachdenkt. Aber kein Mörder.

Der Tatverlauf war untypisch für die Szene, aus der Nebel und seine Spießgesellen kamen. Marek war nicht bei einer Schlägerei erschlagen worden, sondern vermutlich erstochen oder erschossen.

»Was sagt die Polizei jetzt zu alledem?«

»Hab denen nichts anderes gesagt. Aber eins sag ich Ihnen. Ich bin jetzt gekommen und hab mit ihnen geredet, weil die Heike das irgendwie gerne wollte. Aber trotzdem sag ich Ihnen: Machen Sie so was nicht noch mal. Die Heike durcheinander bringen und Lügen über uns erzählen.«

Seine kleinen wasserblauen Äuglein funkelten mich ärgerlich an.

»Und jetzt gehen wir.«

Der Nebel gab seiner Heike einen kleinen Klaps auf den Po.

»Machen Sie das ja nicht noch mal, Lady, oder Sie erkennen die Bude hier nicht wieder.«

Er beugte sich zu Nessie, kraulte sie und sagte: »Und du? Kriegst sonst Besuch vom Pitti.«

****

Am nächsten Tag. Ein Donnerstag.

»Er hat Nessie mit einem Pitbull bedroht?« Matthias wand sich lustvoll vor Angst. Jetzt, wo es vorbei war, konnte er es nicht oft genug hören. Wir saßen bei Raika. »Wenn das mein Herbert gewesen wäre, mein Gott.«

Theo schüttelte den Kopf. »Mir gefällt das Niveau dieses Falles immer weniger, Maren. Schwetzingen ist eine kultivierte Stadt. Ein Kleinod. Schloss. Park. Festspiele. Schöne Hotels, feine Restaurants. Geh dort Spargel essen und trinke Silvaner dazu. Und Hände weg von diesem Fall. Sonst hast du immer so schöne ... kulturhistorische Mörder gehabt. Und jetzt wild gewordene grölende Fußballfans mit Bierflaschen in der Hand. Nein, da steige ich aus.«

Theo tat so, als ermittele er mit mir stündlich an vorderster Front. Matthias musterte ihn feindselig.

»Die sind ja nicht aus Schwetzingen«, sagte ich. »Schwetzingens Schönheit bleibt unangetastet.«

»Fakten«, verlangte Ana aus dem Hintergrund. Herrje, wie hatte sich das Kind jetzt wieder reingeschlichen?

Schon seit unserem Abenteuer in Rust versuchten wir sie von Mord und Totschlag fernzuhalten, aber es gelang nie. »Ihr müsst mal wieder die Fakten zusammenzählen.«

»Ab ins Bett, Ana. Sonst gibt es übermorgen keine Pizza. *Das* ist Fakt.«

Und zu uns: »Samstags kriegt sie immer Pizza. Sie liebt Pizza mit Spaghetti drauf.«

»Pfui.« Matthias schüttelte sich. Ausgerechnet er, der von der Studentenzeit noch dreißig Dosen *Feuertopf* aus den Kindertagen des Aldi im Keller hütete, die er von seinem Vormieter übernommen hatte.

Murrend verschwand das hochaufgeschossene Kind. Hoffentlich ins Bett.

»Aber sie hat Recht«, bemerkte ich. »Marek hatte sich in der Familie Goll gegen den Willen der Mutter festgebissen. Der alte Goll wollte ihm helfen, die Rolle des Mozart zu bekommen, um Marek damit im Ort ein bisschen salonfähiger zu machen. Schließlich war der Marek Musiker. Der ging also zu dem Vorspiel, das vermutlich in dem kleinen Rokokotheater stattfand. Kann man rausfinden. Aber er war nicht genommen worden. Vielleicht nicht weil er Pole war, sondern vielleicht war er einfach nicht richtig gut. Er hat die Absage offenbar gleich darauf geschoben, dass er diskriminiert würde. War wütend. Vielleicht auch aggressiv. Hat an dem Tag in Schwetzingen Streit gesucht. Nehmen wir an, er ging zum Abreagieren in diesen Park. Dorthin, wo es einsam ist. Wollte nachdenken. Und dort traf er auf jemanden, mit dem er Streit anfing. Er wurde ausfallend, beleidigend und aus einem Gegner wurde ein Mörder. Das sind natürlich Mutmaßungen.«

»Aber deshalb bringt man doch niemanden um«, sagte Theo. Es klang hilflos. »Da braucht man doch stärkere Gründe. Vielleicht war es der Restaurantbesitzer aus Weingarten? Der nicht auf diese Natalie verzichten wollte.«

»Er hat die Natalie wohl sehr gerne gehabt, aber wenn er kurz darauf ohne großes Federlesens einfach die andere Schwester geheiratet hat, wird es ihm wohl nicht nur um die Liebe sondern auch um den geschäftlichen Kontakt zum Goll gegangen sein. Also kein ausreichend starkes Motiv, um den Nebenbuhler umzubringen«, bemerkte Raika. »Die einzige, der ich es wirklich zutrauen würde, ist Frau Goll. Das ist eine echte Schlange. Geschäftssinn und Arroganz sowie eine gewisse moralische Blödheit in einem. Ich weiß nicht, ob die Polizei schon nach Alibis für den Nachmittag gefragt hat. Und ob sie eins hat. Die Schwester hört sich auch nicht nach einer sehr liebevollen

Person an. Mutter und Tochter hätten auch gemeinsame Sache machen können.«

»Hattest du nicht einen Whiskey?«, erkundigte sich Matthias und leckte sich in der für ihn typischen Geste über die Lippen. Stichwort: Auswärtstrinken!

Ich stand auf, so gut ich es konnte, und humpelte in die Küche. Nessie folgte mir. Hunde lernen auch durch Imitation. Ich bildete mir beinahe ein, sie humpelte auch.

»Oder die anderen Arbeiter beim Goll haben ihm eine etwas zu heftige Abreibung verpasst, weil er sich für den Spargelpanther eingesetzt hat. Das würde manchen Job kosten. Er kann einem Kollegen im Park begegnet sein und es gab eine Auseinandersetzung, die tödlich endete.«

»Das kommt mir ehrlich gesagt am wahrscheinlichsten vor. Aber hatten die nicht in der Zeit auf dem Feld zu tun?«, fragte Matthias.

Goldgelb und ölig floss der *Mountain Dew* in die Gläser.

»Wo hast du den eigentlich her?«, Matthias probierte misstrauisch einen kleinen Schluck.

»Von ihrem Iren«, kicherte Raika.

»Es ist nicht mein Ire.« Im Grunde war zwischen Oliver und mir nichts außer zweimal gutem Sex passiert, und doch fühlte ich mich wie um ein versprochenes Lebensglück betrogen. Er hätte mir von der Frau in Irland erzählen müssen. Es wäre einfach ... fair gewesen. Unter dem Kummer und der Enttäuschung schlummerte die Wut.

Wut? Wut!

Plötzlich war da wieder dieser furchtbare Gedanke, der schreckliche Verdacht. Einer, den ich schon einmal gehabt hatte und nicht zu Ende hatte denken wollen.

»Was«, fragte ich ganz langsam in die Runde meiner Freunde hinein, »wenn es doch Golls Tochter selbst gewesen wäre? Vielleicht hatte dieser Marek eine Frau zu Hause in Polen. Eine Freundin. Eine Verlobte. Vielleicht kam die Wahrheit zusammen mit dem Frust über die Ablehnung beim Casting heraus. Anlässlich eines Spaziergangs im Park könnte es zum Streit gekommen sein. Sie hat ihn umgebracht, und ihre Eltern haben ihr geholfen, die Leiche zu beseitigen. Bei den Golls hält einer zum anderen. Und bei mir war sie nur, um sich abzusichern, sollte sie später einmal in Verdacht geraten. Dann wurde sie mit ihrer Schuld nicht fertig und hat sich in den Tod geflüchtet.«

»Unsinn«, sagten Theo und Raika unisono. Verlegen vermieden sie es, sich dabei anzusehen.

»Die meisten Tötungsdelikte sind Beziehungstaten«, wusste Matthias. »Das kann durchaus sein.«

»Dann wirst du so alt wie Jopi Heesters!«, sagte ich.

****

»Nein.« Elfie stand auf und schob ein paar Ordner in ihrem Büro zur Seite. Es war Freitagnachmittag. Sie hatte keinen Wochenenddienst. Also begann ihr Feierabend so wie derjenige anderer normaler Karlsruher Bürger auch.

»Marek Wasilonsky aus Krakau, der in Warschau an der Musikhochschule studiert hatte und dabei war über Grieg als Experimentalist,« letzteres las sie von einem Blatt ab, als seien es komplizierte chemische Formeln, »zu promovieren, war den Nachforschungen der Heidelberger Kripo in Zusammenarbeit mit den polnischen Behörden zufolge nicht verlobt und nicht verheiratet. Es gab keine Vermisstenanzeige. Marek hatte ein schlechtes Verhältnis zu seiner Mutter und seinen Schwestern, und bei den Bekannten hatte er verbreitet, es sei ungewiss, ob er je wieder nach Polen zurückkehren werde. Bist du sicher, dass du morgen nicht kommen kannst? Hierher bist du doch jetzt auch irgendwie gelangt.«

»Der Zeh braucht viel Ruhe. Und ein solcher Abend wäre zuviel für den kleinen Kerl. Ich werde mir den Kunstgenuss im Radio anhören.«

»Hast Recht. Ist vielleicht wirklich besser so«, meinte sie bedeutungsschwanger.

12. Kapitel

Meine Laune befand sich am Samstagabend weit unter dem Nullpunkt.

Im Staatstheater wird der Mann, den du dir ganz gut als deinen eigenen vorstellen könntest, ein Konzert geben. Man malt sich die Szene aus: Schick gekleidete Leute sitzen erwartungsvoll, hören zu, klatschen und trinken in der Pause Sekt. Hinterher geht man noch weg.

Ich sitze mit einem Loch im Strumpf zu Hause und muss an Nadias Radio mühsam und zunächst vergeblich nach SWR2 suchen.

Wer hörte diesen Sender schon? Nadia jedenfalls offenbar nicht. Bei ihr war Deutschlandradio eingestellt, und ich höre bekanntlich nicht gerne Musik. Als ich endlich beim Kulturprogramm angekommen war, hatte das Konzert schon angefangen. *Rock Histories* hieß es im Programm.

Zumindest wusste ich auch ohne den Ansager, wer an der Sologitarre saß. Ich sah Oliver vor mir, mit seinem konzentrierten ernsten Gesichtsausdruck, den er immer dann hatte, wenn ihm etwas wichtig war. Und seine Musik war ihm sehr wichtig. So wie auch Nadia ihre Skizzen und ihre Fotos sehr wichtig waren.

Das Konzert kam in guter Qualität aus dem Apparat. Ich bin kein Kenner in Sachen Rockmusik. Als andere für Mick Jagger geschwärmt hatten, hatte ich einen Starschnitt von Peter Maffay ausgeschnitten. Oder sogar peinlicherweise einen von Roland Kaiser.

Einige Songs kannte ich trotzdem, andere nicht, aber es waren schon mächtige Klänge dabei. Ob man in dreihundert Jahren von diesen Liedern sprechen würde wie heute noch von Mozarts Kompositionen? Oder ist unsere Zeit nicht mehr für Ewiges gut?

»Sailing« von Rod Stewart klang eindrucksvoll.

Und »Nights in White Satin« auch.

»Sitting on a fence«, ein eher unbekannter Titel von den Stones, den ich immer gemocht hatte. »White satin ...«, klang es in mir nach.

Oliver und ich hatten nicht gerade in Satin gelegen. Doch die Nächte hatten trotzdem in meiner Erinnerung ebenso Geschichte geschrieben wie der Song da. Verdammt. Der Kerl war liiert, drüben in Irland. Übermorgen war er wieder dort. Vielleicht dachte er kurz an mich, wenn er sie in den Arm nahm ...

Ich holte den *Mountain Dew* aus dem Schrank. Ich sollte eigentlich nichts mehr trinken.

Nicht mit den Tabletten. Na, ein Glas würde mich nicht umbringen.

Ich stellte das Radio lauter.

Nessie verkroch sich in ihre Höhle und rollte sich zusammen.

Rockige Klänge, eine Gitarre. Der Ire in Oliver schimmerte durch. Manchmal klang sein Spiel fast wie Folklore. Ich fühlte, wie die Musik in meine Seele eindrang.

Oliver war wahrscheinlich wirklich ein großer Gitarrist. Für Künstler gelten Sonderregeln. Auch moralisch. Ich trank noch einen ganz kleinen Whiskey.

Dann schwankte ich zum Schrank in Nadias Arbeitszimmer. Warum? Ich wusste es nicht. Und wieder wühlte ich in Nadias Sachen. So wie damals.

Ich dachte zurück an den Moment, als ich damals die Aufnahmen fand, wie ich das Foto umgedreht hatte und nach dem Datum gesucht hatte. Nur ganz dünn hatte sie mit Bleistift hingekritzelt: 23.4.2004. »Unschönes Ende im Grünen«.

2004 war auch ihre große Ausstellung in Karlsruhe gewesen. Wann eigentlich genau 2004? Sie hatte es nie erwähnt. Und doch war da irgendetwas.

Bunte Zahlen begannen in meinem Kopf verrückt zu spielen. Irgendwo hatte ich doch kürzlich etwas gelesen von Nadias Ausstellung. Begleitet von »Under my thumb« von den Stones lief ich ins Schlafzimmer, riss die Schublade auf und suchte nach dem Zeitungsartikel, der sich da hinten verhakt hatte. Nadias Ausstellung in der Deutschen Bank. Vielbeachtet. Gelobt. *Ein aufgehender Stern am Himmel fotografischer Kunst. Sicher demnächst im ZKM. Ruhige Chronistin einer Zeit zwischenmenschlicher Isolierung mit einer unbestechlichen Linse.*

Die Ausstellung war am 11.3.04 eröffnet worden und Anfang April bereits beendet gewesen.

Kein Problem. Die paar Tage. Sie hatte sich eben geirrt, als sie gesagt hatte, *vor* der Ausstellung wollte sie keinen Skandal riskieren, und deshalb hätte sie den Toten nicht gemeldet. Sie hatte sich getäuscht. Es war zwar ungewöhnlich, aber das konnte vielleicht sogar Nadia passieren. Nein, dachte ich, eigentlich konnte es ihr nicht passieren. Es war nicht typisch für sie.

Dann tauchten plötzlich noch andere Zahlen in meinem Hirn auf. Zahlen und Jahre.

Etwas, das mich irritierte. Etwas, das die ganze Zeit schon da gewesen war.

Das Bild war am 23.4.2004 entstanden. Doch was hatte die Frau im Toilettenhäuschen gesagt – übrigens, wie ich jetzt vermutete, die Tante vom Nebel? Vor drei Jahren erst waren die Bänke mit den Engelchen aufgestellt worden. Bänke, die der alte Goll mitfinanziert hatte. Das wäre also 2006 gewesen.

Und was hatte Nadia gleich zu Beginn der ganzen Geschichte als Fundort der Leiche und Schauplatz des Fotos angegeben: »In der Nähe dieser komischen Ruine. Man bog um eine Ecke, dann war da, ja, so war es, eine Bank mit einem sitzenden Engelchen darauf und danach noch ein paar Meter weiter, rechts im Gebüsch.«

Sie musste wohl später noch einmal im Park gewesen sein. Sonst hätte sie die Engelsbank nicht gekannt. Sie hatte sich eben noch einmal geirrt.

Denn in der Nähe der Engelsbank hatte der Tote im Jahr 2004 keinesfalls liegen können. Es hatte dort damals noch gar keine Bank mit Engeln gegeben. Angeblich war sie in den letzten Jahren jedoch niemals mehr in der Nähe des Tatorts gewesen.

Die Erkenntnis traf mich wie ein Stromschlag und ließ mir die Knie weich werden.

Nadia hatte mir eine falsche Stelle im Schlossgarten genannt. Oder ein falsches Datum.

Wie hatte sie einmal bei einer unserer Unterhaltungen über ihren Beruf gesagt: »Eine Straße kann überall sein. Du gibst dem Bild den Titel *Straße in Mecklenburg*, und die Leute werden jedem gegenüber Stein und Bein schwören, es *ist* eine Straße in Mecklenburg. Aber sie könnte ebenso gut im Elsass sein. Wenn keine Häuser und keine Schriften zu sehen sind, ist die Wahrheit nur relativ.«

Die Wahrheit war relativ. Alles in diesem Garten in Schwetzingen war eine harmlose, eine bezaubernde, eine heitere Täuschung. Die mythologischen Figuren, die Moschee, das *Ende der Welt.* Täuschungen.

Und Nadias Foto war auch eine Täuschung. Im Schwetzinger Schlosspark hätte die Polizei lange nach Blutspuren suchen können. Es gab dort keine, denn Marek hatte vielleicht niemals dort gelegen. Er war vielleicht in einem anderen Park, in einem anderen Wald getötet worden.

»Warum«, fragte ich in einen geisterhaft leeren Raum hinein, »warum hast du mich angelogen, Nadia?«

****

Im Radio klagte Olivers Gitarre über ein Kinderschicksal im »Ghetto«, und von der Türe antwortete mir eine kühle gelassene Stimme.

»Weil ich ihn umgebracht habe, Maren. So einfach. Er wollte mir alles kaputt machen, aber das konnte ich doch nicht zulassen, oder? Dafür habe ich ein wenig zu hart gekämpft für das bisschen Karriere. Genauso wenig wie ich es jetzt zulassen kann, dass *du* mir alles kaputt machst. So viele Chancen haben wir nicht im Leben, nicht wahr?«

Sie hatte natürlich einen Schlüssel für ihre eigene Wohnung. War mit der für sie typischen leisen Geschmeidigkeit einer Katze in den Raum getreten. Stand da, lächelnd.

Nadia!

Zuerst sah ich es nicht, was sie da blitzend in der Hand hielt.

Dann erkannte ich es. Von den Exponaten im Spargelmuseum. Ein Spargelmesser. Wunderbar. Das perfekte zweite Verbrechen. Man würde den Mörder weiter im Milieu des königlichen Gemüses suchen, und diesmal waren die Zeichen eindeutig. Goll war bei mir gewesen. Der Nebel.

Sie würde sagen: »Mein Gott, die arme Maren. Ich kam heim, und sie lag so da. Mein Gott, wieso hat sie auch in dieses Wespennest in Schwetzingen gestochen? Und getrunken hatte sie auch. Konnte sich dann nicht mehr wehren. Sie muss denen in ihrem Rausch sogar die Tür aufgemacht haben. Wozu diese Leute in unserem Land fähig sind.«

Ein bedauerndes Schluchzen würde sie auch noch fertig bringen. Sie hatte bis hierher gelogen. Mit Lust an ihrem tödlichen Spiel hatte sie gelogen. Eiskalt und geschickt.

Wie hatte ich so blind sein können? Mich in ihr so täuschen können? Aber hatte ich mich denn wirklich so sehr getäuscht?

War mein Respekt vor ihr nicht immer mit Angst vermischt gewesen? Oder mit einer gewissen Vorsicht?

»Lady in Black« klang es aus dem Radio. Der Song von Uriah Heep hatte für mich immer zu den ganz Großen gehört.

»Stelle es lauter. Etwas lauter!«, befahl sie.

Ich starrte sie nur an. Sie machte eine abfällige Bemerkung. »Auch gut. Das Ding macht keinen Lärm.«

Ich kehrte zurück ins Jetzt. Kämpfte nicht einmal mehr um mein Leben, nur um einen Grund, warum ich sterben sollte. Niemand, außer Natalie, die auch tot war, hatte sich für den Verbleib dieses Marek interessiert. Nicht einmal die Polizei. Und er kostete mich jetzt mein Leben.

»Aber warum? Nadia, warum?«

»Dieser Marek war ein Idiot. Mich erpressen zu wollen. Ich habe ihn vor Jahren, zu Beginn meiner Karriere als Fotografin, in einer Bar in Polen kennen gelernt. Ich war nur zu Besuch in Warschau, und er hat dort für Touristen Klavier gespielt. Damals ging es den Polen noch etwas schlechter. Nur schwache Hoffnungen auf die EU oder den Euro. Doch er wusste, was er wollte, und er konnte gut deutsch. Ich habe mich öfter mit ihm getroffen. Er war jung und ehrgeizig. Geschmeichelt. Und er sah gut aus. Und er war hungrig nach Geld. Wir haben dann einen ganz netten Deal gemacht. Ich wusste, dass in der Szene in Frankfurt Bedarf an hübschen kleinen Polinnen war, die nicht allzu prüde waren. Er hat mir diese Mädchen besorgt. Und ich habe ihnen erzählt, wie gut es ihnen in Frankfurt ergehen würde. Als Hausmädchen, als Serviererinnen. Sie sind gerne gegangen.«

Sie zuckte abfällig mit ihren Schultern. »Nun ja. Auch im Westen verdient man eben kein Geld ohne eine kleine Gegenleistung, nicht wahr? Das mussten die dummen Dinger doch wissen.«

Ließ den Mantel dabei langsam von ihren Schultern gleiten und fallen, ohne mich dabei aus den Augen zu lassen. Der Duft ihres teuren Parfüms erreichte mich noch schwach.

Nessie näherte sich interessiert und schnupperte.

»Ich habe gut Geld verdient mit dem Anwerben der Mädels. Irgendwann versandete der Markt. Andere, härtere Leute, tummelten sich darin, ich bin von Frankfurt nach München gezogen und habe mit der Sache aufgehört. Vor allem, nachdem sich diese naive kleine Jana das Leben genommen hatte. Stürzt sich aus dem Fenster einer Wohnung in einem Hochhaus, nur weil der Mann, der sie bestellt hat, ein bisschen grob wurde. Dummes Ding. Ein paar Jahre später, und es hätte sie sowieso keiner mehr gewollt.«

Nadia lachte ein unschönes Lachen. Im Radio wurde geklatscht. Zugaberufe kamen auf. Das Orchester, auch Oliver, wurde gefeiert, während ich bald ermordet wurde. Was würde aus Nessie?

Als ob sie meine Gedanken geahnt hätte, meinte Nadia lässig: »Tierheim. Oder Consuela, die Gute. Ich tue dem Köter nichts. Aber vorübergehend«, ein kaltes Grinsen, »muss sie jetzt ins Schlafzimmer. Vielleicht behalte ich sie sogar!«

Ich schauderte. Es war nicht das erste Mal, dass ich eine gefährliche Situation erlebte, Auge in Auge mit einem Mörder oder einer Mörderin, aber noch nie war ich, eingesperrt in eine Wohnung, so lange mit ihnen alleine gewesen.

Es hatte immer noch eine vage Chance gegeben, irgendwie davonzukommen. Wegzurennen. Sich zu verstecken. Auf andere Menschen zu hoffen. Aber hier in diesen Räumen? Sie und dieses still tötende Messer. Als Gegenüber eine so kalte Frau wie Nadia.

Sie lockte meinen vertrauensseligen Hund mit einem Leckerli ins Schlafzimmer, und das dumme Vieh fiel natürlich prompt auf den Trick herein. Die Tür schloss sich hinter meinem Tier.

»Also, das war in Polen. Einige Zeit her. Dachte, ich sehe den Knaben nie mehr. Inzwischen wohnte ich in Karlsruhe. Und dann treffe ich ihn ausgerechnet in Heidelberg wieder. Hatte eine interessante Abendaufnahme vom Schloss gemacht. Er erkennt mich natürlich, und die kleine Ratte beginnt mich zu erpressen. Will mich bei der Polizei anzeigen, mein Treiben von früher an die Presse geben. Die Orte, an denen ich Ausstellungen habe, informieren. Er selbst habe nichts gewusst davon, was die Mädchen erwartet. Hatte angenommen, sie seien wirklich als Haushaltshilfen vorgesehen gewesen.«

Sie musterte mich eingehend. Mir wurde schlecht vor Angst.

»Wir haben uns ein paar Mal hier in der Nähe getroffen. Ich habe versucht, ihn erst einmal zu beobachten. Habe ihn freundlich behandelt. Sogar mit ihm geschlafen. Du weißt, mir macht das nichts aus. Ich gebe ja nicht mein Heiligstes weg, so wie du das gerne darstellst. Was getan werden muss, muss getan werden. Habe ihn ausgehorcht. Ich wusste bald, dass er zwar gearbeitet hatte, aber nicht angemeldet war. Und dass seine neue Familie nicht gerade überglücklich über die Verbindung mit der Kleinen war. Und dass seine Kollegen ihn nicht mochten. Im Ernstfall gab es da also ein paar Verdächtige.«

»Wo hast du ihn getroffen?«

Meine Zähne klapperten. Kaum konnte ich sprechen.

Wichtig war, sie am Dozieren zu halten. Dafür zu sorgen, dass sie sich selbstherrlich an ihrem eigenen Rausch ergötzte. Solange sie sprach, holte sie nicht mit diesem entsetzlichen Messer nach mir aus.

Ich versuchte unauffällig nach Fluchtmöglichkeiten zu suchen, aber sie wohnte im dritten Stock und blockierte die Tür. Und mein Fuß war nicht einsatzfähig.

»Auf meinem Grundstück an der Alb. Anfangs war er mit einer teuren Uhr und dem Sex zufrieden. Doch eines Tages rückte er heraus – er wollte nun Geld, um mithalten zu können bei seiner reichen Schwiegerfamilie. Viel Geld. Er hatte noch nicht zu Ende gesprochen, da wusste ich schon, dass er fällig war. Haben die nicht einen Fehler gemacht, als sie mich nicht genommen haben bei den Schauspielschulen, diesen miesen Klitschen? Ich habe gelächelt: ›Da kann man was machen, Marek. Morgen Nachmittag, nach dem Casting für das Mozartspektakel, feiern wir. Und bring deinen Ausweis mit. Ich kann da vielleicht was für dich arrangieren‹. Das war wichtig. Alles hätte Marek zurückgelassen, aber nicht seinen Ausweis. Nur die Gitarre, die habe ich vergessen, das war ein Fehler. Er ist jedenfalls darauf reingefallen. Ich habe einen Treffpunkt mit ihm ausgemacht, am Abend, habe ihn am Bahnhof abgeholt und habe ihn mitgenommen in mein kleines Haus und meinen kleinen Garten. Den hat er nie mehr verlassen. Es war herrlich, seinen Verfall zu beobachten in meinem damaligen kleinen Gewächshaus. Niemand hat sich an dem Gestank gestört. Und irgendwann habe ich seine Reste vergraben. Doch es sind vorher wunderbare Bilder entstanden. Und damit meine ich nicht nur die Bilder, die du leider kennst. Es gab noch ganz andere. Die Farben der Fliegen, die auf ihm saßen – wunderbar! Und die Limonen kürzlich stammten noch aus der Erde, gedüngt mit seinem Körper. Alles gedieh dort so herrlich. Leider musste ich nach einem Jahr ausziehen. Inzwischen war er aber schon fast eins mit dem Erdreich. Da kann man chemisch ein wenig nachhelfen. So etwas lernt man im Labor.«

Ich schauderte. Und schlecht wurde mir auch. Kotzübel.

»Als du das Foto fandest, war ich zuerst schockiert. Musste schnell reagieren. Emotionen vorspielen und dir dann eine Antwort geben. Ich blieb dann zumindest teilweise bei der Wahrheit und stellte eine Verbindung nach Schwetzingen her, wo er wirklich gelebt hatte. Ob das wirklich eine gute Idee war, bezweifle ich heute. Ich beschloss, dir vorzuspielen, ich wollte mit der Sache nichts mehr zu tun haben. Was solltest du ohne Beweis und ohne meine Hilfe herausfinden? Doch irgendetwas musst du mir verheimlicht haben, nicht wahr? Eine Information, woher auch immer. Und dann kam diese kleine schlaue Ana mit ihrer Äußerung, der Tote sähe wie ein Pole aus. Pech und Glück gleichzeitig für mich. Jetzt geriet das Spargelmilieu in Verdacht, und die Entwicklung war also nicht mehr aufzuhalten. Also ließ ich dich in die Richtung laufen. Noch immer würde sich dadurch keine Verbindung zu mir herstellen lassen. Inzwischen habe ich es manchmal fast genossen. Ich war wirklich erstaunt, wie schnell du dich darin verstrickt hast.«

»Und dein Wutanfall? Als du das Foto verbrannt hast? Alles gespielt, Nadia?«

»Na, was denkst du wohl? Ich sage doch – die Schauspielschulen hatten Tomaten auf den Augen, als sie mich nicht nahmen. Außerdem hattest du danach ein herrlich schlechtes Gewissen. Dein mieses Foto durfte ich leider nicht zerstören, das hätte mich sogar bei dir verdächtig gemacht.«

Beinahe wie Kichern klang ihr Lachen. Ich hätte früher darauf kommen können. Ein Schloss in Deutschland, hatte Oliver gesagt, sah für seine Kumpels aus wie jedes andere. So sieht auch ein Stück Waldlichtung aus wie irgendein anderes. Und wenn eine Fotografin sagt, sie habe ein Bild im Schwetzinger Schlossgarten aufgenommen, dann glaubt man ihr das. So hatte ich den Ort niemals hinterfragt, obwohl Grünpflanzen und Büsche überall wachsen können. Auch in einem verwilderten Karlsruher Garten. Ein tödlicher Fehler. Ich schielte immer noch nach Fluchtwegen aus dieser Wohnung. Es gab keine.

Der Hass, der sie zum Töten gebracht hatte, schlich sich in ihre Stimme, die sonst so distanziert und amüsiert klang. Zwischen sie und ihre Karriere würde sich niemand stellen.

»Ich musste mich natürlich gegen diesen Marek und seine Gier wehren. So wie jetzt auch gegen dich und dein Gerechtigkeitsempfinden. Er hätte keine Ruhe gegeben und meine Karriere zerstört, und das erlaube ich ihm nicht und dir auch nicht.«

»Nadia«, ich versuchte mich ihr vorsichtig zu nähern, aber sie fuchtelte mich mit dem Messer zurück. Nessie bellte heiser aus dem Schlafzimmer.

»Ich habe ihn mit einer netten kleinen Pistole erlegt. Damals sogar in Polen gekauft. Ironie der Geschichte. Frauen wie ich leben gefährlich. Ich habe früher viel im Obdachlosenmilieu fotografiert. Da braucht man schon ein wenig Unterstützung!«

Sie kam auf mich zu, mit dem Messer in der Hand.

Man liest so gerne, in den Augen von zum Töten entschlossenen Mördern stehe Irrsinn zu lesen, doch ich sah keinen Irrsinn in ihrem Blick. Nur kalte gefühllose Berechnung.

Dieses Messer. Wie es sich wohl anfühlte, wenn ein Spargelmesser die Eingeweide zerfetzte?

Jetzt war es also soweit.

Ich musste wirklich sterben. Für ein lächerliches Hobby. Dafür, dass ich mich in die Angelegenheiten von Toten einmischte.

Ich starrte ihr in die Augen.

Dann kam von ihr ein unglaubliches Geräusch.

Sie lachte.

Lachte mir ins Gesicht.

Öffnete die Schlafzimmertür und ließ den Hund heraus, der sich schwanzwedelnd freute. Nessie freut sich immer, wenn sich eine Tür öffnet.

»Maren«, sagte sie und gluckste auf eine unwirkliche Weise gut gelaunt, »setz dich hin. Ich werde dich nicht umbringen. Aber du fällst immer wieder darauf rein, nicht wahr? Auf alle meine Tricks.«

»Du bringst mich nicht um?«, wiederholte ich stupide. »Nein?«

Tut mir leid, dass ich in den Schlussszenen meiner Abenteuer nie wirklich souverän aussehe. »Nein« antwortete sie. »Und weißt du, warum? Nicht, weil ich dich lebend sehen will. Du bist mir egal. Eine dauernd liebeskranke Romantikerin. Nein, weil ich rechnen kann. Wenn ich dem Richter erzähle, wie Marek mich bedroht hat, erpresst und vergewaltigt hat, wenn ich es nur richtig erzähle, dann komme ich glimpflich davon. Nicht vorbestraft. Mein Vater früh gestorben. Familie verarmt. Du kennst das alles. Bringe ich dich aber auch noch um, dann sieht es anders aus. Vergiss nicht, Marek war nur ein Pole!«

Und sie lachte wieder. Schwang das Messer in der Luft.

»Nadia«, ich zitterte, »sag das nicht. Sei nicht so schrecklich gefühllos.«

»Ich kann mir keine Gefühle leisten. Aber trotzdem: Chapeau. Für eine so beschränkte Person hast du ganz hübsch gelernt, eins und eins zusammenzuzählen. Ich habe übrigens von Anfang an geahnt, dass mein Spiel verloren war. Erinnere dich, dass ich dir sagte, der Verfall ist nicht aufzuhalten. In dem Moment, als du die Fotos gefunden hast, stand ich mit einem Bein im Gefängnis. Doch die wenigen Wochen in Freiheit wollte ich noch genießen. Und ein bisschen mit dir spielen. Doch jetzt, glaube ich, kommt dein Hilfstrupp, um dich zu retten.«

Sie schubste Nessie wieder ins Schlafzimmer und schloss die Tür.

»Besser so!«, meinte sie.

Gelassen stellte sie sich vor den Spiegel im Gang, zupfte ein Haar zurecht. Und öffnete die Wohnungstür.

Ein letztes Mal lächelte sie mich spöttisch an, während sie das Spargelmesser in der Hand wog. »Ein unschönes Ende!«, sagte sie, »Was soll's!« Dann warf sie es spielerisch in meine Richtung. Mit einem lauten Knall fiel es zu Boden und blieb vor meinen Füßen liegen.

Da erst hörte ich mich Schreien.

Plötzlich schien alles in Bewegung. Lärm im Treppenhaus.

Und durch die Tür stürzten Elfie Kohlschröter-Oberst sowie eine mir unbekannte Beamtin in Zivil, gefolgt von zwei uniformierten Polizisten.

Die Männer hatten Waffen in der Hand. Elfie hatte ihre Hand in ihrer Jackentasche. Nessie in ihrem Schlafzimmer bellte frenetisch mit sich überschlagender Stimme, die in ein heiseres Grollen mündete. Endlich war was los, und sie mal wieder nicht dabei.

Im Fernsehen sehen diese Szenen immer anders aus. Dauern länger. Wirken dramatischer. Totaleinstellungen. Verzerrte Mienen. Schreie. Da gibt es einen filmgerechten Kampf zwischen Täter und Polizei, der uns eine Weile um die Gerechtigkeit fürchten lässt.

In der Realität bezahlen wir unsere Beamten eben genau dafür, dass es keine langen Kämpfe gibt, und das Ganze ist eine stumme und rasche Angelegenheit.

Der Kleinere der beiden Polizisten legte Nadia routiniert Handschellen an, die Beamtin tastete sie blitzschnell ab. Draußen im Gang wurden Stimmen von Nachbarn laut, Türen schlugen.

Ein Kind heulte sirenenartig.

Nadia war ganz ruhig. Mein Hund nicht.

Nessie drehte durch und kläffte in höchsten Tonlagen mit überschnappender Stimme.

Der Größere ließ sie schließlich hinaus. Sie schoss in den Flur und bellte die Polizisten an, um Nadia zu verteidigen.

»Sie wollte mich nicht umbringen«, erklärte ich Elfie töricht, bevor mir schwindlig wurde. Ich lehnte mich an die Wand. Das Foto mit den erotischen Avocados verrutschte. »Sorry«, meinte ich und rückte es gerade. Nadia nickte anerkennend.

Nessie knurrte.

Nadia lachte. »Jetzt verstehe ich endlich die Redewendung ›dummer Hund‹.«

Das nahm ich ihr allerdings übel.

Im Radio spielte man »Bridge over troubled water«

Die Töne rollten. Sie rollten wie meine Erleichterungstränen. Meine Beine zitterten. Die Knie schlugen aneinander. Ich setzte mich.

Noch nie war ich so froh gewesen, diesen Song zu hören. Und als Olivers Gitarre lauter wurde, anschwoll und wieder leise zu flüstern schien, da wusste ich, dass ich nicht nur überlebt hatte, sondern dass ich verliebt war.

Und dass sich etwas ändern würde in meinem Leben.

Diesmal würde ich gegen die andere Frau, die in Irland, kämpfen.

****

»Oliver hat uns informiert. Er wusste von dir, dass sie heute Abend aus Berlin zurückkommen würde. Während sie weg war, haben wir neue Erkenntnisse gewonnen, die für eine vorläufige Festnahme reichen. Dass wir dir dabei so rein zufällig das Leben retten oder auch nicht retten konnten, ist ein hübscher Nebeneffekt. Ich weiß aber nicht, wie oft wir das noch machen können, Maren. Irgendwann kostet es mal Gebühren. Mit An- und Abfahrt.«

»Sehr witzig. Nur würde ich jetzt ganz gerne wissen, wieso ihr mich wie eine Idiotin behandelt habt, den Fall scheinbar ebenso wenig ernst genommen habt wie meine Hinweise, und jetzt taucht ihr genau zum richtigen Zeitpunkt auf. Hab ich da was übersehen?«

»Maren, du hast bei dieser Frau gelebt. *Mit* dieser Frau gelebt. Bei deinem eher schwach ausgeprägten schauspielerischen Talent: Man hätte dir jede Information von unserer Seite sofort angesehen. Zudem fehlten uns entscheidende Hinweise. Wir mussten erst sicher gehen.«

»Ihr habt den Fall also ernst genommen.«

»Natürlich. Wir trauen dir schon zu, dass du einen Ermordeten erkennst, wenn du einen siehst.

Nachdem du das Vorkommnis gemeldet hast, hatten wir Nadia Rixinger sofort im Verdacht. Uns machte stutzig, dass sie dir das ›Geständnis‹ ihres Fundes freiwillig gemacht haben wollte. Das war nicht lebensnah. Und auch deine Beschreibung von der traumatisierten Nadia, die kopflos vom Tatort geflohen sein soll, passte nicht zu der Frau, die wir vernommen haben. Da stimmte etwas nicht.

Eine Profifotografin, die in einem Park mit der Kamera unterwegs ist, eine Leiche entdeckt und keine Aufnahme macht? Sehr unwahrscheinlich. Aber da du uns das Foto des Toten unterschlagen hast, dauerte es länger als nötig, bis wir sie festnageln konnten.«

»Ich wollte sie schützen.«

»Spricht für deine enorme Menschenkenntnis. Oliver misstraute ihr ebenfalls schon länger, auch wenn er sich dir gegenüber wahrscheinlich nicht so deutlich geäußert hat. Zuerst mehr aus einem Gefühl heraus, sagt er. Doch da war noch etwas, das ihn misstrauisch machte. An dem Abend, als ihr diese Balkonparty gefeiert hat, ist er mehrmals zu der Schublade gegangen und hat sich die Aufnahme noch einmal genau angesehen. Einen Verdacht hatte er schon vorher, doch dann sah er, was ihn auf deiner Kopie von Nadias Foto gestört hatte, die du ihm gezeigt hattest. Ganz verschwommen, am Rande des Bildes, ist eine bestimmte Stechpalmenart zu sehen, und es wachsen keine solchen Stechpalmen im Schwetzinger Schlossgarten. Er ist extra noch mal hingefahren, um sicher zu gehen. In Nadias früherem Garten an der Alb, auch das konnten wir dann herausfinden, gab es aber durchaus die eine oder andere Stechpalme.«

»Warum hat er mir das nicht gesagt? Er konnte mich doch nicht in die völlig falsche Richtung denken lassen?«

Meine vermeintliche Retterin musterte mich kühl. »Ich dachte immer, du legst großen Wert darauf, selbst zu denken. Und es ist eine heikle Sache, einer Frau, die man noch nicht lange kennt, zu sagen, sie lebe vielleicht mit einer Mörderin zusammen. Einer, die sie für ihre Freundin hält. Solche Anschuldigungen wollen abgesichert sein. Oder würdest du ohne weiteres jemandem Glauben schenken, der dir von mir erzählt, ich hätte einen Menschen umgebracht?«, dozierte Elfie. Ich nickte stumm. Sie sah mich böse an.

Mein Blick wanderte zu Melchior, der inzwischen eingetroffen war und schweigend am Küchenschrank lehnte. Nadia war nicht mehr da. Ohne ein Wort hatte sie mit ihrer uniformierten Begleitung die Szene verlassen.

Melchior räusperte sich. »Tja, Maren. Oliver hat den entscheidenden Hinweis gegeben. Er war früher Gärtner. Mein Bruder, der Tausendsassa. Für einen irischen Gärtner ist Grün eben nicht Grün. Und dann musste er uns doch über das Foto informieren, Maren, auch wenn er dir versprochen hatte, es nicht zu tun. Und auch deshalb hat er dir wohlweislich nichts von seinem Vorgehen erzählt. Wollte dein Vertrauen nicht verlieren. Unglaublich, wie konsequent du uns Beweismaterial unterschlagen hast. Das hat noch ein Nachspiel, Maren.«

Es war wie immer.

Wir saßen zusammen. Ich zitterte. Meinen Zeh spürte ich nicht mehr. Dafür war mir schlecht. Nie wieder würde ich mich in Polizeiarbeit einmischen. Nie wieder!

Inzwischen hatte sich Melchior auf einen Stuhl gesetzt. Blätterte in einem Block herum. Es war wie immer, nur, dass mir diesmal wirklich elend war. Der Whiskey, die Tabletten und der Anblick des Spargelmessers waren zuviel gewesen.

»Dies war mein letzter Mordfall. Ich schwöre.«

»Das glaubt niemand. Aber zurück zu deiner sauberen Freundin. Bei uns fragte man sich: Wenn sie gelogen hat, was den Ort der Tat anging, dann vielleicht in anderen Dingen auch. Es ist immer die alte Geschichte: Betrügt ein Mann seine Frau, betrügt er irgendwann auch dich. Lügt jemand in deinem Beisein, so belügt er vielleicht auch dich, denn er oder sie hat gezeigt, er ist grundsätzlich dazu fähig. Und als wir erst einmal auf ihrer Spur waren, kamen weitere Ungereimtheiten zutage. Frau Rixingers Vorleben ist mehr als farbenfroh. Jugendfrei ausgedrückt. Sie war in einer Bar beschäftigt und war wohl selbst auch gelegentlich etwas entgegenkommender als üblich gegenüber zahlungskräftigen Kunden. Sie kannte die Mädchen, die dort mit Körpereinsatz tätig waren und angeblich kümmerte sie sich auch um sie. Den Deal mit Marek hat sie so diskret abgewickelt, dass wir außer ein paar Randbemerkungen von Leuten aus der Szene nichts darüber herausfinden konnten. Anfragen in Warschau bei der Kripo laufen noch, dauern etwas länger. Dennoch war es für sie eine kleine Katastrophe, durch die Fotos ins Visier der Kripo zu kommen.«

»Sie hat das sehr geschickt gemacht«, sagte ich. »Hat bei euch behauptet, sie könne sich an Blut gar nicht genau erinnern. Hat damit hinter meinem Rücken die ganze Geschichte eher unwahrscheinlich klingen lassen. Karina hat mir gegenüber so eine Andeutung gemacht, aber ich habe nicht geschaltet. Mir hat sie davon natürlich nichts gesagt. Damit hat sie euch suggeriert, es habe vielleicht keinen Toten gegeben, und den Fall verharmlost. Und wollte mich als fantastische Träumerin erscheinen lassen. Ich habe mich noch schuldig gefühlt, dass ich sie da hineingezogen habe. Raffiniert.«

Melchior nickte und übernahm. Elfie und er waren wirklich ein harmonisches Paar.

»Sie wusste, dass du bei uns für Überreaktionen bekannt bist. Und rechnete damit, dass man ohne einen Beweis den Toten nicht ernst nehmen würde. Nach so vielen Jahren. Keine Spuren im Schlossgarten, keine Leiche. Kein Vermisster. Nur ein Foto. Von dem die Polizei nichts wusste. Dennoch war es ein riskantes Spiel. Sie konnte nicht sicher wissen, dass die Golls Mareks Verschwinden so erleichtert vertuschen würden. Dass sich seine Spur verlieren würde. Aber sie hat die Wahrheit gesagt, dass sie in den folgenden Tagen und Wochen die Zeitungen verfolgt hat, ob etwas über ihn drin stand. Sie hat dir selbst die Zeitungsausschnitte gezeigt. Sie hatte Glück, dass nach deinem unerwünschten Fund alles so gut zusammenpasste.

Doch dann hatte sie Pech. Du hast dich an den Besuch des Mädchens vor fünf Jahren erinnert und die richtigen Schlüsse gezogen. Zwar hast du ihr davon nichts erzählt, doch als sie merkte, deine Ermittlungen laufen in Richtung der Golls, hat sie umgeschwenkt und nur zu gerne gesehen, dass du die gesamte Spargelbranche verdächtig hast. Sie ist eiskalt und hochintelligent. War sie wohl immer schon. Damals ein echter Gewinn für die Frankfurter Zuhälterszene.«

»Die Leiche ...?«

»Wir haben bereits Proben aus Nadias ehemaligem Garten untersucht – mit sehr aufschlussreichem Ergebnis. Nun graben wir den Garten um. Der neue Besitzer, ein Frauenarzt, ist wenig begeistert, wie du dir denken kannst. Ich denke, wir finden den armen Marek. Nicht mehr ganz vollständig, aber immerhin.«

Ich schüttelte den Kopf. Mir war immer noch schlecht.

»Ich habe mit ihr gelebt und sie doch nicht richtig gekannt. Wie in einer ganz normalen Ehe.«

Elfie zuckte zusammen und warf mir einen bösen Blick zu.

»Ich vermute, das Ganze war für sie zum Schluss ein Experiment, wie weit ihre Intelligenz sie tragen würde. Tief in ihrem Inneren muss sie gewusst haben, dass es aus war, als du die Fotografie fandest. Eine echte Lady Macbeth. Ich habe selten eine so kaltblütige Verbrecherin erlebt.«

Ohne dass wir es bemerkt hatten, wurden im Radio die Nachrichten verlesen. Das Konzert musste längst vorbei sein. Ich setzte mich mit zitternden Knien. Auch meine Zähne klapperten unvorteilhaft.

Auf der Treppe hörte man eilige Schritte. Jemand hetzte die Stufen hoch.

Oliver stand vor uns, sein sonst so sorgfältig sturmzerzaust frisiertes Haar wirkte feucht, wie verschwitzt.

»Ist ihr etwas passiert? Was ist hier los?«

Und als er hereinkam, sah ich, dass er sich ernsthafte Sorgen um mich gemacht hatte.

Das war ein verdammt gutes Gefühl.

****

»Ich bin tatsächlich nicht alleine, Maren.«

Olivers Gesicht, nah an meinem, das Ganze in Elfies und Melchiors Haus. Unter dem Dach. Im Gästetrakt. Ausgestattet mit nach frischer Wäsche riechenden Gästehandtüchern, auf denen kleine Entchen schwammen. Auch das Bettzeug roch frisch. Wie aus der Werbung.

»Ich habe eine Tochter. Kelly. Sie ist 13. Und sie ist ...«, er lachte, »nicht gerade einfach. Sie will eigentlich kein Mädchen sein. Sondern hat sich für das Geschlecht des Monsters entschieden. Wie sie mit Frankreich klar kommen wird, weiß ich nicht. Sie ist Irin durch und durch.«

»Frankreich?«

»Ich habe ein Angebot aus Straßburg. Musikhochschule. Ein verdammt gutes Angebot. Natürlich müssten wir in Straßburg wohnen. Oder in der Nähe. Da gibt es zum Beispiel dieses schöne Städtchen, Sélestat...«

»Wir?«
»Na ja. Oliver, Kelly, Nessie und Maren.«
»Sélestat!«, sagte ich. »Ob es da günstige Wohnungen gibt?«
»Warum«, fragte er, »fängst du eigentlich nicht an, zu suchen?«

MARINIERTER SPARGEL

Rezept für 6 Personen

Zutaten

1 kg Spargel
Salzwasser
Zucker
1 TL Butter
250 ml Weißweinessig
1 EL gehackter Estragon
1 EL gehackter Majoran
1 EL gehackter Thymian
schwarzer Pfeffer
8 EL Keimöl

Zubereitung

Den Spargel waschen, schälen, holzige Enden abschneiden. Ins kochende Salwasser geben, Zucker und Butter zugeben und 15 bis 20 Minuten garen lassen.
Den Spargel herausheben, abtropfen und abkühlen lassen.
Den Weinessig mit den Kräutern und dem Öl vermischen. Mit frisch gemahlenem Pfeffer würzen.
Die Spargelstangen in ein hohes Glas legen und mit der Marinade übergießen. Das Gefäß gut verschließen und, damit sich das Aroma der Kräuter besser entfalten kann, bei Zimmertemperatur bis zu 2 Tage lang durchziehen lassen.

Aus: 2. Hügelsheimer Spargelkochbuch, 2008

Eva Klingler im G. Braun Buchverlag

Eva Klingler
Erbsünde
Ein badischer Krimi

256 Seiten, Broschur
ISBN 978-3-7650-8327-3

Die Ahnenforscherin Maren Mainhardt soll für die alteingesessene Maulbronner Familie Urban eine Familienchronik schreiben. Doch bei ihren Auftraggebern stößt sie auf unerwarteten Widerstand. Maren gerät immer tiefer in den Strudel der geheimnisvollen Vergangenheit der Urbans und entdeckt dabei ein dunkles Familiengeheimnis: Die Erbsünde der Urbans.
Doch ihre Entdeckung hat tödliche Folgen ...

»Eva Klinglers leichter, schwungvoller Erzählton macht Laune und Humor hat sie auch.« *Klappe Auf*

Eva Klingler im G. Braun Buchverlag

Eva Klingler
Blutrache
Ein badischer Krimi

272 Seiten, Broschur
ISBN 978-3-7650-8336-5

»Mord im Europa-Park!« Eine Zeitungsmeldung bringt Abwechslung in die schwülen Sommertage von Maren Mainhardt. Doch schon am nächsten Tag vergeht ihr das Lachen: Kommissarin Elfie Kohlschröter steht vor ihrer Tür. Denn Maren kannte das Opfer, die reiche Autohaus-Erbin Marlene Burk. Der Südwestrundfunk hatte sie einst beauftragt, Familiendokumente der Burks zu überprüfen. Der Anlass war eine Fernsehdokumentation über ein hundert Jahre zurückliegendes Schiffsunglück in New York, bei dem über 1000 deutsche Einwanderer ihr Leben verloren ...

Eva Klingler im G. Braun Buchverlag

Eva Klingler
Kreuzwege
Ein badischer Krimi

288 Seiten, Broschur
ISBN 978-3-7650-8357-0

Eine grausige Entdeckung im Karlsruher Vierordtbad versetzt die Badegäste in Schrecken und die Polizei in höchste Alarmbereitschaft: Im Warmluftraum wurde eine Frau erwürgt.
Die Ahnenforscherin und Hobby-Detektivin Maren Mainhardt staunt nicht schlecht, als ihre überkorrekte Freundin, Kriminalhauptkommissarin Elfie Kohlschröter, sie erstmals um Ermittlungshilfe bittet.
Eine Spur führt auf den Jakobsweg nach Speyer, wo die Ermordete, eine ehemalige Nonne, zwei Jahre zuvor der Pilgerroute folgte ...

Eva Klingler im G. Braun Buchverlag

Eva Klingler
Blaublut
Ein badischer Krimi

288 Seiten, Broschur
ISBN 978-3-7650-8377-8

Die Ahnenforscherin Maren Mainhardt wollte nur Nachbarschaftshilfe leisten, als sie plötzlich vor einer Leiche steht.
Monate später ist der Mordfall noch immer ungelöst. Maren wurde inzwischen beauftragt, einem geheimnisvollen Kindersarg nachzuspüren, der im Zusammenhang mit dem Hause Baden zu stehen scheint. Als sie bei ihren Recherchen zur Pforzheimer Familiengruft überall auf eine Mauer des Schweigens stößt, ist Maren sicher: Hier stimmt etwas nicht!

Roland Lang im G. Braun Buchverlag

Roland Lang
Tod eines Kuckucks
Ein Schwarzwaldkrimi

240 Seiten, Broschur
ISBN 978-3-7650-8363-1

An diesem Sonntagabend donnert ein schwerer Sturm über den Schwarzwald. In einem der exquisiten Uhrenläden in der Stadt fällt ein Schuss aber niemand hört ihn. Danach liegt der Uhrmacher Eberhard Sebald lang ausgestreckt auf dem Parkett und neben ihm ein kleiner bunter Kuckuck. – Wer hat Sebald getötet?
Bald treten die Ermittlungen auf der Stelle und alle Spuren enden im Nichts. Kommissar Reiche fängt an zu zweifeln. Sollte der Mord an Eberhard Sebald wirklich sein erster ungelöster Fall werden?

Roland Lang im G. Braun Buchverlag

Roland Lang
Mord im Hirsch
Ein Schwarzwaldkrimi

240 Seiten, Broschur
ISBN 978-3-7650-8361-7

»Bei der Suche nach dem Motiv und Täter knobelt, kombiniert und recherchiert man gemeinsam mit Reiche und seinem ›adligen‹ Partner. Dabei jongliert der Autor gekonnt mit Denkansätzen und Informationen, die in immer neue Richtungen deuten. Kommissar Reiche ermittelt manchmal eigenwillig, etwas chaotisch, aber mit viel psychologischem Gespür und Einfühlungsvermögen – wenn sein Privatleben es zulässt ... nette Nebengeschichten und badisches Lokalkolorit«
ka-news

Besuchen Sie uns im Internet:
www.gbraun-buchverlag.de

Fordern Sie unser kostenfreies Verlagsprogramm an:
G. Braun Buchverlag, Kaiserallee 87, 76185 Karlsruhe

in Karlsruhe seit 1813
G. BRAUN BUCHVERLAG

Karlsruhe

Titelgestaltung: Andrea Faucheux, G. Braun Buchverlag
Satz: G. Braun Buchverlag
Lektorat: Patricia Keßler
Druck: Ebner & Spiegel, Ulm

ISBN 978-3-7650-8530-7